普通高等学校应用型教材·数学

线性代数

Linear Algebra

（第二版）

主编　刘　强　孙　阳　郭文英　陈江荣

中国人民大学出版社
·北京·

图书在版编目（CIP）数据

线性代数/刘强等主编. --2 版. --北京：中国人民大学出版社，2023.11
普通高等学校应用型教材. 数学
ISBN 978-7-300-32119-6

Ⅰ.①线… Ⅱ.①刘… Ⅲ.①线性代数-高等学校-教材 Ⅳ.①O151.2

中国国家版本馆 CIP 数据核字（2023）第 162684 号

普通高等学校应用型教材·数学
线性代数（第二版）
主编 刘 强 孙 阳 郭文英 陈江荣
Xianxing Daishu

出版发行	中国人民大学出版社				
社　　址	北京中关村大街 31 号		邮政编码	100080	
电　　话	010－62511242（总编室）			010－62511770（质管部）	
	010－82501766（邮购部）			010－62514148（门市部）	
	010－62515195（发行公司）			010－62515275（盗版举报）	
网　　址	http://www.crup.com.cn				
经　　销	新华书店				
印　　刷	北京市鑫霸印务有限公司		版　　次	2018 年 9 月第 1 版	
开　　本	787 mm×1092 mm　1/16			2023 年 11 月第 2 版	
印　　张	12.75		印　　次	2023 年 11 月第 1 次印刷	
字　　数	290 000		定　　价	39.00 元	

第二版 前言

社会的持续进步、经济的高质量发展离不开一流本科人才的支撑，而一流本科人才的培养离不开大学数学课程的支撑．大学数学课程在落实立德树人根本任务、打造一流本科人才中扮演着不可或缺的角色．

地方高校工科类、经管类专业的数学课程主要包括微积分（或高等数学）、线性代数以及概率论与数理统计三大课程．2009年以来，在北京市教委的大力支持下，由首都经济贸易大学牵头，联合部分兄弟院校，立足国内工科类、经管类专业建设特点，致力于地方高校数学教育教学模式探索与改革，取得了一系列成果，其中两次获得北京市教育教学成果奖．

在此基础上，由首都经济贸易大学刘强教授牵头，编写了普通高等学校应用型教材的数学系列．该系列丛书主要包括《微积分》（上、下册）、《线性代数》和《概率论与数理统计》三门课程教材，以及配套的习题全解与试题选编．

该系列丛书自第一版发行以来，受到了国内兄弟院校的一致好评，也收到了读者与同行的一些意见与建议，我们在教学过程中也发现了一些需要改进的地方．在中国人民大学出版社李丽娜编辑的建议下，我们着手修订本系列教材．本次修订的内容主要有如下四个方面：

1．打造新形态教材，包括录制了课程慕课、微课，制作了多媒体课件，每小节增加了自测题，增加了知识点讲解视频以及部分例题讲解视频，搭建了课程资源库．

2．调整与修订章节内容，包括教材概念定义的推敲、典型例题的优化、语言的润色等．

3．融入课程思政、数学文化，力争做到过渡自然，润物无声．

4．完善书中习题答案（可从中国人民大学出版社网站或扫描封底二维码获取）．

在第二版教材的修订过程中，得到了对外经济贸易大学刘立新教授、北京工商大学曹显兵教授、北京化工大学姜广峰教授、中央财经大学贾尚晖教授、北京交通大学于永光教授、北京工业大学薛留根教授、北方工业大学刘喜波教授、重庆工商大学陈义安教授、北京师范大学李高荣教授、江苏师范大学赵鹏教授、山西财经大学王俊新教授、北京联合大学玄祖兴教授、北京印刷学院朱晓峰教授、广东财经大学黄辉教授、北京信息科技大学侯吉成教授、北京物资学院李珍萍教授以及首都经济贸易大学张宝学教授、马立平教授等同行们的大力支持，在此一并表示诚挚的感谢.

由于作者水平所限，新版中错误和疏漏之处在所难免，恳请读者和同行不吝指正. 邮件地址为：cuebliuqiang@163. com.

作者

2023 年 10 月

第一版 前言

数学是一种工具，更是一种思维方式．学习数学有助于我们培养发现问题、分析问题、解决问题的能力．财经类专业与数学联系密切，大学数学在财经类专业人才培养中的作用日益凸显，在应用复合型人才的综合素养培养方面发挥着重要作用．当前，在地方财经类院校，大学数学已经成为本科教育的必修课程．财经类院校大学数学主要包括三大类课程，即微积分、线性代数和概率论与数理统计，当然还有一些其他衍生课程，例如数学史与数学文化、数学软件与应用、数学实验等．

2009 年以来，在北京市和学校相关部门的大力支持下，首都经济贸易大学数学公共基础课的教学改革一直在如火如荼地进行，数学公共基础课教学团队从全国地方财经类专业的数学需求出发，结合教育部高等学校大学数学课程教学指导委员会的总体要求，对课程管理与队伍建设、数学理念、教学大纲与课程内容、考核方式、教学模式与教学手段、教学研究、学科竞赛等方面进行了全方位改革，涉及面广，内容深刻，力度很大，效果很好．在此基础上，我们对原有讲义进行了系统的整理、修订，编写了“十三五”普通高等教育应用型规划教材，该系列教材主要包括微积分、线性代数和概率论与数理统计三门课程的教材，以及相应的同步练习和深化训练辅导用书，由首都经济贸易大学的刘强教授担任丛书的总主编．

编写组曾经在北京、山东、江苏等省市的部分高校进行调研，很多学生在学习的过程中，对于一些重要的数学思想、数学方法难以把握，许多高校数学公共课期末考试不及格的现象普遍存在，这一方面说明了当前大学数学教学改革的紧迫性，另一方面说明了教材编写的合理定位的重要性．从规划教材的定位来看，本系列教材主要适用于地方财经类院校的教学．在教材的编写过程中，在保持数学体系严谨的前提下，尽量简明通俗、形象化，强调数学思想的学习与培养，淡化理论与方法的证明，注重经济学案例的使用，强调经济问题的应用，体现出经济数学的“经济”特色．

本书为《线性代数》分册，内容体系在根据教育部高等学校大学数学课程教学指导委员会的总体要求的基础上，结合地方财经类专业特点进行系统设计，尽可能做到结构合理、概念清楚、条理分明、深入浅出、强化应用．全书共分为 6 章，其中前 3 章主要围绕线性方程组的求解展开，介绍了行列式、矩阵、线性方程组的概念、性质及其应用；第 4 章介绍了矩阵的特征值、特征向量、矩阵的对角化、实对称矩阵的相似对角化等问题；第 5 章讨论了二次型的概念及其标准化问题；值得一提的是，第 6 章介绍了 R 语言及其在线性代数中的应用，该部分为选学内容，有助于开拓学生的学习视野、提高学习兴趣、增强实践应用能力.

为了便于学生学习和教师布置课后作业，配套习题按节设计，每章后均附有总复习题，书末附有习题答案. 同时为了便于读者学习，选学内容和有一定难度的内容将用“*”号标出.

在系列教材的编写过程中，得到了北京航空航天大学韩立岩教授、清华大学邓邦明教授、北京工商大学曹显兵教授、北京工业大学薛留根教授、对外经济贸易大学刘立新教授、北方工业大学刘喜波教授、山东财经大学安起光教授、中央财经大学贾尚晖教授、重庆工商大学陈义安教授、北京信息科技大学侯吉成教授、北京联合大学邢春峰教授、昆明理工大学吴刘仓教授、江苏师范大学赵鹏教授、北京化工大学李志强副教授，以及首都经济贸易大学马立平教授、张宝学教授、任韬副教授等同行的大力支持，中国人民大学出版社的策划编辑李丽娜女士为丛书的出版付出了很多的努力，在此表示诚挚的感谢.

编写组教师均长期工作在大学数学教学的第一线，积累了丰富的教学经验，深谙当前本科教学的教育规律，熟悉学生的学习习惯、认知水平和认知能力，在教学改革中取得了一些成绩，出版过包括同步训练、深化训练、考研辅导以及大学生数学竞赛等多个层次的教材和辅导用书. 然而此次规划教材的编写又是一次新的尝试，书中难免存在不妥甚至错误之处，恳请读者和同行们不吝指正，欢迎来函：cuebliuqiang@163.com.

作者

2018 年 6 月

目 录

第1章 行列式

行列式符号最早是在 1683 年和 1693 年分别由日本数学家关孝和与德国数学家莱布尼茨提出的，并且他们将其应用在线性方程组的求解问题中. 行列式最早只是一种速记的表达方式，表示将一些数字按特定的规则计算得到的数. 在很长一段时间内，行列式只是作为求解线性方程组的一种工具. 1750 年，瑞士数学家克莱姆对行列式的定义和展开法则进行了比较完整、明确的阐述，并给出了求解线性方程组的克莱姆法则. 目前，行列式在数学分析、几何学、线性方程组理论、二次型理论等多方面都有着重要的应用.

1.1 二阶与三阶行列式

行列式的概念源于线性方程组的求解问题，它是从线性方程组的解的公式中引出来的. 下面首先讨论解方程组的问题.

用消元法求解二元一次方程组

$$\begin{cases}a_{11}x_1+a_{12}x_2=b_1\\a_{21}x_1+a_{22}x_2=b_2\end{cases}, \tag{1.1.1}$$

可以得到，当 $a_{11}a_{22}-a_{12}a_{21}\neq 0$ 时，方程组有唯一解：

$$x_1=\frac{b_1a_{22}-b_2a_{12}}{a_{11}a_{22}-a_{12}a_{21}},\quad x_2=\frac{b_2a_{11}-b_1a_{21}}{a_{11}a_{22}-a_{12}a_{21}}. \tag{1.1.2}$$

式（1.1.2）给出了方程组（1.1.1）的解与变元的系数、常数项之间的关系. 为了更好地表述这种关系，引入二阶行列式的概念.

定义 1.1.1 用符号 $\begin{vmatrix}a_{11} & a_{12}\\a_{21} & a_{22}\end{vmatrix}$ 表示 $a_{11}a_{22}-a_{12}a_{21}$，即

$$\begin{vmatrix}a_{11} & a_{12}\\a_{21} & a_{22}\end{vmatrix}=a_{11}a_{22}-a_{12}a_{21},$$

称为二阶行列式，其中数 a_{ij}（$i=1$，2；$j=1$，2）称为行列式的元素. a_{ij} 下标中的 i 称为行标，j 称为列标. 在行列式中约定横排称为行，纵排称为列，并且行和列分别按从上到

下、从左到右的顺序计数. 显然，二阶行列式由两行两列元素构成.

如果按图 1－1 对行列式中的元素连线

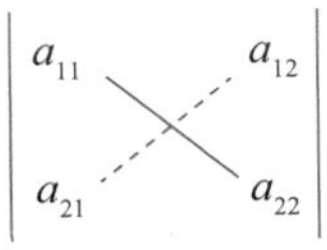

图 1－1

可以看到二阶行列式和它所表示的量之间的关系，即二阶行列式等于实线连接元素的乘积减虚线连接元素的乘积.

应用二阶行列式的定义，方程组（1.1.1）有唯一解的条件可表示为

$$\begin{vmatrix} a_{11} & a_{12} \\ a_{21} & a_{22} \end{vmatrix} \neq 0,$$

解可以表示为

$$x_1=\frac{\begin{vmatrix} b_1 & a_{12} \\ b_2 & a_{22} \end{vmatrix}}{\begin{vmatrix} a_{11} & a_{12} \\ a_{21} & a_{22} \end{vmatrix}},\quad x_2=\frac{\begin{vmatrix} a_{11} & b_1 \\ a_{21} & b_2 \end{vmatrix}}{\begin{vmatrix} a_{11} & a_{12} \\ a_{21} & a_{22} \end{vmatrix}}. \tag{1.1.3}$$

对比行列式的元素与方程组中的系数及常数项可以看到，行列式符号的引入使得结论式（1.1.2)的记忆和使用更加便利.

上述讨论对于三元一次方程组

$$\begin{cases} a_{11}x_1+a_{12}x_2+a_{13}x_3=b_1 \\ a_{21}x_1+a_{22}x_2+a_{23}x_3=b_2 \\ a_{31}x_1+a_{32}x_2+a_{33}x_3=b_3 \end{cases} \tag{1.1.4}$$

可以类似进行. 下面引入三阶行列式的概念.

定义 1.1.2 用符号 $\begin{vmatrix} a_{11} & a_{12} & a_{13} \\ a_{21} & a_{22} & a_{23} \\ a_{31} & a_{32} & a_{33} \end{vmatrix}$ 表示 $a_{11}a_{22}a_{33}+a_{12}a_{23}a_{31}+a_{13}a_{21}a_{32}-a_{11}a_{23}a_{32}-a_{12}a_{21}a_{33}-a_{13}a_{22}a_{31}$，即

$$\begin{vmatrix} a_{11} & a_{12} & a_{13} \\ a_{21} & a_{22} & a_{23} \\ a_{31} & a_{32} & a_{33} \end{vmatrix}=a_{11}a_{22}a_{33}+a_{12}a_{23}a_{31}+a_{13}a_{21}a_{32}-a_{11}a_{23}a_{32}-a_{12}a_{21}a_{33}-a_{13}a_{22}a_{31},$$

称为三阶行列式.

按图 1－2 对行列式中的元素连线，可见三阶行列式等于每条线上三个元素乘积的代数和，其中实线连接的项带正号，虚线连接的项带负号. 若令

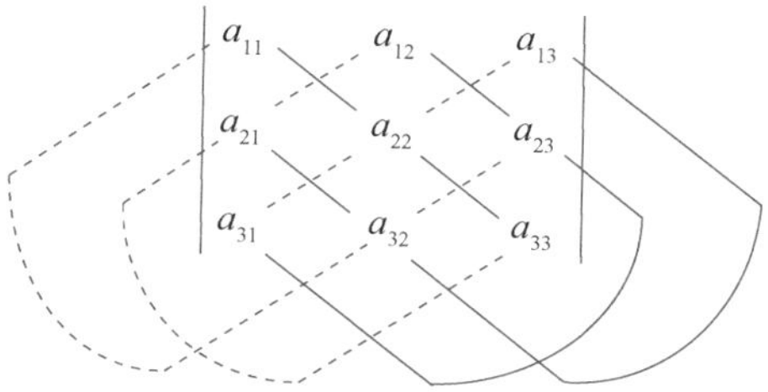

图 1-2

$$D=\begin{vmatrix} a_{11} & a_{12} & a_{13} \\ a_{21} & a_{22} & a_{23} \\ a_{31} & a_{32} & a_{33} \end{vmatrix},\quad D_1=\begin{vmatrix} b_1 & a_{12} & a_{13} \\ b_2 & a_{22} & a_{23} \\ b_3 & a_{32} & a_{33} \end{vmatrix},$$

$$D_2=\begin{vmatrix} a_{11} & b_1 & a_{13} \\ a_{21} & b_2 & a_{23} \\ a_{31} & b_3 & a_{33} \end{vmatrix},\quad D_3=\begin{vmatrix} a_{11} & a_{12} & b_1 \\ a_{21} & a_{22} & b_2 \\ a_{31} & a_{32} & b_3 \end{vmatrix},$$

则当 $D\neq 0$ 时，方程组（1.1.4）的唯一解为

$$x_1=\frac{D_1}{D},\quad x_2=\frac{D_2}{D},\quad x_3=\frac{D_3}{D}. \tag{1.1.5}$$

例 1.1.1 计算行列式 $\begin{vmatrix} 2 & 1 & 2 \\ -4 & 3 & 1 \\ 2 & 3 & 5 \end{vmatrix}$.

解 由三阶行列式的定义有

$$\begin{aligned}\begin{vmatrix} 2 & 1 & 2 \\ -4 & 3 & 1 \\ 2 & 3 & 5 \end{vmatrix}&=2\times3\times5+1\times1\times2+2\times(-4)\times3-2\times1\times3-1\times(-4)\times5-2\times3\times2\\&=30+2-24-6+20-12=10.\end{aligned}$$

例 1.1.2 已知 $\begin{vmatrix} a & b & 0 \\ -b & a & 0 \\ 1 & 0 & 1 \end{vmatrix}=0$，求常数 a，b 的值（其中 a，b 均为实数）.

解 由三阶行列式的定义有

$$\begin{vmatrix} a & b & 0 \\ -b & a & 0 \\ 1 & 0 & 1 \end{vmatrix}=a^2+b^2=0,$$

又因为 a，b 均为实数，因此 $a=b=0$.

例 1.1.3 解三元一次方程组 $\begin{cases} 2x_1-x_2+x_3=0 \\ 3x_1+2x_2-5x_3=1 \\ x_1+3x_2-2x_3=4 \end{cases}$.

解 由于

$$D=\begin{vmatrix}2&-1&1\\3&2&-5\\1&3&-2\end{vmatrix}=28\neq0,$$

所以方程组有唯一解. 而

$$D_1=\begin{vmatrix}0&-1&1\\1&2&-5\\4&3&-2\end{vmatrix}=13,\quad D_2=\begin{vmatrix}2&0&1\\3&1&-5\\1&4&-2\end{vmatrix}=47,\quad D_3=\begin{vmatrix}2&-1&0\\3&2&1\\1&3&4\end{vmatrix}=21,$$

故方程组的解为

$$x_1=\frac{D_1}{D}=\frac{13}{28},\quad x_2=\frac{D_2}{D}=\frac{47}{28},\quad x_3=\frac{D_3}{D}=\frac{21}{28}=\frac{3}{4}.$$

习题 1.1

1. 计算下列二阶行列式：

(1) $\begin{vmatrix}4&1\\6&5\end{vmatrix}$；(2) $\begin{vmatrix}3&-1\\1&2\end{vmatrix}$；(3) $\begin{vmatrix}-2t&1-t^2\\1-t^2&2t\end{vmatrix}$.

2. 计算下列三阶行列式：

(1) $\begin{vmatrix}1&2&3\\0&4&1\\2&-1&0\end{vmatrix}$；(2) $\begin{vmatrix}2&1&0\\1&-1&-4\\-1&3&8\end{vmatrix}$；(3) $\begin{vmatrix}a&a&1\\a&b&1\\b&a&1\end{vmatrix}$；

(4) $\begin{vmatrix}a&b&c\\c&a&b\\b&c&a\end{vmatrix}$；(5) $\begin{vmatrix}1&1&1\\a&b&c\\a^2&b^2&c^2\end{vmatrix}$；(6) $\begin{vmatrix}x+y&x&y\\x&x+y&y\\x&y&x+y\end{vmatrix}$.

3. 证明 $\begin{vmatrix}a_1&a_2&a_3\\b_1&b_2&b_3\\c_1&c_2&c_3\end{vmatrix}=a_1\begin{vmatrix}b_2&b_3\\c_2&c_3\end{vmatrix}-a_2\begin{vmatrix}b_1&b_3\\c_1&c_3\end{vmatrix}+a_3\begin{vmatrix}b_1&b_2\\c_1&c_2\end{vmatrix}$.

4. 求下列行列式中的 x 值：

(1) $\begin{vmatrix}0&x&0\\2x&0&0\\0&0&3x\end{vmatrix}=-27$；(2) $\begin{vmatrix}1&0&x\\4&x&0\\1&x&3\end{vmatrix}\neq0$.

1.2 n 阶行列式

1.1 节介绍了二阶、三阶行列式的概念，本节将行列式的概念推广到 n 阶的情形.

1.2.1 排列与逆序

由定义 1.1.2 可以看出，三阶行列式表示的是一些项的代数和，这些项是所有位于行列式中不同行、不同列的元素的乘积（共 $3!=6$ 项），且每一项都带有正号或负号，所带符号的原则或规律是什么？为此先介绍排列的知识.

定义 1.2.1 由 1，2，…，n 组成的一个有序数组称为一个 n 级排列.

例如，3412 是一个 4 级排列，14523 是一个 5 级排列.

n 级排列共有 $n!$ 个，其中排列 $12\cdots n$ 称为自然序排列.

定义 1.2.2 比较排列中的两个数，如果排在前面的数比排在后面的数大，那么称这两个数构成一个逆序，一个排列中逆序的总数称为这个排列的逆序数.

n 级排列 $i_1i_2\cdots i_n$ 的逆序数记为 $N(i_1i_2\cdots i_n)$. 显然，自然序排列的逆序数为 0.

例 1.2.1 求 $N(35241)$.

解 由题可知，3 与其后面的数 2，1 构成两个逆序；5 与其后面的数 2，4，1 构成三个逆序；2 与其后面的数 1 构成一个逆序；4 与其后面的数 1 构成一个逆序；1 的后面没有元素，逆序个数记为零. 这个分析过程可以更简捷地写成

排列	3	5	2	4	1
	↓	↓	↓	↓	↓
与后面元素比较构成的逆序数	2	3	1	1	0

故

$$N(35241)=2+3+1+1+0=7.$$

定义 1.2.3 逆序数是奇数的排列称为奇排列；逆序数是偶数的排列称为偶排列.

例 1.2.2 已知 7 级排列 $214i5k6$ 是奇排列，试确定 i，k 的值.

解 由于 $214i5k6$ 为一个 7 级排列，则 i，k 的可能取值为 3，7 或 7，3. 当 $i=3$，$k=7$时

$$N(2143576)=1+0+1+0+0+1+0=3,$$

此时排列为奇排列. 当 $i=7$，$k=3$ 时，

$$N(2147536)=1+0+1+3+1+0+0=6,$$

此时排列为偶排列. 故取 $i=3$，$k=7$.

1.2.2 n 阶行列式的概念

从三阶行列式的定义可以看出，当项中元素的行标按自然序排列时，若列标为奇排列，则前面带负号，若列标为偶排列，则前面带正号. 因此，可将三阶行列式的定义写成

$$\begin{vmatrix} a_{11} & a_{12} & a_{13} \\ a_{21} & a_{22} & a_{23} \\ a_{31} & a_{32} & a_{33} \end{vmatrix} = \sum_{j_1j_2j_3} (-1)^{N(j_1j_2j_3)} a_{1j_1}a_{2j_2}a_{3j_3}.$$

受此启发，给出 n 阶行列式的定义.

定义 1.2.4 符号

微课

定义 1.2.4
讲解视频

$$\begin{vmatrix} a_{11} & a_{12} & \cdots & a_{1n} \\ a_{21} & a_{22} & \cdots & a_{2n} \\ \vdots & \vdots & & \vdots \\ a_{n1} & a_{n2} & \cdots & a_{nn} \end{vmatrix}$$

称为 n 阶行列式，它表示所有取自不同行、不同列的 n 个元素的乘积

$$a_{1j_1}a_{2j_2}\cdots a_{nj_n} \tag{1.2.1}$$

的代数和，其中 $j_1j_2\cdots j_n$ 是一个 n 级排列，式（1.2.1）称为行列式的项，其按下列规则带有符号：当 $j_1j_2\cdots j_n$ 为偶排列时，该项带正号；当 $j_1j_2\cdots j_n$ 为奇排列时，该项带负号. 这一定义可以写成

$$\begin{vmatrix} a_{11} & a_{12} & \cdots & a_{1n} \\ a_{21} & a_{22} & \cdots & a_{2n} \\ \vdots & \vdots & & \vdots \\ a_{n1} & a_{n2} & \cdots & a_{nn} \end{vmatrix} = \sum_{j_1j_2\cdots j_n} (-1)^{N(j_1j_2\cdots j_n)} a_{1j_1}a_{2j_2}\cdots a_{nj_n}, \tag{1.2.2}$$

其中 $\sum\limits_{j_1j_2\cdots j_n}$ 表示对所有 n 级排列求和. 称

$$(-1)^{N(j_1j_2\cdots j_n)} a_{1j_1}a_{2j_2}\cdots a_{nj_n} \tag{1.2.3}$$

为行列式的一般项. n 阶行列式也可简记为 $D=|a_{ij}|_n$ 或 $\det(a_{ij})$.

注 一阶行列式 $|a|=a$.

例 1.2.3 写出 $D=|a_{ij}|_4$ 中含有因子 $a_{11}a_{34}$ 的项及应带的符号.

解 由行列式的定义，项中的因子为来自行列式的不同行、不同列的元素，故含有 $a_{11}a_{34}$ 的项有 $a_{11}a_{22}a_{34}a_{43}$ 及 $a_{11}a_{23}a_{34}a_{42}$，其中 $a_{11}a_{22}a_{34}a_{43}$ 列标的逆序数 $N(1243)=1$，故前面带负号，而 $a_{11}a_{23}a_{34}a_{42}$ 列标的逆序数 $N(1342)=2$，故前面带正号.

例 1.2.4 计算下三角形行列式 $D=\begin{vmatrix} a_{11} & 0 & \cdots & 0 \\ a_{21} & a_{22} & \cdots & 0 \\ \vdots & \vdots & & \vdots \\ a_{n1} & a_{n2} & \cdots & a_{nn} \end{vmatrix}$.

解 考察可能不为零的项. 第 1 行只能选取 a_{11}；第 2 行中虽然可取不为零的元素 a_{21} 和 a_{22}，但是因为 a_{21} 与 a_{11} 在同一列，从而第 2 行只能选取 a_{22}；依次选取下去，直至第 n

行，得到可能不为零的项只有

$$a_{11}a_{22}\cdots a_{nn}.$$

因此，由行列式的定义有

$$D=(-1)^{N(12\cdots n)}a_{11}a_{22}\cdots a_{nn}=a_{11}a_{22}\cdots a_{nn}.$$

注 类似地，上三角形行列式

$$\begin{vmatrix} a_{11} & a_{12} & \cdots & a_{1n} \\ 0 & a_{22} & \cdots & a_{2n} \\ \vdots & \vdots & & \vdots \\ 0 & 0 & \cdots & a_{nn} \end{vmatrix}=a_{11}a_{22}\cdots a_{nn}.$$

对角形行列式

$$\begin{vmatrix} a_{11} & 0 & \cdots & 0 \\ 0 & a_{22} & \cdots & 0 \\ \vdots & \vdots & & \vdots \\ 0 & 0 & \cdots & a_{nn} \end{vmatrix}=a_{11}a_{22}\cdots a_{nn}.$$

例 1.2.5 计算行列式 $D=\begin{vmatrix} 0 & \cdots & 0 & a_{1n} \\ 0 & \cdots & a_{2,n-1} & a_{2n} \\ \vdots & & \vdots & \vdots \\ a_{n1} & \cdots & a_{n,n-1} & a_{nn} \end{vmatrix}$.

解 讨论的方法与例 1.2.4 类似，可以得到可能不为零的项只有

$$a_{1n}a_{2,n-1}\cdots a_{n1},$$

按行列式的定义有

$$D=(-1)^{N(n(n-1)\cdots 1)}a_{1n}a_{2,n-1}\cdots a_{n1}=(-1)^{\frac{n(n-1)}{2}}a_{1n}a_{2,n-1}\cdots a_{n1}.$$

注 类似地，

$$\begin{vmatrix} 0 & \cdots & 0 & a_{1n} \\ 0 & \cdots & a_{2,n-1} & 0 \\ \vdots & & \vdots & \vdots \\ a_{n1} & \cdots & 0 & 0 \end{vmatrix}=\begin{vmatrix} a_{11} & \cdots & a_{1,n-1} & a_{1n} \\ a_{21} & \cdots & a_{2,n-1} & 0 \\ \vdots & & \vdots & \vdots \\ a_{n1} & \cdots & 0 & 0 \end{vmatrix}=(-1)^{\frac{n(n-1)}{2}}a_{1n}a_{2,n-1}\cdots a_{n1}.$$

1.2.3 对换

定义 1.2.5 在一个排列中互换两个数的位置，其余的数保持不动，就得到另一个同级排列，这样的变换称为对换.

例如，在排列 3412 中对换 3 和 1 得到排列 1432.

关于对换和排列的奇偶性有如下性质：

定理 1.2.1 经一次对换后排列的奇偶性发生改变.

证 当对换的两个数 i，j 相邻时，设排列

$$\cdots ij\cdots$$

经对换变为

$$\cdots ji\cdots.$$

由逆序数的计算可知，两个排列中逆序的计数只在 i，j 上有所变化. 若原排列中 i，j 不构成逆序，则对换后 i 的逆序计数不变，j 的逆序计数会增加 1，从而逆序数会增加 1；若原排列中 i，j 构成逆序，则对换后 i 的逆序计数减少 1，j 的逆序计数不变，从而逆序数会减少 1. 不管怎样，排列的奇偶都改变了.

当对换的两个数 i，j 不相邻时，设排列

$$\cdots il_1l_2\cdots l_sj\cdots \tag{1.2.4}$$

经对换变为

$$\cdots jl_1l_2\cdots l_si\cdots. \tag{1.2.5}$$

该对换可由一系列相邻对换实现：先将式（1.2.4）中的 i 用 s 次相邻对换交换到 j 前，得到排列

$$\cdots l_1l_2\cdots l_sij\cdots,$$

再将 j 用 $s+1$ 次相邻对换交换到 l_1 前，得到排列式（1.2.5）. 这样总共进行了 $2s+1$（奇数）次相邻对换，而每进行一次相邻对换，奇偶性就要改变，故非相邻的对换也改变排列的奇偶性.

推论 1.2.1 任意一个 n 级排列可经一系列对换变为自然序排列，并且所作对换次数的奇偶性与该排列的奇偶性相同.

证 设 $j_1j_2\cdots j_n$ 为一个 n 级排列，若 $j_1=1$，则第一个数满足自然序排列的要求，否则必有某个 k（$2\leqslant k\leqslant n$）使得 $j_k=1$，将 j_1，j_k 对换，得到排列 $1j_2^1\cdots j_n^1$. 若 $j_2^1=2$，则这个新排列的第二个数也满足自然序的要求，否则必有某个 s（$3\leqslant s\leqslant n$）使得 $j_s^1=2$，将 j_2^1，j_s^1 对换，得到排列 $12j_3^2\cdots j_n^2$. 依此类推，排列 $j_1j_2\cdots j_n$ 总可经一系列对换变为排列 $12\cdots n$，即自然序排列.

再由定理 1.2.1 可知，对换的次数与排列的奇偶性改变的次数相同，而自然序排列为偶排列，故命题成立.

推论 1.2.2 全部 n（$n\geqslant 2$）级排列中奇排列与偶排列的个数相等，各为 $\frac{n!}{2}$ 个.

证 全部 n 级排列共有 $n!$ 个，设其中的奇排列为 p 个，偶排列为 q 个，则 $p+q=n!$. 再对 p 个奇排列的前两个数进行对换，会得到 p 个不同的偶排列，从而 $p\leqslant q$. 类似

地有 $q \leqslant p$，故 $p=q$，因此 $p=q=\frac{n!}{2}$.

定理 1.2.2 n 阶行列式

$$|a_{ij}|_n=\sum_{j_1j_2\cdots j_n}(-1)^{N(i_1i_2\cdots i_n)+N(j_1j_2\cdots j_n)}a_{i_1j_1}a_{i_2j_2}\cdots a_{i_nj_n}.$$

证 由乘法交换律，将 $a_{i_1j_1}a_{i_2j_2}\cdots a_{i_nj_n}$ 中的元素交换成行标按自然序排列的形式，记为

$$a_{1\bar{j}_1}a_{2\bar{j}_2}\cdots a_{n\bar{j}_n}.$$

注意到每次交换两个元素，行标与列标的排列 $i_1i_2\cdots i_n$ 和 $j_1j_2\cdots j_n$ 都会发生一次对换，故 $N(i_1i_2\cdots i_n)$ 与 $N(j_1j_2\cdots j_n)$ 各发生一次奇偶性的改变，从而 $N(i_1i_2\cdots i_n)+N(j_1j_2\cdots j_n)$ 的奇偶性不变，因此有

$$\begin{aligned}&\sum_{j_1j_2\cdots j_n}(-1)^{N(i_1i_2\cdots i_n)+N(j_1j_2\cdots j_n)}a_{i_1j_1}a_{i_2j_2}\cdots a_{i_nj_n}\\=&\sum_{\bar{j}_1\bar{j}_2\cdots\bar{j}_n}(-1)^{N(12\cdots n)+N(\bar{j}_1\bar{j}_2\cdots\bar{j}_n)}a_{1\bar{j}_1}a_{2\bar{j}_2}\cdots a_{n\bar{j}_n}\\=&\sum_{\bar{j}_1\bar{j}_2\cdots\bar{j}_n}(-1)^{N(\bar{j}_1\bar{j}_2\cdots\bar{j}_n)}a_{1\bar{j}_1}a_{2\bar{j}_2}\cdots a_{n\bar{j}_n}=|a_{ij}|_n.\end{aligned}$$

推论 1.2.3 n 阶行列式

$$|a_{ij}|_n=\sum_{i_1i_2\cdots i_n}(-1)^{N(i_1i_2\cdots i_n)}a_{i_11}a_{i_22}\cdots a_{i_nn}.$$

例 1.2.6 在行列式 $|a_{ij}|_5$ 中，项 $a_{12}a_{35}a_{54}a_{23}a_{41}$ 应带什么符号？

解 **解法 1** 由于

$$a_{12}a_{35}a_{54}a_{23}a_{41}=a_{12}a_{23}a_{35}a_{41}a_{54},$$

并且 $N(23514)=4$，按定义 1.2.4，这一项前带正号.

解法 2 由于

$$N(13524)+N(25431)=3+7=10,$$

按定理 1.2.2，这一项前带正号.

微课

1.2 节自测题

习题 1.2

1. 求下列排列的逆序数：

(1) 4231； (2) 1324； (3) 123654； (4) $n(n-1)\cdots 21$；

(5) $13\cdots(2n-1)24\cdots(2n)$； (6) $13\cdots(2n-1)(2n)(2n-2)\cdots 2$.

2. 设 9 级排列 $1274i56k9$ 是奇排列，试确定 i，k 的取值.

3. 求 5 阶行列式 $|a_{ij}|_5$ 中含有因子 $a_{13}a_{32}a_{51}$ 的项.

4. 求 6 阶行列式 $|a_{ij}|_6$ 中下列项应带的符号：

(1) $a_{15}a_{21}a_{34}a_{43}a_{52}a_{66}$；　　(2) $a_{52}a_{15}a_{34}a_{43}a_{21}a_{66}$.

5. 设在行列式 $|a_{ij}|_5$ 中项 $a_{2k}a_{12}a_{31}a_{4l}a_{53}$ 带负号，试确定 k，l 的值.

6. 计算下列行列式：

(1) $\begin{vmatrix} 1 & 0 & 0 & 0 \\ 0 & 0 & 2 & 0 \\ 0 & 3 & 0 & 0 \\ 0 & 0 & 0 & 4 \end{vmatrix}$；　(2) $\begin{vmatrix} 1 & 1 & 1 & 0 \\ 0 & 2 & 2 & 0 \\ 0 & 3 & 3 & 3 \\ 0 & 0 & 0 & 4 \end{vmatrix}$；　(3) $\begin{vmatrix} 0 & y & 0 & x \\ x & 0 & y & 0 \\ 0 & x & 0 & y \\ y & 0 & x & 0 \end{vmatrix}$；

(4) $\begin{vmatrix} 0 & 0 & \cdots & 0 & 1 \\ 0 & 0 & \cdots & 2 & 0 \\ \vdots & \vdots & & \vdots & \vdots \\ 0 & n-1 & \cdots & 0 & 0 \\ n & 0 & \cdots & 0 & 0 \end{vmatrix}$；　(5) $\begin{vmatrix} 0 & 1 & 2 & \cdots & n-1 \\ 0 & 0 & 1 & \cdots & n-2 \\ \vdots & \vdots & \vdots & & \vdots \\ 0 & 0 & 0 & \cdots & 1 \\ n & 0 & 0 & \cdots & 0 \end{vmatrix}$；

(6) $\begin{vmatrix} x & y & 0 & \cdots & 0 & 0 \\ 0 & x & y & \cdots & 0 & 0 \\ \vdots & \vdots & \vdots & & \vdots & \vdots \\ 0 & 0 & 0 & \cdots & x & y \\ y & 0 & 0 & \cdots & 0 & x \end{vmatrix}_n$.

7. 试求多项式 $f(x)=\begin{vmatrix} x-1 & 0 & 5 & 3 \\ 1 & x-2 & 1 & -1 \\ 3 & 4 & x+3 & 1 \\ 1 & -2 & 1 & x+4 \end{vmatrix}$ 中 x^3 的系数.

8. 证明：排列 $i_1i_2\cdots i_n$ 与排列 $i_ni_{n-1}\cdots i_1$ 的逆序数之和为 $\frac{n(n-1)}{2}$.

1.3 行列式的性质及应用

行列式的性质在行列式的计算中扮演着重要角色. 本节将讨论行列式的性质，并应用这些性质简化行列式的计算.

1.3.1 行列式的性质

定义 1.3.1 将行列式 D 的行列互换得到的行列式称为 D 的转置行列式，记为 D^{T} 或 D'，即若

$$D=\begin{vmatrix} a_{11} & a_{12} & \cdots & a_{1n} \\ a_{21} & a_{22} & \cdots & a_{2n} \\ \vdots & \vdots & & \vdots \\ a_{n1} & a_{n2} & \cdots & a_{nn} \end{vmatrix},$$

则

$$D^{\mathrm{T}}=\begin{vmatrix} a_{11} & a_{21} & \cdots & a_{n1} \\ a_{12} & a_{22} & \cdots & a_{n2} \\ \vdots & \vdots & & \vdots \\ a_{1n} & a_{2n} & \cdots & a_{nn} \end{vmatrix}.$$

性质 1.3.1 行列式与它的转置行列式相等.

证 设行列式 $D=|a_{ij}|_n$，由行列式的定义有

$$D=\sum_{j_1j_2\cdots j_n}(-1)^{N(j_1j_2\cdots j_n)}a_{1j_1}a_{2j_2}\cdots a_{nj_n}.$$

注意到 $a_{1j_1}a_{2j_2}\cdots a_{nj_n}$ 也是 D^{T} 的项，并且由推论 1.2.3，在 D^{T} 中 $a_{1j_1}a_{2j_2}\cdots a_{nj_n}$ 带的符号为$(-1)^{N(j_1j_2\cdots j_n)}$，因此有

$$D^{\mathrm{T}}=\sum_{j_1j_2\cdots j_n}(-1)^{N(j_1j_2\cdots j_n)}a_{1j_1}a_{2j_2}\cdots a_{nj_n},$$

故 $D=D^{\mathrm{T}}$.

性质 1.3.1 表明，在行列式中行与列的地位是对称的，因此行列式的有关行的性质对列也是成立的.

性质 1.3.2 行列式可按行（列）提取公因式，即

$$D_1=\begin{vmatrix} a_{11} & a_{12} & \cdots & a_{1n} \\ \vdots & \vdots & & \vdots \\ ka_{i1} & ka_{i2} & \cdots & ka_{in} \\ \vdots & \vdots & & \vdots \\ a_{n1} & a_{n2} & \cdots & a_{nn} \end{vmatrix}=k\begin{vmatrix} a_{11} & a_{12} & \cdots & a_{1n} \\ \vdots & \vdots & & \vdots \\ a_{i1} & a_{i2} & \cdots & a_{in} \\ \vdots & \vdots & & \vdots \\ a_{n1} & a_{n2} & \cdots & a_{nn} \end{vmatrix}=kD.$$

证 由行列式的定义，有

$$\begin{aligned} D_1&=\sum_{j_1j_2\cdots j_n}(-1)^{N(j_1j_2\cdots j_n)}a_{1j_1}a_{2j_2}\cdots ka_{ij_i}\cdots a_{nj_n} \\ &=k\sum_{j_1j_2\cdots j_n}(-1)^{N(j_1j_2\cdots j_n)}a_{1j_1}a_{2j_2}\cdots a_{ij_i}\cdots a_{nj_n} \\ &=kD. \end{aligned}$$

性质 1.3.2 也可以表述为：数 k 与行列式相乘等于行列式的某一行（列）的所有元素都乘同一数 k.

设行列式 $D=|a_{ij}|_n$，若 D 中元素满足：

$$a_{ij}=a_{ji}\quad(i,\ j=1,\ 2,\ \cdots,\ n),$$

则称 D 是对称行列式. 若 D 中元素满足：

$$a_{ij}=-a_{ji}\quad(i,\ j=1,\ 2,\ \cdots,\ n),$$

则称 D 是反对称行列式. 在反对称行列式中 $a_{ii}=0$，$i=1, 2, \cdots, n$.

例 1.3.1 证明奇数阶反对称行列式为零.

证 设反对称行列式 $D=\begin{vmatrix} 0 & a_{12} & a_{13} & \cdots & a_{1n} \\ -a_{12} & 0 & a_{23} & \cdots & a_{2n} \\ -a_{13} & -a_{23} & 0 & \cdots & a_{3n} \\ \vdots & \vdots & \vdots & & \vdots \\ -a_{1n} & -a_{2n} & -a_{3n} & \cdots & 0 \end{vmatrix}$，其中 n 为奇数，则

$$D=\begin{vmatrix} 0 & a_{12} & a_{13} & \cdots & a_{1n} \\ -a_{12} & 0 & a_{23} & \cdots & a_{2n} \\ -a_{13} & -a_{23} & 0 & \cdots & a_{3n} \\ \vdots & \vdots & \vdots & & \vdots \\ -a_{1n} & -a_{2n} & -a_{3n} & \cdots & 0 \end{vmatrix}$$

$$\xlongequal{\text{每行提取}-1}(-1)^n\begin{vmatrix} 0 & -a_{12} & -a_{13} & \cdots & -a_{1n} \\ a_{12} & 0 & -a_{23} & \cdots & -a_{2n} \\ a_{13} & a_{23} & 0 & \cdots & -a_{3n} \\ \vdots & \vdots & \vdots & & \vdots \\ a_{1n} & a_{2n} & a_{3n} & \cdots & 0 \end{vmatrix}$$

$$=(-1)^nD^{\mathrm{T}},$$

再由 $D=D^{\mathrm{T}}$，有 $D=(-1)^nD^{\mathrm{T}}=-D$，故 $D=0$.

性质 1.3.3 交换行列式的两行（列）元素，行列式变号.

证 设行列式

$$D=\begin{vmatrix} a_{11} & a_{12} & \cdots & a_{1n} \\ \vdots & \vdots & & \vdots \\ a_{i1} & a_{i2} & \cdots & a_{in} \\ \vdots & \vdots & & \vdots \\ a_{j1} & a_{j2} & \cdots & a_{jn} \\ \vdots & \vdots & & \vdots \\ a_{n1} & a_{n2} & \cdots & a_{nn} \end{vmatrix}\begin{matrix} \\ \\ i\text{ 行} \\ \\ j\text{ 行} \\ \\ \\ \end{matrix},$$

交换 D 的第 i 行与第 j 行元素，得到行列式

$$D_1=\begin{vmatrix} a_{11} & a_{12} & \cdots & a_{1n} \\ \vdots & \vdots & & \vdots \\ a_{j1} & a_{j2} & \cdots & a_{jn} \\ \vdots & \vdots & & \vdots \\ a_{i1} & a_{i2} & \cdots & a_{in} \\ \vdots & \vdots & & \vdots \\ a_{n1} & a_{n2} & \cdots & a_{nn} \end{vmatrix}\begin{matrix} \\ \\ i\text{ 行} \\ \\ j\text{ 行} \\ \\ \\ \end{matrix},$$

注意到 $a_{1p_1}\cdots a_{ip_i}\cdots a_{jp_j}\cdots a_{np_n}$（$p_1\cdots p_i\cdots p_j\cdots p_n$ 为任一 n 级排列）同时为 D 与 D_1 中的项，并且由定理 1.2.2 可知，D 中该项带的符号为

$$(-1)^{N(1\cdots i\cdots j\cdots n)+N(p_1\cdots p_i\cdots p_j\cdots p_n)},$$

而 D_1 中该项带的符号为

$$(-1)^{N(1\cdots j\cdots i\cdots n)+N(p_1\cdots p_i\cdots p_j\cdots p_n)},$$

两个符号恰好相反，故 $D_1=-D$.

推论 1.3.1 如果行列式中两行（列）元素对应相等，则行列式为零.

证 设行列式 D 中第 i 行（列）与第 j 行（列）的元素对应相等，交换 i，j 行（列），则有 $D=-D$，故 $D=0$.

推论 1.3.2 如果行列式中两行（列）元素对应成比例，则行列式为零.

性质 1.3.4 如果行列式的某一行（列）元素都是两个数的和，则此行列式等于两个行列式的和，这两个行列式在该行（列）的每个位置上各分得其中的一个数，而其他行（列）与原行列式对应的行（列）相同. 以行为例，即

$$D=\begin{vmatrix} a_{11} & a_{12} & \cdots & a_{1n} \\ \vdots & \vdots & & \vdots \\ b_{i1}+c_{i1} & b_{i2}+c_{i2} & \cdots & b_{in}+c_{in} \\ \vdots & \vdots & & \vdots \\ a_{n1} & a_{n2} & \cdots & a_{nn} \end{vmatrix}$$
$$=\begin{vmatrix} a_{11} & a_{12} & \cdots & a_{1n} \\ \vdots & \vdots & & \vdots \\ b_{i1} & b_{i2} & \cdots & b_{in} \\ \vdots & \vdots & & \vdots \\ a_{n1} & a_{n2} & \cdots & a_{nn} \end{vmatrix}+\begin{vmatrix} a_{11} & a_{12} & \cdots & a_{1n} \\ \vdots & \vdots & & \vdots \\ c_{i1} & c_{i2} & \cdots & c_{in} \\ \vdots & \vdots & & \vdots \\ a_{n1} & a_{n2} & \cdots & a_{nn} \end{vmatrix}$$
$$=D_1+D_2.$$

证 由行列式的定义有

$$\begin{aligned} D &= \sum_{j_1j_2\cdots j_n}(-1)^{N(j_1j_2\cdots j_n)}a_{1j_1}a_{2j_2}\cdots(b_{ij_i}+c_{ij_i})\cdots a_{nj_n} \\ &= \sum_{j_1j_2\cdots j_n}(-1)^{N(j_1j_2\cdots j_n)}a_{1j_1}a_{2j_2}\cdots b_{ij_i}\cdots a_{nj_n}+\sum_{j_1j_2\cdots j_n}(-1)^{N(j_1j_2\cdots j_n)}a_{1j_1}a_{2j_2}\cdots c_{ij_i}\cdots a_{nj_n} \\ &= D_1+D_2. \end{aligned}$$

性质 1.3.5 将行列式的某一行（列）元素乘以数 k 加到另一行（列）的对应元素上，行列式的值不变.

证 设行列式 $D=|a_{ij}|_n$，将 D 的第 i 行乘以 k 再对应加到第 j 行得到的行列式记为 D_1，由性质 1.3.4 有

$$D_1=\begin{vmatrix} a_{11} & a_{12} & \cdots & a_{1n} \\ \vdots & \vdots & & \vdots \\ a_{i1} & a_{i2} & \cdots & a_{in} \\ \vdots & \vdots & & \vdots \\ ka_{i1}+a_{j1} & ka_{i2}+a_{j2} & \cdots & ka_{in}+a_{jn} \\ \vdots & \vdots & & \vdots \\ a_{n1} & a_{n2} & \cdots & a_{nn} \end{vmatrix}$$

$$=\begin{vmatrix} a_{11} & a_{12} & \cdots & a_{1n} \\ \vdots & \vdots & & \vdots \\ a_{i1} & a_{i2} & \cdots & a_{in} \\ \vdots & \vdots & & \vdots \\ ka_{i1} & ka_{i2} & \cdots & ka_{in} \\ \vdots & \vdots & & \vdots \\ a_{n1} & a_{n2} & \cdots & a_{nn} \end{vmatrix}+\begin{vmatrix} a_{11} & a_{12} & \cdots & a_{1n} \\ \vdots & \vdots & & \vdots \\ a_{i1} & a_{i2} & \cdots & a_{in} \\ \vdots & \vdots & & \vdots \\ a_{j1} & a_{j2} & \cdots & a_{jn} \\ \vdots & \vdots & & \vdots \\ a_{n1} & a_{n2} & \cdots & a_{nn} \end{vmatrix}=\begin{vmatrix} a_{11} & a_{12} & \cdots & a_{1n} \\ \vdots & \vdots & & \vdots \\ a_{i1} & a_{i2} & \cdots & a_{in} \\ \vdots & \vdots & & \vdots \\ a_{j1} & a_{j2} & \cdots & a_{jn} \\ \vdots & \vdots & & \vdots \\ a_{n1} & a_{n2} & \cdots & a_{nn} \end{vmatrix}=D.$$

1.3.2 行列式的“三角化”计算

计算行列式时，将行列式化为上（下）三角形行列式是一种典型的做法.

化简过程中，约定对行和列进行的操作分别用字母 r，c 来表示．如 $r_i\leftrightarrow r_j$ 表示交换第 i 行与第 j 行；c_j+kc_i 表示将第 i 列乘以 k 后加到第 j 列；等等.

微课

例 1.3.2
讲解视频

例 1.3.2 计算行列式 $D=\begin{vmatrix} -5 & 1 & 3 & 1 \\ 7 & 5 & -2 & -2 \\ -4 & 2 & 1 & -1 \\ 6 & -3 & -4 & 0 \end{vmatrix}$.

解 $$D\xlongequal{c_1\leftrightarrow c_4}-\begin{vmatrix} 1 & 1 & 3 & -5 \\ -2 & 5 & -2 & 7 \\ -1 & 2 & 1 & -4 \\ 0 & -3 & -4 & 6 \end{vmatrix}\xlongequal[r_3+r_1]{r_2+2r_1}-\begin{vmatrix} 1 & 1 & 3 & -5 \\ 0 & 7 & 4 & -3 \\ 0 & 3 & 4 & -9 \\ 0 & -3 & -4 & 6 \end{vmatrix}$$

$$\xlongequal{c_2\leftrightarrow c_3}\begin{vmatrix} 1 & 3 & 1 & -5 \\ 0 & 4 & 7 & -3 \\ 0 & 4 & 3 & -9 \\ 0 & -4 & -3 & 6 \end{vmatrix}\xlongequal[r_4+r_2]{r_3-r_2}\begin{vmatrix} 1 & 3 & 1 & -5 \\ 0 & 4 & 7 & -3 \\ 0 & 0 & -4 & -6 \\ 0 & 0 & 4 & 3 \end{vmatrix}$$

$$\xlongequal{r_4+r_3}\begin{vmatrix} 1 & 3 & 1 & -5 \\ 0 & 4 & 7 & -3 \\ 0 & 0 & -4 & -6 \\ 0 & 0 & 0 & -3 \end{vmatrix}=48.$$

注 任意一个行列式都可以只使用行（列）的性质化为上（下）三角形行列式.

例 1.3.3 计算行列式 $D=\begin{vmatrix} x & a_1 & a_2 & a_3 \\ a_1 & x & a_2 & a_3 \\ a_1 & a_2 & x & a_3 \\ a_1 & a_2 & a_3 & x \end{vmatrix}$.

解 注意到行列式中各行的元素都相同，从而可以将行列式的第 2，3，4 列加到第 1 列，然后提取公因式，再进一步将其化为下三角形行列式进行计算，即

$$D \xlongequal{c_1+(c_2+c_3+c_4)} \begin{vmatrix} x+\sum_{i=1}^{3}a_i & a_1 & a_2 & a_3 \\ x+\sum_{i=1}^{3}a_i & x & a_2 & a_3 \\ x+\sum_{i=1}^{3}a_i & a_2 & x & a_3 \\ x+\sum_{i=1}^{3}a_i & a_2 & a_3 & x \end{vmatrix} = (x+\sum_{i=1}^{3}a_i)\begin{vmatrix} 1 & a_1 & a_2 & a_3 \\ 1 & x & a_2 & a_3 \\ 1 & a_2 & x & a_3 \\ 1 & a_2 & a_3 & x \end{vmatrix}$$

$$\xlongequal[c_4-a_3c_1]{\substack{c_2-a_1c_1\\ c_3-a_2c_1}} (x+\sum_{i=1}^{3}a_i)\begin{vmatrix} 1 & 0 & 0 & 0 \\ 1 & x-a_1 & 0 & 0 \\ 1 & a_2-a_1 & x-a_2 & 0 \\ 1 & a_2-a_1 & a_3-a_2 & x-a_3 \end{vmatrix} = (x+\sum_{i=1}^{3}a_i)\prod_{j=1}^{3}(x-a_j).$$

例 1.3.4 计算行列式 $D=\begin{vmatrix} 1 & 1 & 1 & 1 \\ a_1 & -a_1 & 0 & 0 \\ 0 & a_2 & -a_2 & 0 \\ 0 & 0 & a_3 & -a_3 \end{vmatrix}$.

解 注意到从第 2 行开始，每行都有两个元素互为相反数，可以先将第 4 列加到第 3 列，再将第 3 列加到第 2 列，最后将第 2 列加到第 1 列，使其化为上三角形行列式，即

$$D \xlongequal{c_3+c_4} \begin{vmatrix} 1 & 1 & 2 & 1 \\ a_1 & -a_1 & 0 & 0 \\ 0 & a_2 & -a_2 & 0 \\ 0 & 0 & 0 & -a_3 \end{vmatrix} \xlongequal{c_2+c_3} \begin{vmatrix} 1 & 3 & 2 & 1 \\ a_1 & -a_1 & 0 & 0 \\ 0 & 0 & -a_2 & 0 \\ 0 & 0 & 0 & -a_3 \end{vmatrix}$$

$$\xlongequal{c_1+c_2} \begin{vmatrix} 4 & 3 & 2 & 1 \\ 0 & -a_1 & 0 & 0 \\ 0 & 0 & -a_2 & 0 \\ 0 & 0 & 0 & -a_3 \end{vmatrix} = -4a_1a_2a_3.$$

例 1.3.5 计算行列式 $D=\begin{vmatrix} a_0 & 1 & 1 & 1 \\ 1 & a_1 & 0 & 0 \\ 1 & 0 & a_2 & 0 \\ 1 & 0 & 0 & a_3 \end{vmatrix}$ $(a_0a_1a_2a_3\neq 0)$.

解 注意到行列式与上三角形行列式的差异，需要将第 1 列中的 1 都化为 0，即

$$D\xlongequal{c_1-\frac{1}{a_1}c_2}\begin{vmatrix} a_0-\frac{1}{a_1} & 1 & 1 & 1 \\ 0 & a_1 & 0 & 0 \\ 1 & 0 & a_2 & 0 \\ 1 & 0 & 0 & a_3 \end{vmatrix}\xlongequal{c_1-\frac{1}{a_2}c_3}\begin{vmatrix} a_0-\frac{1}{a_1}-\frac{1}{a_2} & 1 & 1 & 1 \\ 0 & a_1 & 0 & 0 \\ 0 & 0 & a_2 & 0 \\ 1 & 0 & 0 & a_3 \end{vmatrix}$$

$$\xlongequal{c_1-\frac{1}{a_3}c_4}\begin{vmatrix} a_0-\frac{1}{a_1}-\frac{1}{a_2}-\frac{1}{a_3} & 1 & 1 & 1 \\ 0 & a_1 & 0 & 0 \\ 0 & 0 & a_2 & 0 \\ 0 & 0 & 0 & a_3 \end{vmatrix}=\left(a_0-\frac{1}{a_1}-\frac{1}{a_2}-\frac{1}{a_3}\right)a_1a_2a_3.$$

例 1.3.6 证明 $\begin{vmatrix} a_{11} & \cdots & a_{1m} & c_{11} & \cdots & c_{1n} \\ \vdots & & \vdots & \vdots & & \vdots \\ a_{m1} & \cdots & a_{mm} & c_{m1} & \cdots & c_{mn} \\ 0 & \cdots & 0 & b_{11} & \cdots & b_{1n} \\ \vdots & & \vdots & \vdots & & \vdots \\ 0 & \cdots & 0 & b_{n1} & \cdots & b_{nn} \end{vmatrix}=\begin{vmatrix} a_{11} & \cdots & a_{1m} \\ \vdots & & \vdots \\ a_{m1} & \cdots & a_{mm} \end{vmatrix}\begin{vmatrix} b_{11} & \cdots & b_{1n} \\ \vdots & & \vdots \\ b_{n1} & \cdots & b_{nn} \end{vmatrix}$.

证 记等式左侧的行列式为 D，右侧两个行列式分别为 D_1，D_2. 对 D_1，D_2 分别只使用列和行的性质化为上三角形行列式，并且设

$$D_1=\begin{vmatrix} a_{11} & \cdots & a_{1m} \\ \vdots & & \vdots \\ a_{m1} & \cdots & a_{mm} \end{vmatrix}=\begin{vmatrix} p_{11} & \cdots & p_{1m} \\ & \ddots & \vdots \\ 0 & & p_{mm} \end{vmatrix}=p_{11}\cdots p_{mm},$$

$$D_2=\begin{vmatrix} b_{11} & \cdots & b_{1n} \\ \vdots & & \vdots \\ b_{n1} & \cdots & b_{nn} \end{vmatrix}=\begin{vmatrix} q_{11} & \cdots & q_{1n} \\ & \ddots & \vdots \\ 0 & & q_{nn} \end{vmatrix}=q_{11}\cdots q_{nn},$$

再将对 D_1 的化简过程用于 D 的前 m 列，将对 D_2 的化简过程用于 D 的后 n 行，从而有

$$D=\begin{vmatrix} a_{11} & \cdots & a_{1m} & c_{11} & \cdots & c_{1n} \\ \vdots & & \vdots & \vdots & & \vdots \\ a_{m1} & \cdots & a_{mm} & c_{m1} & \cdots & c_{mn} \\ 0 & \cdots & 0 & b_{11} & \cdots & b_{1n} \\ \vdots & & \vdots & \vdots & & \vdots \\ 0 & \cdots & 0 & b_{n1} & \cdots & b_{nn} \end{vmatrix}=\begin{vmatrix} p_{11} & \cdots & p_{1m} & c_{11} & \cdots & c_{1n} \\ & \ddots & \vdots & \vdots & & \vdots \\ & & p_{mm} & c_{m1} & \cdots & c_{mn} \\ & & & q_{11} & \cdots & q_{1n} \\ & & & & \ddots & \vdots \\ 0 & & & & & q_{nn} \end{vmatrix}$$

$$=p_{11}\cdots p_{mm}q_{11}\cdots q_{nn}=D_1D_2.$$

例 1.3.7 解关于 x 的方程 $\begin{vmatrix} a & ax & ax^2 & \cdots & ax^{n-1} & ax^n \\ -1 & a & ax & \cdots & ax^{n-2} & ax^{n-1} \\ 0 & -1 & a & \cdots & ax^{n-3} & ax^{n-2} \\ \vdots & \vdots & \vdots & & \vdots & \vdots \\ 0 & 0 & 0 & \cdots & a & ax \\ 0 & 0 & 0 & \cdots & -1 & a \end{vmatrix}=0\ (a\neq 0)$.

解 由于

$$\begin{vmatrix} a & ax & ax^2 & \cdots & ax^{n-1} & ax^n \\ -1 & a & ax & \cdots & ax^{n-2} & ax^{n-1} \\ 0 & -1 & a & \cdots & ax^{n-3} & ax^{n-2} \\ \vdots & \vdots & \vdots & & \vdots & \vdots \\ 0 & 0 & 0 & \cdots & a & ax \\ 0 & 0 & 0 & \cdots & -1 & a \end{vmatrix}$$

$$\xlongequal[\substack{\cdots \\ r_n-xr_{n+1}}]{\substack{r_1-xr_2 \\ r_2-xr_3}}\begin{vmatrix} a+x & 0 & 0 & \cdots & 0 & 0 \\ -1 & a+x & 0 & \cdots & 0 & 0 \\ 0 & -1 & a+x & \cdots & 0 & 0 \\ \vdots & \vdots & \vdots & & \vdots & \vdots \\ 0 & 0 & 0 & \cdots & a+x & 0 \\ 0 & 0 & 0 & \cdots & -1 & a \end{vmatrix}=a(a+x)^n,$$

从而方程的解为 $x=-a$.

微课

1.3节自测题

习题 1.3

1. 设行列式 $\begin{vmatrix} a_1 & b_1 & c_1 \\ a_2 & b_2 & c_2 \\ a_3 & b_3 & c_3 \end{vmatrix}=1$，求行列式 $\begin{vmatrix} 4a_1 & -2b_1 & -8c_1 \\ -2a_2 & b_2 & 4c_2 \\ -2a_3 & b_3 & 4c_3 \end{vmatrix}$ 的值.

2. 计算下列行列式：

(1) $\begin{vmatrix} 1 & 2 & 3 & 4 \\ 2 & 3 & 4 & 1 \\ 3 & 4 & 1 & 2 \\ 4 & 1 & 2 & 3 \end{vmatrix}$；　　(2) $\begin{vmatrix} 1 & 3 & -5 & 1 \\ 5 & -2 & 7 & -2 \\ 2 & 1 & -4 & -1 \\ -3 & -4 & 6 & 3 \end{vmatrix}$.

3. 证明 $\begin{vmatrix} a_1+c_1 & b_1+a_1 & c_1+b_1 \\ a_2+c_2 & b_2+a_2 & c_2+b_2 \\ a_3+c_3 & b_3+a_3 & c_3+b_3 \end{vmatrix}=2\begin{vmatrix} a_1 & b_1 & c_1 \\ a_2 & b_2 & c_2 \\ a_3 & b_3 & c_3 \end{vmatrix}$.

4. 计算下列行列式：

(1) $\begin{vmatrix} 3 & 1 & 301 \\ 1 & 2 & 102 \\ 2 & 4 & 199 \end{vmatrix}$； (2) $\begin{vmatrix} 1 & 1 & 1 & 1 \\ 1 & 2 & 3 & 4 \\ 1 & 3 & 6 & 10 \\ 1 & 4 & 10 & 20 \end{vmatrix}$； (3) $\begin{vmatrix} 1 & 2 & 2 & 2 \\ 2 & 2 & 2 & 2 \\ 2 & 2 & 3 & 2 \\ 2 & 2 & 2 & 4 \end{vmatrix}$；

(4) $\begin{vmatrix} a_1 & a_2 & \cdots & a_n \\ a_1 & a_2+1 & \cdots & a_n \\ \vdots & \vdots & & \vdots \\ a_1 & a_2 & \cdots & a_n+1 \end{vmatrix}$； (5) $\begin{vmatrix} a_1+1 & a_2 & \cdots & a_n \\ a_1 & a_2+1 & \cdots & a_n \\ \vdots & \vdots & & \vdots \\ a_1 & a_2 & \cdots & a_n+1 \end{vmatrix}$；

(6) $\begin{vmatrix} 1 & a_1 & 0 & \cdots & 0 & 0 \\ -1 & 1-a_1 & a_2 & \cdots & 0 & 0 \\ 0 & -1 & 1-a_2 & \cdots & 0 & 0 \\ \vdots & \vdots & \vdots & & \vdots & \vdots \\ 0 & 0 & 0 & \cdots & 1-a_{n-1} & a_n \\ 0 & 0 & 0 & \cdots & -1 & 1-a_n \end{vmatrix}$；

(7) $\begin{vmatrix} a_0 & 1 & 1 & \cdots & 1 & 1 \\ 1 & a_1 & 0 & \cdots & 0 & 0 \\ 1 & 0 & a_2 & \cdots & 0 & 0 \\ \vdots & \vdots & \vdots & & \vdots & \vdots \\ 1 & 0 & 0 & \cdots & a_{n-1} & 0 \\ 1 & 0 & 0 & \cdots & 0 & a_n \end{vmatrix}$ $(a_1a_2\cdots a_n\neq 0)$.

5. 解方程 $f(x)=\begin{vmatrix} x-2 & x-1 & x-2 & x-3 \\ 2x-2 & 2x-1 & 2x-2 & 2x-3 \\ 3x-3 & 3x-2 & 4x-5 & 3x-5 \\ 4x & 4x-3 & 5x-7 & 4x-3 \end{vmatrix}=0$.

6. 设行列式中的每行元素之和等于零，证明：行列式的值为零.

1.4 行列式按一行（列）展开

由习题 1.1 中的第 3 题可知

$$\begin{vmatrix} a_1 & a_2 & a_3 \\ b_1 & b_2 & b_3 \\ c_1 & c_2 & c_3 \end{vmatrix}=a_1\begin{vmatrix} b_2 & b_3 \\ c_2 & c_3 \end{vmatrix}-a_2\begin{vmatrix} b_1 & b_3 \\ c_1 & c_3 \end{vmatrix}+a_3\begin{vmatrix} b_1 & b_2 \\ c_1 & c_2 \end{vmatrix}. \tag{1.4.1}$$

式（1.4.1）可以看成是将行列式按其第 1 行元素展开的表达式，即将三阶行列式表示为其第 1 行元素分别乘以二阶行列式的代数和. 受此启发，本节探讨在一般情形下的行列式按某一行（列）展开的方法.

1.4.1 行列式按一行（列）展开

定义 1.4.1 在行列式 $D=|a_{ij}|_n$ 中，去掉 a_{ij} 所在的第 i 行第 j 列元素，剩余元素按原顺序构成的 $n-1$ 阶行列式称为元素 a_{ij} 的余子式，记为 M_{ij}，称 $A_{ij}=(-1)^{i+j}M_{ij}$ 为元素 a_{ij} 的代数余子式.

例如，在四阶行列式

$$D=\begin{vmatrix} a_{11} & a_{12} & a_{13} & a_{14} \\ a_{21} & a_{22} & a_{23} & a_{24} \\ a_{31} & a_{32} & a_{33} & a_{34} \\ a_{41} & a_{42} & a_{43} & a_{44} \end{vmatrix}$$

中，元素 a_{23} 的余子式和代数余子式分别为

$$M_{23}=\begin{vmatrix} a_{11} & a_{12} & a_{14} \\ a_{31} & a_{32} & a_{34} \\ a_{41} & a_{42} & a_{44} \end{vmatrix},\ A_{23}=(-1)^{2+3}M_{23}=-\begin{vmatrix} a_{11} & a_{12} & a_{14} \\ a_{31} & a_{32} & a_{34} \\ a_{41} & a_{42} & a_{44} \end{vmatrix}.$$

定理 1.4.1 行列式等于它的任意一行（列）的每个元素与其对应的代数余子式的乘积之和，即

$$D=|a_{ij}|_n=a_{i1}A_{i1}+a_{i2}A_{i2}+\cdots+a_{in}A_{in}\quad (i=1,\ 2,\ \cdots,\ n),$$

或

$$D=|a_{ij}|_n=a_{1j}A_{1j}+a_{2j}A_{2j}+\cdots+a_{nj}A_{nj}\quad (j=1,\ 2,\ \cdots,\ n).$$

微课

定理 1.4.1
讲解视频

证 将行列式按第 i 行展开，分两种情形讨论.

（1）第 i 行只有一个非零元素，设 $a_{ij}\neq 0$，将行列式的第 i 行逐行交换到行列式的第 1 行，再将行列式的第 j 列逐列交换到行列式的第 1 列，从而有

$$D=\begin{vmatrix} a_{11} & \cdots & a_{1j} & \cdots & a_{1n} \\ \vdots & & \vdots & & \vdots \\ 0 & \cdots & a_{ij} & \cdots & 0 \\ \vdots & & \vdots & & \vdots \\ a_{n1} & \cdots & a_{nj} & \cdots & a_{nn} \end{vmatrix} \xlongequal[\substack{\cdots \\ r_2\leftrightarrow r_1}]{\substack{r_i\leftrightarrow r_{i-1} \\ r_{i-1}\leftrightarrow r_{i-2}}} (-1)^{i-1}\begin{vmatrix} 0 & \cdots & a_{ij} & \cdots & 0 \\ a_{11} & \cdots & a_{1j} & \cdots & a_{1n} \\ a_{21} & \cdots & a_{2j} & \cdots & a_{2n} \\ \vdots & & \vdots & & \vdots \\ a_{n1} & \cdots & a_{nj} & \cdots & a_{nn} \end{vmatrix}$$

$$\xlongequal[\substack{\cdots \\ c_2\leftrightarrow c_1}]{\substack{c_j\leftrightarrow c_{j-1} \\ c_{j-1}\leftrightarrow c_{j-2}}} (-1)^{i-1+j-1}\begin{vmatrix} a_{ij} & 0 & 0 & \cdots & 0 \\ a_{1j} & a_{11} & a_{12} & \cdots & a_{1n} \\ a_{2j} & a_{21} & a_{22} & \cdots & a_{2n} \\ \vdots & \vdots & \vdots & & \vdots \\ a_{nj} & a_{n1} & a_{n2} & \cdots & a_{nn} \end{vmatrix} = a_{ij}(-1)^{i+j}M_{ij}=a_{ij}A_{ij}.$$

（2）对于一般情形，由行列式的性质有

$$D=\begin{vmatrix} a_{11} & a_{12} & \cdots & a_{1n} \\ \vdots & \vdots & & \vdots \\ a_{i1} & a_{i2} & \cdots & a_{in} \\ \vdots & \vdots & & \vdots \\ a_{n1} & a_{n2} & \cdots & a_{nn} \end{vmatrix}=\begin{vmatrix} a_{11} & a_{12} & \cdots & a_{1n} \\ \vdots & \vdots & & \vdots \\ a_{i1}+0+\cdots+0 & 0+a_{i2}+\cdots+0 & \cdots & 0+0+\cdots+a_{in} \\ \vdots & \vdots & & \vdots \\ a_{n1} & a_{n2} & \cdots & a_{nn} \end{vmatrix}$$

$$=\begin{vmatrix} a_{11} & a_{12} & \cdots & a_{1n} \\ \vdots & \vdots & & \vdots \\ a_{i1} & 0 & \cdots & 0 \\ \vdots & \vdots & & \vdots \\ a_{n1} & a_{n2} & \cdots & a_{nn} \end{vmatrix}+\begin{vmatrix} a_{11} & a_{12} & \cdots & a_{1n} \\ \vdots & \vdots & & \vdots \\ 0 & a_{i2} & \cdots & 0 \\ \vdots & \vdots & & \vdots \\ a_{n1} & a_{n2} & \cdots & a_{nn} \end{vmatrix}+\cdots+\begin{vmatrix} a_{11} & a_{12} & \cdots & a_{1n} \\ \vdots & \vdots & & \vdots \\ 0 & 0 & \cdots & a_{in} \\ \vdots & \vdots & & \vdots \\ a_{n1} & a_{n2} & \cdots & a_{nn} \end{vmatrix}$$

$$=a_{i1}A_{i1}+a_{i2}A_{i2}+\cdots+a_{in}A_{in}.$$

同理可证

$$D=|a_{ij}|_n=a_{1j}A_{1j}+a_{2j}A_{2j}+\cdots+a_{nj}A_{nj}\quad (j=1,2,\cdots,n).$$

推论 1.4.1 行列式中某一行（列）的各元素与另一行（列）对应元素的代数余子式的乘积之和等于零，即如果行列式 $D=|a_{ij}|_n$，则

$$a_{i1}A_{j1}+a_{i2}A_{j2}+\cdots+a_{in}A_{jn}=0\ (i\neq j),$$

或

$$a_{1i}A_{1j}+a_{2i}A_{2j}+\cdots+a_{ni}A_{nj}=0\ (i\neq j).$$

证 将 D 的第 j 行元素对应换成第 i 行元素得到的行列式记为 D_1，此时 D_1 中第 i 行和第 j 行的元素对应相等，故 $D_1=0$. 另一方面，将 D_1 按第 j 行展开有

$$D_1=a_{j1}A_{j1}+a_{j2}A_{j2}+\cdots+a_{jn}A_{jn}=a_{i1}A_{j1}+a_{i2}A_{j2}+\cdots+a_{in}A_{jn},$$

从而

$$a_{i1}A_{j1}+a_{i2}A_{j2}+\cdots+a_{in}A_{jn}=0\ (i\neq j),$$

同理可证

$$a_{1i}A_{1j}+a_{2i}A_{2j}+\cdots+a_{ni}A_{nj}=0\ (i\neq j).$$

例 1.4.1 计算行列式 $D=\begin{vmatrix} 2 & 1 & -3 & -1 \\ 3 & 1 & 0 & 7 \\ -1 & 2 & 4 & -2 \\ 1 & 0 & -1 & 5 \end{vmatrix}$.

解 $$D=\begin{vmatrix} 2 & 1 & -3 & -1 \\ 3 & 1 & 0 & 7 \\ -1 & 2 & 4 & -2 \\ 1 & 0 & -1 & 5 \end{vmatrix}\xlongequal[r_3-2r_1]{r_2-r_1}\begin{vmatrix} 2 & 1 & -3 & -1 \\ 1 & 0 & 3 & 8 \\ -5 & 0 & 10 & 0 \\ 1 & 0 & -1 & 5 \end{vmatrix}=(-1)^{1+2}\begin{vmatrix} 1 & 3 & 8 \\ -5 & 10 & 0 \\ 1 & -1 & 5 \end{vmatrix}$$

$$\xlongequal{c_2+2c_1}-\begin{vmatrix}1&5&8\\-5&0&0\\1&1&5\end{vmatrix}=-(-5)(-1)^{2+1}\begin{vmatrix}5&8\\1&5\end{vmatrix}=-85.$$

例 1.4.2 设 $D=\begin{vmatrix}1&0&1&3\\-1&1&-1&2\\1&1&-1&0\\-2&2&1&4\end{vmatrix}$，求：

(1) $A_{14}+A_{24}+A_{34}+A_{44}$； (2) $M_{41}+M_{42}+M_{43}+2M_{44}$.

微课

例 1.4.2
讲解视频

解 (1) 由于

$$A_{14}+A_{24}+A_{34}+A_{44}=1\times A_{14}+1\times A_{24}+1\times A_{34}+1\times A_{44},$$

用 1，1，1，1 替代 D 的第 4 列得到行列式

$$D_1=\begin{vmatrix}1&0&1&1\\-1&1&-1&1\\1&1&-1&1\\-2&2&1&1\end{vmatrix},$$

将 D_1 按第 4 列元素展开恰好等于 $A_{14}+A_{24}+A_{34}+A_{44}$，故

$$A_{14}+A_{24}+A_{34}+A_{44}=D_1=\begin{vmatrix}1&0&1&1\\-1&1&-1&1\\1&1&-1&1\\-2&2&1&1\end{vmatrix}\xlongequal{r_3-r_2}\begin{vmatrix}1&0&1&1\\-1&1&-1&1\\2&0&0&0\\-2&2&1&1\end{vmatrix}$$

$$=2\times(-1)^{3+1}\begin{vmatrix}0&1&1\\1&-1&1\\2&1&1\end{vmatrix}\xlongequal{c_3-c_2}2\begin{vmatrix}0&1&0\\1&-1&2\\2&1&0\end{vmatrix}$$

$$=2\times2\times(-1)^{2+3}\begin{vmatrix}0&1\\2&1\end{vmatrix}=8.$$

(2) 由于

$$M_{41}+M_{42}+M_{43}+2M_{44}=-A_{41}+A_{42}-A_{43}+2A_{44},$$

用 −1，1，−1，2 替代 D 的第 4 行，得到行列式

$$D_2=\begin{vmatrix}1&0&1&3\\-1&1&-1&2\\1&1&-1&0\\-1&1&-1&2\end{vmatrix},$$

因此，$M_{41}+M_{42}+M_{43}+2M_{44}=D_2=0$.

例 1.4.3 证明 n 阶范德蒙行列式

$$D_n=\begin{vmatrix}1 & 1 & \cdots & 1\\ a_1 & a_2 & \cdots & a_n\\ a_1^2 & a_2^2 & \cdots & a_n^2\\ \vdots & \vdots & & \vdots\\ a_1^{n-1} & a_2^{n-1} & \cdots & a_n^{n-1}\end{vmatrix}=\prod_{1\leqslant j<i\leqslant n}(a_i-a_j)\quad (n\geqslant 2).$$

证 对行列式的阶数用数学归纳法. 当 $n=2$ 时，

$$\begin{vmatrix}1 & 1\\ a_1 & a_2\end{vmatrix}=a_2-a_1,$$

等式成立.

假设当阶数为 $n-1$ 时，等式成立，则当阶数为 n 时，

$$D_n=\begin{vmatrix}1 & 1 & \cdots & 1\\ a_1 & a_2 & \cdots & a_n\\ a_1^2 & a_2^2 & \cdots & a_n^2\\ \vdots & \vdots & & \vdots\\ a_1^{n-1} & a_2^{n-1} & \cdots & a_n^{n-1}\end{vmatrix}\xlongequal[i=n,\ n-1,\ \cdots,\ 2]{r_i-a_1r_{i-1}}\begin{vmatrix}1 & 1 & \cdots & 1\\ 0 & a_2-a_1 & \cdots & a_n-a_1\\ 0 & a_2(a_2-a_1) & \cdots & a_n(a_n-a_1)\\ \vdots & \vdots & & \vdots\\ 0 & a_2^{n-2}(a_2-a_1) & \cdots & a_n^{n-2}(a_n-a_1)\end{vmatrix}$$

$$=(a_2-a_1)(a_3-a_1)\cdots(a_n-a_1)\begin{vmatrix}1 & 1 & \cdots & 1\\ a_2 & a_3 & \cdots & a_n\\ \vdots & \vdots & & \vdots\\ a_2^{n-2} & a_3^{n-2} & \cdots & a_n^{n-2}\end{vmatrix},$$

上式右侧中的行列式是一个 $n-1$ 阶范德蒙行列式，由归纳假设，其等于 $\prod\limits_{2\leqslant j<i\leqslant n}(a_i-a_j)$，因此

$$D_n=(a_2-a_1)(a_3-a_1)\cdots(a_n-a_1)\prod_{2\leqslant j<i\leqslant n}(a_i-a_j)=\prod_{1\leqslant j<i\leqslant n}(a_i-a_j).$$

*1.4.2 拉普拉斯定理

将行列式按行（列）展开的方法进行推广.

定义 1.4.2 在 n 阶行列式 D 中任意选定 k 行 k 列，交叉位置的元素按原顺序构成的 k 阶行列式 D_k 称为 D 的一个 k 阶子式，去掉此 k 行 k 列元素后余下的元素按原顺序构成的 $n-k$ 阶行列式称为子式 D_k 的余子式，记为 M_k. 设此 k 行 k 列元素的行标为 i_1，i_2，…，i_k，列标为 j_1，j_2，…，j_k，称 $(-1)^{i_1+\cdots+i_k+j_1+\cdots+j_k}M_k$ 为子式 D_k 的代数余子式.

例如，在四阶行列式

$$D=\begin{vmatrix}a_{11} & a_{12} & a_{13} & a_{14}\\ a_{21} & a_{22} & a_{23} & a_{24}\\ a_{31} & a_{32} & a_{33} & a_{34}\\ a_{41} & a_{42} & a_{43} & a_{44}\end{vmatrix}$$

中选定 1，3 行和 2，4 列，得到 D 的一个二阶子式

$$D_2=\begin{vmatrix} a_{12} & a_{14} \\ a_{32} & a_{34} \end{vmatrix},$$

D_2 的余子式和代数余子式分别为

$$\begin{vmatrix} a_{21} & a_{23} \\ a_{41} & a_{43} \end{vmatrix}, \qquad (-1)^{(1+3)+(2+4)}\begin{vmatrix} a_{21} & a_{23} \\ a_{41} & a_{43} \end{vmatrix}.$$

不加证明地给出如下定理.

定理 1.4.2 （拉普拉斯定理） 在 n 阶行列式 D 中任意选定 k 行（列），由此 k 行（列）元素构成的全部 k 阶子式与其代数余子式的乘积之和等于行列式 D.

由定理 1.4.2 可知，若在 n 阶行列式 D 中取定某 k 行后得到的子式为 D_1，D_2，…，D_t，它们的代数余子式分别为 A_1，A_2，…，A_t，则

$$D=D_1A_1+D_2A_2+\cdots+D_tA_t.$$

例 1.4.4 计算行列式 $D=\begin{vmatrix} 1 & 2 & 3 & 0 \\ 4 & 1 & 2 & 0 \\ 0 & 2 & 4 & 1 \\ -1 & 0 & 3 & 2 \end{vmatrix}$.

解 在行列式 D 中，选定 1，2 行，二阶子式共有 6 个：

$$D_1=\begin{vmatrix} 1 & 2 \\ 4 & 1 \end{vmatrix},\ D_2=\begin{vmatrix} 1 & 3 \\ 4 & 2 \end{vmatrix},\ D_3=\begin{vmatrix} 1 & 0 \\ 4 & 0 \end{vmatrix},$$

$$D_4=\begin{vmatrix} 2 & 3 \\ 1 & 2 \end{vmatrix},\ D_5=\begin{vmatrix} 2 & 0 \\ 1 & 0 \end{vmatrix},\ D_6=\begin{vmatrix} 3 & 0 \\ 2 & 0 \end{vmatrix}.$$

它们的余子式为

$$M_1=\begin{vmatrix} 4 & 1 \\ 3 & 2 \end{vmatrix}, \quad M_2=\begin{vmatrix} 2 & 1 \\ 0 & 2 \end{vmatrix}, \quad M_3=\begin{vmatrix} 2 & 4 \\ 0 & 3 \end{vmatrix},$$

$$M_4=\begin{vmatrix} 0 & 1 \\ -1 & 2 \end{vmatrix}, \quad M_5=\begin{vmatrix} 0 & 4 \\ -1 & 3 \end{vmatrix},\ M_6=\begin{vmatrix} 0 & 2 \\ -1 & 0 \end{vmatrix}.$$

代数余子式为

$$A_1=(-1)^{(1+2)+(1+2)}M_1=M_1, \quad A_2=(-1)^{(1+2)+(1+3)}M_2=-M_2,$$
$$A_3=(-1)^{(1+2)+(1+4)}M_3=M_3, \quad A_4=(-1)^{(1+2)+(2+3)}M_4=M_4,$$
$$A_5=(-1)^{(1+2)+(2+4)}M_5=-M_5, \quad A_6=(-1)^{(1+2)+(3+4)}M_6=M_6.$$

由拉普拉斯定理有

$$D=D_1A_1+D_2A_2+\cdots+D_6A_6$$

$$=\begin{vmatrix}1&2\\4&1\end{vmatrix}\begin{vmatrix}4&1\\3&2\end{vmatrix}-\begin{vmatrix}1&3\\4&2\end{vmatrix}\begin{vmatrix}2&1\\0&2\end{vmatrix}+\begin{vmatrix}1&0\\4&0\end{vmatrix}\begin{vmatrix}2&4\\0&3\end{vmatrix}$$

$$+\begin{vmatrix}2&3\\1&2\end{vmatrix}\begin{vmatrix}0&1\\-1&2\end{vmatrix}-\begin{vmatrix}2&0\\1&0\end{vmatrix}\begin{vmatrix}0&4\\-1&3\end{vmatrix}+\begin{vmatrix}3&0\\2&0\end{vmatrix}\begin{vmatrix}0&2\\-1&0\end{vmatrix}$$

$$=(-7)\times5-(-10)\times4+0\times6+1\times1-0\times4+0\times2$$

$$=-35+40+1=6.$$

例 1.4.5 计算行列式 $D_{2n}=\begin{vmatrix}a_1&&&&&b_1\\&\ddots&&&\iddots&\\&&a_n&b_n&&\\&&c_n&d_n&&\\&\iddots&&&\ddots&\\c_1&&&&&d_1\end{vmatrix}$.

解 由拉普拉斯定理可知

$$D_{2n}=\begin{vmatrix}a_1&b_1\\c_1&d_1\end{vmatrix}(-1)^{(1+2n)+(1+2n)}\begin{vmatrix}a_2&&&&&b_2\\&\ddots&&&\iddots&\\&&a_n&b_n&&\\&&c_n&d_n&&\\&\iddots&&&\ddots&\\c_2&&&&&d_2\end{vmatrix}_{2n-2}$$

$$=\begin{vmatrix}a_1&b_1\\c_1&d_1\end{vmatrix}\begin{vmatrix}a_2&&&&&b_2\\&\ddots&&&\iddots&\\&&a_n&b_n&&\\&&c_n&d_n&&\\&\iddots&&&\ddots&\\c_2&&&&&d_2\end{vmatrix}_{2n-2}=\cdots$$

$$=\begin{vmatrix}a_1&b_1\\c_1&d_1\end{vmatrix}\begin{vmatrix}a_2&b_2\\c_2&d_2\end{vmatrix}\cdots\begin{vmatrix}a_n&b_n\\c_n&d_n\end{vmatrix}=\prod_{i=1}^{n}(a_id_i-b_ic_i).$$

习题 1.4

微课

1.4 节自测题

1. 设行列式 $\begin{vmatrix}2&1&x\\3&0&2\\1&3&4\end{vmatrix}$ 的余子式 $M_{22}=3$，求 x.

2. 已知三阶行列式的第 1 列元素分别为 1，−3，2，第 3 列元素的余子式依次是 2，a，−2，求 a 的值.

3. 将行列式 $\begin{vmatrix} 1 & 0 & -1 & -1 \\ 0 & -1 & -1 & 1 \\ a & b & c & d \\ -1 & -1 & 1 & 0 \end{vmatrix}$ 按第 3 行展开进行计算.

4. 计算下列行列式：

(1) $\begin{vmatrix} 1 & 3 & -5 & 1 \\ 5 & -2 & 7 & -2 \\ 2 & 1 & -4 & -1 \\ -3 & -4 & 6 & 3 \end{vmatrix}$；　(2) $\begin{vmatrix} 1 & 2 & 3 & 4 \\ 3 & -1 & -1 & 0 \\ 1 & 0 & 1 & 2 \\ 1 & 2 & 0 & -5 \end{vmatrix}$；

(3) $\begin{vmatrix} a_1 & 0 & 0 & b_1 \\ 0 & a_2 & b_2 & 0 \\ 0 & b_3 & a_3 & 0 \\ b_4 & 0 & 0 & a_4 \end{vmatrix}$；　(4) $\begin{vmatrix} 1+a & 1 & 1 & 1 \\ 1 & 1-a & 1 & 1 \\ 1 & 1 & 1+b & 1 \\ 1 & 1 & 1 & 1-b \end{vmatrix}$；

(5) $\begin{vmatrix} 1 & 2 & 3 & 4 & \cdots & n \\ 1 & 1 & 2 & 3 & \cdots & n-1 \\ 1 & a & 1 & 2 & \cdots & n-2 \\ 1 & a & a & 1 & \cdots & n-3 \\ \vdots & \vdots & \vdots & \vdots & & \vdots \\ 1 & a & a & a & \cdots & 1 \end{vmatrix}$.

5. 利用范德蒙行列式计算下列行列式：

(1) $\begin{vmatrix} 1 & 8 & 27 & 64 \\ 1 & 4 & 9 & 16 \\ 1 & 2 & 3 & 4 \\ 1 & 1 & 1 & 1 \end{vmatrix}$；　(2) $\begin{vmatrix} b+c+d & a+c+d & a+b+d & a+b+c \\ a & b & c & d \\ a^2 & b^2 & c^2 & d^2 \\ a^3 & b^3 & c^3 & d^3 \end{vmatrix}$；

(3) $\begin{vmatrix} a_1^3 & a_1^2b_1 & a_1b_1^2 & b_1^3 \\ a_2^3 & a_2^2b_2 & a_2b_2^2 & b_2^3 \\ a_3^3 & a_3^2b_3 & a_3b_3^2 & b_3^3 \\ a_4^3 & a_4^2b_4 & a_4b_4^2 & b_4^3 \end{vmatrix}$.

6. 设 $D=\begin{vmatrix} 3 & -5 & 2 & 1 \\ 1 & 1 & 0 & -5 \\ -1 & 3 & 1 & 3 \\ 2 & -4 & -1 & -3 \end{vmatrix}$，求 D 的第一列元素的余子式之和 $M_{11}+M_{21}+M_{31}+2M_{41}$.

7. 证明：$\begin{vmatrix} 1 & 1 & 1 \\ a & b & c \\ a^3 & b^3 & c^3 \end{vmatrix}=(a+b+c)(c-b)(c-a)(b-a)$.

8. 设 $D=\begin{vmatrix} a & b & c \\ a_1 & b_1 & c_1 \\ a_2 & b_2 & c_2 \end{vmatrix}$，证明：

$$\begin{vmatrix} a+x & b+y & c+z \\ a_1+x & b_1+y & c_1+z \\ a_2+x & b_2+y & c_2+z \end{vmatrix}=D+x\sum_{i=1}^{3}A_{i1}+y\sum_{i=1}^{3}A_{i2}+z\sum_{i=1}^{3}A_{i3},$$

其中 A_{ij}（i，$j=1$，2，3）为 D 的代数余子式.

1.5 克莱姆法则

在 1.1.1 节中，式（1.1.3）、式（1.1.5）给出了用行列式求解线性方程组的方法. 本节将这种方法推广到更一般的情形.

以 x_1，x_2，…，x_n 为未知数的 n 元一次方程组

$$\begin{cases} a_{11}x_1+a_{12}x_2+\cdots+a_{1n}x_n=b_1 \\ a_{21}x_1+a_{22}x_2+\cdots+a_{2n}x_n=b_2 \\ \cdots\cdots \\ a_{n1}x_1+a_{n2}x_2+\cdots+a_{nn}x_n=b_n \end{cases}, \tag{1.5.1}$$

称为 **n 元线性方程组**，其中 a_{ij}（i，$j=1$，2，…，n）为线性方程组的系数，b_i（$i=1$，2，…，n）为方程组的常数项. 当常数项 b_1，b_2，…，b_n 不全为零时，线性方程组（1.5.1）称为**非齐次线性方程组**；当常数项 b_1，b_2，…，b_n 全为零时，即

$$\begin{cases} a_{11}x_1+a_{12}x_2+\cdots+a_{1n}x_n=0 \\ a_{21}x_1+a_{22}x_2+\cdots+a_{2n}x_n=0 \\ \cdots\cdots \\ a_{n1}x_1+a_{n2}x_2+\cdots+a_{nn}x_n=0 \end{cases}, \tag{1.5.2}$$

称为**齐次线性方程组**. 线性方程组（1.5.1）的系数 a_{ij}（i，$j=1$，2，…，n）构成的行列式

$$\begin{vmatrix} a_{11} & a_{12} & \cdots & a_{1n} \\ a_{21} & a_{22} & \cdots & a_{2n} \\ \vdots & \vdots & & \vdots \\ a_{n1} & a_{n2} & \cdots & a_{nn} \end{vmatrix}$$

称为该线性方程组的**系数行列式**.

定理 1.5.1（克莱姆法则） 如果线性方程组（1.5.1）的系数行列式 $D\neq0$，则方程组（1.5.1）有唯一解，且解为

$$x_j=\frac{D_j}{D}\quad (j=1,\ 2,\ \cdots,\ n),\tag{1.5.3}$$

其中 D_j（$j=1,\ 2,\ \cdots,\ n$）是将 D 中第 j 列元素对应换成 b_1，b_2，…，b_n 得到的行列式.

定理 1.5.1 的证明过程将在 2.4.3 小节给出.

例 1.5.1 解线性方程组$\begin{cases}x_1+3x_2-2x_3+x_4=1\\2x_1+5x_2-3x_3+2x_4=3\\-3x_1+4x_2+8x_3-2x_4=4\\6x_1-x_2-6x_3+4x_4=2\end{cases}$.

解 因为系数行列式

$$D=\begin{vmatrix}1&3&-2&1\\2&5&-3&2\\-3&4&8&-2\\6&-1&-6&4\end{vmatrix}=\begin{vmatrix}1&3&-2&1\\0&-1&1&0\\0&13&2&1\\0&-19&6&-2\end{vmatrix}$$

$$=\begin{vmatrix}1&3&-2&1\\0&-1&1&0\\0&0&15&1\\0&0&-13&-2\end{vmatrix}=17\neq 0,$$

所以方程组有唯一解. 又

$$D_1=\begin{vmatrix}1&3&-2&1\\3&5&-3&2\\4&4&8&-2\\2&-1&-6&4\end{vmatrix}=-34,\quad D_2=\begin{vmatrix}1&1&-2&1\\2&3&-3&2\\-3&4&8&-2\\6&2&-6&4\end{vmatrix}=0,$$

$$D_3=\begin{vmatrix}1&3&1&1\\2&5&3&2\\-3&4&4&-2\\6&-1&2&4\end{vmatrix}=17,\quad D_4=\begin{vmatrix}1&3&-2&1\\2&5&-3&3\\-3&4&8&4\\6&-1&-6&2\end{vmatrix}=85,$$

因此唯一解为

$$x_1=\frac{D_1}{D}=-\frac{34}{17}=-2,\quad x_2=\frac{D_2}{D}=\frac{0}{17}=0,\quad x_3=\frac{D_3}{D}=\frac{17}{17}=1,\quad x_4=\frac{D_4}{D}=\frac{85}{17}=5.$$

例 1.5.2 求二次多项式 $f(x)$，使其满足 $f(1)=2$，$f(2)=6$，$f(3)=12$.

解 设 $f(x)=a+bx+cx^2$，由题意，可得到以 a，b，c 为未知数的线性方程组，即

$$\begin{cases}a+b+c=2\\a+2b+2^2c=6\\a+3b+3^2c=12\end{cases},$$

其系数行列式

$$D=\begin{vmatrix}1&1&1^2\\1&2&2^2\\1&3&3^2\end{vmatrix}=\begin{vmatrix}1&1&1\\1&2&3\\1^2&2^2&3^2\end{vmatrix}\xlongequal{\text{范德蒙行列式}}(3-2)(3-1)(2-1)=2,$$

因此，方程组有唯一解．又因为

$$D_1=\begin{vmatrix}2&1&1^2\\6&2&2^2\\12&3&3^2\end{vmatrix}\xlongequal{c_1-c_2-c_3}\begin{vmatrix}0&1&1\\0&2&2^2\\0&3&3^2\end{vmatrix}=0,$$

$$D_2=\begin{vmatrix}1&2&1^2\\1&6&2^2\\1&12&3^2\end{vmatrix}\xlongequal{c_2-c_3}\begin{vmatrix}1&1&1^2\\1&2&2^2\\1&3&3^2\end{vmatrix}=2,$$

$$D_3=\begin{vmatrix}1&1&2\\1&2&6\\1&3&12\end{vmatrix}\xlongequal{c_3-c_2}\begin{vmatrix}1&1&1\\1&2&2^2\\1&3&3^2\end{vmatrix}=2,$$

因此方程组的解为

$$a=\frac{D_1}{D}=\frac{0}{2}=0,\quad b=\frac{D_2}{D}=\frac{2}{2}=1,\quad c=\frac{D_3}{D}=\frac{2}{2}=1,$$

故二次多项式为 $f(x)=x+x^2$．

克莱姆法则以行列式的形式建立了方程组的系数、常数与方程组的解的关系．与在计算方面的作用相比，克莱姆法则的理论价值更重要，我们给出如下定理．

定理 1.5.2 如果线性方程组（1.5.1）的系数行列式 $D\neq0$，则它有唯一解．换言之，如果线性方程组（1.5.1）的解不唯一，则它的系数行列式 $D=0$．

对于齐次线性方程组（1.5.2），$x_1=0$，$x_2=0$，…，$x_n=0$ 必然是解，称其为方程组的零解．显然，齐次线性方程组有唯一解即指其只有零解．如果齐次线性方程组除零解外还有其他解，则称其有非零解．

定理 1.5.3 如果齐次线性方程组（1.5.2）的系数行列式 $D\neq0$，则它只有零解．换言之，如果齐次线性方程组（1.5.2）有非零解，则它的系数行列式 $D=0$．

例 1.5.3 已知齐次线性方程组 $\begin{cases}x_1+x_2+x_3+cx_4=0\\x_1+2x_2+x_3+x_4=0\\x_1+x_2-3x_3+x_4=0\\x_1+x_2+cx_3+dx_4=0\end{cases}$ 有非零解，试求 c，d 应满足的条件．

解 由克莱姆法则，方程组的系数行列式为零，从而有

$$0=\begin{vmatrix}1&1&1&c\\1&2&1&1\\1&1&-3&1\\1&1&c&d\end{vmatrix}=\begin{vmatrix}1&0&0&c-1\\1&1&0&0\\1&0&-4&0\\1&0&c-1&d-1\end{vmatrix}=\begin{vmatrix}1&0&c-1\\1&-4&0\\1&c-1&d-1\end{vmatrix}$$

$$=\begin{vmatrix}1&0&c-1\\0&-4&1-c\\0&c+3&d-1\end{vmatrix}=\begin{vmatrix}-4&1-c\\c+3&d-1\end{vmatrix}=(c+1)^2-4d,$$

故 c，d 应满足的条件为 $(c+1)^2=4d$.

习题 1.5

微课

1.5 节自测题

1. 用克莱姆法则求解下列方程组：

(1) $\begin{cases}x_1+x_3=4\\-x_1+x_2+x_3=4;\\2x_1-x_2+x_3=3\end{cases}$　　(2) $\begin{cases}2x-5y+4z=4\\x+y-2z=-3.\\5x-2y+4z=8\end{cases}$

2. 用克莱姆法则求解线性方程组：

(1) $\begin{cases}ax_1+ax_2+bx_3=1\\ax_1+bx_2+ax_3=1\\bx_1+ax_2+ax_3=1\end{cases}$　$\left(a\neq b,\ a\neq -\dfrac{b}{2}\right)$；

(2) $\begin{cases}bx_1-ax_2=-2ab\\-2cx_2+3bx_3=bc\\cx_1+ax_3=0\end{cases}$　$(abc\neq 0)$.

3. 当 a 取何值时，线性方程组 $\begin{cases}ax_1+x_2+x_3=1\\x_1+ax_2+x_3=a\\x_1+x_2+ax_3=a^2\end{cases}$ 有唯一解？

4. 已知齐次线性方程组 $\begin{cases}(1-\lambda)x_1-2x_2+4x_3=0\\2x_1+(3-\lambda)x_2+x_3=0\\x_1+x_2+(1-\lambda)x_3=0\end{cases}$ 有非零解，求 λ 的值.

本章小结

微课

第 1 章小结
讲解视频

本章介绍的主要内容是行列式的定义、性质及其在求解线性方程组时的应用.

行列式表示所有取自其不同行不同列的元素的乘积的代数和. 求出一个行列式表示的数称作行列式的计算.

在计算行列式时，常常要用性质对其进行化简．行列式的主要性质有：交换行列式的两行（列）元素，行列式反号；行列式可按行（列）提取公因式；将行列式的某一行（列）元素的 k 倍对应加到另一行（列）的元素上，行列式的值不变．合理地使用这三条性质可将行列式化为上（下）三角形行列式，这是计算行列式时的一个典型做法．

行列式的展开定理揭示了一个行列式和较之低阶的行列式之间的关系，其中包括行列式按行（列）展开定理和拉普拉斯定理．应用这两个定理就能以升阶和降阶的方式计算行列式，在一些问题的证明上，也得以使用数学归纳法．

对于方程个数与变元个数相等的线性方程组，克莱姆法则给出了其有唯一解的充分条件以及解的求法．

总复习题 1

1．用定义计算下列 n 阶行列式：

(1) $\begin{vmatrix} 0 & 1 & 0 & \cdots & 0 \\ 0 & 0 & 2 & \cdots & 0 \\ \vdots & \vdots & \vdots & & \vdots \\ 0 & 0 & 0 & \cdots & n-1 \\ n & 0 & 0 & \cdots & 0 \end{vmatrix}$；　(2) $\begin{vmatrix} 0 & \cdots & 0 & 1 & 0 \\ 0 & \cdots & 2 & 0 & 0 \\ \vdots & & \vdots & \vdots & \vdots \\ n-1 & \cdots & 0 & 0 & 0 \\ 0 & \cdots & 0 & 0 & n \end{vmatrix}$；

(3) $\begin{vmatrix} 0 & 0 & \cdots & 0 & a & b \\ 0 & 0 & \cdots & a & b & 0 \\ \vdots & \vdots & & \vdots & \vdots & \vdots \\ a & b & \cdots & 0 & 0 & 0 \\ b & 0 & \cdots & 0 & 0 & a \end{vmatrix}$．

2．证明 $\begin{vmatrix} by+az & bz+ax & bx+ay \\ bx+ay & by+az & bz+ax \\ bz+ax & bx+ay & by+az \end{vmatrix}=(a^3+b^3)\begin{vmatrix} x & y & z \\ z & x & y \\ y & z & x \end{vmatrix}$．

3．计算下列行列式：

(1) $\begin{vmatrix} a & b & c & d \\ b & a & d & c \\ c & d & a & b \\ d & c & b & a \end{vmatrix}$；　(2) $\begin{vmatrix} a & b & c & d \\ a & a+b & a+b+c & a+b+c+d \\ a & 2a+b & 3a+2b+c & 4a+3b+2c+d \\ a & 3a+b & 6a+3b+c & 10a+6b+3c+d \end{vmatrix}$；

(3) $\begin{vmatrix} 1 & -1 & 1 & x-1 \\ 1 & -1 & x+1 & -1 \\ 1 & x-1 & 1 & -1 \\ x+1 & -1 & 1 & -1 \end{vmatrix}$．

4. 计算下列行列式：

(1) $\begin{vmatrix} a_1 & a_2 & a_3 & \cdots & a_{n-1} & a_n \\ -1 & x & 0 & \cdots & 0 & 0 \\ 0 & -1 & x & \cdots & 0 & 0 \\ \vdots & \vdots & \vdots & & \vdots & \vdots \\ 0 & 0 & 0 & \cdots & x & 0 \\ 0 & 0 & 0 & \cdots & -1 & x \end{vmatrix}$；(2) $\begin{vmatrix} 1-a_1 & 1 & 1 & \cdots & 1 & 1 \\ 0 & 1-a_2 & 1 & \cdots & 1 & 1 \\ 0 & 0 & 1-a_3 & \cdots & 1 & 1 \\ \vdots & \vdots & \vdots & & \vdots & \vdots \\ 0 & 0 & 0 & \cdots & 1-a_{n-1} & 1 \\ a_n & a_n & a_n & \cdots & a_n & a_n \end{vmatrix}$.

5. 计算下列各 n 阶行列式：

(1) $\begin{vmatrix} 2 & 0 & 0 & \cdots & 0 & 2 \\ -1 & 2 & 0 & \cdots & 0 & 2 \\ 0 & -1 & 2 & \cdots & 0 & 2 \\ \vdots & \vdots & \vdots & & \vdots & \vdots \\ 0 & 0 & 0 & \cdots & 2 & 2 \\ 0 & 0 & 0 & \cdots & -1 & 2 \end{vmatrix}$；　(2) $\begin{vmatrix} 4 & 3 & 0 & \cdots & 0 & 0 \\ 1 & 4 & 3 & \cdots & 0 & 0 \\ 0 & 1 & 4 & \cdots & 0 & 0 \\ \vdots & \vdots & \vdots & & \vdots & \vdots \\ 0 & 0 & 0 & \cdots & 4 & 3 \\ 0 & 0 & 0 & \cdots & 1 & 4 \end{vmatrix}$；

(3) $\begin{vmatrix} \cos\alpha & 1 & 0 & \cdots & 0 & 0 \\ 1 & 2\cos\alpha & 1 & \cdots & 0 & 0 \\ 0 & 1 & 2\cos\alpha & \cdots & 0 & 0 \\ \vdots & \vdots & \vdots & & \vdots & \vdots \\ 0 & 0 & 0 & \cdots & 2\cos\alpha & 1 \\ 0 & 0 & 0 & \cdots & 1 & 2\cos\alpha \end{vmatrix}$.

6. 证明下列等式：

(1) $\begin{vmatrix} 1+a_1 & 1 & 1 & \cdots & 1 \\ 1 & 1+a_2 & 1 & \cdots & 1 \\ 1 & 1 & 1+a_3 & \cdots & 1 \\ \vdots & \vdots & \vdots & & \vdots \\ 1 & 1 & 1 & \cdots & 1+a_n \end{vmatrix} = \left(1+\sum_{i=1}^{n}\frac{1}{a_i}\right)\prod_{i=1}^{n}a_i \quad (a_i \neq 0)$.

(2) $\begin{vmatrix} 1 & 1 & 1 & 1 \\ a & b & c & d \\ a^2 & b^2 & c^2 & d^2 \\ a^4 & b^4 & c^4 & d^4 \end{vmatrix} = (a-b)(a-c)(a-d)(b-c)(b-d)(c-d)(a+b+c+d)$.

7. 设 $D=\begin{vmatrix} 3 & 0 & 4 & 0 \\ 2 & 2 & 2 & 2 \\ 0 & -7 & 0 & 0 \\ 5 & 3 & -2 & 2 \end{vmatrix}$，求 D 的第 4 行元素的余子式之和.

8. 已知行列式 $D_4=\begin{vmatrix} 1 & 2 & 1 & 2 \\ 1 & 2 & 3 & 4 \\ 1 & 5 & 6 & 7 \\ 2 & 3 & 2 & 3 \end{vmatrix}=6$，求 $A_{11}+A_{13}$ 及 $A_{12}+A_{14}$.

9. 三元一次线性方程组$\begin{cases}x_1+x_2+x_3=1\\2x_1-x_2+3x_3=4\\4x_1+x_2+9x_3=16\end{cases}$的解中 x_2 的值为________.

10. 证明线性方程组$\begin{cases}ax_1+bx_2+cx_3+dx_4=0\\-bx_1+ax_2-dx_3+cx_4=0\\-cx_1+dx_2+ax_3-bx_4=0\\-dx_1-cx_2+bx_3+ax_4=0\end{cases}$只有零解（其中 a，b，c，d 不全为零）.

11. 证明平面上三条不同直线

$$ax+by+c=0,\quad bx+cy+a=0,\quad cx+ay+b=0$$

相交于一点的充分必要条件是 $a+b+c=0$.

第2章 矩 阵

术语“矩阵”最初是由西尔维斯特（J. Sylvester）于1850年提出的，其目的是将数字的矩形阵列区别于行列式. 英国数学家凯莱（A. Cayley）一般被公认为矩阵论的创立者，因为他首先把“矩阵”作为一个独立的数学概念提出来，并首先发表了关于矩阵的一系列论文，系统地阐述了矩阵的理论，给出了矩阵的相等、矩阵的运算法则、矩阵的转置以及矩阵的逆等一系列基本概念，指出矩阵加法的可交换性与可结合性等性质. 另外，凯莱还给出了方阵的特征方程和特征根（特征值）以及关于矩阵的一些基本结果. 经过两个多世纪的发展，矩阵已成为一个独立的数学分支——矩阵论. 目前，矩阵及其理论已经广泛地应用于现代科技的各个领域.

2.1 矩阵的概念

矩阵是从许多实际问题中抽象出来的一个数学概念. 从形式上看，矩阵就是一个矩形的数表.

2.1.1 矩阵的概念

引例 2.1.1 线性方程组的解仅与变元的系数及常数项有关，因此可以考虑将方程组简记为一个由系数及常数构成的数表. 例如以 x，y，z 为变元的三元一次方程组

$$\begin{cases} a_1x+b_1y+c_1z=d_1 \\ a_2x+b_2y+c_2z=d_2, \\ a_3x+b_3y+c_3z=d_3 \end{cases}$$

其对应的数表可记为

$$\begin{pmatrix} a_1 & b_1 & c_1 & d_1 \\ a_2 & b_2 & c_2 & d_2 \\ a_3 & b_3 & c_3 & d_3 \end{pmatrix}.$$

引例 2.1.2 现有 5 家企业生产某种商品，它们的产品都可以销往 4 个地区，那么商品的调运方案可简单地表示为

$$\begin{pmatrix} a_{11} & a_{12} & a_{13} & a_{14} \\ a_{21} & a_{22} & a_{23} & a_{24} \\ a_{31} & a_{23} & a_{33} & a_{34} \\ a_{41} & a_{24} & a_{43} & a_{44} \\ a_{51} & a_{25} & a_{53} & a_{54} \end{pmatrix},$$

其中 a_{ij} 表示商品由生产企业 i（$i=1, 2, 3, 4, 5$）运到销售地区 j（$j=1, 2, 3, 4$）的数量.

类似的例子还有很多，比如一个班级期末各科考试成绩对应的数表、解析几何中空间中点的坐标对应的有序数组等.

定义 2.1.1 由 $m\times n$ 个数 a_{ij}（$i=1, 2, \cdots, m$；$j=1, 2, \cdots, n$）构成的 m 行（横的）n 列（纵的）的数表

$$\begin{pmatrix} a_{11} & a_{12} & \cdots & a_{1n} \\ a_{21} & a_{22} & \cdots & a_{2n} \\ \vdots & \vdots & & \vdots \\ a_{m1} & a_{m2} & \cdots & a_{mn} \end{pmatrix} \tag{2.1.1}$$

称为 m 行 n 列的矩阵，简称 $m\times n$ 阶矩阵. 数 a_{ij}（$i=1, 2, \cdots, m$；$j=1, 2, \cdots, n$）称为矩阵的元素，角标 i 称为行指标，j 称为列指标. 矩阵通常用大写黑体英文字母 $\boldsymbol{A}$，$\boldsymbol{B}$，…，或者 (a_{ij})，(b_{ij})，… 表示.

在表达方式上，有时为了指明矩阵的行数与列数，可以将 $m\times n$ 阶矩阵表示为

$$\boldsymbol{A}_{m\times n} \text{ 或 } (a_{ij})_{m\times n}.$$

注 虽然矩阵和行列式在形式上有些类似，但它们是两个完全不同的概念. 一方面，行列式是一个数，而矩阵是一个数表；另一方面，行列式的行数与列数必须相等，而矩阵的行数与列数可以不相等.

2.1.2 一些特殊矩阵

下面给出一些特殊矩阵.

所有元素都为实数的矩阵称为**实矩阵**；所有元素都为复数的矩阵称为**复矩阵**；所有元素都为零的矩阵称为**零矩阵**，零矩阵一般记为 $\boldsymbol{O}$；所有元素均为非负数的矩阵称为**非负矩阵**.

如果一个矩阵的行数与列数都是 n，则称该矩阵为 **n 阶方阵**，记为$\boldsymbol{A}_n$.

$1\times n$ 阶矩阵，即

$$(a_{11} \quad a_{12} \quad \cdots \quad a_{1n}) \text{ 或 } (a_{11}, a_{12}, \cdots, a_{1n}),$$

称为**行矩阵**，也称为 **n 维行向量**.

$n\times 1$ 阶矩阵，即

$$\begin{pmatrix} a_{11} \\ a_{21} \\ \vdots \\ a_{n1} \end{pmatrix},$$

称为列矩阵，也称为 n 维列向量.

对角线元素均为 1，其余位置的元素均为 0 的方阵，即

$$\begin{pmatrix} 1 & 0 & \cdots & 0 \\ 0 & 1 & \cdots & 0 \\ \vdots & \vdots & & \vdots \\ 0 & 0 & \cdots & 1 \end{pmatrix},$$

称为单位矩阵，记为 $\boldsymbol{E}$.

对角线元素相同，其余位置的元素均为 0 的方阵，即

$$\begin{pmatrix} k & 0 & \cdots & 0 \\ 0 & k & \cdots & 0 \\ \vdots & \vdots & & \vdots \\ 0 & 0 & \cdots & k \end{pmatrix},$$

称为数量矩阵，记为 $k\boldsymbol{E}$.

非对角线元素均为 0 的方阵，即

$$\begin{pmatrix} a_1 & 0 & \cdots & 0 \\ 0 & a_2 & \cdots & 0 \\ \vdots & \vdots & & \vdots \\ 0 & 0 & \cdots & a_n \end{pmatrix},$$

称为对角矩阵，记为 $\boldsymbol{A}$ 或 $\mathrm{diag}(a_1, a_2, \cdots, a_n)$.

设矩阵 $\boldsymbol{A}=(a_{ij})_{n\times n}$，若 $a_{ij}=0$ $(i>j, i, j=1, 2, \cdots, n)$，则称 $\boldsymbol{A}$ 为上三角形矩阵；若 $a_{ij}=0$ $(i<j, i, j=1, 2, \cdots, n)$，则称 $\boldsymbol{A}$ 为下三角形矩阵. 其形式分别为

$$\begin{pmatrix} a_{11} & a_{12} & \cdots & a_{1n} \\ 0 & a_{22} & \cdots & a_{2n} \\ \vdots & \vdots & & \vdots \\ 0 & 0 & \cdots & a_{nn} \end{pmatrix}(上三角形矩阵)；\quad \begin{pmatrix} a_{11} & 0 & \cdots & 0 \\ a_{21} & a_{22} & \cdots & 0 \\ \vdots & \vdots & & \vdots \\ a_{n1} & a_{n2} & \cdots & a_{nn} \end{pmatrix}(下三角形矩阵).$$

2.1.3 矩阵相等

若矩阵 $\boldsymbol{A}$ 和 $\boldsymbol{B}$ 的行数、列数分别相等，则称 $\boldsymbol{A}$ 和 $\boldsymbol{B}$ 为同型矩阵.

定义 2.1.2 若两个同型矩阵 $\boldsymbol{A}=(a_{ij})_{m\times n}$，$\boldsymbol{B}=(b_{ij})_{m\times n}$ 的对应元素相等，即 $a_{ij}=$

b_{ij} ($i=1, 2, \cdots, m$, $j=1, 2, \cdots, n$)，则称矩阵 $\boldsymbol{A}$ 与 $\boldsymbol{B}$ 相等，记为 $\boldsymbol{A}=\boldsymbol{B}$.

例 2.1.1 已知矩阵 $\boldsymbol{A}=\begin{pmatrix} 4 & x & 3 \\ -1 & 0 & y \end{pmatrix}$，$\boldsymbol{B}=\begin{pmatrix} 4 & 5 & 3 \\ z & 0 & 6 \end{pmatrix}$，且 $\boldsymbol{A}=\boldsymbol{B}$，求 x，y 的值.

解 由 $\boldsymbol{A}=\boldsymbol{B}$，解得 $x=5$，$y=6$，$z=-1$.

习题 2.1

1. 设 A，B，C，D 四个城市间的航线如图 2－1 所示.

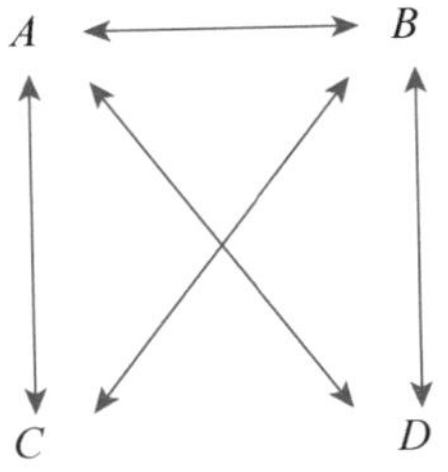

图 2－1

若两个城市间有航线记为 1，没有航线记为 0，试用矩阵表达这四个城市间的航线情况.

2. 甲、乙、丙、丁、戊 5 名同学各从图书馆借来一本书，他们约定读完后互相交换. 假设 5 本书的厚度以及他们 5 人的阅读速度大致相同，因此 5 人几乎总是同时交换，经过 4 次交换后，他们读完了这 5 本书，现已知：

(1) 甲最后读的书是乙读的第二本书；

(2) 丙最后读的书是乙读的第四本书；

(3) 丙读的第二本书是甲读的第一本书；

(4) 丁最后读的书是丙读的第三本书；

(5) 乙读的第四本书是戊读的第三本书；

(6) 丁读的第三本书是丙读的第一本书.

根据这些情况判断丁读的第二本书是谁读的第一本书.

2.2 矩阵的运算

矩阵是事物在量上的一种抽象，可以通过对矩阵赋予一些“运算”来研究事物之间在量上的关系.

引例 2.2.1 若两组变量 x_1，x_2 和 y_1，y_2 的关系为

$$\begin{cases} y_1=a_{11}x_1+a_{12}x_2, \\ y_2=a_{21}x_1+a_{22}x_2 \end{cases} \tag{2.2.1}$$

而 y_1，y_2 与第三组变量 z_1，z_2 的关系为

$$\begin{cases} z_1 = b_{11}y_1 + b_{12}y_2 \\ z_2 = b_{21}y_1 + b_{22}y_2 \end{cases}, \tag{2.2.2}$$

则将式（2.2.1）代入式（2.2.2），可以得到变量 x_1，x_2 与 z_1，z_2 的关系为

$$\begin{cases} z_1 = (b_{11}a_{11} + b_{12}a_{21})x_1 + (b_{11}a_{12} + b_{12}a_{22})x_2 \\ z_2 = (b_{21}a_{11} + b_{22}a_{21})x_1 + (b_{21}a_{12} + b_{22}a_{22})x_2 \end{cases}. \tag{2.2.3}$$

有了矩阵的概念后，式（2.2.1）、式（2.2.2）、式（2.2.3）可以用矩阵分别表示为

$$\boldsymbol{A} = \begin{pmatrix} a_{11} & a_{12} \\ a_{21} & a_{22} \end{pmatrix}, \quad \boldsymbol{B} = \begin{pmatrix} b_{11} & b_{12} \\ b_{21} & b_{22} \end{pmatrix}, \quad \boldsymbol{C} = \begin{pmatrix} b_{11}a_{11} + b_{12}a_{21} & b_{11}a_{12} + b_{12}a_{22} \\ b_{21}a_{11} + b_{22}a_{21} & b_{21}a_{12} + b_{22}a_{22} \end{pmatrix}.$$

可否对矩阵 $\boldsymbol{A}$，$\boldsymbol{B}$ 赋予一种运算，从而使得式（2.2.3）的分析更加方便简捷呢？回答是肯定的，这一点将在矩阵的乘法中介绍.

类似的例子还有很多，从中可以看到，利用矩阵运算，事物之间的数量关系的分析将变得非常简洁. 下面介绍矩阵的加法、数量乘法、乘法以及矩阵的转置等运算.

2.2.1 矩阵的加法

定义 2.2.1 设两个 $m \times n$ 阶矩阵 $\boldsymbol{A} = (a_{ij})_{m\times n}$，$\boldsymbol{B} = (b_{ij})_{m\times n}$，称矩阵

$$\boldsymbol{C} = (c_{ij})_{m\times n} = \begin{pmatrix} a_{11}+b_{11} & a_{12}+b_{12} & \cdots & a_{1n}+b_{1n} \\ a_{21}+b_{21} & a_{22}+b_{22} & \cdots & a_{2n}+b_{2n} \\ \vdots & \vdots & & \vdots \\ a_{m1}+b_{m1} & a_{m2}+b_{m2} & \cdots & a_{mn}+b_{mn} \end{pmatrix}$$

为 $\boldsymbol{A}$ 与 $\boldsymbol{B}$ 的和，记为

$$\boldsymbol{C} = \boldsymbol{A} + \boldsymbol{B}.$$

例 2.2.1 矩阵 $\boldsymbol{A} = \begin{pmatrix} 2 & 1 & 4 \\ 0 & 3 & 3 \end{pmatrix}$，$\boldsymbol{B} = \begin{pmatrix} 3 & 3 & 1 \\ 4 & 0 & 3 \end{pmatrix}$，则

$$\boldsymbol{A} + \boldsymbol{B} = \begin{pmatrix} 2 & 1 & 4 \\ 0 & 3 & 3 \end{pmatrix} + \begin{pmatrix} 3 & 3 & 1 \\ 4 & 0 & 3 \end{pmatrix} = \begin{pmatrix} 2+3 & 1+3 & 4+1 \\ 0+4 & 3+0 & 3+3 \end{pmatrix} = \begin{pmatrix} 5 & 4 & 5 \\ 4 & 3 & 6 \end{pmatrix}.$$

设矩阵 $\boldsymbol{A} = (a_{ij})_{m\times n}$，则称 $(-a_{ij})_{m\times n}$ 为矩阵 $\boldsymbol{A}$ 的负矩阵，记为 $-\boldsymbol{A}$.

矩阵的加法有如下运算律：

（1）$\boldsymbol{A} + \boldsymbol{B} = \boldsymbol{B} + \boldsymbol{A}$；

（2）$(\boldsymbol{A} + \boldsymbol{B}) + \boldsymbol{C} = \boldsymbol{A} + (\boldsymbol{B} + \boldsymbol{C})$；

（3）$\boldsymbol{A} + \boldsymbol{O} = \boldsymbol{A}$；

（4）$\boldsymbol{A} + (-\boldsymbol{A}) = \boldsymbol{O}$.

由矩阵的加法及负矩阵的定义，可定义矩阵的减法为

$$\boldsymbol{A} - \boldsymbol{B} = \boldsymbol{A} + (-\boldsymbol{B}).$$

2.2.2 矩阵的数量乘法

定义 2.2.2 设 k 为常数，矩阵 $\boldsymbol{A}=(a_{ij})_{m\times n}$，称矩阵

$$(ka_{ij})_{m\times n}=\begin{pmatrix} ka_{11} & ka_{12} & \cdots & ka_{1n} \\ ka_{21} & ka_{22} & \cdots & ka_{2n} \\ \vdots & \vdots & & \vdots \\ ka_{m1} & ka_{m2} & \cdots & ka_{mn} \end{pmatrix}$$

为 k 与 $\boldsymbol{A}$ 的数量乘积，简称数乘，记为 $k\boldsymbol{A}$.

矩阵的数乘运算满足如下运算律：

(1) $1\boldsymbol{A}=\boldsymbol{A}$，　(2) $k(\boldsymbol{A}+\boldsymbol{B})=k\boldsymbol{A}+k\boldsymbol{B}$，

(3) $(k+l)\boldsymbol{A}=k\boldsymbol{A}+l\boldsymbol{A}$，　(4) $k(l\boldsymbol{A})=(kl)\boldsymbol{A}$，

其中 k，l 均为常数.

矩阵的加法和矩阵的数乘统称为矩阵的线性运算.

例 2.2.2 已知 $2\boldsymbol{A}+3\boldsymbol{X}=2\boldsymbol{B}$，其中 $\boldsymbol{A}=\begin{pmatrix} 2 & 0 & 5 \\ -6 & 1 & 0 \end{pmatrix}$，$\boldsymbol{B}=\begin{pmatrix} 1 & 3 & -1 \\ 0 & -2 & 1 \end{pmatrix}$，求矩阵 $\boldsymbol{X}$.

解 由 $2\boldsymbol{A}+3\boldsymbol{X}=2\boldsymbol{B}$ 整理可得

$$\boldsymbol{X}=\frac{2}{3}(\boldsymbol{B}-\boldsymbol{A}),$$

从而

$$\boldsymbol{X}=\frac{2}{3}\left(\begin{pmatrix} 1 & 3 & -1 \\ 0 & -2 & 1 \end{pmatrix}-\begin{pmatrix} 2 & 0 & 5 \\ -6 & 1 & 0 \end{pmatrix}\right)=\frac{2}{3}\begin{pmatrix} -1 & 3 & -6 \\ 6 & -3 & 1 \end{pmatrix}$$

$$=\begin{pmatrix} -\frac{2}{3} & 2 & -4 \\ 4 & -2 & \frac{2}{3} \end{pmatrix}.$$

2.2.3 矩阵的乘法

微课

定义 2.2.3 讲解视频

定义 2.2.3 设矩阵 $\boldsymbol{A}=(a_{ij})_{m\times s}$，$\boldsymbol{B}=(b_{ij})_{s\times n}$，称矩阵

$$\boldsymbol{C}=(c_{ij})_{m\times n}$$

为 $\boldsymbol{A}$ 与 $\boldsymbol{B}$ 的乘积，记为 $\boldsymbol{AB}$，这里

$$c_{ij}=a_{i1}b_{1j}+a_{i2}b_{2j}+\cdots+a_{is}b_{sj},\ i=1,2,\cdots,m;\ j=1,2,\cdots,n.$$

显然，只有矩阵 $\boldsymbol{A}$ 的列数等于矩阵 $\boldsymbol{B}$ 的行数时，$\boldsymbol{A}$ 与 $\boldsymbol{B}$ 才可以相乘，因此矩阵的乘法有方向，$\boldsymbol{AB}$ 常读作 $\boldsymbol{A}$ 左乘 $\boldsymbol{B}$ 或 $\boldsymbol{B}$ 右乘 $\boldsymbol{A}$.

矩阵乘法满足如下运算律：

(1) $(\boldsymbol{AB})\boldsymbol{C}=\boldsymbol{A}(\boldsymbol{BC})$；　　(2) $(\boldsymbol{A}+\boldsymbol{B})\boldsymbol{C}=\boldsymbol{AC}+\boldsymbol{BC}$；

(3) $\boldsymbol{C}(\boldsymbol{A}+\boldsymbol{B})=\boldsymbol{CA}+\boldsymbol{CB}$；　　(4) $k(\boldsymbol{AB})=(k\boldsymbol{A})\boldsymbol{B}=\boldsymbol{A}(k\boldsymbol{B})$，其中 k 为常数.

证 仅证明式 (2)，用类似方法可以证明等式 (1)、(3) 和 (4).

设 $\boldsymbol{A}=(a_{ij})_{m\times s}$，$\boldsymbol{B}=(b_{ij})_{m\times s}$，$\boldsymbol{C}=(c_{ij})_{s\times n}$，则

$$\begin{aligned}(\boldsymbol{A}+\boldsymbol{B})\boldsymbol{C}&=((a_{ij})_{m\times s}+(b_{ij})_{m\times s})(c_{ij})_{s\times n}=(a_{ij}+b_{ij})_{m\times s}(c_{ij})_{s\times n}\\&=\left(\sum_{k=1}^{s}(a_{ik}+b_{ik})c_{kj}\right)_{m\times n}=\left(\sum_{k=1}^{s}a_{ik}c_{kj}\right)_{m\times n}+\left(\sum_{k=1}^{s}b_{ik}c_{kj}\right)_{m\times n}\\&=\boldsymbol{AC}+\boldsymbol{BC}.\end{aligned}$$

例 2.2.3 设 $\boldsymbol{A}=\begin{pmatrix}1&2&0\\2&1&3\end{pmatrix}$，$\boldsymbol{B}=\begin{pmatrix}2&3&0\\1&-2&-1\\3&1&1\end{pmatrix}$，求 $\boldsymbol{AB}$.

解 由矩阵的乘法定义，有

$$\begin{aligned}\boldsymbol{AB}&=\begin{pmatrix}1&2&0\\2&1&3\end{pmatrix}\begin{pmatrix}2&3&0\\1&-2&-1\\3&1&1\end{pmatrix}\\&=\begin{pmatrix}1\times2+2\times1+0\times3&1\times3+2\times(-2)+0\times1&1\times0+2\times(-1)+0\times1\\2\times2+1\times1+3\times3&2\times3+1\times(-2)+3\times1&2\times0+1\times(-1)+3\times1\end{pmatrix}\\&=\begin{pmatrix}4&-1&-2\\14&7&2\end{pmatrix}.\end{aligned}$$

例 2.2.4 设 $\boldsymbol{A}=\begin{pmatrix}a_1\\a_2\\\vdots\\a_n\end{pmatrix}$，$\boldsymbol{B}=(b_1,b_2,\cdots,b_n)$，求 $\boldsymbol{AB}$ 和 $\boldsymbol{BA}$.

解 由矩阵的乘法定义，有

$$\boldsymbol{AB}=\begin{pmatrix}a_1\\a_2\\\vdots\\a_n\end{pmatrix}(b_1,b_2,\cdots,b_n)=\begin{pmatrix}a_1b_1&a_1b_2&\cdots&a_1b_n\\a_2b_1&a_2b_2&\cdots&a_2b_n\\\vdots&\vdots&&\vdots\\a_nb_1&a_nb_2&\cdots&a_nb_n\end{pmatrix},$$

$$\boldsymbol{BA}=(b_1,b_2,\cdots,b_n)\begin{pmatrix}a_1\\a_2\\\vdots\\a_n\end{pmatrix}=b_1a_1+b_2a_2+\cdots+b_na_n.$$

例 2.2.5 设 $\boldsymbol{A}=\begin{pmatrix}1&1\\-1&-1\end{pmatrix}$，$\boldsymbol{B}=\begin{pmatrix}1&-1\\-1&1\end{pmatrix}$，求 $\boldsymbol{AB}$ 和 $\boldsymbol{BA}$.

解 由矩阵的乘法定义，有

$$AB=\begin{pmatrix}1 & 1\\ -1 & -1\end{pmatrix}\begin{pmatrix}1 & -1\\ -1 & 1\end{pmatrix}=\begin{pmatrix}0 & 0\\ 0 & 0\end{pmatrix},$$

$$BA=\begin{pmatrix}1 & -1\\ -1 & 1\end{pmatrix}\begin{pmatrix}1 & 1\\ -1 & -1\end{pmatrix}=\begin{pmatrix}2 & 2\\ -2 & -2\end{pmatrix}.$$

由例 2.2.4 和例 2.2.5 可以看出，矩阵的乘法一般不满足交换律，以及不能由 $AB=O$，得到 $A=O$ 或 $B=O$，进而矩阵的乘法一般不满足消去律，即不能由 $AC=BC$，得到$A=B$.

定义 2.2.4 若矩阵 A 与 B 满足 $AB=BA$，则称 A 与 B 可交换.

注 可交换的两个矩阵必为同阶方阵.

容易验证，对于单位矩阵E_m，E_n 以及任意矩阵$A_{m\times n}$，有

$$E_mA_{m\times n}=A_{m\times n}E_n=A_{m\times n},$$

因此，单位矩阵与同阶方阵可交换.

例 2.2.6 设某工厂生产 A、B、C 三种产品，已知工厂制定的年生产计划如表 2-1 所示.

表 2-1 每季度产量

单位：件

季度	产品		
	A	B	C
一	400	200	300
二	420	250	300
三	500	400	400
四	300	300	500

每种产品的单价以及生产该产品的单位成本如表2-2所示.

表 2-2 产品的单价及单位成本

单位：元/件

产品	单价	单位成本
A	78	60
B	52	40
C	20	13

求工厂每季度的预期收入及生产成本.

解 将表 2-1、表 2-2 表示为矩阵，令

$$A=\begin{pmatrix}400&200&300\\420&250&300\\500&400&400\\300&300&500\end{pmatrix},\ B=\begin{pmatrix}78&60\\52&40\\20&13\end{pmatrix},$$

由矩阵的乘法有

$$AB=\begin{pmatrix}400&200&300\\420&250&300\\500&400&400\\300&300&500\end{pmatrix}\begin{pmatrix}78&60\\52&40\\20&13\end{pmatrix}=\begin{pmatrix}47\ 600&35\ 900\\51\ 760&39\ 100\\67\ 800&51\ 200\\49\ 000&36\ 500\end{pmatrix},$$

因此，工厂每季度的预期收入及生产成本依次为：第一季度47 600元、35 900元；第二季度51 760元、39 100元；第三季度67 800元、51 200元；第四季度49 000元、36 500元.

例2.2.7 已知矩阵 $A=\begin{pmatrix}0&1&0\\0&0&1\\0&0&0\end{pmatrix}$，求与 A 可交换的一切矩阵.

解 设与 A 可交换的矩阵为 $B=\begin{pmatrix}a&b&c\\a_1&b_1&c_1\\a_2&b_2&c_2\end{pmatrix}$，则有

$$AB=\begin{pmatrix}0&1&0\\0&0&1\\0&0&0\end{pmatrix}\begin{pmatrix}a&b&c\\a_1&b_1&c_1\\a_2&b_2&c_2\end{pmatrix}=\begin{pmatrix}a_1&b_1&c_1\\a_2&b_2&c_2\\0&0&0\end{pmatrix},$$

$$BA=\begin{pmatrix}a&b&c\\a_1&b_1&c_1\\a_2&b_2&c_2\end{pmatrix}\begin{pmatrix}0&1&0\\0&0&1\\0&0&0\end{pmatrix}=\begin{pmatrix}0&a&b\\0&a_1&b_1\\0&a_2&b_2\end{pmatrix},$$

由 $AB=BA$，有

$$a_1=0,\quad b_1=a,\quad c_1=b,\quad a_2=0,\quad b_2=a_1,\quad c_2=b_1,\quad b_2=0,$$

整理后代入矩阵 B，可得

$$B=\begin{pmatrix}a&b&c\\0&a&b\\0&0&a\end{pmatrix},$$

其中 a，b，c 为任意实数.

例2.2.8 证明：如果 $AC=CA$，$BC=CB$，则有

$$(A+B)C=C(A+B)；(AB)C=C(AB).$$

证 由 $AC=CA$，$BC=CB$ 有

$$(A+B)C=AC+BC=CA+CB=C(A+B);$$

$$(\boldsymbol{AB})\boldsymbol{C}=\boldsymbol{A}(\boldsymbol{BC})=\boldsymbol{A}(\boldsymbol{CB})=(\boldsymbol{AC})\boldsymbol{B}=(\boldsymbol{CA})\boldsymbol{B}=\boldsymbol{C}(\boldsymbol{AB}).$$

2.2.4 方阵的幂

定义 2.2.5 设矩阵 $\boldsymbol{A}$ 为方阵，规定

$$\boldsymbol{A}^0=\boldsymbol{E},\quad \boldsymbol{A}^k=\underbrace{\boldsymbol{AA}\cdots\boldsymbol{A}}_{k个}\quad (k\ 为自然数),$$

称$\boldsymbol{A}^k$ 为 $\boldsymbol{A}$ 的 k 次幂.

方阵的幂满足如下运算律：

(1) $\boldsymbol{A}^k\boldsymbol{A}^l=\boldsymbol{A}^{k+l}$，　　(2) $(\boldsymbol{A}^k)^l=\boldsymbol{A}^{kl}$，

其中 k，l 均为自然数.

注 一般情况下，$(\boldsymbol{AB})^k\neq\boldsymbol{A}^k\boldsymbol{B}^k$. 若 $\boldsymbol{A}$ 与 $\boldsymbol{B}$ 可交换，则有$(\boldsymbol{AB})^k=\boldsymbol{A}^k\boldsymbol{B}^k$.

例 2.2.9 设 $\boldsymbol{A}=\begin{pmatrix}1&0&1\\0&2&0\\1&0&1\end{pmatrix}$，求$\boldsymbol{A}^n-2\boldsymbol{A}^{n-1}$（$n$ 为正整数且$n\geqslant2$）.

解 由于

$$\boldsymbol{A}^2=\begin{pmatrix}1&0&1\\0&2&0\\1&0&1\end{pmatrix}\begin{pmatrix}1&0&1\\0&2&0\\1&0&1\end{pmatrix}=\begin{pmatrix}2&0&2\\0&4&0\\2&0&2\end{pmatrix}=2\begin{pmatrix}1&0&1\\0&2&0\\1&0&1\end{pmatrix}=2\boldsymbol{A},$$

因而

$$\boldsymbol{A}^n-2\boldsymbol{A}^{n-1}=\boldsymbol{A}^{n-2}(\boldsymbol{A}^2-2\boldsymbol{A})=\boldsymbol{O}.$$

例 2.2.10 已知 $\boldsymbol{\alpha}=\begin{pmatrix}1\\2\\3\end{pmatrix}$，$\boldsymbol{\beta}=\left(1,\ \frac{1}{2},\ \frac{1}{3}\right)$，设 $\boldsymbol{A}=\boldsymbol{\alpha\beta}$，求$\boldsymbol{A}^n$.

解 由题意，有

$$\boldsymbol{\beta\alpha}=\left(1,\frac{1}{2},\frac{1}{3}\right)\begin{pmatrix}1\\2\\3\end{pmatrix}=1+1+1=3,\quad \boldsymbol{\alpha\beta}=\begin{pmatrix}1\\2\\3\end{pmatrix}\left(1,\frac{1}{2},\frac{1}{3}\right)=\begin{pmatrix}1&\frac{1}{2}&\frac{1}{3}\\2&1&\frac{2}{3}\\3&\frac{3}{2}&1\end{pmatrix},$$

再由矩阵乘法的结合律

$$\boldsymbol{A}^n=(\boldsymbol{\alpha\beta})^n=(\boldsymbol{\alpha\beta})\cdots(\boldsymbol{\alpha\beta})=\boldsymbol{\alpha}\underbrace{(\boldsymbol{\beta\alpha})\cdots(\boldsymbol{\beta\alpha})}_{(n-1)个}\boldsymbol{\beta}=3^{n-1}\boldsymbol{\alpha\beta}=3^{n-1}\begin{pmatrix}1&\frac{1}{2}&\frac{1}{3}\\2&1&\frac{2}{3}\\3&\frac{3}{2}&1\end{pmatrix}.$$

2.2.5 方阵的多项式

结合矩阵的加法、数乘和乘法三种运算，可定义方阵的多项式. 设

$$f(x)=a_m x^m+a_{m-1}x^{m-1}+\cdots+a_1 x+a_0$$

是 x 的多项式，$\boldsymbol{A}$ 为 n 阶方阵，称

$$f(\boldsymbol{A})=a_m\boldsymbol{A}^m+a_{m-1}\boldsymbol{A}^{m-1}+\cdots+a_1\boldsymbol{A}+a_0\boldsymbol{E}$$

为矩阵 $\boldsymbol{A}$ 的多项式，显然 $f(\boldsymbol{A})$ 仍是一个 n 阶方阵.

如果关于 x 的多项式 $f(x)$，$g(x)$，$h(x)$，$p(x)$ 满足

$$h(x)=f(x)+g(x),\quad p(x)=f(x)g(x),$$

那么

$$h(\boldsymbol{A})=f(\boldsymbol{A})+g(\boldsymbol{A}),\quad p(\boldsymbol{A})=f(\boldsymbol{A})g(\boldsymbol{A}).$$

特别地

$$f(\boldsymbol{A})g(\boldsymbol{A})=g(\boldsymbol{A})f(\boldsymbol{A}),$$

即同一矩阵的多项式乘法可交换.

2.2.6 矩阵的转置

定义 2.2.6 设矩阵 $\boldsymbol{A}=(a_{ij})_{m\times n}$，称矩阵

$$\begin{pmatrix} a_{11} & a_{21} & \cdots & a_{m1} \\ a_{12} & a_{22} & \cdots & a_{m2} \\ \vdots & \vdots & & \vdots \\ a_{1n} & a_{2n} & \cdots & a_{mn} \end{pmatrix}$$

为矩阵 $\boldsymbol{A}$ 的转置矩阵，记为$\boldsymbol{A}^{\mathrm{T}}$.

矩阵的转置满足如下运算律：

(1) $(\boldsymbol{A}^{\mathrm{T}})^{\mathrm{T}}=\boldsymbol{A}$；

(2) $(\boldsymbol{A}+\boldsymbol{B})^{\mathrm{T}}=\boldsymbol{A}^{\mathrm{T}}+\boldsymbol{B}^{\mathrm{T}}$；

(3) $(k\boldsymbol{A})^{\mathrm{T}}=k\boldsymbol{A}^{\mathrm{T}}$，其中 k 为常数；

(4) $(\boldsymbol{A}\boldsymbol{B})^{\mathrm{T}}=\boldsymbol{B}^{\mathrm{T}}\boldsymbol{A}^{\mathrm{T}}$.

注 性质 (2) 和 (4) 可以推广到 k 个矩阵的情形，即

$$(\boldsymbol{A}_1+\boldsymbol{A}_2+\cdots+\boldsymbol{A}_k)^{\mathrm{T}}=\boldsymbol{A}_1^{\mathrm{T}}+\boldsymbol{A}_2^{\mathrm{T}}\cdots+\boldsymbol{A}_k^{\mathrm{T}};$$
$$(\boldsymbol{A}_1\boldsymbol{A}_2\cdots\boldsymbol{A}_{k-1}\boldsymbol{A}_k)^{\mathrm{T}}=\boldsymbol{A}_k^{\mathrm{T}}\boldsymbol{A}_{k-1}^{\mathrm{T}}\cdots\boldsymbol{A}_2^{\mathrm{T}}\boldsymbol{A}_1^{\mathrm{T}}.$$

证 性质 (1)、(2) 和 (3) 显然成立，现只证明性质 (4).

设 $\boldsymbol{A}=(a_{ij})_{m\times s}$，$\boldsymbol{B}=(b_{ij})_{s\times n}$，则$(\boldsymbol{A}\boldsymbol{B})^{\mathrm{T}}$ 与$\boldsymbol{B}^{\mathrm{T}}\boldsymbol{A}^{\mathrm{T}}$ 均为 $n\times m$ 阶矩阵，并且$(\boldsymbol{A}\boldsymbol{B})^{\mathrm{T}}$ 中第 i 行第 j 列位置的元素即为$\boldsymbol{A}\boldsymbol{B}$ 的第 j 行第 i 列位置的元素

$$a_{j1}b_{1i}+a_{j2}b_{2i}+\cdots+a_{js}b_{si},$$

而$\boldsymbol{B}^{\mathrm{T}}\boldsymbol{A}^{\mathrm{T}}$中第$i$行第$j$列位置的元素为$\boldsymbol{B}^{\mathrm{T}}$的第$i$行（即$\boldsymbol{B}$的第$i$列）与$\boldsymbol{A}^{\mathrm{T}}$的第$j$列（即$\boldsymbol{A}$的第$j$行）对应乘积的和

$$b_{1i}a_{j1}+b_{2i}a_{j2}+\cdots+b_{si}a_{js},$$

所以有$(\boldsymbol{AB})^{\mathrm{T}}=\boldsymbol{B}^{\mathrm{T}}\boldsymbol{A}^{\mathrm{T}}$.

例 2.2.11 设 $\boldsymbol{A}=\begin{pmatrix}-1&1&2\\0&1&1\end{pmatrix}$，$\boldsymbol{B}=\begin{pmatrix}-1&0\\1&3\\2&1\end{pmatrix}$，求$(\boldsymbol{AB})^{\mathrm{T}}$和$\boldsymbol{A}^{\mathrm{T}}\boldsymbol{B}^{\mathrm{T}}$.

解 因为 $\boldsymbol{A}^{\mathrm{T}}=\begin{pmatrix}-1&0\\1&1\\2&1\end{pmatrix}$，$\boldsymbol{B}^{\mathrm{T}}=\begin{pmatrix}-1&1&2\\0&3&1\end{pmatrix}$，所以

$$(\boldsymbol{AB})^{\mathrm{T}}=\boldsymbol{B}^{\mathrm{T}}\boldsymbol{A}^{\mathrm{T}}=\begin{pmatrix}-1&1&2\\0&3&1\end{pmatrix}\begin{pmatrix}-1&0\\1&1\\2&1\end{pmatrix}=\begin{pmatrix}6&3\\5&4\end{pmatrix},$$

$$\boldsymbol{A}^{\mathrm{T}}\boldsymbol{B}^{\mathrm{T}}=\begin{pmatrix}-1&0\\1&1\\2&1\end{pmatrix}\begin{pmatrix}-1&1&2\\0&3&1\end{pmatrix}=\begin{pmatrix}1&-1&-2\\-1&4&3\\-2&5&5\end{pmatrix}.$$

设$\boldsymbol{A}$为方阵，若$\boldsymbol{A}$满足$\boldsymbol{A}^{\mathrm{T}}=\boldsymbol{A}$，则称$\boldsymbol{A}$为对称矩阵；若$\boldsymbol{A}$满足$\boldsymbol{A}^{\mathrm{T}}=-\boldsymbol{A}$，则称$\boldsymbol{A}$为反对称矩阵.

例如，$\begin{pmatrix}1&-1&2\\-1&0&5\\2&5&3\end{pmatrix}$为对称矩阵，$\begin{pmatrix}0&-1&2\\1&0&3\\-2&-3&0\end{pmatrix}$为反对称矩阵.

例 2.2.12 设$\boldsymbol{A}$，$\boldsymbol{B}$分别为三阶实对称矩阵与反实对称矩阵，且满足$\boldsymbol{A}^2=\boldsymbol{B}^2$，证明$\boldsymbol{A}=\boldsymbol{B}=\boldsymbol{O}$.

证 不妨设

$$\boldsymbol{A}=\begin{pmatrix}a_{11}&a_{12}&a_{13}\\a_{12}&a_{22}&a_{23}\\a_{13}&a_{23}&a_{33}\end{pmatrix},\quad \boldsymbol{B}=\begin{pmatrix}0&b_{12}&b_{13}\\-b_{12}&0&b_{23}\\-b_{13}&-b_{23}&0\end{pmatrix},$$

则

$$\boldsymbol{A}^2=\begin{pmatrix}a_{11}&a_{12}&a_{13}\\a_{12}&a_{22}&a_{23}\\a_{13}&a_{23}&a_{33}\end{pmatrix}\begin{pmatrix}a_{11}&a_{12}&a_{13}\\a_{12}&a_{22}&a_{23}\\a_{13}&a_{23}&a_{33}\end{pmatrix}$$

$$=\begin{pmatrix}a_{11}^2+a_{12}^2+a_{13}^2&&*\\&a_{12}^2+a_{22}^2+a_{23}^2&\\*&&a_{13}^2+a_{23}^2+a_{33}^2\end{pmatrix},$$

$$B^2=\begin{pmatrix}0 & b_{12} & b_{13}\\ -b_{12} & 0 & b_{23}\\ -b_{13} & -b_{23} & 0\end{pmatrix}\begin{pmatrix}0 & b_{12} & b_{13}\\ -b_{12} & 0 & b_{23}\\ -b_{13} & -b_{23} & 0\end{pmatrix}$$

$$=\begin{pmatrix}-(b_{12}^2+b_{13}^2) & & *\\ & -(b_{12}^2+b_{23}^2) & \\ * & & -(b_{13}^2+b_{23}^2)\end{pmatrix},$$

由于$A^2=B^2$，因此有

$$a_{11}^2+a_{12}^2+a_{13}^2=-(b_{12}^2+b_{13}^2),$$

从而

$$a_{11}=a_{12}=a_{13}=b_{12}=b_{13}=0,$$

类似可得到

$$a_{22}=a_{23}=a_{33}=b_{23}=0,$$

故

$$A=B=O.$$

2.2.7 方阵的行列式

定义 2.2.7 设矩阵 A 为方阵，由 A 中的元素按原顺序构成的行列式，称为方阵 A 的行列式，记为$|A|$.

方阵的行列式满足如下运算律：

(1) $|A^{\mathrm{T}}|=|A|$，　(2) $|kA|=k^n|A|$，　(3) $|AB|=|A||B|$，

其中 A，B 均为 n 阶方阵，k 为常数.

*证 性质 (1) 和 (2) 显然成立，现只证明 (3). 设 $A=(a_{ij})_{n\times n}$，$B=(b_{ij})_{n\times n}$，令行列式

$$D=\begin{vmatrix}A & O\\ -E & B\end{vmatrix}=\begin{vmatrix}a_{11} & \cdots & a_{1n} & 0 & \cdots & 0\\ \vdots & & \vdots & \vdots & & \vdots\\ a_{n1} & \cdots & a_{nn} & 0 & \cdots & 0\\ -1 & & & b_{11} & \cdots & b_{1n}\\ & \ddots & & \vdots & & \vdots\\ & & -1 & b_{n1} & \cdots & b_{nn}\end{vmatrix},$$

则 $D=|A||B|$. 另外，将 D 的第 $n+k$ 行乘以 a_{1k} ($k=1, 2, \cdots, n$) 加到第 1 行，将 a_{11}，…，a_{1n}化简为零，即

$$D=\begin{vmatrix} 0 & \cdots & 0 & c_{11} & \cdots & c_{1n} \\ a_{21} & \cdots & a_{2n} & 0 & \cdots & 0 \\ \vdots & & \vdots & \vdots & & \vdots \\ a_{n1} & \cdots & a_{nn} & 0 & \cdots & 0 \\ -1 & & & b_{11} & \cdots & b_{1n} \\ & \ddots & & \vdots & & \vdots \\ & & -1 & b_{n1} & \cdots & b_{nn} \end{vmatrix}.$$

类似地，将 D 的第 $n+k$ 行乘以 a_{2k}（$k=1, 2, \cdots, n$）加到第 2 行，将 $a_{21}, \cdots, a_{2n}$ 化简为零. 如此进行下去，直至将 D 的第 $n+k$ 行乘以 a_{nk}（$k=1, 2, \cdots, n$）加到第 n 行，将 $a_{n1}, \cdots, a_{nn}$ 化简为零，即

$$D=\begin{vmatrix} 0 & \cdots & 0 & c_{11} & \cdots & c_{1n} \\ \vdots & & \vdots & \vdots & & \vdots \\ 0 & \cdots & 0 & c_{n1} & \cdots & c_{nn} \\ -1 & & & b_{11} & \cdots & b_{1n} \\ & \ddots & & \vdots & & \vdots \\ & & -1 & b_{n1} & \cdots & b_{nn} \end{vmatrix},$$

其中 $c_{ij}=a_{i1}b_{1j}+a_{i2}b_{2j}+\cdots+a_{in}b_{nj}$（$i, j=1, 2, \cdots, n$），由矩阵的乘法，

$$\begin{pmatrix} c_{11} & \cdots & c_{1n} \\ \vdots & & \vdots \\ c_{n1} & \cdots & c_{nn} \end{pmatrix}=\begin{pmatrix} a_{11} & \cdots & a_{1n} \\ \vdots & & \vdots \\ a_{n1} & \cdots & a_{nn} \end{pmatrix}\begin{pmatrix} b_{11} & \cdots & b_{1n} \\ \vdots & & \vdots \\ b_{n1} & \cdots & b_{nn} \end{pmatrix}=\boldsymbol{AB},$$

从而由拉普拉斯定理有

$$D=\begin{vmatrix} \boldsymbol{A} & \boldsymbol{O} \\ -\boldsymbol{E} & \boldsymbol{B} \end{vmatrix}=\begin{vmatrix} \boldsymbol{O} & \boldsymbol{AB} \\ -\boldsymbol{E} & \boldsymbol{B} \end{vmatrix}=|\boldsymbol{AB}|(-1)^{(1+2+\cdots+n)+(n+1+n+2+\cdots+2n)}|-\boldsymbol{E}|=|\boldsymbol{AB}|,$$

故

$$|\boldsymbol{AB}|=|\boldsymbol{A}||\boldsymbol{B}|.$$

注 规律（3）可以推广到 m 个同阶方阵相乘的情形

$$|\boldsymbol{A}_1\boldsymbol{A}_2\cdots\boldsymbol{A}_m|=|\boldsymbol{A}_1||\boldsymbol{A}_2|\cdots|\boldsymbol{A}_m|.$$

微课

2.2 节自测题

习题 2.2

1. 设 $\boldsymbol{A}=\begin{pmatrix} 1 & 2 & 1 \\ 1 & -1 & 1 \\ 2 & 2 & 1 \end{pmatrix}$，$\boldsymbol{B}=\begin{pmatrix} 1 & 2 & -3 \\ 1 & -2 & 4 \\ 2 & 1 & 1 \end{pmatrix}$，试计算：

（1）$2\boldsymbol{A}-\boldsymbol{B}$；（2）$3\boldsymbol{A}-2\boldsymbol{B}$；（3）若 $\boldsymbol{X}$ 满足 $\boldsymbol{A}-2\boldsymbol{X}=\boldsymbol{B}$，求 $\boldsymbol{X}$.

2. 计算：

(1) $\begin{pmatrix}1&2&3\\4&5&6\\7&8&9\end{pmatrix}\begin{pmatrix}1\\-1\\0\end{pmatrix}$； (2) $\begin{pmatrix}1&1&1\\1&-1&1\\1&1&-1\end{pmatrix}\begin{pmatrix}1&2&3\\1&-2&4\\0&5&1\end{pmatrix}$；

(3) $(1\quad 2\quad 3)\begin{pmatrix}1\\1\\-1\end{pmatrix}$； (4) $\begin{pmatrix}1\\1\\-1\end{pmatrix}(1\quad 2\quad 3)$；

(5) $(x\quad y\quad z)\begin{pmatrix}a_{11}&a_{12}&a_{13}\\a_{12}&a_{22}&a_{23}\\a_{13}&a_{23}&a_{33}\end{pmatrix}\begin{pmatrix}x\\y\\z\end{pmatrix}$.

3. 设 $\boldsymbol{A}=\begin{pmatrix}1&0&1\\0&2&0\\1&2&1\end{pmatrix}$，$\boldsymbol{B}=\begin{pmatrix}1&-1&1\\1&2&4\\-1&0&2\end{pmatrix}$，求 $3\boldsymbol{AB}-2\boldsymbol{B}$，$\boldsymbol{A}^{\mathrm{T}}\boldsymbol{B}$，$(\boldsymbol{AB})^{\mathrm{T}}$.

4. 设 $\boldsymbol{A}$ 是 $n\times s$ 阶矩阵，$\boldsymbol{B}$ 和 $\boldsymbol{C}$ 都是 $s\times m$ 阶矩阵，证明：$\boldsymbol{A}(\boldsymbol{B}+\boldsymbol{C})=\boldsymbol{AB}+\boldsymbol{AC}$.

5. 求解下列矩阵方程中的未知矩阵 $\boldsymbol{X}$：

(1) $\begin{pmatrix}1&2\\1&3\end{pmatrix}\boldsymbol{X}=\begin{pmatrix}4&-2\\2&1\end{pmatrix}$； (2) $\begin{pmatrix}1&0&0\\0&-1&1\\0&1&-1\end{pmatrix}\boldsymbol{X}=\begin{pmatrix}1\\2\\-2\end{pmatrix}$.

6. 设矩阵 $\boldsymbol{A}=\begin{pmatrix}2&3\\-1&2\end{pmatrix}$，求矩阵 $\boldsymbol{X}$，使得 $\boldsymbol{AX}=\boldsymbol{A}^{\mathrm{T}}$.

7. 设矩阵 $\boldsymbol{A}=\begin{pmatrix}1&2&0\\0&1&2\\0&0&1\end{pmatrix}$，求所有与 $\boldsymbol{A}$ 可交换的矩阵.

8. 计算下列矩阵（其中 n 为正整数）：

(1) $\begin{pmatrix}1&1\\0&0\end{pmatrix}^n$； (2) $\begin{pmatrix}3&4\\4&-3\end{pmatrix}^{2n}$； (3) $\begin{pmatrix}0&-1&1\\0&0&4\\0&0&0\end{pmatrix}^3$； (4) $\begin{pmatrix}a&1&0\\0&a&1\\0&0&a\end{pmatrix}^n$.

9. 已知 $\boldsymbol{\alpha}=(1,\ 2,\ 3)$，$\boldsymbol{\beta}=\left(1,\ \frac{1}{2},\ \frac{1}{3}\right)$，试求：(1) $\boldsymbol{\alpha}^{\mathrm{T}}\boldsymbol{\beta}$；(2) $(\boldsymbol{\alpha}^{\mathrm{T}}\boldsymbol{\beta})^n$.

10. 已知 $\boldsymbol{A}=\boldsymbol{E}-\frac{2}{\boldsymbol{\alpha}\boldsymbol{\alpha}^{\mathrm{T}}}\boldsymbol{\alpha}^{\mathrm{T}}\boldsymbol{\alpha}$，其中 $\boldsymbol{\alpha}$ 为行向量，证明：$\boldsymbol{A}$ 为对称矩阵，且 $\boldsymbol{A}^2=\boldsymbol{E}$.

11. 设 $\boldsymbol{A}$ 为方阵，证明：$\boldsymbol{A}+\boldsymbol{A}^{\mathrm{T}}$ 为对称矩阵，$\boldsymbol{A}-\boldsymbol{A}^{\mathrm{T}}$ 为反对称矩阵，并将 $\boldsymbol{A}$ 表示为对称矩阵与反对称矩阵之和.

2.3 可逆矩阵

在实数运算中，存在一种求逆运算，即对于数 $a\neq 0$，总存在唯一的数 b，使得

$$ab=ba=1,$$

数 b 称为 a 的逆元，记为 a^{-1}. 本节将把“逆元”的概念推广到矩阵运算中，即要考虑矩阵 $\boldsymbol{A}$ 在什么条件下存在“逆元”，以及如何求它的“逆元”.

2.3.1 可逆矩阵的概念

定义 2.3.1 对于 n 阶方阵 $\boldsymbol{A}$，如果存在 n 阶方阵 $\boldsymbol{B}$，使得

$$\boldsymbol{AB}=\boldsymbol{BA}=\boldsymbol{E},$$

则称 $\boldsymbol{A}$ 为可逆矩阵，或称 $\boldsymbol{A}$ 可逆，且称 $\boldsymbol{B}$ 为 $\boldsymbol{A}$ 的逆矩阵.

命题 2.3.1 若矩阵 $\boldsymbol{A}$ 可逆，则其逆矩阵唯一.

证 设矩阵 $\boldsymbol{B}$，$\boldsymbol{C}$ 均为 $\boldsymbol{A}$ 的逆矩阵，由定义有

$$\boldsymbol{AB}=\boldsymbol{BA}=\boldsymbol{E},\quad \boldsymbol{AC}=\boldsymbol{CA}=\boldsymbol{E},$$

从而

$$\boldsymbol{B}=\boldsymbol{BE}=\boldsymbol{B}(\boldsymbol{AC})=(\boldsymbol{BA})\boldsymbol{C}=\boldsymbol{EC}=\boldsymbol{C}.$$

记 $\boldsymbol{A}$ 的逆矩阵为 $\boldsymbol{A}^{-1}$.

例 2.3.1 设 $\boldsymbol{A}=\begin{pmatrix} a_1 & 0 & \cdots & 0 \\ 0 & a_2 & \cdots & 0 \\ \vdots & \vdots & & \vdots \\ 0 & 0 & \cdots & a_n \end{pmatrix}$，其中 $a_i\neq 0$，$i=1, 2, \cdots, n$，问 $\boldsymbol{A}$ 是否可逆？若可逆，求 $\boldsymbol{A}^{-1}$.

解 由于

$$\begin{pmatrix} a_1 & 0 & \cdots & 0 \\ 0 & a_2 & \cdots & 0 \\ \vdots & \vdots & & \vdots \\ 0 & 0 & \cdots & a_n \end{pmatrix}\begin{pmatrix} a_1^{-1} & 0 & \cdots & 0 \\ 0 & a_2^{-1} & \cdots & 0 \\ \vdots & \vdots & & \vdots \\ 0 & 0 & \cdots & a_n^{-1} \end{pmatrix}$$

$$=\begin{pmatrix} a_1^{-1} & 0 & \cdots & 0 \\ 0 & a_2^{-1} & \cdots & 0 \\ \vdots & \vdots & & \vdots \\ 0 & 0 & \cdots & a_n^{-1} \end{pmatrix}\begin{pmatrix} a_1 & 0 & \cdots & 0 \\ 0 & a_2 & \cdots & 0 \\ \vdots & \vdots & & \vdots \\ 0 & 0 & \cdots & a_n \end{pmatrix}$$

$$=\boldsymbol{E},$$

因此，由矩阵可逆的定义有，$\boldsymbol{A}$ 可逆，且

$$\boldsymbol{A}^{-1}=\begin{pmatrix} a_1^{-1} & 0 & \cdots & 0 \\ 0 & a_2^{-1} & \cdots & 0 \\ \vdots & \vdots & & \vdots \\ 0 & 0 & \cdots & a_n^{-1} \end{pmatrix}.$$

2.3.2 伴随矩阵及其与逆矩阵的关系

定义 2.3.2 设 $\boldsymbol{A}$ 为 n 阶方阵，行列式 $|\boldsymbol{A}|$ 中所有元素的代数余子式 A_{ij}（i，$j=1$，2，…，n）构成的矩阵

$$\boldsymbol{A}^*=\begin{pmatrix} A_{11} & A_{21} & \cdots & A_{n1} \\ A_{12} & A_{22} & \cdots & A_{n2} \\ \vdots & \vdots & & \vdots \\ A_{1n} & A_{2n} & \cdots & A_{nn} \end{pmatrix}$$

称为 $\boldsymbol{A}$ 的伴随矩阵.

例 2.3.2 设 $\boldsymbol{A}=\begin{pmatrix} 1 & 0 & 2 \\ -1 & 1 & 3 \\ 3 & 1 & 0 \end{pmatrix}$，试求 $\boldsymbol{A}^*$.

解 计算 $|\boldsymbol{A}|$ 中各元素的代数余子式，有

$$A_{11}=\begin{vmatrix} 1 & 3 \\ 1 & 0 \end{vmatrix}=-3,\quad A_{12}=-\begin{vmatrix} -1 & 3 \\ 3 & 0 \end{vmatrix}=9,\quad A_{13}=\begin{vmatrix} -1 & 1 \\ 3 & 1 \end{vmatrix}=-4,$$

$$A_{21}=-\begin{vmatrix} 0 & 2 \\ 1 & 0 \end{vmatrix}=2,\quad A_{22}=\begin{vmatrix} 1 & 2 \\ 3 & 0 \end{vmatrix}=-6,\quad A_{23}=-\begin{vmatrix} 1 & 0 \\ 3 & 1 \end{vmatrix}=-1,$$

$$A_{31}=\begin{vmatrix} 0 & 2 \\ 1 & 3 \end{vmatrix}=-2,\quad A_{32}=-\begin{vmatrix} 1 & 2 \\ -1 & 3 \end{vmatrix}=-5,\quad A_{33}=\begin{vmatrix} 1 & 0 \\ -1 & 1 \end{vmatrix}=1,$$

由定义

$$\boldsymbol{A}^*=\begin{pmatrix} -3 & 2 & -2 \\ 9 & -6 & -5 \\ -4 & -1 & 1 \end{pmatrix}.$$

设方阵 $\boldsymbol{A}=(a_{ij})_{n\times n}$，则由行列式按行（列）展开定理及推论有

$$\begin{aligned}\boldsymbol{A}\boldsymbol{A}^*&=\begin{pmatrix} a_{11} & a_{12} & \cdots & a_{1n} \\ a_{21} & a_{22} & \cdots & a_{2n} \\ \vdots & \vdots & & \vdots \\ a_{n1} & a_{n2} & \cdots & a_{nn} \end{pmatrix}\begin{pmatrix} A_{11} & A_{21} & \cdots & A_{n1} \\ A_{12} & A_{22} & \cdots & A_{n2} \\ \vdots & \vdots & & \vdots \\ A_{1n} & A_{2n} & \cdots & A_{nn} \end{pmatrix}=\begin{pmatrix} |A| & 0 & \cdots & 0 \\ 0 & |A| & \cdots & 0 \\ \vdots & \vdots & & \vdots \\ 0 & 0 & \cdots & |A| \end{pmatrix}\\&=|\boldsymbol{A}|\boldsymbol{E},\end{aligned}$$

同理

$$\boldsymbol{A}^*\boldsymbol{A}=\begin{pmatrix} A_{11} & A_{21} & \cdots & A_{n1} \\ A_{12} & A_{22} & \cdots & A_{n2} \\ \vdots & \vdots & & \vdots \\ A_{1n} & A_{2n} & \cdots & A_{nn} \end{pmatrix}\begin{pmatrix} a_{11} & a_{12} & \cdots & a_{1n} \\ a_{21} & a_{22} & \cdots & a_{2n} \\ \vdots & \vdots & & \vdots \\ a_{n1} & a_{n2} & \cdots & a_{nn} \end{pmatrix}=\begin{pmatrix} |A| & 0 & \cdots & 0 \\ 0 & |A| & \cdots & 0 \\ \vdots & \vdots & & \vdots \\ 0 & 0 & \cdots & |A| \end{pmatrix}$$

$$=|\boldsymbol{A}|\boldsymbol{E},$$

由此得到伴随矩阵的一个重要的运算性质：

$$\boldsymbol{A}\boldsymbol{A}^*=\boldsymbol{A}^*\boldsymbol{A}=|\boldsymbol{A}|\boldsymbol{E}. \tag{2.3.1}$$

定理 2.3.1 方阵 $\boldsymbol{A}$ 可逆的充分必要条件是 $|\boldsymbol{A}|\neq0$. 当 $\boldsymbol{A}$ 可逆时，

$$\boldsymbol{A}^{-1}=\frac{1}{|\boldsymbol{A}|}\boldsymbol{A}^*.$$

证 必要性. 若 $\boldsymbol{A}$ 可逆，则存在 $\boldsymbol{A}^{-1}$，使得

$$\boldsymbol{A}\boldsymbol{A}^{-1}=\boldsymbol{E},$$

两边取行列式，得

$$|\boldsymbol{A}||\boldsymbol{A}^{-1}|=|\boldsymbol{E}|=1,$$

所以 $|\boldsymbol{A}|\neq0$.

充分性. 当 $|\boldsymbol{A}|\neq0$ 时，由式（2.3.1）有

$$\boldsymbol{A}\left(\frac{1}{|\boldsymbol{A}|}\boldsymbol{A}^*\right)=\left(\frac{1}{|\boldsymbol{A}|}\boldsymbol{A}^*\right)\boldsymbol{A}=\boldsymbol{E},$$

再由定义 2.3.1 知 $\boldsymbol{A}$ 可逆，并且

$$\boldsymbol{A}^{-1}=\frac{1}{|\boldsymbol{A}|}\boldsymbol{A}^*.$$

若 $|\boldsymbol{A}|\neq0$，则称 $\boldsymbol{A}$ 为非奇异的（或非退化的），否则称 $\boldsymbol{A}$ 为奇异的（或退化的）.

推论 2.3.1 若同阶方阵 $\boldsymbol{A}$，$\boldsymbol{B}$ 满足 $\boldsymbol{AB}=\boldsymbol{E}$（或 $\boldsymbol{BA}=\boldsymbol{E}$），则 $\boldsymbol{A}$，$\boldsymbol{B}$ 均可逆，且互为逆矩阵.

证 由 $\boldsymbol{AB}=\boldsymbol{E}$，两边取行列式有

$$|\boldsymbol{A}||\boldsymbol{B}|=|\boldsymbol{E}|=1,$$

从而 $|\boldsymbol{A}|\neq0$，$|\boldsymbol{B}|\neq0$，故 $\boldsymbol{A}$，$\boldsymbol{B}$ 均可逆，再由

$$\boldsymbol{A}=\boldsymbol{AE}=\boldsymbol{A}(\boldsymbol{BB}^{-1})=(\boldsymbol{AB})\boldsymbol{B}^{-1}=\boldsymbol{EB}^{-1}=\boldsymbol{B}^{-1},$$
$$\boldsymbol{B}=\boldsymbol{EB}=(\boldsymbol{A}^{-1}\boldsymbol{A})\boldsymbol{B}=\boldsymbol{A}^{-1}(\boldsymbol{AB})=\boldsymbol{A}^{-1}\boldsymbol{E}=\boldsymbol{A}^{-1},$$

因此 $\boldsymbol{A}$，$\boldsymbol{B}$ 互为逆矩阵.

例 2.3.3 判断例 2.3.2 中的方阵 $\boldsymbol{A}$ 是否可逆，若可逆，求 $\boldsymbol{A}^{-1}$.

解 由于

$$|\boldsymbol{A}|=\begin{vmatrix}1&0&2\\-1&1&3\\3&1&0\end{vmatrix}=-11\neq0,$$

故 $\boldsymbol{A}$ 可逆，又 $\boldsymbol{A}^*=\begin{pmatrix}-3&2&-2\\9&-6&-5\\-4&-1&1\end{pmatrix}$，因此

$$\boldsymbol{A}^{-1}=\frac{1}{|\boldsymbol{A}|}\boldsymbol{A}^*=-\frac{1}{11}\begin{pmatrix}-3&2&-2\\9&-6&-5\\-4&-1&1\end{pmatrix}=\begin{pmatrix}3/11&-2/11&2/11\\-9/11&6/11&5/11\\4/11&1/11&-1/11\end{pmatrix}.$$

注 例 2.3.3 中求逆矩阵的方法称为伴随矩阵法.

例 2.3.4 设 $\boldsymbol{A}$ 和 $\boldsymbol{B}$ 均为 n 阶方阵，且满足 $3\boldsymbol{AB}-\boldsymbol{B}-3\boldsymbol{A}=\boldsymbol{O}$，证明：(1) $3\boldsymbol{A}-\boldsymbol{E}$ 可逆；(2) $\boldsymbol{A}$，$\boldsymbol{B}$ 可交换.

证 (1) 由 $3\boldsymbol{AB}-\boldsymbol{B}-3\boldsymbol{A}=\boldsymbol{O}$，整理有

$$(3\boldsymbol{A}-\boldsymbol{E})(\boldsymbol{B}-\boldsymbol{E})=\boldsymbol{E},$$

由推论 2.3.1 有 $3\boldsymbol{A}-\boldsymbol{E}$ 可逆，且其逆矩阵为 $\boldsymbol{B}-\boldsymbol{E}$.

(2) 由 (1) 有

$$(3\boldsymbol{A}-\boldsymbol{E})(\boldsymbol{B}-\boldsymbol{E})=(\boldsymbol{B}-\boldsymbol{E})(3\boldsymbol{A}-\boldsymbol{E})=\boldsymbol{E},$$

化简得 $\boldsymbol{AB}=\boldsymbol{BA}$，即 $\boldsymbol{A}$ 和 $\boldsymbol{B}$ 可交换.

2.3.3 可逆矩阵的性质

性质 2.3.1 如果方阵 $\boldsymbol{A}$ 可逆，则$\boldsymbol{A}^{-1}$可逆，且$(\boldsymbol{A}^{-1})^{-1}=\boldsymbol{A}$.

性质 2.3.2 如果方阵 $\boldsymbol{A}$ 可逆，数 $k\neq0$，则 $k\boldsymbol{A}$ 可逆，且$(k\boldsymbol{A})^{-1}=\frac{1}{k}\boldsymbol{A}^{-1}$.

性质 2.3.3 如果同阶方阵 $\boldsymbol{A}$，$\boldsymbol{B}$ 都可逆，则 $\boldsymbol{AB}$ 可逆，且$(\boldsymbol{AB})^{-1}=\boldsymbol{B}^{-1}\boldsymbol{A}^{-1}$.

证 由于

$$(\boldsymbol{AB})(\boldsymbol{B}^{-1}\boldsymbol{A}^{-1})=\boldsymbol{A}(\boldsymbol{B}\boldsymbol{B}^{-1})\boldsymbol{A}^{-1}=\boldsymbol{A}\boldsymbol{A}^{-1}=\boldsymbol{E},$$

故

$$(\boldsymbol{AB})^{-1}=\boldsymbol{B}^{-1}\boldsymbol{A}^{-1}.$$

注 性质 2.3.3 可以推广到有限个同阶可逆矩阵相乘的情形，即若同阶矩阵 $\boldsymbol{A}_1$，$\boldsymbol{A}_2$，…，$\boldsymbol{A}_n$ 均可逆，则 $\boldsymbol{A}_1\boldsymbol{A}_2\cdots\boldsymbol{A}_n$ 可逆，且

$$(\boldsymbol{A}_1\boldsymbol{A}_2\cdots\boldsymbol{A}_n)^{-1}=\boldsymbol{A}_n^{-1}\cdots\boldsymbol{A}_2^{-1}\boldsymbol{A}_1^{-1}.$$

性质 2.3.4 如果矩阵 $\boldsymbol{A}$ 可逆，则 $\boldsymbol{A}^{\mathrm{T}}$ 可逆，且$(\boldsymbol{A}^{\mathrm{T}})^{-1}=(\boldsymbol{A}^{-1})^{\mathrm{T}}$.

证 由$\boldsymbol{A}^{-1}\boldsymbol{A}=\boldsymbol{E}$，两侧取转置有 $\boldsymbol{A}^{\mathrm{T}}(\boldsymbol{A}^{-1})^{\mathrm{T}}=\boldsymbol{E}$，从而

$$(\boldsymbol{A}^{\mathrm{T}})^{-1}=(\boldsymbol{A}^{-1})^{\mathrm{T}}.$$

性质 2.3.5 如果矩阵 $\boldsymbol{A}$ 可逆，则 $|\boldsymbol{A}^{-1}|=|\boldsymbol{A}|^{-1}$.

证 由 $\boldsymbol{A}^{-1}\boldsymbol{A}=\boldsymbol{E}$，两侧取行列式有 $|\boldsymbol{A}^{-1}||\boldsymbol{A}|=1$，而 $|\boldsymbol{A}|\neq 0$，故

$$|\boldsymbol{A}^{-1}|=|\boldsymbol{A}|^{-1}.$$

例 2.3.5 设 $\boldsymbol{A}$ 为可逆矩阵，证明 $\boldsymbol{A}^*$ 可逆，并且 $(\boldsymbol{A}^*)^{-1}=|\boldsymbol{A}|^{-1}\boldsymbol{A}$.

证 由 $\boldsymbol{A}$ 可逆，有 $\boldsymbol{A}^*=|\boldsymbol{A}|\boldsymbol{A}^{-1}$，$|\boldsymbol{A}|\neq 0$，从而

$$(\boldsymbol{A}^*)^{-1}=(|\boldsymbol{A}|\boldsymbol{A}^{-1})^{-1}=|\boldsymbol{A}|^{-1}(\boldsymbol{A}^{-1})^{-1}=|\boldsymbol{A}|^{-1}\boldsymbol{A}.$$

例 2.3.6 已知 $\boldsymbol{A}$，$\boldsymbol{B}$，$\boldsymbol{A}+\boldsymbol{B}$ 均为可逆矩阵，证明 $\boldsymbol{A}^{-1}+\boldsymbol{B}^{-1}$ 可逆，并求其逆.

证 由 $\boldsymbol{A}$，$\boldsymbol{B}$ 可逆，有

$$\boldsymbol{A}^{-1}+\boldsymbol{B}^{-1}=\boldsymbol{A}^{-1}\boldsymbol{B}\boldsymbol{B}^{-1}+\boldsymbol{A}^{-1}\boldsymbol{A}\boldsymbol{B}^{-1}=\boldsymbol{A}^{-1}(\boldsymbol{B}+\boldsymbol{A})\boldsymbol{B}^{-1}=\boldsymbol{A}^{-1}(\boldsymbol{A}+\boldsymbol{B})\boldsymbol{B}^{-1},$$

再由 $\boldsymbol{A}+\boldsymbol{B}$ 可逆及性质 2.3.3，有 $\boldsymbol{A}^{-1}+\boldsymbol{B}^{-1}$ 可逆，并且

$$(\boldsymbol{A}^{-1}+\boldsymbol{B}^{-1})^{-1}=(\boldsymbol{A}^{-1}(\boldsymbol{A}+\boldsymbol{B})\boldsymbol{B}^{-1})^{-1}=\boldsymbol{B}(\boldsymbol{A}+\boldsymbol{B})^{-1}\boldsymbol{A}.$$

2.3.4 逆矩阵的应用

含未知矩阵的等式称为**矩阵方程**. 常见的矩阵方程有

$$\boldsymbol{AX}=\boldsymbol{C},\quad \boldsymbol{XB}=\boldsymbol{C},\quad \boldsymbol{AXB}=\boldsymbol{C}\quad(\text{其中 } \boldsymbol{X} \text{ 为未知矩阵}),$$

称这三个矩阵方程为**基本矩阵方程**. 对于基本矩阵方程，如果 $\boldsymbol{A}$，$\boldsymbol{B}$ 可逆，则在等式两边同时左乘 $\boldsymbol{A}^{-1}$ 或右乘 $\boldsymbol{B}^{-1}$，可将其分别整理为

$$\boldsymbol{X}=\boldsymbol{A}^{-1}\boldsymbol{C},\quad \boldsymbol{X}=\boldsymbol{C}\boldsymbol{B}^{-1},\quad \boldsymbol{X}=\boldsymbol{A}^{-1}\boldsymbol{C}\boldsymbol{B}^{-1}.$$

至于其他形式的矩阵方程，可以通过矩阵运算转化为基本矩阵方程.

例 2.3.7 已知 $\boldsymbol{A}=\begin{pmatrix}1&0&0\\0&2&0\\0&0&-1\end{pmatrix}$，矩阵 $\boldsymbol{X}$ 满足 $\boldsymbol{XA}^*=3\boldsymbol{X}+\boldsymbol{A}^{-1}$，求矩阵 $\boldsymbol{X}$.

解 首先在方程两边右乘 $\boldsymbol{A}$，有

$$(\boldsymbol{XA}^*)\boldsymbol{A}=(3\boldsymbol{X}+\boldsymbol{A}^{-1})\boldsymbol{A},$$

整理得

$$\boldsymbol{X}|\boldsymbol{A}|\boldsymbol{E}=3\boldsymbol{XA}+\boldsymbol{E},$$

进一步化简为基本矩阵方程

$$\boldsymbol{X}(|\boldsymbol{A}|\boldsymbol{E}-3\boldsymbol{A})=\boldsymbol{E}.$$

由于 $|\boldsymbol{A}|=-2$，且易见 $|\boldsymbol{A}|\boldsymbol{E}-3\boldsymbol{A}$ 可逆，从而有

$$\boldsymbol{X}=\boldsymbol{E}(|\boldsymbol{A}|\boldsymbol{E}-3\boldsymbol{A})^{-1}=(-2\boldsymbol{E}-3\boldsymbol{A})^{-1}$$

$$=\left(\begin{pmatrix}-2&0&0\\0&-2&0\\0&0&-2\end{pmatrix}-\begin{pmatrix}3&0&0\\0&6&0\\0&0&-3\end{pmatrix}\right)^{-1}$$

$$=\begin{pmatrix}-5&0&0\\0&-8&0\\0&0&1\end{pmatrix}^{-1}=\begin{pmatrix}-\frac{1}{5}&0&0\\0&-\frac{1}{8}&0\\0&0&1\end{pmatrix}.$$

微课

2.3节自测题

习题 2.3

1. 求下列矩阵的逆矩阵：

(1) $\begin{pmatrix}1&3\\2&7\end{pmatrix}$； (2) $\begin{pmatrix}1&2&0\\1&-1&1\\2&-1&3\end{pmatrix}$； (3) $\begin{pmatrix}1&0&0&0\\2&1&0&0\\0&2&1&0\\0&0&2&1\end{pmatrix}$.

2. 求解下列矩阵方程：

(1) $\begin{pmatrix}2&5\\1&3\end{pmatrix}\boldsymbol{X}=\begin{pmatrix}-1&2&3\\0&1&3\end{pmatrix}$； (2) $\begin{pmatrix}2&0\\0&3\end{pmatrix}\boldsymbol{X}\begin{pmatrix}0&3\\-1&0\end{pmatrix}=\begin{pmatrix}2&1\\-1&3\end{pmatrix}$；

(3) $\begin{pmatrix}1&0&0\\0&0&1\\0&1&0\end{pmatrix}\boldsymbol{X}\begin{pmatrix}1&0&0\\0&1&0\\0&2&1\end{pmatrix}=\begin{pmatrix}1&2&3\\1&-1&1\\0&-2&3\end{pmatrix}$.

3. 求解下列线性方程组：

(1) $\begin{cases}x_1+x_3=4\\-x_1+x_2+x_3=4\\2x_1-x_2+x_3=3\end{cases}$； (2) $\begin{cases}x_1-x_2-x_3=2\\2x_1+x_2+x_3=4\\3x_1-x_2+x_3=3\end{cases}$.

4. 若$\boldsymbol{A}^m=\boldsymbol{O}$（$m$ 为正整数），求证：$(\boldsymbol{E}-\boldsymbol{A})^{-1}=\boldsymbol{E}+\boldsymbol{A}+\boldsymbol{A}^2+\cdots+\boldsymbol{A}^{m-1}$.

5. 设 $\boldsymbol{A}$ 是可逆矩阵，证明：

(1) $\boldsymbol{A}^m$ 可逆（m 为正整数），且$(\boldsymbol{A}^m)^{-1}=(\boldsymbol{A}^{-1})^m$；

(2) $\boldsymbol{A}^*$ 可逆，且$(\boldsymbol{A}^*)^{-1}=(\boldsymbol{A}^{-1})^*$.

6. 设 $\boldsymbol{A}=\begin{pmatrix}1&2&-1\\3&4&-2\\5&-3&1\end{pmatrix}$，$\boldsymbol{A}^*$ 是 $\boldsymbol{A}$ 的伴随矩阵，求：

(1) $(\boldsymbol{A}^*)^{-1}$； (2) $((\boldsymbol{A}^*)^{\mathrm{T}})^{-1}$.

7. 设 $\boldsymbol{A}$ 为三阶矩阵，若$|\boldsymbol{A}|=4$，求$|\boldsymbol{A}^*|$.

2.4 分块矩阵

2.4.1 分块矩阵的概念

为了简化矩阵的计算或便于矩阵性质的分析，一种常用的技巧是矩阵的分块，即将矩阵 $\boldsymbol{A}$ 用一些横线和竖线分成若干个小矩阵，每个小矩阵称为 $\boldsymbol{A}$ 的一个子块. 正如矩阵是由数组成的一样，以子块为元素的矩阵称为**分块矩阵**.

例如，可按虚线分割 $\boldsymbol{A}=\left(\begin{array}{ccc:cc}1 & -1 & 0 & 1 & 2\\ 2 & 1 & 0 & 1 & 1\\ \hdashline 3 & 0 & 0 & 0 & 0\\ 0 & 3 & 0 & 0 & 0\\ 0 & 0 & 3 & 0 & 0\end{array}\right)$，形成 $\boldsymbol{A}$ 的分块矩阵 $\begin{pmatrix}\boldsymbol{A}_1 & \boldsymbol{A}_2\\ 3\boldsymbol{E}_3 & \boldsymbol{O}\end{pmatrix}$，其中

$$\boldsymbol{A}_1=\begin{pmatrix}1 & -1 & 0\\ 2 & 1 & 0\end{pmatrix},\quad \boldsymbol{A}_2=\begin{pmatrix}1 & 2\\ 1 & 1\end{pmatrix}.$$

也可以按虚线分割 $\boldsymbol{A}=\left(\begin{array}{c:c:c:c:c}1 & -1 & 0 & 1 & 2\\ 2 & 1 & 0 & 1 & 1\\ 3 & 0 & 0 & 0 & 0\\ 0 & 3 & 0 & 0 & 0\\ 0 & 0 & 3 & 0 & 0\end{array}\right)$，形成 $\boldsymbol{A}$ 的分块矩阵$(\boldsymbol{\alpha}_1，\boldsymbol{\alpha}_2，\boldsymbol{\alpha}_3，\boldsymbol{\alpha}_4，\boldsymbol{\alpha}_5)$，其中

$$\boldsymbol{\alpha}_1=\begin{pmatrix}1\\2\\3\\0\\0\end{pmatrix},\ \boldsymbol{\alpha}_2=\begin{pmatrix}-1\\1\\0\\3\\0\end{pmatrix},\ \boldsymbol{\alpha}_3=\begin{pmatrix}0\\0\\0\\0\\3\end{pmatrix},\ \boldsymbol{\alpha}_4=\begin{pmatrix}1\\1\\0\\0\\0\end{pmatrix},\ \boldsymbol{\alpha}_5=\begin{pmatrix}2\\1\\0\\0\\0\end{pmatrix},$$

后一种对矩阵的分块方式称为**按自然列分块**，类似地，还可以按**自然行分块**. 矩阵的分块方式并不唯一，要根据矩阵的结构特点或结合所要分析的问题选择分块方式，以便于矩阵的运算.

2.4.2 分块矩阵的运算

与一般矩阵的运算相比，分块矩阵的运算除了考虑分块矩阵的型以外，还要保证子块运算时有意义.

（1）加法.

若 $\boldsymbol{A}+\boldsymbol{B}$ 有意义，则对 $\boldsymbol{A}$，$\boldsymbol{B}$ 进行相同的分块后得到的分块矩阵可以相加，并且加法表现为对应的子块相加.

（2）数量乘法.

数与分块矩阵相乘等于将数与分块矩阵的每个子块相乘.

（3）矩阵乘法.

若 $\boldsymbol{AB}$ 有意义，则对 $\boldsymbol{A}$，$\boldsymbol{B}$ 进行分块时只要 $\boldsymbol{A}$ 的列分割方式与 $\boldsymbol{B}$ 的行分割方式相同，得到的分块矩阵就可以相乘，并且乘法与普通矩阵的乘法运算一致.

例如，设 $\boldsymbol{A}=\begin{pmatrix} a_{11} & a_{12} & a_{13} \\ a_{21} & a_{22} & a_{23} \\ a_{31} & a_{32} & a_{33} \end{pmatrix}$，$\boldsymbol{B}=\begin{pmatrix} b_{11} & b_{12} \\ b_{21} & b_{22} \\ b_{31} & b_{32} \end{pmatrix}$，如果 $\boldsymbol{A}$ 的分块矩阵为

$$\boldsymbol{A}=\left(\begin{array}{cc:c} a_{11} & a_{12} & a_{13} \\ a_{21} & a_{22} & a_{23} \\ a_{31} & a_{32} & a_{33} \end{array}\right)=(\boldsymbol{A}_1 \quad \boldsymbol{A}_2),$$

那么为了使两矩阵的分块矩阵可以相乘，$\boldsymbol{B}$ 的分块矩阵在行的分割方式上必须是

$$\boldsymbol{B}=\left(\begin{array}{cc} b_{11} & b_{12} \\ b_{21} & b_{22} \\ \hdashline b_{31} & b_{32} \end{array}\right)=\begin{pmatrix} \boldsymbol{B}_1 \\ \boldsymbol{B}_2 \end{pmatrix},$$

只有这样，分块矩阵的乘法才能够进行，即

$$\boldsymbol{AB}=(\boldsymbol{A}_1 \quad \boldsymbol{A}_2)\begin{pmatrix} \boldsymbol{B}_1 \\ \boldsymbol{B}_2 \end{pmatrix}=\boldsymbol{A}_1\boldsymbol{B}_1+\boldsymbol{A}_2\boldsymbol{B}_2.$$

例 2.4.1 设矩阵 $\boldsymbol{A}=\begin{pmatrix} 1 & 0 & -1 & 2 \\ 0 & 1 & 1 & 2 \\ 0 & 0 & 3 & 0 \\ 0 & 0 & 0 & 3 \end{pmatrix}$，$\boldsymbol{B}=\begin{pmatrix} 2 & -2 & 0 \\ 4 & 3 & 0 \\ -1 & 0 & 1 \\ 0 & -1 & 2 \end{pmatrix}$，用分块矩阵的乘法计算 $\boldsymbol{AB}$.

解 结合 $\boldsymbol{A}$，$\boldsymbol{B}$ 的特点，可以将 $\boldsymbol{A}$，$\boldsymbol{B}$ 分块成

$$\boldsymbol{A}=\left(\begin{array}{cc:cc} 1 & 0 & -1 & 2 \\ 0 & 1 & 1 & 2 \\ \hdashline 0 & 0 & 3 & 0 \\ 0 & 0 & 0 & 3 \end{array}\right)=\begin{pmatrix} \boldsymbol{E} & \boldsymbol{A}_1 \\ \boldsymbol{O} & 3\boldsymbol{E} \end{pmatrix}, \quad \boldsymbol{B}=\left(\begin{array}{cc:c} 2 & -2 & 0 \\ 4 & 3 & 0 \\ \hdashline -1 & 0 & 1 \\ 0 & -1 & 2 \end{array}\right)=\begin{pmatrix} \boldsymbol{B}_1 & \boldsymbol{O} \\ -\boldsymbol{E} & \boldsymbol{B}_2 \end{pmatrix},$$

从而

$$\boldsymbol{AB}=\begin{pmatrix} \boldsymbol{E} & \boldsymbol{A}_1 \\ \boldsymbol{O} & 3\boldsymbol{E} \end{pmatrix}\begin{pmatrix} \boldsymbol{B}_1 & \boldsymbol{O} \\ -\boldsymbol{E} & \boldsymbol{B}_2 \end{pmatrix}=\begin{pmatrix} \boldsymbol{B}_1-\boldsymbol{A}_1 & \boldsymbol{A}_1\boldsymbol{B}_2 \\ -3\boldsymbol{E} & 3\boldsymbol{B}_2 \end{pmatrix},$$

其中

$$\boldsymbol{B}_1-\boldsymbol{A}_1=\begin{pmatrix} 2 & -2 \\ 4 & 3 \end{pmatrix}-\begin{pmatrix} -1 & 2 \\ 1 & 2 \end{pmatrix}=\begin{pmatrix} 3 & -4 \\ 3 & 1 \end{pmatrix},$$

$$A_1B_2=\begin{pmatrix}-1&2\\1&2\end{pmatrix}\begin{pmatrix}1\\2\end{pmatrix}=\begin{pmatrix}3\\5\end{pmatrix},$$

故

$$AB=\begin{pmatrix}3&-4&3\\3&1&5\\-3&0&3\\0&-3&6\end{pmatrix}.$$

（4）转置.

设 A 的分块矩阵为

$$\begin{pmatrix}A_{11}&A_{12}&\cdots&A_{1t}\\A_{21}&A_{22}&\cdots&A_{2t}\\\vdots&\vdots&&\vdots\\A_{s1}&A_{s2}&\cdots&A_{st}\end{pmatrix},$$

则其转置

$$A^{\mathrm{T}}=\begin{pmatrix}A_{11}^{\mathrm{T}}&A_{21}^{\mathrm{T}}&\cdots&A_{s1}^{\mathrm{T}}\\A_{12}^{\mathrm{T}}&A_{22}^{\mathrm{T}}&\cdots&A_{s2}^{\mathrm{T}}\\\vdots&\vdots&&\vdots\\A_{1t}^{\mathrm{T}}&A_{2t}^{\mathrm{T}}&\cdots&A_{st}^{\mathrm{T}}\end{pmatrix}.$$

2.4.3 几种特殊的分块矩阵及其性质

形如

$$\begin{pmatrix}A_1&O&\cdots&O\\O&A_2&\cdots&O\\\vdots&\vdots&&\vdots\\O&O&\cdots&A_k\end{pmatrix}$$

的分块矩阵（其中 A_i（$i=1, 2, \cdots, k$）均为方阵），称为分块对角矩阵.

若 A 的分块对角矩阵为 $\begin{pmatrix}A_1&O&\cdots&O\\O&A_2&\cdots&O\\\vdots&\vdots&&\vdots\\O&O&\cdots&A_k\end{pmatrix}$，则有

（1）$|A|=|A_1||A_2|\cdots|A_k|$.

（2）A 可逆的充分必要条件为 A_i（$i=1, 2, \cdots, k$）可逆. 若 A 可逆，则

$$A^{-1}=\begin{pmatrix}A_1^{-1}&O&\cdots&O\\O&A_2^{-1}&\cdots&O\\\vdots&\vdots&&\vdots\\O&O&\cdots&A_k^{-1}\end{pmatrix}.$$

形如

$$\begin{pmatrix} A_{11} & A_{12} & \cdots & A_{1k} \\ O & A_{22} & \cdots & A_{2k} \\ \vdots & \vdots & & \vdots \\ O & O & \cdots & A_{kk} \end{pmatrix}, \quad \begin{pmatrix} A_{11} & O & \cdots & O \\ A_{21} & A_{22} & \cdots & O \\ \vdots & \vdots & & \vdots \\ A_{k1} & A_{k2} & \cdots & A_{kk} \end{pmatrix}$$

的分块矩阵（其中 A_{ii}（$i=1, 2, \cdots, k$）均为方阵)，分别称为分块上三角形矩阵和分块下三角形矩阵.

分块上（下）三角形矩阵具有如下性质：

(1) $$\begin{vmatrix} A_{11} & A_{12} & \cdots & A_{1n} \\ O & A_{22} & \cdots & A_{2n} \\ \vdots & \vdots & & \vdots \\ O & O & \cdots & A_{nn} \end{vmatrix} = \begin{vmatrix} A_{11} & O & \cdots & O \\ A_{21} & A_{22} & \cdots & O \\ \vdots & \vdots & & \vdots \\ A_{n1} & A_{n2} & \cdots & A_{nn} \end{vmatrix} = |A_{11}||A_{22}|\cdots|A_{nn}|.$$

(2) 分块上（下）三角形矩阵的和、差、乘积、数乘及逆仍为同型的分块上（下）三角形矩阵.

例 2.4.2 已知矩阵 $A=\begin{pmatrix} 2 & 0 & 0 \\ 0 & 1 & 2 \\ 0 & 1 & 4 \end{pmatrix}$，求 A^{-1}.

解 对 A 分块有

$$A=\left(\begin{array}{c:cc} 2 & 0 & 0 \\ \hdashline 0 & 1 & 2 \\ 0 & 1 & 4 \end{array}\right)=\begin{pmatrix} A_1 & O \\ O & A_2 \end{pmatrix},$$

其中

$$A_1=2,\quad A_1^{-1}=1/2,\quad A_2=\begin{pmatrix} 1 & 2 \\ 1 & 4 \end{pmatrix},\quad A_2^{-1}=\frac{A_2^*}{|A_2|}=\frac{1}{2}\begin{pmatrix} 4 & -2 \\ -1 & 1 \end{pmatrix}=\begin{pmatrix} 2 & -1 \\ -1/2 & 1/2 \end{pmatrix},$$

故

$$A^{-1}=\begin{pmatrix} A_1^{-1} & O \\ O & A_2^{-1} \end{pmatrix}=\begin{pmatrix} 1/2 & 0 & 0 \\ 0 & 2 & -1 \\ 0 & -1/2 & 1/2 \end{pmatrix}.$$

例 2.4.3 设矩阵 $D=\begin{pmatrix} A & O \\ C & B \end{pmatrix}$，其中 A，B 可逆，证明：$D^{-1}=\begin{pmatrix} A^{-1} & O \\ -B^{-1}CA^{-1} & B^{-1} \end{pmatrix}$.

证 因为 A，B 都为可逆矩阵，故 $|D|=|A||B|\neq 0$，从而 D 可逆. 设

$$D^{-1}=\begin{pmatrix} X & W \\ Z & Y \end{pmatrix},$$

由

$$\begin{pmatrix} A & O \\ C & B \end{pmatrix}\begin{pmatrix} X & W \\ Z & Y \end{pmatrix}=\begin{pmatrix} AX & AW \\ CX+BZ & CW+BY \end{pmatrix}=\begin{pmatrix} E & O \\ O & E \end{pmatrix},$$

有

$$\begin{cases} AX=E \\ AW=O \\ CX+BZ=O \\ CW+BY=E \end{cases},$$

由此解得

$$X=A^{-1},\quad W=O,\quad Y=B^{-1},\quad Z=-B^{-1}CA^{-1},$$

因此

$$D^{-1}=\begin{pmatrix} A^{-1} & O \\ -B^{-1}CA^{-1} & B^{-1} \end{pmatrix}.$$

例 2.4.4 （克莱姆法则）若线性方程组 $Ax=b$ 的系数行列式 $D=|A|\neq 0$，则其有唯一解

$$x=\left(\frac{D_1}{D},\frac{D_2}{D},\cdots,\frac{D_n}{D}\right)^{\mathrm{T}},$$

其中 D_j（$j=1,2,\cdots,n$）是把系数行列式 D 中第 j 列的元素替换为方程组右端的常数项 b 后得到的行列式.

证 若 $x=A^{-1}b$，则

$$Ax=A(A^{-1}b)=(AA^{-1})b=b,$$

因此，$A^{-1}b$ 是方程组 $Ax=b$ 的解. 另外，若 $|A|\neq 0$，则 A 可逆，进而由 $Ax=b$ 整理得 $x=A^{-1}b$，表明若方程组有解，则它必为 $A^{-1}b$. 故当 $D=|A|\neq 0$ 时，方程组 $Ax=b$ 有唯一解 $x=A^{-1}b$，而

$$A^{-1}b=\frac{1}{|A|}A^{*}b=\frac{1}{D}\begin{pmatrix} A_{11} & A_{21} & \cdots & A_{n1} \\ A_{12} & A_{22} & \cdots & A_{n2} \\ \vdots & \vdots & & \vdots \\ A_{1n} & A_{2n} & \cdots & A_{nn} \end{pmatrix}\begin{pmatrix} b_1 \\ b_2 \\ \vdots \\ b_n \end{pmatrix}$$

$$=\frac{1}{D}\begin{pmatrix} A_{11}b_1+A_{21}b_2+\cdots+A_{n1}b_n \\ A_{12}b_1+a_{22}b_2+\cdots+A_{n2}b_n \\ \vdots \\ A_{1n}b_1+A_{2n}b_2+\cdots+A_{nn}b_n \end{pmatrix}$$

$$=\frac{1}{D}\begin{pmatrix}D_1\\D_2\\\vdots\\D_n\end{pmatrix}=\left(\frac{D_1}{D},\frac{D_2}{D},\cdots,\frac{D_n}{D}\right)^{\mathrm{T}}.$$

微课

2.4 节自测题

习题 2.4

1. 按指定的方式进行矩阵分块并完成计算：

(1) $\left(\begin{array}{c|c|c}1&2&0\\1&-1&1\\2&-1&3\end{array}\right)\left(\begin{array}{cc}1&2\\\hline 0&-1\\\hline 1&3\end{array}\right)$；
(2) $\left(\begin{array}{cc|cc}1&0&2&0\\2&1&3&-2\\\hline 0&0&1&3\\0&0&2&1\end{array}\right)\left(\begin{array}{cc|cc}3&0&0&0\\0&3&0&0\\\hline 1&0&2&3\\0&1&-1&1\end{array}\right)$.

2. 设方阵 $\boldsymbol{A}$，$\boldsymbol{B}$ 可逆，求下列分块矩阵的逆矩阵：

(1) $\begin{pmatrix}\boldsymbol{O}&\boldsymbol{A}\\\boldsymbol{B}&\boldsymbol{O}\end{pmatrix}$； (2) $\begin{pmatrix}\boldsymbol{A}&\boldsymbol{C}\\\boldsymbol{O}&\boldsymbol{B}\end{pmatrix}$.

3. 求下列矩阵的逆矩阵：

(1) $\begin{pmatrix}0&0&3\\1&-1&0\\2&-1&0\end{pmatrix}$； (2) $\begin{pmatrix}3&1&0&0\\0&3&0&0\\0&0&2&3\\0&0&-1&1\end{pmatrix}$.

4. 设 $\boldsymbol{A}=\begin{pmatrix}3&4&0&0\\4&-3&0&0\\0&0&1&0\\0&0&1&1\end{pmatrix}$，求 $|\boldsymbol{A}^6|$ 及 $\boldsymbol{A}^4$.

5. 设 $\boldsymbol{\alpha}_1$，$\boldsymbol{\alpha}_2$，$\boldsymbol{\alpha}_3$ 为 3 行 1 列的矩阵，记矩阵

$$\boldsymbol{A}=(\boldsymbol{\alpha}_1,\boldsymbol{\alpha}_2,\boldsymbol{\alpha}_3),\quad \boldsymbol{B}=(\boldsymbol{\alpha}_1+\boldsymbol{\alpha}_2+\boldsymbol{\alpha}_3,\boldsymbol{\alpha}_1+2\boldsymbol{\alpha}_2+4\boldsymbol{\alpha}_3,\boldsymbol{\alpha}_1+3\boldsymbol{\alpha}_2+9\boldsymbol{\alpha}_3),$$

如果 $|\boldsymbol{A}|=1$，求 $|\boldsymbol{B}|$.

2.5 矩阵的初等变换

在一些涉及矩阵的问题中，常用初等变换将矩阵变换为某种特殊形式，这会给性质的分析或计算带来很大的方便.

2.5.1 矩阵的初等变换

定义 2.5.1 矩阵的下述三种变换称为矩阵的初等行变换.

（1）交换矩阵的两行；

（2）用数 k（$k\neq 0$）乘以矩阵的某一行；

（3）将矩阵的某一行的 k 倍加到另外一行.

将定义 2.5.1 中的行换成列，则称为矩阵的初等列变换. 矩阵的初等行变换与初等列变换统称为矩阵的初等变换.

对矩阵进行初等变换时，约定对行和列的变换分别用 r，c 表示，如交换第 i 行与第 j 行表示为 $r_i\leftrightarrow r_j$，将第 i 列的 k 倍加到第 j 列表示为 c_j+kc_i.

定义 2.5.2 若矩阵 $\boldsymbol{A}$ 经过有限次初等变换变成矩阵 $\boldsymbol{B}$，则称 $\boldsymbol{A}$ 与 $\boldsymbol{B}$ 等价，记作 $\boldsymbol{A}\to\boldsymbol{B}$.

等价具有下列基本性质：

（1）自反性：$\boldsymbol{A}\to\boldsymbol{A}$；

（2）对称性：$\boldsymbol{A}\to\boldsymbol{B}$，则 $\boldsymbol{B}\to\boldsymbol{A}$；

（3）传递性：$\boldsymbol{A}\to\boldsymbol{B}$，$\boldsymbol{B}\to\boldsymbol{C}$，则 $\boldsymbol{A}\to\boldsymbol{C}$.

形如

$$\begin{pmatrix}1&1&2&1\\0&3&-2&2\\0&0&-2&-4\end{pmatrix},\quad\begin{pmatrix}0&1&2&1\\0&0&-2&2\\0&0&0&0\end{pmatrix}$$

的矩阵称为行阶梯形矩阵，其特点是：非零行（元素不全为零的行）排在矩阵的上方，且每行的首非零元（第一个非零元素）所在的列自上而下严格单调递增.

形如

$$\begin{pmatrix}1&0&2&0\\0&1&-2&0\\0&0&0&1\end{pmatrix},\quad\begin{pmatrix}1&0&2&3\\0&1&0&4\\0&0&0&0\end{pmatrix}$$

的行阶梯形矩阵称为行最简形矩阵，其特点是：非零行的首非零元都为 1，且此数所在列的其他元素都为 0.

如果矩阵可以用分块矩阵的形式记为

$$\begin{pmatrix}\boldsymbol{E}_r&\boldsymbol{O}\\\boldsymbol{O}&\boldsymbol{O}\end{pmatrix}_{m\times n},$$

则称该矩阵为标准形矩阵.

注 零矩阵、单位矩阵是行阶梯形矩阵、行最简形矩阵，也是标准形矩阵.

微课

例 2.5.1 讲解视频

例 2.5.1 用矩阵的初等变换将 $\boldsymbol{A}=\begin{pmatrix}3&2&9&6\\-1&-3&4&-17\\1&4&-7&3\\-1&-4&7&-3\end{pmatrix}$ 化为行

阶梯形矩阵、行最简形矩阵和标准形矩阵.

解 利用矩阵的初等行变换，有

$$A=\begin{pmatrix}3&2&9&6\\-1&-3&4&-17\\1&4&-7&3\\-1&-4&7&-3\end{pmatrix}\xrightarrow{r_3\leftrightarrow r_1}\begin{pmatrix}1&4&-7&3\\-1&-3&4&-17\\3&2&9&6\\-1&-4&7&-3\end{pmatrix}$$

$$\xrightarrow[r_4+r_1]{\substack{r_2+r_1\\r_3-3r_1}}\begin{pmatrix}1&4&-7&3\\0&1&-3&-14\\0&-10&30&-3\\0&0&0&0\end{pmatrix}\xrightarrow{r_3+10r_2}\begin{pmatrix}1&4&-7&3\\0&1&-3&-14\\0&0&0&-143\\0&0&0&0\end{pmatrix}=B,$$

由定义可知，B 为行阶梯形矩阵.

$$B\xrightarrow{r_3\times\left(-\frac{1}{143}\right)}\begin{pmatrix}1&4&-7&3\\0&1&-3&-14\\0&0&0&1\\0&0&0&0\end{pmatrix}\xrightarrow[r_1-3r_3]{r_2+14r_3}\begin{pmatrix}1&4&-7&0\\0&1&-3&0\\0&0&0&1\\0&0&0&0\end{pmatrix}$$

$$\xrightarrow{r_1-4r_2}\begin{pmatrix}1&0&5&0\\0&1&-3&0\\0&0&0&1\\0&0&0&0\end{pmatrix}=C,$$

由定义可知，C 为行最简形矩阵.

$$C\xrightarrow[c_3+3c_2]{c_3-5c_1}\begin{pmatrix}1&0&0&0\\0&1&0&0\\0&0&0&1\\0&0&0&0\end{pmatrix}\xrightarrow{c_3\leftrightarrow c_4}\begin{pmatrix}1&0&0&0\\0&1&0&0\\0&0&1&0\\0&0&0&0\end{pmatrix}=D,$$

由定义可知，D 为标准形矩阵.

定理 2.5.1 任何一个矩阵 A 都可经过有限次初等变换化为标准形矩阵.

证 若 $A=O$，则它已经是标准形矩阵.

以下设 $A=(a_{ij})_{m\times n}$ 为非零矩阵，不失一般性，设 $a_{11}\neq0$，对 A 进行初等变换，将第 1 行的 $-a_{i1}/a_{11}$ 倍加到第 i 行（$i=2,3,\cdots,m$），将第 1 列的 $-a_{1j}/a_{11}$ 倍加到第 j 列（$j=2,3,\cdots,n$），然后将第 1 行乘以 $1/a_{11}$，变换后的矩阵以分块矩阵的形式表示为

$$\begin{pmatrix}1&O\\O&A_1\end{pmatrix},$$

其中 A_1 为 $(m-1)\times(n-1)$ 阶矩阵，对 A_1 重复以上步骤，即可将 A 化为标准形矩阵.

推论 2.5.1 任何一个矩阵 A 都可经过有限次初等行变换化为行阶梯形矩阵，进而

化为行最简形矩阵.

推论 2.5.2 如果 $\boldsymbol{A}$ 为可逆矩阵，则 $\boldsymbol{A}$ 可经过有限次初等变换化为 $\boldsymbol{E}$，即 $\boldsymbol{A}\to\boldsymbol{E}$.

证 设 $\boldsymbol{A}$ 为 n 阶方阵，且其标准形矩阵为

$$\boldsymbol{D}=\begin{pmatrix}\boldsymbol{E}_r & \boldsymbol{O}_{r\times(n-r)}\\ \boldsymbol{O}_{(n-r)\times r} & \boldsymbol{O}_{n-r}\end{pmatrix},$$

由定理 2.5.1 的证明易见

$$|\boldsymbol{A}|=k|\boldsymbol{D}|,$$

其中 k 为非零常数. 若 $\boldsymbol{A}$ 可逆，则 $|\boldsymbol{A}|\neq0$，从而 $|\boldsymbol{D}|\neq0$，这必要求 $r=n$，所以 $\boldsymbol{D}=\boldsymbol{E}$.

例 2.5.2 用矩阵的初等变换将 $\boldsymbol{A}=\begin{pmatrix}2&1&2&3\\4&1&3&5\\2&0&1&2\end{pmatrix}$ 化为标准形.

解 利用矩阵的初等变换，有

$$\boldsymbol{A}\to\begin{pmatrix}2&1&2&3\\0&-1&-1&-1\\0&-1&-1&-1\end{pmatrix}\to\begin{pmatrix}2&0&0&0\\0&-1&-1&-1\\0&-1&-1&-1\end{pmatrix}\to\begin{pmatrix}1&0&0&0\\0&-1&-1&-1\\0&0&0&0\end{pmatrix}$$

$$\to\begin{pmatrix}1&0&0&0\\0&-1&0&0\\0&0&0&0\end{pmatrix}\to\begin{pmatrix}1&0&0&0\\0&1&0&0\\0&0&0&0\end{pmatrix}.$$

2.5.2 初等矩阵

定义 2.5.3 由单位矩阵 $\boldsymbol{E}$ 经过一次初等变换得到的矩阵称为初等矩阵.

(1) 交换矩阵 $\boldsymbol{E}$ 的第 i 行（列）与第 j 行（列），得

$$\boldsymbol{E}(i,j)=\begin{pmatrix}1&&&&&&&&\\&\ddots&&&&&&&\\&&1&&&&&&\\&&&0&\cdots&1&&&\\&&&\vdots&\ddots&\vdots&&&\\&&&1&\cdots&0&&&\\&&&&&&1&&\\&&&&&&&\ddots&\\&&&&&&&&1\end{pmatrix}\begin{matrix}\\\\\\ i\text{ 行}\\\\ j\text{ 行}\\\\\\\\\end{matrix}$$

i 列　　　j 列

(2) 用非零数 c 乘 $\boldsymbol{E}$ 的第 i 行（列），得

$$\boldsymbol{E}(i(c))=\begin{pmatrix}1 & & & & & & \\ & \ddots & & & & & \\ & & 1 & & & & \\ & & & c & & & \\ & & & & 1 & & \\ & & & & & \ddots & \\ & & & & & & 1\end{pmatrix}\begin{matrix}\\ \\ \\ i\text{ 行}\\ \\ \\ \\ \end{matrix}$$

i 列

(3) 将 $\boldsymbol{E}$ 的第 j 行的 k 倍加到第 i 行上，得

$$\boldsymbol{E}(i\ j(k))=\begin{pmatrix}1 & & & & & & \\ & \ddots & & & & & \\ & & 1 & \cdots & k & & \\ & & & \ddots & \vdots & & \\ & & & & 1 & & \\ & & & & & \ddots & \\ & & & & & & 1\end{pmatrix}\begin{matrix}\\ \\ i\text{ 行}\\ \\ j\text{ 行}\\ \\ \\ \end{matrix}$$

i 列　　j 列

该矩阵也是将单位矩阵 $\boldsymbol{E}$ 的第 i 列的 k 倍加到第 j 列所得的初等矩阵.

不难看出，初等矩阵可逆，并且其逆矩阵仍是同类型的初等矩阵. 事实上

$$\boldsymbol{E}(i,j)^{-1}=\boldsymbol{E}(i,j),\quad \boldsymbol{E}(i(c))^{-1}=\boldsymbol{E}(i(1/c)),\quad \boldsymbol{E}(i\ j(k))^{-1}=\boldsymbol{E}(i\ j(-k)).$$

定理 2.5.2 对 $\boldsymbol{A}$ 施以一次初等行变换等价于在 $\boldsymbol{A}$ 的左侧乘以一个相应的初等矩阵；对 $\boldsymbol{A}$ 施以一次初等列变换等价于在 $\boldsymbol{A}$ 的右侧乘以一个相应的初等矩阵.

证 只证明行变换的情形，列变换的情形类似可得. 设 $\boldsymbol{A}$ 为 $m\times n$ 阶矩阵，其按行分块记为

$$\boldsymbol{A}=\begin{pmatrix}\boldsymbol{A}_1\\ \boldsymbol{A}_2\\ \vdots\\ \boldsymbol{A}_m\end{pmatrix},$$

由矩阵的分块乘法有

$$\boldsymbol{E}(i,j)\boldsymbol{A}=\boldsymbol{E}(i,j)\begin{pmatrix}\vdots\\ \boldsymbol{A}_i\\ \vdots\\ \boldsymbol{A}_j\\ \vdots\end{pmatrix}=\begin{pmatrix}\vdots\\ \boldsymbol{A}_j\\ \vdots\\ \boldsymbol{A}_i\\ \vdots\end{pmatrix}\begin{matrix}\\ \text{第 } i\text{ 行}\\ \\ \text{第 } j\text{ 行}\\ \\ \end{matrix},$$

这相当于交换 $\boldsymbol{A}$ 的第 i 行与第 j 行.

$$\boldsymbol{E}(i(c))\boldsymbol{A}=\boldsymbol{E}(i(c))\begin{pmatrix}\vdots\\ \boldsymbol{A}_i\\ \vdots\end{pmatrix}=\begin{pmatrix}\vdots\\ c\boldsymbol{A}_i\\ \vdots\end{pmatrix}\text{第 } i \text{ 行},$$

这相当于用 c 乘以 $\boldsymbol{A}$ 的第 i 行.

$$\boldsymbol{E}(i\ j(k))\boldsymbol{A}=\boldsymbol{E}(i\ j(k))\begin{pmatrix}\vdots\\ \boldsymbol{A}_i\\ \vdots\\ \boldsymbol{A}_j\\ \vdots\end{pmatrix}=\begin{pmatrix}\vdots\\ \boldsymbol{A}_i+k\boldsymbol{A}_j\\ \vdots\\ \boldsymbol{A}_j\\ \vdots\end{pmatrix}\begin{matrix}\text{第 } i \text{ 行}\\ \\ \text{第 } j \text{ 行}\end{matrix},$$

这相当于将 $\boldsymbol{A}$ 的第 j 行的 k 倍加到第 i 行.

推论 2.5.3 方阵 $\boldsymbol{A}$ 可逆的充分必要条件是 $\boldsymbol{A}$ 可以表示为若干个初等矩阵的乘积.

证 由于初等矩阵可逆，充分性显然.

必要性. 设方阵 $\boldsymbol{A}$ 可逆，由推论 2.5.2 有 $\boldsymbol{A}\to\boldsymbol{E}$，根据定理 2.5.2，这等价于存在初等矩阵 $\boldsymbol{P}_1$，$\boldsymbol{P}_2$，…，$\boldsymbol{P}_s$ 及 $\boldsymbol{Q}_1$，$\boldsymbol{Q}_2$，…，$\boldsymbol{Q}_t$ 使得

$$\boldsymbol{P}_s\cdots\boldsymbol{P}_2\boldsymbol{P}_1\boldsymbol{A}\boldsymbol{Q}_1\boldsymbol{Q}_2\cdots\boldsymbol{Q}_t=\boldsymbol{E},$$

整理有

$$\boldsymbol{A}=\boldsymbol{P}_1^{-1}\boldsymbol{P}_2^{-1}\cdots\boldsymbol{P}_s^{-1}\boldsymbol{E}\boldsymbol{Q}_t^{-1}\cdots\boldsymbol{Q}_2^{-1}\boldsymbol{Q}_1^{-1}=\boldsymbol{P}_1^{-1}\boldsymbol{P}_2^{-1}\cdots\boldsymbol{P}_s^{-1}\boldsymbol{Q}_t^{-1}\cdots\boldsymbol{Q}_2^{-1}\boldsymbol{Q}_1^{-1},$$

因为初等矩阵的逆仍然是初等矩阵，故 $\boldsymbol{A}$ 可以表示为初等矩阵的乘积.

2.5.3 用矩阵的初等变换求矩阵的逆

若方阵 $\boldsymbol{A}$ 可逆，则 $\boldsymbol{A}^{-1}$ 也可逆，设 $\boldsymbol{A}^{-1}=\boldsymbol{P}_1\boldsymbol{P}_2\cdots\boldsymbol{P}_s$，其中 $\boldsymbol{P}_i$（$i=1$，2，…，s）为初等矩阵. 构造矩阵（$\boldsymbol{A}\quad\boldsymbol{E}$），则

$$\begin{aligned}\boldsymbol{P}_1\boldsymbol{P}_2\cdots\boldsymbol{P}_s(\boldsymbol{A}\quad\boldsymbol{E})&=(\boldsymbol{P}_1\boldsymbol{P}_2\cdots\boldsymbol{P}_s\boldsymbol{A}\quad\boldsymbol{P}_1\boldsymbol{P}_2\cdots\boldsymbol{P}_s\boldsymbol{E})\\&=(\boldsymbol{A}^{-1}\boldsymbol{A}\quad\boldsymbol{A}^{-1}\boldsymbol{E})\\&=(\boldsymbol{E}\quad\boldsymbol{A}^{-1}).\end{aligned}$$

这等价于对矩阵（$\boldsymbol{A}\quad\boldsymbol{E}$）实施 s 次初等行变换，当左侧的矩阵 $\boldsymbol{A}$ 变为 $\boldsymbol{E}$ 时，右侧的矩阵 $\boldsymbol{E}$ 则变为 $\boldsymbol{A}^{-1}$，由此我们得到一个通过初等变换求逆矩阵的方法，用公式表达如下：

$$(\boldsymbol{A}\quad\boldsymbol{E})\xrightarrow{\text{初等行变换}}(\boldsymbol{E}\quad\boldsymbol{A}^{-1}),\tag{2.5.1}$$

类似地，还可以得到公式：

$$\begin{pmatrix}\boldsymbol{A}\\ \boldsymbol{E}\end{pmatrix}\xrightarrow{\text{初等列变换}}\begin{pmatrix}\boldsymbol{E}\\ \boldsymbol{A}^{-1}\end{pmatrix}.\tag{2.5.2}$$

微课

例 2.5.3
讲解视频

例 2.5.3 设 $\boldsymbol{A}=\begin{pmatrix}4&2&3\\3&1&2\\2&1&1\end{pmatrix}$，求 $\boldsymbol{A}^{-1}$.

解 对矩阵（$\boldsymbol{A}\quad\boldsymbol{E}$）施以初等行变换

$$(\boldsymbol{A}\quad\boldsymbol{E})=\begin{pmatrix}4&2&3&1&0&0\\3&1&2&0&1&0\\2&1&1&0&0&1\end{pmatrix}\xrightarrow{r_1-r_2}\begin{pmatrix}1&1&1&1&-1&0\\3&1&2&0&1&0\\2&1&1&0&0&1\end{pmatrix}$$

$$\xrightarrow[r_3-2r_1]{r_2-3r_1}\begin{pmatrix}1&1&1&1&-1&0\\0&-2&-1&-3&4&0\\0&-1&-1&-2&2&1\end{pmatrix}\xrightarrow[\substack{r_2+2r_3\\r_1-r_3}]{r_3\times(-1)}\begin{pmatrix}1&0&0&-1&1&1\\0&0&1&1&0&-2\\0&1&1&2&-2&-1\end{pmatrix}$$

$$\xrightarrow[r_2-r_3]{r_2\leftrightarrow r_3}\begin{pmatrix}1&0&0&-1&1&1\\0&1&0&1&-2&1\\0&0&1&1&0&-2\end{pmatrix},$$

所以

$$\boldsymbol{A}^{-1}=\begin{pmatrix}-1&1&1\\1&-2&1\\1&0&-2\end{pmatrix}.$$

注 若 $\boldsymbol{A}$ 不能化为单位矩阵 $\boldsymbol{E}$，则 $\boldsymbol{A}$ 不可逆.

与式（2.5.1）、式（2.5.2）的推导类似，当 $\boldsymbol{A}$ 可逆时，对构造的矩阵（$\boldsymbol{A}\quad\boldsymbol{B}$）进行初等行变换，则当左侧的矩阵 $\boldsymbol{A}$ 变为 $\boldsymbol{E}$ 时，右侧的矩阵 $\boldsymbol{B}$ 则变为 $\boldsymbol{A}^{-1}\boldsymbol{B}$，用公式表达如下：

$$(\boldsymbol{A}\quad\boldsymbol{B})\xrightarrow{\text{初等行变换}}(\boldsymbol{E}\quad\boldsymbol{A}^{-1}\boldsymbol{B}).\tag{2.5.3}$$

同理

$$\begin{pmatrix}\boldsymbol{A}\\\boldsymbol{B}\end{pmatrix}\xrightarrow{\text{初等列变换}}\begin{pmatrix}\boldsymbol{E}\\\boldsymbol{B}\boldsymbol{A}^{-1}\end{pmatrix}.\tag{2.5.4}$$

例 2.5.4 已知 $\boldsymbol{A}=\begin{pmatrix}2&-1&1\\8&-5&2\\-11&7&0\end{pmatrix}$，$\boldsymbol{B}=\begin{pmatrix}1&-1\\2&0\\5&-3\end{pmatrix}$，解矩阵方程 $\boldsymbol{X}=\boldsymbol{A}\boldsymbol{X}+\boldsymbol{B}$.

解 由 $\boldsymbol{X}=\boldsymbol{A}\boldsymbol{X}+\boldsymbol{B}$，整理可得 $(\boldsymbol{E}-\boldsymbol{A})\boldsymbol{X}=\boldsymbol{B}$，而

$$(\boldsymbol{E}-\boldsymbol{A}\quad\boldsymbol{B})=\left(\begin{array}{ccc:cc}-1&1&-1&1&-1\\-8&6&-2&2&0\\11&-7&1&5&-3\end{array}\right)\xrightarrow[r_3+11r_1]{r_2-8r_1}\left(\begin{array}{ccc:cc}-1&1&-1&1&-1\\0&-2&6&-6&8\\0&4&-10&16&-14\end{array}\right)$$

$$\xrightarrow{r_3+2r_2}\left(\begin{array}{ccc:cc}-1&1&-1&1&-1\\0&-2&6&-6&8\\0&0&2&4&2\end{array}\right)\xrightarrow[r_1+r_3]{\substack{r_3\times1/2\\r_2-6r_3}}\left(\begin{array}{ccc:cc}-1&1&0&3&0\\0&-2&0&-18&2\\0&0&1&2&1\end{array}\right)$$

$$\xrightarrow[r_1-r_2]{r_2\times\left(-\frac{1}{2}\right)}\left(\begin{array}{ccc:cc}-1&0&0&-6&1\\0&1&0&9&-1\\0&0&1&2&1\end{array}\right)\xrightarrow{r_1\times(-1)}\left(\begin{array}{ccc:cc}1&0&0&6&-1\\0&1&0&9&-1\\0&0&1&2&1\end{array}\right),$$

所以

$$\boldsymbol{X}=(\boldsymbol{E}-\boldsymbol{A})^{-1}\boldsymbol{B}=\begin{pmatrix}6&-1\\9&-1\\2&1\end{pmatrix}.$$

微课

2.5 节自测题

习题 2.5

1. 选择题.

(1) 设 $\boldsymbol{A}=\begin{pmatrix}a_{11}&a_{12}&a_{13}\\a_{21}&a_{22}&a_{23}\\a_{31}&a_{32}&a_{33}\end{pmatrix}$，$\boldsymbol{B}=\begin{pmatrix}a_{21}&a_{22}&a_{23}\\a_{11}&a_{12}&a_{13}\\a_{31}+a_{11}&a_{32}+a_{12}&a_{33}+a_{13}\end{pmatrix}$，$\boldsymbol{P}_1=\begin{pmatrix}0&1&0\\1&0&0\\0&0&1\end{pmatrix}$，$\boldsymbol{P}_2=\begin{pmatrix}1&0&0\\0&1&0\\1&0&1\end{pmatrix}$，则下列结论正确的是（　　）.

(A) $\boldsymbol{AP}_1\boldsymbol{P}_2=\boldsymbol{B}$；　(B) $\boldsymbol{AP}_2\boldsymbol{P}_1=\boldsymbol{B}$；　(C) $\boldsymbol{P}_1\boldsymbol{P}_2\boldsymbol{A}=\boldsymbol{B}$；　(D) $\boldsymbol{P}_2\boldsymbol{P}_1\boldsymbol{A}=\boldsymbol{B}$.

(2) 设 $\boldsymbol{A}=\begin{pmatrix}a_{11}&a_{12}&a_{13}&a_{14}\\a_{21}&a_{22}&a_{23}&a_{24}\\a_{31}&a_{32}&a_{33}&a_{34}\\a_{41}&a_{42}&a_{43}&a_{44}\end{pmatrix}$，$\boldsymbol{B}=\begin{pmatrix}a_{14}&a_{13}&a_{12}&a_{11}\\a_{24}&a_{23}&a_{22}&a_{21}\\a_{34}&a_{33}&a_{32}&a_{31}\\a_{44}&a_{43}&a_{42}&a_{41}\end{pmatrix}$，$\boldsymbol{P}_1=\begin{pmatrix}0&0&0&1\\0&1&0&0\\0&0&1&0\\1&0&0&0\end{pmatrix}$，$\boldsymbol{P}_2=\begin{pmatrix}1&0&0&0\\0&0&1&0\\0&1&0&0\\0&0&0&1\end{pmatrix}$，其中 $\boldsymbol{A}$ 可逆，则 $\boldsymbol{B}^{-1}=$（　　）.

(A) $\boldsymbol{A}^{-1}\boldsymbol{P}_1\boldsymbol{P}_2$；　(B) $\boldsymbol{P}_1\boldsymbol{A}^{-1}\boldsymbol{P}_2$；　(C) $\boldsymbol{P}_1\boldsymbol{P}_2\boldsymbol{A}^{-1}$；　(D) $\boldsymbol{P}_2\boldsymbol{A}^{-1}\boldsymbol{P}_1$.

(3) 设 $\boldsymbol{A}=\begin{pmatrix}a_{11}&a_{12}&a_{13}\\a_{21}&a_{22}&a_{23}\\a_{31}&a_{32}&a_{33}\end{pmatrix}$，$\boldsymbol{B}=\begin{pmatrix}a_{21}&a_{22}+ka_{23}&a_{23}\\a_{31}&a_{32}+ka_{33}&a_{33}\\a_{11}&a_{12}+ka_{13}&a_{13}\end{pmatrix}$，$\boldsymbol{P}_1=\begin{pmatrix}0&1&0\\0&0&1\\1&0&0\end{pmatrix}$，$\boldsymbol{P}_2=\begin{pmatrix}1&0&0\\0&1&0\\0&k&1\end{pmatrix}$，则 $\boldsymbol{A}$ 等于（　　）.

(A) $\boldsymbol{P}_1^{-1}\boldsymbol{BP}_2^{-1}$；　(B) $\boldsymbol{P}_2^{-1}\boldsymbol{BP}_1^{-1}$；　(C) $\boldsymbol{P}_1^{-1}\boldsymbol{P}_2^{-1}\boldsymbol{B}$；　(D) $\boldsymbol{BP}_1^{-1}\boldsymbol{P}_2^{-1}$.

2. 已知 $\boldsymbol{A}$，$\boldsymbol{B}$ 均为三阶方阵，将 $\boldsymbol{A}$ 的第 3 行的 2 倍加到第 2 行得 $\boldsymbol{A}_1$，将 $\boldsymbol{B}$ 的第 1 列

与第 2 列互换得$\boldsymbol{B}_1$，并且$\boldsymbol{A}_1\boldsymbol{B}_1=\begin{pmatrix}1&1&1\\1&0&2\\2&1&1\end{pmatrix}$，求$\boldsymbol{AB}$.

3. 将下列矩阵化为标准形：

(1) $\begin{pmatrix}1&0&1\\2&1&0\\-3&2&5\end{pmatrix}$； (2) $\begin{pmatrix}1&2&0\\1&-1&1\\2&-1&3\end{pmatrix}$； (3) $\begin{pmatrix}1&2&3&1\\-1&4&2&0\\0&2&1&4\end{pmatrix}$；

(4) $\begin{pmatrix}2&1&2&3\\4&1&3&5\\2&0&1&2\end{pmatrix}$； (5) $\begin{pmatrix}1&2&0&-2&4\\2&3&1&-3&-7\\2&-3&7&4&3\\3&-2&8&3&0\end{pmatrix}$.

4. 判断下列矩阵是否可逆. 若可逆，用初等变换求其逆矩阵.

(1) $\begin{pmatrix}1&2&-1\\3&4&-2\\5&-4&1\end{pmatrix}$； (2) $\begin{pmatrix}0&-2&1\\3&0&-2\\-2&3&0\end{pmatrix}$； (3) $\begin{pmatrix}-1&0&-2&3\\1&2&2&0\\-2&-3&-2&1\\1&2&1&0\end{pmatrix}$.

5. 解下列矩阵方程：

(1) 设$\boldsymbol{A}=\begin{pmatrix}2&1&-1\\2&1&0\\1&-1&1\end{pmatrix}$，$\boldsymbol{B}=\begin{pmatrix}1&-1&3\\4&3&2\end{pmatrix}$，且$\boldsymbol{XA}=\boldsymbol{B}$，求矩阵$\boldsymbol{X}$.

(2) 设$\boldsymbol{A}=\begin{pmatrix}1&1&-1\\0&2&2\\1&-1&0\end{pmatrix}$，$\boldsymbol{B}=\begin{pmatrix}1&-1\\1&1\\2&1\end{pmatrix}$，且$\boldsymbol{AX}=\boldsymbol{B}$，求矩阵$\boldsymbol{X}$.

(3) 设$\begin{pmatrix}1&0&0\\0&0&1\\0&1&0\end{pmatrix}\boldsymbol{X}\begin{pmatrix}1&1&0\\2&3&0\\0&0&1\end{pmatrix}=\begin{pmatrix}1&2&3\\4&5&6\\7&8&9\end{pmatrix}$，求矩阵$\boldsymbol{X}$.

6. 设矩阵$\boldsymbol{A}=\begin{pmatrix}1&0&1\\0&2&0\\1&0&1\end{pmatrix}$，矩阵$\boldsymbol{X}$满足$\boldsymbol{AX}+\boldsymbol{E}=\boldsymbol{A}^2+\boldsymbol{X}$，求矩阵$\boldsymbol{X}$.

7. 已知$\boldsymbol{A}$，$\boldsymbol{B}$均为三阶方阵，且满足$2\boldsymbol{A}^{-1}\boldsymbol{B}=\boldsymbol{B}-4\boldsymbol{E}$.

(1) 证明矩阵$\boldsymbol{A}-2\boldsymbol{E}$可逆； (2) 若$\boldsymbol{B}=\begin{pmatrix}1&-2&0\\1&2&0\\0&0&2\end{pmatrix}$，求矩阵$\boldsymbol{A}$.

2.6 矩阵的秩

在线性代数中，矩阵的秩是一个很重要的概念，它是矩阵的一个数量特征，在判断矩阵是否可逆以及探讨向量组的线性关系、方程组解的情况等问题中都有重要应用.

2.6.1 矩阵的秩的概念

定义 2.6.1 在 $\boldsymbol{A}=(a_{ij})_{m\times n}$ 中任取 k 行 k 列（$k\leqslant\min\{m, n\}$），位于这些行列交叉位置的 k^2 个元素按原次序构成的 k 阶行列式，称为矩阵 $\boldsymbol{A}$ 的一个 k 阶子式.

例如，在矩阵

$$\boldsymbol{A}=\begin{pmatrix}1 & -1 & 1 & -1 & 0\\ 2 & -1 & 3 & -2 & -1\\ 3 & -2 & -1 & 2 & 4\end{pmatrix}$$

中，选择第 1、3 行，第 2、5 列得到的二阶行列式

$$\begin{vmatrix}-1 & 0\\ -2 & 4\end{vmatrix}$$

就是 $\boldsymbol{A}$ 的一个二阶子式.

矩阵 $\boldsymbol{A}=(a_{ij})_{m\times n}$ 的 k 阶子式的总数为 $C_m^k C_n^k$.

命题 2.6.1 若矩阵 $\boldsymbol{A}$ 的 k 阶子式全为零，则 l（$l\geqslant k$）阶子式也全为零.

事实上，由拉普拉斯定理可知，矩阵 $\boldsymbol{A}$ 的任意一个 l 阶子式都可以由 $\boldsymbol{A}$ 的 k 阶子式展开，当 k 阶子式全为零时，必有 l 阶子式也为零.

由命题 2.6.1 可知，若矩阵 $\boldsymbol{A}$ 的 k 阶子式中存在不为零的子式，则 s（$s<k$）阶子式中必存在不为零的子式. 由此可见，一个矩阵不为零的子式的最高阶数是唯一确定的.

定义 2.6.2 若 $\boldsymbol{A}$ 中存在一个不为零的 r 阶子式，且所有 $r+1$ 阶子式（如果存在）均为零，则称 r 为矩阵 $\boldsymbol{A}$ 的秩，记为 $R(\boldsymbol{A})$（或 $r(\boldsymbol{A})$）.

规定零矩阵的秩为零.

显然，矩阵的秩具有下列性质：

(1) 若 $\boldsymbol{A}$ 为 $m\times n$ 阶矩阵，则 $0\leqslant R(\boldsymbol{A})\leqslant\min\{m, n\}$；

(2) $R(\boldsymbol{A})=R(k\boldsymbol{A})$ $(k\neq 0)$；

(3) $R(\boldsymbol{A})=R(\boldsymbol{A}^{\mathrm{T}})$；

(4) 若 $\boldsymbol{A}$ 为 n 阶方阵，则 $R(\boldsymbol{A})=n$ 的充分必要条件为 $|\boldsymbol{A}|\neq 0$.

设 $\boldsymbol{A}$ 为 $m\times n$ 阶矩阵，当 $R(\boldsymbol{A})=\min\{m, n\}$ 时，称 $\boldsymbol{A}$ 为满秩矩阵；当 $R(\boldsymbol{A})=m$ 时，称 $\boldsymbol{A}$ 为行满秩矩阵；当 $R(\boldsymbol{A})=n$ 时，称 $\boldsymbol{A}$ 为列满秩矩阵.

例 2.6.1 已知矩阵 $\boldsymbol{A}=\begin{pmatrix}1 & -1 & 1 & -1 & 0\\ 0 & 4 & 3 & -2 & -1\\ 0 & 0 & 0 & 2 & 0\\ 0 & 0 & 0 & 0 & 0\end{pmatrix}$，求 $R(\boldsymbol{A})$.

解 显然 $\boldsymbol{A}$ 的四阶子式全为零，且由于

$$\begin{vmatrix}1 & -1 & -1\\0 & 4 & -2\\0 & 0 & 2\end{vmatrix}=8,$$

即 $\boldsymbol{A}$ 存在三阶子式不为零，所以 $R(\boldsymbol{A})=3$.

注 行阶梯形矩阵的秩等于其非零行的行数.

2.6.2 矩阵的秩的求法

对于一般的矩阵，直接由定义求秩时计算量会很大. 下面介绍初等变换法.

定理 2.6.1 初等变换不改变矩阵的秩.

*证 设 $\boldsymbol{A}$ 经过一次初等行变换化为 $\boldsymbol{B}$，且 $R(\boldsymbol{A})=r$.

(1) 当变换方式为 $\boldsymbol{A}\xrightarrow{r_i\leftrightarrow r_j}\boldsymbol{B}$ 或 $\boldsymbol{A}\xrightarrow{kr_i}\boldsymbol{B}$ 时，对于 $\boldsymbol{B}$ 的任意 $r+1$ 阶子式 $|\boldsymbol{B}_1|$，总能在 $\boldsymbol{A}$ 中找到 $r+1$ 阶子式 $|\boldsymbol{A}_1|$，使得 $|\boldsymbol{B}_1|=|\boldsymbol{A}_1|$，或 $|\boldsymbol{B}_1|=-|\boldsymbol{A}_1|$，或 $|\boldsymbol{B}_1|=k|\boldsymbol{A}_1|$. 而 $R(\boldsymbol{A})=r$，因此 $\boldsymbol{A}$ 的任意 $r+1$ 阶子式均为零，所以 $|\boldsymbol{B}_1|=0$，因此 $R(\boldsymbol{B})\leqslant r$，从而有 $R(\boldsymbol{B})\leqslant R(\boldsymbol{A})$.

(2) 当变换方式为 $\boldsymbol{A}\xrightarrow{r_i+kr_j}\boldsymbol{B}$ 时，若 $\boldsymbol{B}$ 的 $r+1$ 阶子式 $|\boldsymbol{B}_1|$ 中不包含 $\boldsymbol{B}$ 的第 i 行，或既包含 $\boldsymbol{B}$ 的第 i 行也包含 $\boldsymbol{B}$ 的第 j 行，同样能在 $\boldsymbol{A}$ 中找到 $r+1$ 阶子式 $|\boldsymbol{A}_1|$，使得 $|\boldsymbol{B}_1|=|\boldsymbol{A}_1|$；若 $|\boldsymbol{B}_1|$ 中包含 $\boldsymbol{B}$ 的第 i 行，但不包含 $\boldsymbol{B}$ 的第 j 行，由行列式的性质有

$$|\boldsymbol{B}_1|=\begin{vmatrix}\vdots\\r_i+kr_j\\\vdots\end{vmatrix}=\begin{vmatrix}\vdots\\r_i\\\vdots\end{vmatrix}+k\begin{vmatrix}\vdots\\r_j\\\vdots\end{vmatrix}=|\boldsymbol{A}_1|+k|\boldsymbol{A}_2|,$$

其中 $|\boldsymbol{A}_1|$，$|\boldsymbol{A}_2|$ 为 $\boldsymbol{A}$ 的 $r+1$ 阶子式. 由于 $\boldsymbol{A}$ 的任意 $r+1$ 阶子式均为零，于是 $\boldsymbol{B}$ 的任意 $r+1$ 阶子式 $|\boldsymbol{B}_1|=0$，因此 $R(\boldsymbol{B})\leqslant r$，从而有 $R(\boldsymbol{B})\leqslant R(\boldsymbol{A})$.

注意到 $\boldsymbol{B}$ 也可经过一次初等行变换变为 $\boldsymbol{A}$，从而有 $R(\boldsymbol{A})\leqslant R(\boldsymbol{B})$.

这样就证明了若 $\boldsymbol{A}$ 经过一次初等行变换化为 $\boldsymbol{B}$，则 $R(\boldsymbol{B})=R(\boldsymbol{A})$. 进而可知，有限次初等行变换不改变矩阵的秩.

由于 $R(\boldsymbol{A})=R(\boldsymbol{A}^{\mathrm{T}})$，且矩阵 $\boldsymbol{A}$ 经过初等行变换化为 $\boldsymbol{B}$ 等价于 $\boldsymbol{A}^{\mathrm{T}}$ 经过初等列变换化为 $\boldsymbol{B}^{\mathrm{T}}$，由此可知矩阵的初等列变换也不改变矩阵的秩.

综上所述，初等变换不改变矩阵的秩.

例 2.6.2 设矩阵 $\boldsymbol{A}=\begin{pmatrix}1 & -4 & 6 & -1 & 4\\2 & 1 & 0 & 5 & -3\\3 & 0 & 2 & 5 & 0\\3 & 3 & -2 & 6 & -1\end{pmatrix}$，求 $R(\boldsymbol{A})$ 及 $\boldsymbol{A}$ 的一个最高阶非零子式.

解 将矩阵 $\boldsymbol{A}$ 进行初等变换化为行阶梯形矩阵，

$$A=\begin{pmatrix}1&-4&6&-1&4\\2&1&0&5&-3\\3&0&2&5&0\\3&3&-2&6&-1\end{pmatrix}\xrightarrow[r_4-3r_1]{\substack{r_2-2r_1\\r_3-3r_1}}\begin{pmatrix}1&-4&6&-1&4\\0&9&-12&7&-11\\0&12&-16&8&-12\\0&15&-20&9&-13\end{pmatrix}$$

$$\xrightarrow[r_2\leftrightarrow r_3]{r_3\times\frac{1}{4}}\begin{pmatrix}1&-4&6&-1&4\\0&3&-4&2&-3\\0&9&-12&7&-11\\0&15&-20&9&-13\end{pmatrix}\xrightarrow[r_4-5r_2]{r_3-3r_2}\begin{pmatrix}1&-4&6&-1&4\\0&3&-4&2&-3\\0&0&0&1&-2\\0&0&0&-1&2\end{pmatrix}$$

$$\xrightarrow{r_4+r_3}\begin{pmatrix}1&-4&6&-1&4\\0&3&-4&2&-3\\0&0&0&1&-2\\0&0&0&0&0\end{pmatrix}=\boldsymbol{B},$$

由于 $\boldsymbol{B}$ 的非零行数为 3，所以 $R(\boldsymbol{A})=R(\boldsymbol{B})=3$，$\boldsymbol{A}$ 有三阶非零子式. 注意到三阶子式

$$\begin{vmatrix}1&-4&-1\\2&1&5\\3&0&5\end{vmatrix}=-12\neq0,$$

故其为 $\boldsymbol{A}$ 的一个最高阶非零子式.

例 2.6.3 设 $\boldsymbol{A}=\begin{pmatrix}1&x&2&1\\2&-1&y&4\\0&1&2&2\end{pmatrix}$，其中 x，y 为参数，试求 $R(\boldsymbol{A})$.

解 由矩阵的初等变换有

$$\boldsymbol{A}\xrightarrow{r_2\leftrightarrow r_3}\begin{pmatrix}1&x&2&1\\0&1&2&2\\2&-1&y&4\end{pmatrix}\xrightarrow{r_3-2r_1}\begin{pmatrix}1&x&2&1\\0&1&2&2\\0&-1-2x&y-4&2\end{pmatrix},$$

易见，当 $x=-1$ 且 $y=6$ 时，$R(\boldsymbol{A})=2$；当 $x\neq-1$ 或 $y\neq6$ 时，$R(\boldsymbol{A})=3$.

例 2.6.4 设 $\boldsymbol{P}$ 为 m 阶可逆方阵，$\boldsymbol{A}$ 为 $m\times n$ 阶矩阵，证明：$R(\boldsymbol{PA})=R(\boldsymbol{A})$.

证 由于矩阵 $\boldsymbol{P}$ 可逆，故存在初等矩阵 $\boldsymbol{P}_i$（$i=1$，2，…，s）使得 $\boldsymbol{P}=\boldsymbol{P}_1\boldsymbol{P}_2\cdots\boldsymbol{P}_s$，从而有

$$\boldsymbol{PA}=\boldsymbol{P}_1\boldsymbol{P}_2\cdots\boldsymbol{P}_s\boldsymbol{A},$$

即 $\boldsymbol{PA}$ 可以由 $\boldsymbol{A}$ 经过 s 次初等行变换得到，因此

$$R(\boldsymbol{PA})=R(\boldsymbol{A}).$$

注 类似地，若 $\boldsymbol{Q}$ 为 n 阶可逆矩阵，则 $R(\boldsymbol{AQ})=R(\boldsymbol{A})$.

矩阵的秩还有如下常用的性质：

(5) $\max\{R(\boldsymbol{A}),R(\boldsymbol{B})\}\leqslant R(\boldsymbol{A},\boldsymbol{B})\leqslant R(\boldsymbol{A})+R(\boldsymbol{B})$；

(6) $R(\boldsymbol{A}+\boldsymbol{B})\leqslant R(\boldsymbol{A})+R(\boldsymbol{B})$;

(7) $R(\boldsymbol{AB})\leqslant \min\{R(\boldsymbol{A}), R(\boldsymbol{B})\}$;

(8) 设$\boldsymbol{A}_{m\times n}\boldsymbol{B}_{n\times k}=\boldsymbol{O}_{m\times k}$，则 $R(\boldsymbol{A})+R(\boldsymbol{B})\leqslant n$.

这几个性质可以利用第3章的知识进行证明.

例 2.6.5 设 n 阶方阵$\boldsymbol{A}$ 满足$\boldsymbol{A}^2=\boldsymbol{E}$，证明 $R(\boldsymbol{A}+\boldsymbol{E})+R(\boldsymbol{A}-\boldsymbol{E})=n$.

证 由题设$\boldsymbol{A}^2=\boldsymbol{E}$，整理有 $(\boldsymbol{A}+\boldsymbol{E})(\boldsymbol{A}-\boldsymbol{E})=\boldsymbol{O}$，根据性质 (8) 有

$$R(\boldsymbol{A}+\boldsymbol{E})+R(\boldsymbol{A}-\boldsymbol{E})\leqslant n.$$

又 $(\boldsymbol{A}+\boldsymbol{E})+(\boldsymbol{E}-\boldsymbol{A})=2\boldsymbol{E}$，再由性质 (2) 和性质 (6) 有

$$R(\boldsymbol{A}+\boldsymbol{E})+R(\boldsymbol{A}-\boldsymbol{E})=R(\boldsymbol{A}+\boldsymbol{E})+R(\boldsymbol{E}-\boldsymbol{A})\geqslant R(\boldsymbol{A}+\boldsymbol{E}+\boldsymbol{E}-\boldsymbol{A})=R(2\boldsymbol{E})=n.$$

故

$$R(\boldsymbol{A}+\boldsymbol{E})+R(\boldsymbol{A}-\boldsymbol{E})=n.$$

微课

2.6节自测题

习题 2.6

1. 选择题.

(1) 若 $\boldsymbol{A}$ 为 $m\times n$ 阶矩阵，则 $R(\boldsymbol{A})=r$ 的充分必要条件是 (　　).

(A) $\boldsymbol{A}$ 中有 r 阶子式不等于零;

(B) $\boldsymbol{A}$ 中所有 $r+1$ 阶子式全都等于零;

(C) $\boldsymbol{A}$ 中非零子式的最高阶数小于 $r+1$;

(D) $\boldsymbol{A}$ 中非零子式的最高阶数等于 r.

(2) 若 $\boldsymbol{A}$ 为 $m\times n$ 阶矩阵，$\boldsymbol{b}$ 为 $m\times 1$ 阶矩阵，则 $\boldsymbol{A}$ 与$(\boldsymbol{A}\quad \boldsymbol{b})$ 的秩的关系是 (　　).

(A) $R(\boldsymbol{A})=R(\boldsymbol{A}\quad \boldsymbol{b})$;　　(B) $R(\boldsymbol{A})\leqslant R(\boldsymbol{A}\quad \boldsymbol{b})$;

(C) $R(\boldsymbol{A})=R(\boldsymbol{A}\quad \boldsymbol{b})+1$;　　(D) $R(\boldsymbol{A})<R(\boldsymbol{A}\quad \boldsymbol{b})$.

(3) 设 n $(n\geqslant 3)$ 阶方阵$\boldsymbol{A}=\begin{pmatrix} 1 & a & a & \cdots & a \\ a & 1 & a & \cdots & a \\ a & a & 1 & \cdots & a \\ \vdots & \vdots & \vdots & & \vdots \\ a & a & a & \cdots & 1 \end{pmatrix}$，若 $R(\boldsymbol{A})=n-1$，则 a 必为 (　　).

(A) 1;　　(B) $\dfrac{1}{1-n}$;　　(C) -1;　　(D) $\dfrac{1}{n-1}$.

2. 求下列矩阵的秩:

(1) $\begin{pmatrix} 1 & 1 & 2 & 1 \\ 2 & -1 & 2 & 4 \\ 4 & 1 & 4 & 2 \end{pmatrix}$;　　(2) $\begin{pmatrix} 0 & 1 & 2 & 3 & 3 \\ 1 & 1 & 1 & 0 & 5 \\ 2 & 1 & -1 & 1 & 1 \\ 1 & 2 & -1 & 1 & 2 \end{pmatrix}$;

(3) $\begin{pmatrix} 1 & 2 & -1 & 0 & 3 \\ 2 & -1 & 0 & 1 & -1 \\ 3 & 1 & -1 & 1 & 2 \\ 0 & -5 & 2 & 1 & -7 \end{pmatrix}$.

3. 设 $\boldsymbol{A}=\begin{pmatrix} x & 1 & 1 \\ 1 & x & 1 \\ 1 & 1 & x \end{pmatrix}$，求矩阵 $\boldsymbol{A}$ 的秩.

4. 设 $\boldsymbol{A}$ 为 n 阶方阵，$R(\boldsymbol{A})=1$，证明：

(1) $\boldsymbol{A}=\begin{pmatrix} a_1 \\ a_2 \\ \vdots \\ a_n \end{pmatrix}(b_1 \quad b_2 \quad \cdots \quad b_n)$；　　(2) $\boldsymbol{A}^2=k\boldsymbol{A}$（$k$ 为常数）.

5. 设 $\boldsymbol{A}$ 为 n（$n\geqslant 2$）阶方阵，证明：

$$R(\boldsymbol{A}^*)=\begin{cases} n, & R(\boldsymbol{A})=n \\ 1, & R(\boldsymbol{A})=n-1. \\ 0, & R(\boldsymbol{A})<n-1 \end{cases}$$

本章小结

矩阵在线性代数中是一个重要而且应用广泛的概念.

本章介绍了矩阵的加法、数量乘法、乘法（方阵的幂）、矩阵的转置及相应的运算律. 可以看到，矩阵的运算与数的运算既有联系又有区别.

微课

第 2 章小结讲解视频

在矩阵的运算中没有定义除法，因此引入了逆矩阵的概念，并介绍了矩阵可逆的充要条件、可逆矩阵的性质以及当矩阵可逆时求其逆的方法（解方程组法、伴随矩阵法、初等变换法）.

矩阵的初等变换是矩阵化简的方法. 对矩阵的行或列施加的“交换”“数乘”“倍加”统称为矩阵的初等变换. 矩阵可以经过初等变换化为行阶梯形矩阵、行最简形矩阵、标准形矩阵. 一个矩阵应化简为哪种形式与要分析的问题有关.

单位矩阵 $\boldsymbol{E}$ 经过一次初等变换得到的矩阵称为初等矩阵. 初等矩阵均可逆且其逆仍为初等矩阵.

初等变换与初等矩阵有着密切的关系，即初等变换与相应的初等矩阵的乘法等价.

矩阵的秩是矩阵最重要的“隐性”的量. 本章介绍了矩阵的秩的概念、性质以及求矩阵秩的方法（初等变换法）.

矩阵的分块是为了简化矩阵的计算或便于分析矩阵的性质而引入的技巧. 将前面介绍过的矩阵运算与矩阵分块相结合即为分块矩阵的运算. 在分块矩阵的运算中要注意矩阵分

块的方式以及相应的运算方式的保持.

总复习题2

1. 选择题.

(1) 设 $\boldsymbol{A}$，$\boldsymbol{B}$ 均为 n 阶可逆方阵，且 $(\boldsymbol{A}+\boldsymbol{B})^2=\boldsymbol{E}$，则 $(\boldsymbol{E}+\boldsymbol{B}\boldsymbol{A}^{-1})^{-1}=$（　　）.

(A) $(\boldsymbol{A}+\boldsymbol{B})\boldsymbol{B}$；　(B) $\boldsymbol{E}+\boldsymbol{A}\boldsymbol{B}^{-1}$；　(C) $\boldsymbol{A}(\boldsymbol{A}+\boldsymbol{B})$；　(D) $(\boldsymbol{A}+\boldsymbol{B})\boldsymbol{A}$.

(2) 设 $\boldsymbol{A}$，$\boldsymbol{B}$ 为同阶方阵，且满足 $(\boldsymbol{A}\boldsymbol{B})^2=\boldsymbol{E}$，则下列选项一定正确的是（　　）.

(A) $\boldsymbol{A}\boldsymbol{B}=\boldsymbol{E}$；　(B) $(\boldsymbol{B}\boldsymbol{A})^{-1}=\boldsymbol{A}\boldsymbol{B}$；　(C) $\boldsymbol{A}^{-1}=\boldsymbol{B}\boldsymbol{A}\boldsymbol{B}$；　(D) $\boldsymbol{A}^{-1}=\boldsymbol{B}$.

(3) 设 $\boldsymbol{A}$ 为 n（$n\geqslant 3$）阶方阵，k（$k\neq 0$，± 1）为常数，则必有 $(k\boldsymbol{A})^*=$（　　）.

(A) $k\boldsymbol{A}^*$；　(B) $k^{n-1}\boldsymbol{A}^*$；　(C) $k^n\boldsymbol{A}^*$；　(D) $k^{-1}\boldsymbol{A}^*$.

2. 设 $\boldsymbol{A}=\begin{pmatrix} a_1 & 0 & \cdots & 0 \\ 0 & a_2 & \cdots & 0 \\ \vdots & \vdots & \ddots & \vdots \\ 0 & 0 & \cdots & a_n \end{pmatrix}$，且 $a_i\neq a_j$，$i\neq j$（i，$j=1$，2，…，n），证明：与 $\boldsymbol{A}$ 可交换的矩阵只能是对角矩阵.

3. 设 $\boldsymbol{A}=\begin{pmatrix} 2 & 1 & -4 \\ 4 & 2 & -8 \\ 2 & 1 & -4 \end{pmatrix}$，求 $\boldsymbol{A}^5$.

4. 已知 $\boldsymbol{A}=\begin{pmatrix} 3 & 1 & 0 & 0 & 0 \\ 0 & 3 & 1 & 0 & 0 \\ 0 & 0 & 3 & 0 & 0 \\ 0 & 0 & 0 & 3 & -1 \\ 0 & 0 & 0 & -9 & 3 \end{pmatrix}$，求 $\boldsymbol{A}^n$.

5. 设 $\boldsymbol{A}=\begin{pmatrix} 0 & -1 & 0 \\ 1 & 0 & 0 \\ 0 & 0 & -1 \end{pmatrix}$，且 $\boldsymbol{B}=\boldsymbol{P}^{-1}\boldsymbol{A}\boldsymbol{P}$，其中 $\boldsymbol{P}$ 为三阶可逆方阵，求 $\boldsymbol{B}^{100}-2\boldsymbol{A}^2$.

6. 设 $\boldsymbol{A}$，$\boldsymbol{B}$ 为三阶方阵，且 $|\boldsymbol{A}|=2$，$|\boldsymbol{B}|=-3$，求 $|-((\boldsymbol{A}\boldsymbol{B})^{\mathrm{T}})^{-1}|$.

7. 已知 $\boldsymbol{A}$ 为三阶方阵，且 $|\boldsymbol{A}|=\dfrac{1}{2}$，求 $|(2\boldsymbol{A})^{-1}-5\boldsymbol{A}^*|$.

8. 证明：$(\boldsymbol{A}^*)^*=|\boldsymbol{A}|^{n-2}\boldsymbol{A}$，其中 $\boldsymbol{A}$ 为 n（$n\geqslant 3$）阶方阵.

9. 已知 $\boldsymbol{A}=\begin{pmatrix} 0 & 1 & 0 & 0 \\ 0 & 0 & 1/2 & 0 \\ 0 & 0 & 0 & 1/3 \\ 1/4 & 0 & 0 & 0 \end{pmatrix}$，求 $|\boldsymbol{A}|$ 中所有元素的代数余子式之和.

10. 求下列矩阵的逆矩阵：

(1) $\begin{pmatrix} 2 & 1 & 0 & 0 & 0 \\ 0 & 2 & 1 & 0 & 0 \\ 0 & 0 & 2 & 1 & 0 \\ 0 & 0 & 0 & 2 & 1 \\ 0 & 0 & 0 & 0 & 2 \end{pmatrix}$；　　(2) $\begin{pmatrix} -2 & 0 & 0 & 0 & 0 \\ 0 & 1 & 2 & 0 & 0 \\ 0 & 0 & 1 & 0 & 0 \\ 0 & 0 & 0 & 1 & 1 \\ 0 & 0 & 0 & -1 & 3 \end{pmatrix}$.

11. 设 $\begin{pmatrix} 0 & 0 & 1 \\ 0 & 1 & 0 \\ 1 & 0 & 0 \end{pmatrix}^{2016} \boldsymbol{A} \begin{pmatrix} 0 & 1 & 0 \\ 1 & 0 & 0 \\ 0 & 0 & 1 \end{pmatrix}^{2017} = \begin{pmatrix} a_2 & b_2 & c_2 \\ a_1 & b_1 & c_1 \\ a & b & c \end{pmatrix}$，求矩阵 $\boldsymbol{A}$.

12. 设 $\boldsymbol{A}$ 为三阶方阵，$|\boldsymbol{A}|=3$，$\boldsymbol{A}^*$ 为 $\boldsymbol{A}$ 的伴随矩阵，若交换 $\boldsymbol{A}$ 的第 1 行与第 2 行得到矩阵 $\boldsymbol{B}$，求 $|\boldsymbol{B}\boldsymbol{A}^*|$.

13. 若 $\boldsymbol{\alpha}_1$，$\boldsymbol{\alpha}_2$，$\boldsymbol{\alpha}_3$，$\boldsymbol{\beta}_1$，$\boldsymbol{\beta}_2$ 均为 4 维列向量，且四阶行列式 $|\boldsymbol{\alpha}_1, \boldsymbol{\alpha}_2, \boldsymbol{\alpha}_3, \boldsymbol{\beta}_1|=m$，$|\boldsymbol{\alpha}_1, \boldsymbol{\alpha}_2, \boldsymbol{\beta}_2, \boldsymbol{\alpha}_3|=n$，求四阶行列式 $|\boldsymbol{\alpha}_3, \boldsymbol{\alpha}_2, \boldsymbol{\alpha}_1, \boldsymbol{\beta}_1+\boldsymbol{\beta}_2|$.

14. 设 $\boldsymbol{A}$，$\boldsymbol{B}$ 均为二阶方阵，$\boldsymbol{A}^*$，$\boldsymbol{B}^*$ 分别为 $\boldsymbol{A}$，$\boldsymbol{B}$ 的伴随矩阵，若 $|\boldsymbol{A}|=2$，$|\boldsymbol{B}|=3$，求分块矩阵 $\begin{pmatrix} \boldsymbol{A} & \boldsymbol{O} \\ \boldsymbol{O} & \boldsymbol{B} \end{pmatrix}$ 的伴随矩阵.

15. 设 $\boldsymbol{A}$ 为 m 阶方阵，$\boldsymbol{B}$ 为 n 阶方阵，且 $|\boldsymbol{A}|=a$，$|\boldsymbol{B}|=b$，令 $\boldsymbol{C}=\begin{pmatrix} -\boldsymbol{A} & \boldsymbol{O} \\ \boldsymbol{O} & -\boldsymbol{B} \end{pmatrix}$，求 $|\boldsymbol{C}|$.

16. 设 $\boldsymbol{A}=\begin{pmatrix} 2 & 1 & 0 \\ 1 & 2 & 0 \\ 0 & 0 & 1 \end{pmatrix}$，矩阵 $\boldsymbol{B}$ 满足 $\boldsymbol{ABA}^*=2\boldsymbol{BA}^*+\boldsymbol{E}$，其中 $\boldsymbol{A}^*$ 为 $\boldsymbol{A}$ 的伴随矩阵，$\boldsymbol{E}$ 为三阶单位矩阵，求 $\boldsymbol{B}$.

17. 已知 $\boldsymbol{A}=\begin{pmatrix} 1 & 0 & 0 \\ 1 & 1 & 0 \\ 1 & 1 & 1 \end{pmatrix}$，$\boldsymbol{B}=\begin{pmatrix} 0 & 1 & 1 \\ 1 & 0 & 1 \\ 1 & 1 & 0 \end{pmatrix}$，且矩阵 $\boldsymbol{X}$ 满足

$$\boldsymbol{AXA}+\boldsymbol{BXB}=\boldsymbol{BXA}+\boldsymbol{AXB}+\boldsymbol{E},$$

其中 $\boldsymbol{E}$ 为三阶单位矩阵，求 $\boldsymbol{X}$.

18. 设四阶方阵 $\boldsymbol{B}$ 满足 $\left[\left(\frac{1}{2}\boldsymbol{A}\right)^*\right]^{-1}\boldsymbol{BA}^{-1}=2\boldsymbol{AB}+12\boldsymbol{E}$，其中 $\boldsymbol{E}$ 为四阶单位矩阵，

$$\boldsymbol{A}=\begin{pmatrix} 1 & 2 & 0 & 0 \\ 1 & 3 & 0 & 0 \\ 0 & 0 & 0 & 2 \\ 0 & 0 & -1 & 0 \end{pmatrix},$$

求 $\boldsymbol{B}$.

19. 已知 $\boldsymbol{A}=\begin{pmatrix} -3 & 2 & -2 \\ 2 & x & 3 \\ 3 & -1 & 1 \end{pmatrix}$，$\boldsymbol{B}$ 为非零矩阵，且 $\boldsymbol{AB}=\boldsymbol{O}$，求 x 的值.

20. 已知 $\boldsymbol{A}=\begin{pmatrix} 2 & 0 & 2 & 5 \\ 3 & -1 & 2 & 9 \\ 0 & 1 & 1 & 3 \\ 2 & -1 & k & 2 \\ 1 & 2 & 3 & 1 \end{pmatrix}$，且 $R(\boldsymbol{A})=3$，求 k.

21. 设 $\boldsymbol{A}$ 为 n 阶方阵，且满足 $\boldsymbol{A}^2=\boldsymbol{A}$，证明 $R(\boldsymbol{A})+R(\boldsymbol{A}-\boldsymbol{E})=n$.

第3章 线性方程组

本章讨论一般线性方程组解的结构. 所谓一般线性方程组，指的是

$$\begin{cases} a_{11}x_1+a_{12}x_2+\cdots+a_{1n}x_n=b_1 \\ a_{21}x_1+a_{22}x_2+\cdots+a_{2n}x_n=b_2 \\ \quad\cdots\cdots \\ a_{m1}x_1+a_{m2}x_2+\cdots+a_{mn}x_n=b_m \end{cases}, \tag{3.0.1}$$

其中 a_{ij}（$i=1$，2，…，m；$j=1$，2，…，n）称为线性方程组的**系数**，b_j（$j=1$，2，…，m）称为**常数项**.

若记

$$\boldsymbol{A}=\begin{pmatrix} a_{11} & a_{12} & \cdots & a_{1n} \\ a_{21} & a_{22} & \cdots & a_{2n} \\ \vdots & \vdots & & \vdots \\ a_{m1} & a_{m2} & \cdots & a_{mn} \end{pmatrix},\quad \boldsymbol{x}=\begin{pmatrix} x_1 \\ x_2 \\ \vdots \\ x_n \end{pmatrix},\quad \boldsymbol{b}=\begin{pmatrix} b_1 \\ b_2 \\ \vdots \\ b_m \end{pmatrix},$$

则线性方程组的矩阵形式为

$$\boldsymbol{Ax}=\boldsymbol{b},$$

这里矩阵 $\boldsymbol{A}$ 称为线性方程组的**系数矩阵**，$\boldsymbol{x}$ 称为**未知数向量**，$\boldsymbol{b}$ 称为**常数项向量**.

由线性方程组的系数和常数项构成的矩阵（$\boldsymbol{A}\quad\boldsymbol{b}$）称为线性方程组的**增广矩阵**，也记为 $\overline{\boldsymbol{A}}$，即

$$\overline{\boldsymbol{A}}=(\boldsymbol{A}\quad\boldsymbol{b})=\begin{pmatrix} a_{11} & a_{12} & \cdots & a_{1n} & b_1 \\ a_{21} & a_{22} & \cdots & a_{2n} & b_2 \\ \vdots & \vdots & & \vdots & \vdots \\ a_{m1} & a_{m2} & \cdots & a_{mn} & b_m \end{pmatrix}.$$

当 $b_j=0$（$j=1$，2，…，m）时，线性方程组（3.0.1）称为**齐次线性方程组**；否则称为**非齐次线性方程组**. 齐次线性方程组的一般形式为

由最后一个矩阵得到方程组①的解为 $x_1=9$，$x_2=-1$，$x_3=-6$.

由以上可以看到，线性方程组的初等变换实际上就是对该方程组的增广矩阵施以初等行变换的过程. 同样地，对方程组的增广矩阵施以初等行变换相当于对该方程组施以初等变换.

用消元法求解线性方程组的一般步骤如下：

写出线性方程组（3.0.1）的增广矩阵 $\bar{\boldsymbol{A}}$，对 $\bar{\boldsymbol{A}}$ 施以初等行变换.

第一步，不妨设 $a_{11}\neq 0$，否则，将 $\bar{\boldsymbol{A}}$ 的第1行与另外一行交换，使得第1行第1列的元素不为0.

第二步，将第1行乘以 $-\dfrac{a_{i1}}{a_{11}}$ 加到第 i 行（$i=2$，…，m），于是 $\bar{\boldsymbol{A}}$ 化为

$$\begin{pmatrix} a_{11} & a_{12} & \cdots & a_{1n} & b_1 \\ 0 & a_{22}^{(1)} & \cdots & a_{2n}^{(1)} & b_2^{(1)} \\ \vdots & \vdots & & \vdots & \vdots \\ 0 & a_{m2}^{(1)} & \cdots & a_{mn}^{(1)} & b_m^{(1)} \end{pmatrix}.$$

对这个矩阵的第2行到第 m 行、第2列到第 $n+1$ 列按以上步骤进行变换，如果有必要，可重新安排方程组中未知量的次序，最后可以得到如下形状的阶梯形矩阵

$$\begin{pmatrix} c_{11} & c_{12} & \cdots & c_{1r} & c_{1,r+1} & \cdots & c_{1n} & d_1 \\ 0 & c_{22} & \cdots & c_{2r} & c_{2,r+1} & \cdots & c_{2n} & d_2 \\ \vdots & \vdots & & \vdots & \vdots & & \vdots & \vdots \\ 0 & 0 & \cdots & c_{rr} & c_{r,r+1} & \cdots & c_{rn} & d_r \\ 0 & 0 & \cdots & 0 & 0 & \cdots & 0 & d_{r+1} \\ 0 & 0 & \cdots & 0 & 0 & \cdots & 0 & 0 \\ \vdots & \vdots & & \vdots & \vdots & & \vdots & \vdots \\ 0 & 0 & \cdots & 0 & 0 & \cdots & 0 & 0 \end{pmatrix}, \tag{3.1.1}$$

其中 $c_{ii}\neq 0$，$i=1$，2，…，r，矩阵（3.1.1）对应的方程组为

$$\begin{cases} c_{11}x_1+c_{12}x_2+\cdots+c_{1r}x_r+\cdots+c_{1n}x_n=d_1 \\ \qquad c_{22}x_2+\cdots+c_{2r}x_r+\cdots+c_{2n}x_n=d_2 \\ \qquad \cdots\cdots \\ \qquad\qquad c_{rr}x_r+\cdots+c_{rn}x_n=d_r \\ \qquad\qquad\qquad 0=d_{r+1} \\ \qquad\qquad\qquad 0=0 \\ \qquad\qquad\qquad \cdots\cdots \\ \qquad\qquad\qquad 0=0 \end{cases} \tag{3.1.2}$$

由定理3.1.1知，方程组（3.1.2）与原方程组（3.0.1）同解，因此只需要讨论方程组（3.1.2）的解的各种情形便可知原方程组（3.0.1）的解的各种情形.

（1）如果方程组（3.1.2）中 $d_{r+1}\neq 0$，则方程组（3.1.2）中第 $r+1$ 个等式不成立，

因此方程组（3.1.2）无解，从而方程组（3.0.1）无解.

（2）如果方程组（3.1.2）中 $d_{r+1}=0$，分两种情况讨论：

①当 $r=n$ 时，方程组（3.1.2）可写为

$$\begin{cases} c_{11}x_1+c_{12}x_2+\cdots+c_{1n}x_n=d_1 \\ \qquad c_{22}x_2+\cdots+c_{2n}x_n=d_2 \\ \qquad\qquad \cdots\cdots \\ \qquad\qquad\qquad c_{nn}x_n=d_n \end{cases}, \tag{3.1.3}$$

其中 $c_{ii}\neq 0$，$i=1, 2, \cdots, n$. 从最后一个方程开始，x_n，x_{n-1}，$\cdots$，x_1 的值就可以逐个地唯一确定了. 因此方程组（3.0.1）有唯一解.

②当 $r<n$ 时，方程组（3.1.2）可写为

$$\begin{cases} c_{11}x_1+c_{12}x_2+\cdots+c_{1r}x_r+c_{1,r+1}x_{r+1}+\cdots+c_{1n}x_n=d_1 \\ \qquad c_{22}x_2+\cdots+c_{2r}x_r+c_{2,r+1}x_{r+1}+\cdots+c_{2n}x_n=d_2 \\ \qquad\qquad \cdots\cdots \\ \qquad\qquad c_{rr}x_r+c_{r,r+1}x_{r+1}+\cdots+c_{rn}x_n=d_r \end{cases}, \tag{3.1.4}$$

其中 $c_{ii}\neq 0$，$i=1, 2, \cdots, r$. 将方程组（3.1.4）改写成

$$\begin{cases} c_{11}x_1+c_{12}x_2+\cdots+c_{1r}x_r=d_1-c_{1,r+1}x_{r+1}-\cdots-c_{1n}x_n \\ \qquad c_{22}x_2+\cdots+c_{2r}x_r=d_2-c_{2,r+1}x_{r+1}-\cdots-c_{2n}x_n \\ \qquad\qquad \cdots\cdots \\ \qquad\qquad c_{rr}x_r=d_r-c_{r,r+1}x_{r+1}-\cdots-c_{rn}x_n \end{cases}. \tag{3.1.5}$$

对方程组（3.1.5）进行回代，化为

$$\begin{cases} x_1=k_1-k_{1,r+1}x_{r+1}-\cdots-k_{1n}x_n \\ x_2=k_2-k_{2,r+1}x_{r+1}-\cdots-k_{2n}x_n \\ \qquad \cdots\cdots \\ x_r=k_r-k_{r,r+1}x_{r+1}-\cdots-k_{rn}x_n \end{cases}. \tag{3.1.6}$$

这时，当 $n-r$ 个**自由未知量** x_{r+1}，x_{r+2}，$\cdots$，x_n 取不同值时就会得到原方程组不同的解. 如果取 $x_{r+1}=c_1$，$x_{r+2}=c_2$，$\cdots$，$x_n=c_{n-r}$，其中 c_1，c_2，$\cdots$，c_{n-r} 为任意常数，则方程组（3.1.6）有如下无穷多解：

$$\begin{cases} x_1=k_1-k_{1,r+1}c_1-\cdots-k_{1n}c_{n-r} \\ x_2=k_2-k_{2,r+1}c_1-\cdots-k_{2n}c_{n-r} \\ \quad \cdots\cdots \\ x_r=k_r-k_{r,r+1}c_1-\cdots-k_{rn}c_{n-r} \\ x_{r+1}=c_1 \\ x_{r+2}=c_2 \\ \quad \cdots\cdots \\ x_n=c_{n-r} \end{cases} \tag{3.1.7}$$

式（3.1.7）也是方程组（3.0.1）的无穷多解的一般形式，通常称式（3.1.7）为方程组（3.0.1）的**一般解**.

3.1.3 线性方程组的解

由以上讨论可以得到如下定理.

定理 3.1.2 线性方程组（3.0.1）有解的充分必要条件为 $R(\bar{\mathbf{A}})=R(\mathbf{A})$. 当且仅当 $R(\bar{\mathbf{A}})=R(\mathbf{A})=n$ 时，方程组（3.0.1）有唯一解；当且仅当 $R(\bar{\mathbf{A}})=R(\mathbf{A})<n$ 时，方程组（3.0.1）有无穷多解.

微课

定理 3.1.2 讲解视频

证 方程组（3.0.1）有解等价于方程组（3.1.2）中 $d_{r+1}=0$，而 $d_{r+1}=0$ 等价于 $R(\bar{\mathbf{A}})=R(\mathbf{A})$.

当且仅当 $R(\bar{\mathbf{A}})=R(\mathbf{A})=n$ 时，有 $r=n$，因此方程组（3.0.1）有唯一解；当且仅当 $R(\bar{\mathbf{A}})=R(\mathbf{A})<n$ 时，有 $r<n$，因此方程组（3.0.1）有无穷多解.

例 3.1.2 解非齐次线性方程组 $\begin{cases}x_1+x_2+2x_3+3x_4=1\\x_2+x_3-4x_4=1\\x_1+2x_2+3x_3-x_4=4\\2x_1+3x_2-x_3-x_4=-6\end{cases}$.

解 对增广矩阵施以初等行变换，有

$$\bar{\mathbf{A}}=(\mathbf{A}\quad \mathbf{b})=\begin{pmatrix}1&1&2&3&1\\0&1&1&-4&1\\1&2&3&-1&4\\2&3&-1&-1&-6\end{pmatrix}\rightarrow\begin{pmatrix}1&1&2&3&1\\0&1&1&-4&1\\0&1&1&-4&3\\0&1&-5&-7&-8\end{pmatrix}$$

$$\rightarrow\begin{pmatrix}1&1&2&3&1\\0&1&1&-4&1\\0&0&6&3&9\\0&0&0&0&2\end{pmatrix},$$

由于 $R(\mathbf{A})=3$，$R(\bar{\mathbf{A}})=4$，即 $R(\bar{\mathbf{A}})\neq R(\mathbf{A})$，所以原方程组无解.

例 3.1.3 求解非齐次线性方程组 $\begin{cases}x_1-2x_2+x_3-x_4=1\\-x_1+2x_2-x_3+2x_4=0\\2x_1+x_2-x_4=-1\end{cases}$.

解 对增广矩阵施以初等行变换，有

$$\bar{\mathbf{A}}=(\mathbf{A}\quad \mathbf{b})=\begin{pmatrix}1&-2&1&-1&1\\-1&2&-1&2&0\\2&1&0&-1&-1\end{pmatrix}\rightarrow\begin{pmatrix}1&-2&1&0&2\\0&5&-2&0&-4\\0&0&0&1&1\end{pmatrix}$$

$$\rightarrow\begin{pmatrix}1 & \frac{1}{2} & 0 & 0 & 0\\ 0 & -\frac{5}{2} & 1 & 0 & 2\\ 0 & 0 & 0 & 1 & 1\end{pmatrix},$$

由于 $R(\bar{\mathbf{A}})=R(\mathbf{A})=3<4$，故方程组有无穷多解. 上述矩阵对应的方程组为

$$\begin{cases}x_1=-\frac{1}{2}x_2\\ x_3=2+\frac{5}{2}x_2\\ x_4=1\end{cases}.$$

令自由未知量 $x_2=c$，因此方程组的一般解为

$$\begin{cases}x_1=-\frac{1}{2}c\\ x_2=c\\ x_3=2+\frac{5}{2}c\\ x_4=1\end{cases},$$

其中 c 为任意常数.

例 3.1.4 当 a 为何值时，方程组 $\begin{cases}x_1+x_2+x_3=a\\ ax_1+x_2+x_3=1\\ x_1+x_2+ax_3=1\end{cases}$ 有解？求其解.

解 对增广矩阵施以初等行变换，有

$$\bar{\mathbf{A}}=\begin{pmatrix}1 & 1 & 1 & a\\ a & 1 & 1 & 1\\ 1 & 1 & a & 1\end{pmatrix}\rightarrow\begin{pmatrix}1 & 1 & 1 & a\\ 0 & 1-a & 1-a & 1-a^2\\ 0 & 0 & a-1 & 1-a\end{pmatrix}.$$

当 $a\neq1$ 时，$R(\bar{\mathbf{A}})=R(\mathbf{A})=3$，方程组有唯一解

$$\begin{cases}x_1=-1\\ x_2=a+2.\\ x_3=-1\end{cases}$$

当 $a=1$ 时，$R(\bar{\mathbf{A}})=R(\mathbf{A})=1<3$，方程组有无穷多解. 这时，

$$\bar{\mathbf{A}}\rightarrow\begin{pmatrix}1 & 1 & 1 & 1\\ 0 & 0 & 0 & 0\\ 0 & 0 & 0 & 0\end{pmatrix},$$

上述矩阵对应的方程组为

$$x_1=1-x_2-x_3.$$

令自由未知量 $x_2=c_1$，$x_3=c_2$，可得方程组的一般解为

$$\begin{cases}x_1=1-c_1-c_2\\x_2=c_1\\x_3=c_2\end{cases},$$

其中 c_1，c_2 为任意常数.

例 3.1.5 当 a，b 为何值时，方程组

$$\begin{cases}x_1+x_2+x_3+x_4=0\\x_2+2x_3+2x_4=1\\-x_2+(a-3)x_3-2x_4=b\\3x_1+2x_2+x_3+ax_4=-1\end{cases}$$

无解？有唯一解？有无穷多解？当有无穷多解时，求出一般解.

微课

例 3.1.5
讲解视频

解 对增广矩阵施以初等行变换，有

$$\bar{\mathbf{A}}=\begin{pmatrix}1&1&1&1&0\\0&1&2&2&1\\0&-1&a-3&-2&b\\3&2&1&a&-1\end{pmatrix}\to\begin{pmatrix}1&1&1&1&0\\0&1&2&2&1\\0&-1&a-3&-2&b\\0&-1&-2&a-3&-1\end{pmatrix}$$

$$\to\begin{pmatrix}1&1&1&1&0\\0&1&2&2&1\\0&0&a-1&0&b+1\\0&0&0&a-1&0\end{pmatrix}.$$

当 $a\neq1$ 时，$R(\mathbf{A})=R(\bar{\mathbf{A}})=4$，方程组有唯一解；

当 $a=1$，$b\neq-1$ 时，$R(\mathbf{A})=2$，$R(\bar{\mathbf{A}})=3$，方程组无解；

当 $a=1$，$b=-1$ 时，$R(\mathbf{A})=R(\bar{\mathbf{A}})=2<4$，方程组有无穷多解.

此时，

$$\bar{\mathbf{A}}\to\begin{pmatrix}1&1&1&1&0\\0&1&2&2&1\\0&0&0&0&0\\0&0&0&0&0\end{pmatrix}\longrightarrow\begin{pmatrix}1&0&-1&-1&-1\\0&1&2&2&1\\0&0&0&0&0\\0&0&0&0&0\end{pmatrix},$$

上述矩阵对应的方程组为

$$\begin{cases}x_1=-1+x_3+x_4\\x_2=1-2x_3-2x_4\end{cases},$$

令自由未知量 $x_3=c_1$，$x_4=c_2$，得方程组的一般解为

$$\begin{cases} x_1=-1+c_1+c_2 \\ x_2=1-2c_1-2c_2 \\ x_3=c_1 \\ x_4=c_2 \end{cases},$$

其中 c_1，c_2 为任意常数.

下面讨论齐次线性方程组的求解问题.

齐次线性方程组（3.0.2）恒有解，因为 $x_1=0$，$x_2=0$，…，$x_n=0$ 就是它的一个解，称为**零解**. 由定理 3.1.2 可得如下结论.

定理 3.1.3 齐次线性方程组（3.0.2）有非零解的充分必要条件为 $R(\mathbf{A})<n$.

推论 3.1.1 当 $m<n$ 时，齐次线性方程组（3.0.2）有非零解.

证 当 $m<n$ 时，$R(\mathbf{A})\leqslant\min\{m, n\}=m<n$，故方程组（3.0.2）有非零解.

例 3.1.6 求解齐次线性方程组 $\begin{cases} x_1+2x_2+3x_3+4x_4=0 \\ 5x_1+6x_2+7x_3+8x_4=0 \end{cases}$.

解 利用初等行变换，有

$$\mathbf{A}=\begin{pmatrix} 1 & 2 & 3 & 4 \\ 5 & 6 & 7 & 8 \end{pmatrix}\to\begin{pmatrix} 1 & 2 & 3 & 4 \\ 0 & -4 & -8 & -12 \end{pmatrix}$$

$$\to\begin{pmatrix} 1 & 2 & 3 & 4 \\ 0 & 1 & 2 & 3 \end{pmatrix}\to\begin{pmatrix} 1 & 0 & -1 & -2 \\ 0 & 1 & 2 & 3 \end{pmatrix},$$

上述矩阵对应的方程组为

$$\begin{cases} x_1=x_3+2x_4 \\ x_2=-2x_3-3x_4 \end{cases},$$

令自由未知量 $x_3=c_1$，$x_4=c_2$，得方程组的一般解为

$$\begin{cases} x_1=c_1+2c_2 \\ x_2=-2c_1-3c_2 \\ x_3=c_1 \\ x_4=c_2 \end{cases},$$

其中 c_1，c_2 为任意常数.

微课

3.1 节自测题

习题 3.1

1. 单项选择题.

（1）设 $\mathbf{A}$ 为 $m\times n$ 阶矩阵，齐次线性方程组 $\mathbf{Ax}=\mathbf{0}$ 仅有零解的充分

必要条件是$R(\boldsymbol{A})$满足（　　）.

（A）小于m；　（B）小于n；　（C）等于m；　（D）等于n.

（2）若n阶方阵$\boldsymbol{A}$满足$|\boldsymbol{A}|=0$，则非齐次线性方程组$\boldsymbol{Ax}=\boldsymbol{b}$（　　）.

（A）有无穷多解；　（B）有唯一解；

（C）无解；　（D）可能无解也可能有无穷多解.

2. 填空题.

（1）设有线性方程组$\begin{cases}x_1+2x_2+3x_3=4\\5x_2+6x_3=7\\k(k-2)x_3=(k-1)(k-2)\end{cases}$. 当________时，线性方程组有唯一解；当________时，线性方程组无解；当________时，线性方程组有无穷多解.

（2）若线性方程组$\begin{cases}x_1+x_2=a_1\\x_2+x_3=a_2\\x_3+x_4=a_3\\x_4+x_1=a_4\end{cases}$有解，则常数$a_1$，$a_2$，$a_3$，$a_4$应满足关系式________.

3. 用消元法求解下列方程组：

（1）$\begin{cases}x_1+2x_2+3x_3=4\\x_1-2x_2+4x_3=5\\x_1+10x_2+x_3=2\end{cases}$；

（2）$\begin{cases}x_1+2x_2+3x_3+x_4=5\\2x_1+4x_2-3x_4=-3\\-x_1-2x_2+3x_3+4x_4=9\end{cases}$；

（3）$\begin{cases}2x_1+4x_2-x_3+x_4=0\\x_1-3x_2+2x_3+3x_4=0\\3x_1+x_2+x_3+4x_4=0\end{cases}$；

（4）$\begin{cases}x_1+3x_3=0\\-x_1+3x_2=0\\2x_1+x_2+x_3=0\end{cases}$.

4. 当a为何值时，方程组

$$\begin{bmatrix}1&2&1\\2&3&a+2\\1&a&-2\end{bmatrix}\begin{bmatrix}x_1\\x_2\\x_3\end{bmatrix}=\begin{bmatrix}1\\3\\0\end{bmatrix}$$

有解？求其解.

5. 当a，b为何值时，方程组

$$\begin{cases}-x_1-2x_2+ax_3=1\\x_1+x_2+2x_3=b\\4x_1+5x_2+10x_3=2\end{cases}$$

无解？有唯一解？有无穷多解？当有无穷多解时，求出一般解.

6. 设矩阵$\boldsymbol{A}=\begin{pmatrix}1&-1\\1&0\end{pmatrix}$，$\boldsymbol{B}=\begin{pmatrix}0&1\\1&b\end{pmatrix}$，其中$b$为未知参数. 问$b$为何值时，存在矩阵$\boldsymbol{C}$使得$\boldsymbol{AC}-\boldsymbol{CA}=\boldsymbol{B}$？求出所有$\boldsymbol{C}$.

3.2 向量组的线性组合

3.2.1 n 维向量及其线性运算

定义 3.2.1 由 n 个数组成的一个有序数组称为一个 n 维向量. 第 i 个数称为这个 n 维向量的第 i 个分量. n 维向量一般用黑体字母 $\boldsymbol{\alpha}$，$\boldsymbol{\beta}$，$\boldsymbol{\gamma}$ 等表示.

分量均为零的向量称为**零向量**，记为 $\mathbf{0}$；分量均为实数的向量称为**实向量**. n 维向量可以写成行的形式，例如

$$(a_1, a_2, \cdots, a_n),$$

称其为 n 维**行向量**；也可以写为列的形式，例如

$$\boldsymbol{\beta}=\begin{pmatrix} b_1 \\ b_2 \\ \vdots \\ b_n \end{pmatrix},$$

称其为 n 维**列向量**. 把行（列）向量写成列（行）向量可用转置记号，例如

$$\boldsymbol{\beta}^{\mathrm{T}}=(b_1, b_2, \cdots, b_n).$$

在本书中，一般用 $\boldsymbol{\alpha}$，$\boldsymbol{\beta}$，$\boldsymbol{\gamma}$ 表示列向量，用$\boldsymbol{\alpha}^{\mathrm{T}}$，$\boldsymbol{\beta}^{\mathrm{T}}$，$\boldsymbol{\gamma}^{\mathrm{T}}$ 表示行向量.

定义 3.2.2 两个 n 维向量相等当且仅当它们的对应分量分别相等. 若记 $\boldsymbol{\alpha}=(a_1, a_2, \cdots, a_n)^{\mathrm{T}}$，$\boldsymbol{\beta}=(b_1, b_2, \cdots, b_n)^{\mathrm{T}}$，则 $\boldsymbol{\alpha}=\boldsymbol{\beta} \Leftrightarrow a_i=b_i$（$i=1, 2, \cdots, n$）.

定义 3.2.3 向量$(-a_1, -a_2, \cdots, -a_n)^{\mathrm{T}}$ 称为向量 $\boldsymbol{\alpha}=(a_1, a_2, \cdots, a_n)^{\mathrm{T}}$ 的**负向量**，记为$-\boldsymbol{\alpha}$.

定义 3.2.4 两个 n 维向量$\boldsymbol{\alpha}=(a_1, a_2, \cdots, a_n)^{\mathrm{T}}$ 与 $\boldsymbol{\beta}=(b_1, b_2, \cdots, b_n)^{\mathrm{T}}$ 的对应分量的和组成的向量，称为向量 $\boldsymbol{\alpha}$ 与 $\boldsymbol{\beta}$ 的和，记为 $\boldsymbol{\alpha}+\boldsymbol{\beta}$. 即

$$\boldsymbol{\alpha}+\boldsymbol{\beta}=(a_1+b_1, a_2+b_2, \cdots, a_n+b_n)^{\mathrm{T}}.$$

由加法和负向量的定义，可以得到向量的减法：

$$\boldsymbol{\alpha}-\boldsymbol{\beta}=\boldsymbol{\alpha}+(-\boldsymbol{\beta})=(a_1-b_1, a_2-b_2, \cdots, a_n-b_n)^{\mathrm{T}}.$$

定义 3.2.5 设k 为实数，向量（ka_1，ka_2，$\cdots$，ka_n）^{T} 称为向量$\boldsymbol{\alpha}=(a_1, a_2, \cdots, a_n)^{\mathrm{T}}$ 与数 k 的乘积，简称**数乘**，记为 $k\boldsymbol{\alpha}$，即

$$k\boldsymbol{\alpha}=(ka_1, ka_2, \cdots, ka_n)^{\mathrm{T}}.$$

向量的加法与数乘运算统称为向量的**线性运算**.

定义 3.2.6 所有 n 维实向量构成的集合记为 $\mathbf{R}^n$，称 $\mathbf{R}^n$ 为n 维实向量空间，它是指

在 $\mathbf{R}^n$ 中定义了加法和数乘，并且满足以下规律：

(1) $\boldsymbol{\alpha}+\boldsymbol{\beta}=\boldsymbol{\beta}+\boldsymbol{\alpha}$，
(2) $\boldsymbol{\alpha}+(\boldsymbol{\beta}+\boldsymbol{\gamma})=(\boldsymbol{\alpha}+\boldsymbol{\beta})+\boldsymbol{\gamma}$，
(3) $\boldsymbol{\alpha}+\mathbf{0}=\boldsymbol{\alpha}$，
(4) $\boldsymbol{\alpha}+(-\boldsymbol{\alpha})=\mathbf{0}$，
(5) $k(\boldsymbol{\alpha}+\boldsymbol{\beta})=k\boldsymbol{\alpha}+k\boldsymbol{\beta}$，
(6) $(k+l)\boldsymbol{\alpha}=k\boldsymbol{\alpha}+l\boldsymbol{\alpha}$，
(7) $k(l\boldsymbol{\alpha})=(kl)\boldsymbol{\alpha}$，
(8) $1\boldsymbol{\alpha}=\boldsymbol{\alpha}$，

其中 $\boldsymbol{\alpha}$，$\boldsymbol{\beta}$，$\boldsymbol{\gamma}$ 都是 n 维实向量，k，l 为实数.

例 3.2.1 设 $\boldsymbol{\alpha}=(1,\ -1,\ 0)^{\mathrm{T}}$，$\boldsymbol{\beta}=(0,\ 2,\ 1)^{\mathrm{T}}$，$\boldsymbol{\gamma}=(1,\ -1,\ 2)^{\mathrm{T}}$.

(1) 求 $2\boldsymbol{\alpha}-\boldsymbol{\beta}+3\boldsymbol{\gamma}$；

(2) 若有向量 $\boldsymbol{x}$ 满足 $\boldsymbol{\alpha}-2\boldsymbol{\beta}+3\boldsymbol{x}=4\boldsymbol{\gamma}$，求 $\boldsymbol{x}$.

解 (1) $2\boldsymbol{\alpha}-\boldsymbol{\beta}+3\boldsymbol{\gamma}=2(1,\ -1,\ 0)^{\mathrm{T}}-(0,\ 2,\ 1)^{\mathrm{T}}+3(1,\ -1,\ 2)^{\mathrm{T}}=(5,\ -7,\ 5)^{\mathrm{T}}$；

(2) $\boldsymbol{x}=-\dfrac{1}{3}\boldsymbol{\alpha}+\dfrac{2}{3}\boldsymbol{\beta}+\dfrac{4}{3}\boldsymbol{\gamma}=\left(1,\ \dfrac{1}{3},\ \dfrac{10}{3}\right)^{\mathrm{T}}$.

对于线性方程组 (3.0.1) 的系数矩阵 $\boldsymbol{A}$，记 $\boldsymbol{\alpha}_j=(a_{1j},\ a_{2j},\ \cdots,\ a_{mj})^{\mathrm{T}}$，$j=1,\ 2,\ \cdots,\ n$，即 $\boldsymbol{A}=(\boldsymbol{\alpha}_1,\ \boldsymbol{\alpha}_2,\ \cdots,\ \boldsymbol{\alpha}_n)$，则线性方程组 (3.0.1) 可写为

$$\boldsymbol{\alpha}_1x_1+\boldsymbol{\alpha}_2x_2+\cdots+\boldsymbol{\alpha}_nx_n=\boldsymbol{b},\tag{3.2.1}$$

称式 (3.2.1) 为**线性方程组的向量形式**. 相应地，

$$\boldsymbol{\alpha}_1x_1+\boldsymbol{\alpha}_2x_2+\cdots+\boldsymbol{\alpha}_nx_n=\mathbf{0}\tag{3.2.2}$$

称为**齐次线性方程组的向量形式**.

3.2.2 向量组的线性组合(线性表示)

定义 3.2.7 设 $\boldsymbol{\beta}$ 及 $\boldsymbol{\alpha}_1$，$\boldsymbol{\alpha}_2$，$\cdots$，$\boldsymbol{\alpha}_s$ 均为 n 维向量，若存在一组数 k_1，k_2，$\cdots$，k_s 使得

$$\boldsymbol{\beta}=k_1\boldsymbol{\alpha}_1+k_2\boldsymbol{\alpha}_2+\cdots+k_s\boldsymbol{\alpha}_s,$$

则称向量 $\boldsymbol{\beta}$ 可由向量组 $\boldsymbol{\alpha}_1$，$\boldsymbol{\alpha}_2$，$\cdots$，$\boldsymbol{\alpha}_s$ **线性表示**，或称向量 $\boldsymbol{\beta}$ 是向量组 $\boldsymbol{\alpha}_1$，$\boldsymbol{\alpha}_2$，$\cdots$，$\boldsymbol{\alpha}_s$ 的**线性组合**.

例 3.2.2 设 $\boldsymbol{\beta}=(1,\ 2,\ 3)^{\mathrm{T}}$，$\boldsymbol{\varepsilon}_1=(1,\ 0,\ 0)^{\mathrm{T}}$，$\boldsymbol{\varepsilon}_2=(0,\ 1,\ 0)^{\mathrm{T}}$，$\boldsymbol{\varepsilon}_3=(0,\ 0,\ 1)^{\mathrm{T}}$，显然有 $\boldsymbol{\beta}=\boldsymbol{\varepsilon}_1+2\boldsymbol{\varepsilon}_2+3\boldsymbol{\varepsilon}_3$，即 $\boldsymbol{\beta}$ 是向量组 $\boldsymbol{\varepsilon}_1$，$\boldsymbol{\varepsilon}_2$，$\boldsymbol{\varepsilon}_3$ 的**线性组合**.

例 3.2.3 设 $\boldsymbol{\alpha}=(a_1,\ a_2,\ \cdots,\ a_n)^{\mathrm{T}}$ 为任意 n 维向量，向量组 $\boldsymbol{\varepsilon}_1=(1,\ 0,\ \cdots,\ 0)^{\mathrm{T}}$，$\boldsymbol{\varepsilon}_2=(0,\ 1,\ \cdots,\ 0)^{\mathrm{T}}$，$\cdots$，$\boldsymbol{\varepsilon}_n=(0,\ 0,\ \cdots,\ 1)^{\mathrm{T}}$，显然有 $\boldsymbol{\alpha}=a_1\boldsymbol{\varepsilon}_1+a_2\boldsymbol{\varepsilon}_2+\cdots+a_n\boldsymbol{\varepsilon}_n$，即任意 n 维向量 $\boldsymbol{\alpha}$ 是向量组 $\boldsymbol{\varepsilon}_1$，$\boldsymbol{\varepsilon}_2$，$\cdots$，$\boldsymbol{\varepsilon}_n$ 的**线性组合**. 称这里的 $\boldsymbol{\varepsilon}_1$，$\boldsymbol{\varepsilon}_2$，$\cdots$，$\boldsymbol{\varepsilon}_n$ 为 $\mathbf{R}^n$ 的**初始单位向量组**.

例 3.2.4 零向量是任意一组向量的线性组合.

解 显然，$\mathbf{0}=0\boldsymbol{\alpha}_1+0\boldsymbol{\alpha}_2+\cdots+0\boldsymbol{\alpha}_s$.

例 3.2.5 向量组 $\boldsymbol{\alpha}_1$，$\boldsymbol{\alpha}_2$，$\cdots$，$\boldsymbol{\alpha}_s$ 中的任一向量 $\boldsymbol{\alpha}_j$ ($1\leqslant j\leqslant s$) 都是此向量组的线

性组合.

解 显然，$\boldsymbol{\alpha}_j=0\boldsymbol{\alpha}_1+0\boldsymbol{\alpha}_2+\cdots+1\boldsymbol{\alpha}_j+\cdots+0\boldsymbol{\alpha}_s$.

定理 3.2.1 设有列向量组 $\boldsymbol{\beta}=\begin{pmatrix}b_1\\b_2\\\vdots\\b_m\end{pmatrix}$，$\boldsymbol{\alpha}_j=\begin{pmatrix}a_{1j}\\a_{2j}\\\vdots\\a_{mj}\end{pmatrix}$ $(j=1,2,\cdots,s)$，则 $\boldsymbol{\beta}$ 可由向量组 $\boldsymbol{\alpha}_1$，$\boldsymbol{\alpha}_2$，…，$\boldsymbol{\alpha}_s$ 线性表示的充分必要条件是以 $\boldsymbol{\alpha}_1$，$\boldsymbol{\alpha}_2$，…，$\boldsymbol{\alpha}_s$ 为列向量的矩阵的秩与以 $\boldsymbol{\alpha}_1$，$\boldsymbol{\alpha}_2$，…，$\boldsymbol{\alpha}_s$，$\boldsymbol{\beta}$ 为列向量的矩阵的秩相等.

证 $\boldsymbol{\beta}$ 可由向量组 $\boldsymbol{\alpha}_1$，$\boldsymbol{\alpha}_2$，…，$\boldsymbol{\alpha}_s$ 线性表示等价于线性方程组 $\boldsymbol{\beta}=k_1\boldsymbol{\alpha}_1+k_2\boldsymbol{\alpha}_2+\cdots+k_s\boldsymbol{\alpha}_s$ 有解，而线性方程组有解的充分必要条件是系数矩阵的秩与其增广矩阵的秩相等，而此方程组的系数矩阵为以 $\boldsymbol{\alpha}_1$，$\boldsymbol{\alpha}_2$，…，$\boldsymbol{\alpha}_s$ 为列向量的矩阵；增广矩阵为以 $\boldsymbol{\alpha}_1$，$\boldsymbol{\alpha}_2$，…，$\boldsymbol{\alpha}_s$，$\boldsymbol{\beta}$ 为列向量的矩阵，因此 $\boldsymbol{\beta}$ 可由向量组 $\boldsymbol{\alpha}_1$，$\boldsymbol{\alpha}_2$，…，$\boldsymbol{\alpha}_s$ 线性表示的充分必要条件是以 $\boldsymbol{\alpha}_1$，$\boldsymbol{\alpha}_2$，…，$\boldsymbol{\alpha}_s$ 为列向量的矩阵的秩与以 $\boldsymbol{\alpha}_1$，$\boldsymbol{\alpha}_2$，…，$\boldsymbol{\alpha}_s$，$\boldsymbol{\beta}$ 为列向量的矩阵的秩相等.

定理 3.2.1′ 设有行向量组 $\boldsymbol{\beta}^{\mathrm{T}}=(b_1,b_2,\cdots,b_n)$，$\boldsymbol{\alpha}_j^{\mathrm{T}}=(a_{1j},a_{2j},\cdots,a_{nj})$，$j=1,2,\cdots,s$，则 $\boldsymbol{\beta}^{\mathrm{T}}$ 可由向量组 $\boldsymbol{\alpha}_1^{\mathrm{T}}$，$\boldsymbol{\alpha}_2^{\mathrm{T}}$，…，$\boldsymbol{\alpha}_s^{\mathrm{T}}$ 线性表示的充分必要条件是以 $\boldsymbol{\alpha}_1$，$\boldsymbol{\alpha}_2$，…，$\boldsymbol{\alpha}_s$ 为列向量的矩阵的秩与以 $\boldsymbol{\alpha}_1$，$\boldsymbol{\alpha}_2$，…，$\boldsymbol{\alpha}_s$，$\boldsymbol{\beta}$ 为列向量的矩阵的秩相等.

例 3.2.6 设 $\boldsymbol{\beta}=(0,0,0,1)^{\mathrm{T}}$，$\boldsymbol{\alpha}_1=(1,1,0,1)^{\mathrm{T}}$，$\boldsymbol{\alpha}_2=(2,1,3,1)^{\mathrm{T}}$，$\boldsymbol{\alpha}_3=(1,1,0,0)^{\mathrm{T}}$，判断 $\boldsymbol{\beta}$ 是否可由向量组 $\boldsymbol{\alpha}_1$，$\boldsymbol{\alpha}_2$，$\boldsymbol{\alpha}_3$ 线性表示. 如果可以，写出其表达式.

微课

例 3.2.6
讲解视频

解 利用初等行变换，有

$$(\boldsymbol{\alpha}_1\quad\boldsymbol{\alpha}_2\quad\boldsymbol{\alpha}_3\quad\boldsymbol{\beta})=\begin{pmatrix}1&2&1&0\\1&1&1&0\\0&3&0&0\\1&1&0&1\end{pmatrix}\rightarrow\begin{pmatrix}1&2&1&0\\0&-1&0&0\\0&3&0&0\\0&-1&-1&1\end{pmatrix}$$

$$\rightarrow\begin{pmatrix}1&2&1&0\\0&-1&0&0\\0&0&0&0\\0&0&-1&1\end{pmatrix}\rightarrow\begin{pmatrix}1&2&1&0\\0&-1&0&0\\0&0&-1&1\\0&0&0&0\end{pmatrix},$$

可得矩阵 $(\boldsymbol{\alpha}_1\quad\boldsymbol{\alpha}_2\quad\boldsymbol{\alpha}_3)$ 的秩与矩阵 $(\boldsymbol{\alpha}_1\quad\boldsymbol{\alpha}_2\quad\boldsymbol{\alpha}_3\quad\boldsymbol{\beta})$ 的秩相等，因此 $\boldsymbol{\beta}$ 可由向量组 $\boldsymbol{\alpha}_1$，$\boldsymbol{\alpha}_2$，$\boldsymbol{\alpha}_3$ 线性表示. 进一步

$$(\boldsymbol{\alpha}_1\quad\boldsymbol{\alpha}_2\quad\boldsymbol{\alpha}_3\quad\boldsymbol{\beta})\rightarrow\begin{pmatrix}1&0&0&1\\0&1&0&0\\0&0&1&-1\\0&0&0&0\end{pmatrix},$$

因此 $\boldsymbol{\beta}=\boldsymbol{\alpha}_1-\boldsymbol{\alpha}_3$.

例 3.2.7 设有向量组 $\boldsymbol{\alpha}_1=(4,3,11)^{\mathrm{T}}$，$\boldsymbol{\alpha}_2=(2,-1,3)^{\mathrm{T}}$，$\boldsymbol{\alpha}_3=(-1,2,0)^{\mathrm{T}}$，$\boldsymbol{\beta}=(2,10,8)^{\mathrm{T}}$，判断 $\boldsymbol{\beta}$ 能否由 $\boldsymbol{\alpha}_1$，$\boldsymbol{\alpha}_2$，$\boldsymbol{\alpha}_3$ 线性表示. 如果可以，写出其表达式.

解 利用初等行变换，有

$$(\boldsymbol{\alpha}_1\quad\boldsymbol{\alpha}_2\quad\boldsymbol{\alpha}_3\quad\boldsymbol{\beta})=\begin{pmatrix}4&2&-1&2\\3&-1&2&10\\11&3&0&8\end{pmatrix}\to\begin{pmatrix}1&3&-3&-8\\3&-1&2&10\\11&3&0&8\end{pmatrix}$$
$$\to\begin{pmatrix}1&3&-3&-8\\0&-10&11&34\\0&-30&33&96\end{pmatrix}\to\begin{pmatrix}1&3&-3&-8\\0&-10&11&34\\0&0&0&-6\end{pmatrix},$$

由于矩阵 $(\boldsymbol{\alpha}_1\quad\boldsymbol{\alpha}_2\quad\boldsymbol{\alpha}_3)$ 的秩与矩阵 $(\boldsymbol{\alpha}_1\quad\boldsymbol{\alpha}_2\quad\boldsymbol{\alpha}_3\quad\boldsymbol{\beta})$ 的秩不相等，因此 $\boldsymbol{\beta}$ 不能由向量组 $\boldsymbol{\alpha}_1$，$\boldsymbol{\alpha}_2$，$\boldsymbol{\alpha}_3$ 线性表示.

3.2.3 向量组间的线性表示

定义 3.2.8 设有两个向量组

A：$\boldsymbol{\alpha}_1$，$\boldsymbol{\alpha}_2$，…，$\boldsymbol{\alpha}_s$，

B：$\boldsymbol{\beta}_1$，$\boldsymbol{\beta}_2$，…，$\boldsymbol{\beta}_t$，

若 B 中的每一个向量 $\boldsymbol{\beta}_i$ $(i=1,2,\cdots,t)$ 都可由向量组 A 中的 $\boldsymbol{\alpha}_1$，$\boldsymbol{\alpha}_2$，…，$\boldsymbol{\alpha}_s$ 线性表示，则称向量组 B 可由向量组 A 线性表示.

若向量组 B 可由向量组 A 线性表示，则存在 k_{ij} $(i=1,2,\cdots,s;\ j=1,2,\cdots,t)$ 使得

$$\begin{cases}\boldsymbol{\beta}_1=k_{11}\boldsymbol{\alpha}_1+k_{21}\boldsymbol{\alpha}_2+\cdots+k_{s1}\boldsymbol{\alpha}_s\\\boldsymbol{\beta}_2=k_{12}\boldsymbol{\alpha}_1+k_{22}\boldsymbol{\alpha}_2+\cdots+k_{s2}\boldsymbol{\alpha}_s\\\quad\cdots\cdots\\\boldsymbol{\beta}_t=k_{1t}\boldsymbol{\alpha}_1+k_{2t}\boldsymbol{\alpha}_2+\cdots+k_{st}\boldsymbol{\alpha}_s\end{cases}.\tag{3.2.3}$$

当向量组 A 和向量组 B 都是列向量组时，方程组 (3.2.3) 可表示为

$$(\boldsymbol{\beta}_1,\boldsymbol{\beta}_2,\cdots,\boldsymbol{\beta}_t)=(\boldsymbol{\alpha}_1,\boldsymbol{\alpha}_2,\cdots,\boldsymbol{\alpha}_s)\begin{pmatrix}k_{11}&k_{12}&\cdots&k_{1t}\\k_{21}&k_{22}&\cdots&k_{2t}\\\vdots&\vdots&&\vdots\\k_{s1}&k_{s2}&\cdots&k_{st}\end{pmatrix}.$$

记

$$\boldsymbol{K}=\begin{pmatrix}k_{11}&k_{12}&\cdots&k_{1t}\\k_{21}&k_{22}&\cdots&k_{2t}\\\vdots&\vdots&&\vdots\\k_{s1}&k_{s2}&\cdots&k_{st}\end{pmatrix},$$

称矩阵 $\boldsymbol{K}$ 为线性表示的**系数矩阵**. 此时，

$$(\boldsymbol{\beta}_1, \boldsymbol{\beta}_2, \cdots, \boldsymbol{\beta}_t)=(\boldsymbol{\alpha}_1, \boldsymbol{\alpha}_2, \cdots, \boldsymbol{\alpha}_s)\boldsymbol{K}.$$

若向量组 A 与向量组 B 可以相互线性表示，则称这两个向量组**等价**.

向量组等价具有如下性质：

（1）自反性：向量组 A 与自身是等价的；

（2）对称性：若向量组 A 与向量组 B 等价，则向量组 B 与向量组 A 等价；

（3）传递性：若向量组 A 与向量组 B 等价，且向量组 B 与向量组 C 等价，则向量组 A 与向量组 C 等价.

例 3.2.8 设有两个向量组

$$A: \boldsymbol{\alpha}_1=(3, 4, 8)^{\mathrm{T}}, \quad \boldsymbol{\alpha}_2=(2, 2, 5)^{\mathrm{T}}, \quad \boldsymbol{\alpha}_3=(0, 2, 1)^{\mathrm{T}},$$
$$B: \boldsymbol{\beta}_1=(1, 2, 3)^{\mathrm{T}}, \quad \boldsymbol{\beta}_2=(1, 0, 2)^{\mathrm{T}},$$

试证明向量组 A 与向量组 B 等价.

证 利用初等行变换，有

$$(\boldsymbol{\beta}_1 \quad \boldsymbol{\beta}_2 \quad \boldsymbol{\alpha}_1 \quad \boldsymbol{\alpha}_2 \quad \boldsymbol{\alpha}_3)=\begin{pmatrix}1 & 1 & 3 & 2 & 0\\ 2 & 0 & 4 & 2 & 2\\ 3 & 2 & 8 & 5 & 1\end{pmatrix} \to \begin{pmatrix}1 & 1 & 3 & 2 & 0\\ 0 & 1 & 1 & 1 & -1\\ 0 & 0 & 0 & 0 & 0\end{pmatrix}$$
$$\to \begin{pmatrix}1 & 0 & 2 & 1 & 1\\ 0 & 1 & 1 & 1 & -1\\ 0 & 0 & 0 & 0 & 0\end{pmatrix},$$

故

$$\boldsymbol{\alpha}_1=2\boldsymbol{\beta}_1+\boldsymbol{\beta}_2, \quad \boldsymbol{\alpha}_2=\boldsymbol{\beta}_1+\boldsymbol{\beta}_2, \quad \boldsymbol{\alpha}_3=\boldsymbol{\beta}_1-\boldsymbol{\beta}_2.$$

反之，

$$\boldsymbol{\beta}_1=\frac{1}{2}\boldsymbol{\alpha}_2+\frac{1}{2}\boldsymbol{\alpha}_3, \quad \boldsymbol{\beta}_2=\frac{1}{2}\boldsymbol{\alpha}_2-\frac{1}{2}\boldsymbol{\alpha}_3,$$

所以向量组 A 与向量组 B 等价.

微课

3.2 节自测题

习题 3.2

1. 设 $\boldsymbol{\alpha}_1=(1, 2, 3)^{\mathrm{T}}$，$\boldsymbol{\alpha}_2=(6, -5, -4)^{\mathrm{T}}$，$\boldsymbol{\alpha}_3=(-1, 2, 0)^{\mathrm{T}}$，求 $\boldsymbol{\alpha}_1+2\boldsymbol{\alpha}_2-\boldsymbol{\alpha}_3$.

2. 在下列各题中，判断向量 $\boldsymbol{\beta}$ 是否可由向量组 $\boldsymbol{\alpha}_1$，$\boldsymbol{\alpha}_2$，$\boldsymbol{\alpha}_3$ 线性表示. 如果可以，写出其表达式.

（1）$\boldsymbol{\beta}=(5, -7, 5)^{\mathrm{T}}$，$\boldsymbol{\alpha}_1=(1, -1, 0)^{\mathrm{T}}$，$\boldsymbol{\alpha}_2=(0, 2, 1)^{\mathrm{T}}$，$\boldsymbol{\alpha}_3=(1, -1, 2)^{\mathrm{T}}$；

（2）$\boldsymbol{\beta}^{\mathrm{T}}=(2, -1, 3, 0)$，$\boldsymbol{\alpha}_1^{\mathrm{T}}=(1, 0, 0, 1)$，$\boldsymbol{\alpha}_2^{\mathrm{T}}=(0, 1, 0, -1)$，$\boldsymbol{\alpha}_3^{\mathrm{T}}=(0, 0, 1, -1)$；

(3) $\boldsymbol{\beta}^{\mathrm{T}}=(-3, 22, 4)$，$\boldsymbol{\alpha}_1^{\mathrm{T}}=(1, 5, 2)$，$\boldsymbol{\alpha}_2^{\mathrm{T}}=(1, -2, -5)$，$\boldsymbol{\alpha}_3^{\mathrm{T}}=(-2, 7, 4)$；

(4) $\boldsymbol{\beta}=(4, 4, 1, 2)^{\mathrm{T}}$，$\boldsymbol{\alpha}_1=(-1, 0, 1, 0)^{\mathrm{T}}$，$\boldsymbol{\alpha}_2=(2, -1, 0, 5)^{\mathrm{T}}$，$\boldsymbol{\alpha}_3=(0, -1, 2, 5)^{\mathrm{T}}$.

3. 设向量组 $\boldsymbol{\alpha}_1=(1, 1, k)^{\mathrm{T}}$，$\boldsymbol{\alpha}_2=(1, k, 1)^{\mathrm{T}}$，$\boldsymbol{\alpha}_3=(k, 1, 1)^{\mathrm{T}}$，$\boldsymbol{\beta}=(k^2, k, 1)^{\mathrm{T}}$，试问当 k 满足什么条件时：

(1) $\boldsymbol{\beta}$ 可由 $\boldsymbol{\alpha}_1$，$\boldsymbol{\alpha}_2$，$\boldsymbol{\alpha}_3$ 线性表示，且表达式唯一？

(2) $\boldsymbol{\beta}$ 不能由 $\boldsymbol{\alpha}_1$，$\boldsymbol{\alpha}_2$，$\boldsymbol{\alpha}_3$ 线性表示？

(3) $\boldsymbol{\beta}$ 可由 $\boldsymbol{\alpha}_1$，$\boldsymbol{\alpha}_2$，$\boldsymbol{\alpha}_3$ 线性表示，但表达式不唯一？

4. 设有两个向量组

$$A：\boldsymbol{\alpha}_1=(1, 1, 1)^{\mathrm{T}}, \quad \boldsymbol{\alpha}_2=(1, 0, 2)^{\mathrm{T}},$$
$$B：\boldsymbol{\beta}_1=(5, 2, 8)^{\mathrm{T}}, \quad \boldsymbol{\beta}_2=(2, 1, 3)^{\mathrm{T}}, \quad \boldsymbol{\beta}_3=(3, 1, 5)^{\mathrm{T}},$$

试证明向量组 A 与向量组 B 等价.

5. 设向量组 B：$\boldsymbol{\beta}_1$，$\boldsymbol{\beta}_2$，$\boldsymbol{\beta}_3$ 可由向量组 A：$\boldsymbol{\alpha}_1$，$\boldsymbol{\alpha}_2$，$\boldsymbol{\alpha}_3$ 线性表示为 $\boldsymbol{\beta}_1=\boldsymbol{\alpha}_1-\boldsymbol{\alpha}_3$，$\boldsymbol{\beta}_2=\boldsymbol{\alpha}_1+2\boldsymbol{\alpha}_2+2\boldsymbol{\alpha}_3$，$\boldsymbol{\beta}_3=\boldsymbol{\alpha}_1+\boldsymbol{\alpha}_2$. 试将向量组 A 用向量组 B 线性表示.

3.3 向量组的线性相关性

定义 3.3.1 设 $\boldsymbol{\alpha}_1$，$\boldsymbol{\alpha}_2$，…，$\boldsymbol{\alpha}_s$ 为一个 n 维向量组，若存在一组不全为零的数 k_1，k_2，…，k_s 使得

$$k_1\boldsymbol{\alpha}_1+k_2\boldsymbol{\alpha}_2+\cdots+k_s\boldsymbol{\alpha}_s=\mathbf{0} \tag{3.3.1}$$

成立，则称向量组 $\boldsymbol{\alpha}_1$，$\boldsymbol{\alpha}_2$，…，$\boldsymbol{\alpha}_s$ 线性相关；否则称向量组 $\boldsymbol{\alpha}_1$，$\boldsymbol{\alpha}_2$，…，$\boldsymbol{\alpha}_s$ 线性无关.

例 3.3.1 向量组 $\boldsymbol{\alpha}_1=\begin{pmatrix}1\\1\end{pmatrix}$，$\boldsymbol{\alpha}_2=\begin{pmatrix}2\\4\end{pmatrix}$ 线性无关；向量组 $\boldsymbol{\beta}_1=(3, 1, 2)^{\mathrm{T}}$，$\boldsymbol{\beta}_2=(6, 2, 4)^{\mathrm{T}}$ 线性相关.

例 3.3.2 任意一个包含零向量的向量组一定线性相关.

例 3.3.3 $\mathbf{R}^n$ 中的初始单位向量组 $\boldsymbol{\varepsilon}_1$，$\boldsymbol{\varepsilon}_2$，…，$\boldsymbol{\varepsilon}_n$ 线性无关.

定理 3.3.1 列向量组 $\boldsymbol{\alpha}_1$，$\boldsymbol{\alpha}_2$，…，$\boldsymbol{\alpha}_s$ 线性相关的充分必要条件是以 $\boldsymbol{\alpha}_1$，$\boldsymbol{\alpha}_2$，…，$\boldsymbol{\alpha}_s$ 为列向量的矩阵的秩小于向量的个数 s.

证 $\boldsymbol{\alpha}_1$，$\boldsymbol{\alpha}_2$，…，$\boldsymbol{\alpha}_s$ 线性相关等价于齐次线性方程组 $x_1\boldsymbol{\alpha}_1+x_2\boldsymbol{\alpha}_2+\cdots+x_s\boldsymbol{\alpha}_s=\mathbf{0}$ 有非零解，而此齐次线性方程组有非零解的充分必要条件是系数矩阵的秩小于未知数的个数，即 $\boldsymbol{\alpha}_1$，$\boldsymbol{\alpha}_2$，…，$\boldsymbol{\alpha}_s$ 线性相关的充分必要条件是以 $\boldsymbol{\alpha}_1$，$\boldsymbol{\alpha}_2$，…，$\boldsymbol{\alpha}_s$ 为列向量的矩阵的秩小于向量的个数 s.

定理 3.3.1′ 行向量组 $\boldsymbol{\alpha}_1^{\mathrm{T}}$，$\boldsymbol{\alpha}_2^{\mathrm{T}}$，…，$\boldsymbol{\alpha}_s^{\mathrm{T}}$ 线性相关的充分必要条件是以 $\boldsymbol{\alpha}_1$，$\boldsymbol{\alpha}_2$，…，$\boldsymbol{\alpha}_s$ 为列向量的矩阵的秩小于向量的个数 s.

定理 3.3.1 和定理 3.3.1′的逆否命题分别为：

定理 3.3.2 列向量组 $\boldsymbol{\alpha}_1$，$\boldsymbol{\alpha}_2$，…，$\boldsymbol{\alpha}_s$ 线性无关的充分必要条件是以 $\boldsymbol{\alpha}_1$，$\boldsymbol{\alpha}_2$，…，$\boldsymbol{\alpha}_s$ 为列向量的矩阵的秩等于向量的个数 s.

定理 3.3.2′ 行向量组 $\boldsymbol{\alpha}_1^{\mathrm{T}}$，$\boldsymbol{\alpha}_2^{\mathrm{T}}$，…，$\boldsymbol{\alpha}_s^{\mathrm{T}}$ 线性无关的充分必要条件是以 $\boldsymbol{\alpha}_1$，$\boldsymbol{\alpha}_2$，…，$\boldsymbol{\alpha}_s$ 为列向量的矩阵的秩等于向量的个数 s.

推论 3.3.1 n 维列向量组 $\boldsymbol{\alpha}_1$，$\boldsymbol{\alpha}_2$，…，$\boldsymbol{\alpha}_n$ 线性相关的充分必要条件为 $|(\boldsymbol{\alpha}_1,\boldsymbol{\alpha}_2,\cdots,\boldsymbol{\alpha}_n)|=0$；$n$ 维列向量组 $\boldsymbol{\alpha}_1$，$\boldsymbol{\alpha}_2$，…，$\boldsymbol{\alpha}_n$ 线性无关的充分必要条件为 $|(\boldsymbol{\alpha}_1,\boldsymbol{\alpha}_2,\cdots,\boldsymbol{\alpha}_n)|\neq 0$.

注 上述结论对行向量组同样成立.

推论 3.3.2 若向量组中向量的个数大于向量的维数，则此向量组线性相关.

例 3.3.4 设 $\boldsymbol{\alpha}_1=(0,\ 1,\ 2)^{\mathrm{T}}$，$\boldsymbol{\alpha}_2=(3,\ 1,\ 5)^{\mathrm{T}}$，$\boldsymbol{\alpha}_3=(2,\ 1,\ 3)^{\mathrm{T}}$，$\boldsymbol{\alpha}_4=(7,\ 6,\ 9)^{\mathrm{T}}$，判断向量组 $\boldsymbol{\alpha}_1$，$\boldsymbol{\alpha}_2$，$\boldsymbol{\alpha}_3$，$\boldsymbol{\alpha}_4$ 的线性相关性.

解 由于 $\boldsymbol{\alpha}_1$，$\boldsymbol{\alpha}_2$，$\boldsymbol{\alpha}_3$，$\boldsymbol{\alpha}_4$ 是 4 个三维向量，由推论 3.3.2 可知 $\boldsymbol{\alpha}_1$，$\boldsymbol{\alpha}_2$，$\boldsymbol{\alpha}_3$，$\boldsymbol{\alpha}_4$ 线性相关.

例 3.3.5 设 $\boldsymbol{\alpha}_1=\begin{pmatrix}1\\1\\1\\3\end{pmatrix}$，$\boldsymbol{\alpha}_2=\begin{pmatrix}0\\2\\5\\7\end{pmatrix}$，$\boldsymbol{\alpha}_3=\begin{pmatrix}1\\3\\6\\10\end{pmatrix}$，判断向量组 $\boldsymbol{\alpha}_1$，$\boldsymbol{\alpha}_2$，$\boldsymbol{\alpha}_3$ 是否线性相关.

解 利用矩阵的初等行变换，有

$$(\boldsymbol{\alpha}_1\quad\boldsymbol{\alpha}_2\quad\boldsymbol{\alpha}_3)=\begin{pmatrix}1&0&1\\1&2&3\\1&5&6\\3&7&10\end{pmatrix}\rightarrow\begin{pmatrix}1&0&1\\0&2&2\\0&5&5\\0&7&7\end{pmatrix}\rightarrow\begin{pmatrix}1&0&1\\0&1&1\\0&0&0\\0&0&0\end{pmatrix},$$

由于矩阵 $(\boldsymbol{\alpha}_1\quad\boldsymbol{\alpha}_2\quad\boldsymbol{\alpha}_3)$ 的秩等于 2，小于 3，所以 $\boldsymbol{\alpha}_1$，$\boldsymbol{\alpha}_2$，$\boldsymbol{\alpha}_3$ 线性相关.

例 3.3.6 设 $\boldsymbol{\alpha}_1=(3,\ 1,\ 1)^{\mathrm{T}}$，$\boldsymbol{\alpha}_2=(1,\ -1,\ 4)^{\mathrm{T}}$，$\boldsymbol{\alpha}_3=(0,\ 5,\ 2)^{\mathrm{T}}$，判断向量组 $\boldsymbol{\alpha}_1$，$\boldsymbol{\alpha}_2$，$\boldsymbol{\alpha}_3$ 的线性相关性.

解 由于 $|(\boldsymbol{\alpha}_1\quad\boldsymbol{\alpha}_2\quad\boldsymbol{\alpha}_3)|=\begin{vmatrix}3&1&0\\1&-1&5\\1&4&2\end{vmatrix}=-63\neq 0$，由推论 3.3.1 可知 $\boldsymbol{\alpha}_1$，$\boldsymbol{\alpha}_2$，$\boldsymbol{\alpha}_3$ 线性无关.

例 3.3.7 设向量组 $\boldsymbol{\alpha}_1=\begin{pmatrix}1\\1\\1\end{pmatrix}$，$\boldsymbol{\alpha}_2=\begin{pmatrix}1\\2\\3\end{pmatrix}$，$\boldsymbol{\alpha}_3=\begin{pmatrix}1\\3\\t\end{pmatrix}$，试问当 t 为何值时：

(1) $\boldsymbol{\alpha}_1$，$\boldsymbol{\alpha}_2$，$\boldsymbol{\alpha}_3$ 线性相关；　　(2) $\boldsymbol{\alpha}_1$，$\boldsymbol{\alpha}_2$，$\boldsymbol{\alpha}_3$ 线性无关.

解 利用矩阵的初等行变换，有

$$(\boldsymbol{\alpha}_1\quad \boldsymbol{\alpha}_2\quad \boldsymbol{\alpha}_3)=\begin{pmatrix}1&1&1\\1&2&3\\1&3&t\end{pmatrix}\to\begin{pmatrix}1&1&1\\0&1&2\\0&0&t-5\end{pmatrix}.$$

（1）当 $t=5$ 时，矩阵 $(\boldsymbol{\alpha}_1\quad \boldsymbol{\alpha}_2\quad \boldsymbol{\alpha}_3)$ 的秩等于 2，小于 3，因此 $\boldsymbol{\alpha}_1$，$\boldsymbol{\alpha}_2$，$\boldsymbol{\alpha}_3$ 线性相关；

（2）当 $t\neq5$ 时，矩阵 $(\boldsymbol{\alpha}_1\quad \boldsymbol{\alpha}_2\quad \boldsymbol{\alpha}_3)$ 的秩等于 3，因此 $\boldsymbol{\alpha}_1$，$\boldsymbol{\alpha}_2$，$\boldsymbol{\alpha}_3$ 线性无关.

例 3.3.8 设向量组 $\boldsymbol{\alpha}$，$\boldsymbol{\beta}$，$\boldsymbol{\gamma}$ 线性无关，证明向量组 $\boldsymbol{\alpha}+\boldsymbol{\beta}$，$\boldsymbol{\beta}+\boldsymbol{\gamma}$，$\boldsymbol{\gamma}+\boldsymbol{\alpha}$ 线性无关.

证 设存在 k_1，k_2，k_3，使得

$$k_1(\boldsymbol{\alpha}+\boldsymbol{\beta})+k_2(\boldsymbol{\beta}+\boldsymbol{\gamma})+k_3(\boldsymbol{\gamma}+\boldsymbol{\alpha})=\boldsymbol{0},$$

整理得

$$(k_1+k_3)\boldsymbol{\alpha}+(k_1+k_2)\boldsymbol{\beta}+(k_2+k_3)\boldsymbol{\gamma}=\boldsymbol{0},$$

由于 $\boldsymbol{\alpha}$，$\boldsymbol{\beta}$，$\boldsymbol{\gamma}$ 线性无关，因此

$$\begin{cases}k_1+\quad\ \ k_3=0\\k_1+k_2\qquad=0.\\\qquad k_2+k_3=0\end{cases}$$

上述齐次线性方程组仅有零解 $k_1=0$，$k_2=0$，$k_3=0$，因此向量组 $\boldsymbol{\alpha}+\boldsymbol{\beta}$，$\boldsymbol{\beta}+\boldsymbol{\gamma}$，$\boldsymbol{\gamma}+\boldsymbol{\alpha}$ 线性无关.

定理 3.3.3 若向量组中有一部分向量（也称为部分组）线性相关，则整个向量组线性相关.

证 设向量组 $\boldsymbol{\alpha}_1$，$\boldsymbol{\alpha}_2$，…，$\boldsymbol{\alpha}_s$ 中含有 r 个向量的部分组线性相关，不妨设部分组 $\boldsymbol{\alpha}_1$，$\boldsymbol{\alpha}_2$，…，$\boldsymbol{\alpha}_r$ 线性相关，则存在一组不全为零的数 k_1，k_2，…，k_r，使得

$$k_1\boldsymbol{\alpha}_1+k_2\boldsymbol{\alpha}_2+\cdots+k_r\boldsymbol{\alpha}_r=\boldsymbol{0},$$

因此存在一组不全为零的数 k_1，k_2，…，k_r，0，…，0，使得

$$k_1\boldsymbol{\alpha}_1+k_2\boldsymbol{\alpha}_2+\cdots+k_r\boldsymbol{\alpha}_r+0\boldsymbol{\alpha}_{r+1}+\cdots+0\boldsymbol{\alpha}_s=\boldsymbol{0},$$

即 $\boldsymbol{\alpha}_1$，$\boldsymbol{\alpha}_2$，…，$\boldsymbol{\alpha}_s$ 线性相关.

推论 3.3.3 线性无关的向量组中任何一个部分组均线性无关.

定理 3.3.4 向量组 $\boldsymbol{\alpha}_1$，$\boldsymbol{\alpha}_2$，…，$\boldsymbol{\alpha}_s$（$s\geqslant2$）线性相关的充分必要条件是向量组 $\boldsymbol{\alpha}_1$，$\boldsymbol{\alpha}_2$，…，$\boldsymbol{\alpha}_s$ 中至少存在一个向量能由其余 $s-1$ 个向量线性表示.

证 **必要性** 由 $\boldsymbol{\alpha}_1$，$\boldsymbol{\alpha}_2$，…，$\boldsymbol{\alpha}_s$ 线性相关可知，存在一组不全为零的数 k_1，k_2，…，k_s，使得

$$k_1\boldsymbol{\alpha}_1+k_2\boldsymbol{\alpha}_2+\cdots+k_s\boldsymbol{\alpha}_s=\boldsymbol{0},$$

不妨设 $k_1\neq 0$，因此

$$\boldsymbol{\alpha}_1=-\frac{k_2}{k_1}\boldsymbol{\alpha}_2-\cdots-\frac{k_s}{k_1}\boldsymbol{\alpha}_s,$$

即 $\boldsymbol{\alpha}_1$ 可由 $\boldsymbol{\alpha}_2$，…，$\boldsymbol{\alpha}_s$ 线性表示.

充分性 不妨设 $\boldsymbol{\alpha}_1$ 可由 $\boldsymbol{\alpha}_2$，…，$\boldsymbol{\alpha}_s$ 线性表示，即存在 k_2，…，k_s，使得

$$\boldsymbol{\alpha}_1=k_2\boldsymbol{\alpha}_2+\cdots+k_s\boldsymbol{\alpha}_s,$$

因此存在一组不全为零的数 -1，k_2，…，k_s，使得

$$-\boldsymbol{\alpha}_1+k_2\boldsymbol{\alpha}_2+\cdots+k_s\boldsymbol{\alpha}_s=\mathbf{0},$$

即 $\boldsymbol{\alpha}_1$，$\boldsymbol{\alpha}_2$，…，$\boldsymbol{\alpha}_s$ 线性相关.

定理 3.3.5 设向量组 $\boldsymbol{\alpha}_1$，$\boldsymbol{\alpha}_2$，…，$\boldsymbol{\alpha}_s$，$\boldsymbol{\beta}$ 线性相关，而向量组 $\boldsymbol{\alpha}_1$，$\boldsymbol{\alpha}_2$，…，$\boldsymbol{\alpha}_s$ 线性无关，则 $\boldsymbol{\beta}$ 可以由 $\boldsymbol{\alpha}_1$，$\boldsymbol{\alpha}_2$，…，$\boldsymbol{\alpha}_s$ 线性表示，且表示法唯一.

证 由于 $\boldsymbol{\alpha}_1$，$\boldsymbol{\alpha}_2$，…，$\boldsymbol{\alpha}_s$，$\boldsymbol{\beta}$ 线性相关，因此存在一组不全为零的数 k_1，k_2，…，k_s，k 使得

$$k_1\boldsymbol{\alpha}_1+k_2\boldsymbol{\alpha}_2+\cdots+k_s\boldsymbol{\alpha}_s+k\boldsymbol{\beta}=\mathbf{0}.$$

假设 $k=0$，上式化为

$$k_1\boldsymbol{\alpha}_1+k_2\boldsymbol{\alpha}_2+\cdots+k_s\boldsymbol{\alpha}_s=\mathbf{0},$$

且有 k_1，k_2，…，k_s 不全为零，这与 $\boldsymbol{\alpha}_1$，$\boldsymbol{\alpha}_2$，…，$\boldsymbol{\alpha}_s$ 线性无关矛盾，因此 $k\neq 0$，故

$$\boldsymbol{\beta}=-\frac{k_1}{k}\boldsymbol{\alpha}_1-\frac{k_2}{k}\boldsymbol{\alpha}_2-\cdots-\frac{k_s}{k}\boldsymbol{\alpha}_s,$$

即 $\boldsymbol{\beta}$ 可以由 $\boldsymbol{\alpha}_1$，$\boldsymbol{\alpha}_2$，…，$\boldsymbol{\alpha}_s$ 线性表示.

假设 $\boldsymbol{\beta}=l_1\boldsymbol{\alpha}_1+l_2\boldsymbol{\alpha}_2+\cdots+l_s\boldsymbol{\alpha}_s$，且 $\boldsymbol{\beta}=c_1\boldsymbol{\alpha}_1+c_2\boldsymbol{\alpha}_2+\cdots+c_s\boldsymbol{\alpha}_s$，则有

$$(l_1-c_1)\boldsymbol{\alpha}_1+(l_2-c_2)\boldsymbol{\alpha}_2+\cdots+(l_s-c_s)\boldsymbol{\alpha}_s=\mathbf{0},$$

由 $\boldsymbol{\alpha}_1$，$\boldsymbol{\alpha}_2$，…，$\boldsymbol{\alpha}_s$ 线性无关，有

$$l_1-c_1=l_2-c_2=\cdots=l_s-c_s=0,$$

即 $l_1=c_1$，$l_2=c_2$，…，$l_s=c_s$，因此表示法唯一.

定理 3.3.6 设有向量组

$$A:\boldsymbol{\alpha}_1,\boldsymbol{\alpha}_2,\cdots,\boldsymbol{\alpha}_s,\quad B:\boldsymbol{\beta}_1,\boldsymbol{\beta}_2,\cdots,\boldsymbol{\beta}_t,$$

如果向量组 B 可以由向量组 A 线性表出，且 $t>s$，那么向量组 B 必线性相关.

微课

定理 3.3.6 讲解视频

证 由已知有

$$(\boldsymbol{\beta}_1 \quad \boldsymbol{\beta}_2 \quad \cdots \quad \boldsymbol{\beta}_t)=(\boldsymbol{\alpha}_1 \quad \boldsymbol{\alpha}_2 \quad \cdots \quad \boldsymbol{\alpha}_s)\begin{pmatrix} k_{11} & k_{12} & \cdots & k_{1t} \\ k_{21} & k_{22} & \cdots & k_{2t} \\ \vdots & \vdots & & \vdots \\ k_{s1} & k_{s2} & \cdots & k_{st} \end{pmatrix}. \tag{3.3.2}$$

设存在一组数 k_1，k_2，…，k_t，使得

$$k_1\boldsymbol{\beta}_1+k_2\boldsymbol{\beta}_2+\cdots+k_t\boldsymbol{\beta}_t=\mathbf{0}, \tag{3.3.3}$$

即

$$(\boldsymbol{\beta}_1 \quad \boldsymbol{\beta}_2 \quad \cdots \quad \boldsymbol{\beta}_t)\begin{pmatrix} k_1 \\ k_2 \\ \vdots \\ k_t \end{pmatrix}=\mathbf{0},$$

因此

$$(\boldsymbol{\alpha}_1 \quad \boldsymbol{\alpha}_2 \quad \cdots \quad \boldsymbol{\alpha}_s)\begin{pmatrix} k_{11} & k_{12} & \cdots & k_{1t} \\ k_{21} & k_{22} & \cdots & k_{2t} \\ \vdots & \vdots & & \vdots \\ k_{s1} & k_{s2} & \cdots & k_{st} \end{pmatrix}\begin{pmatrix} k_1 \\ k_2 \\ \vdots \\ k_t \end{pmatrix}=\mathbf{0}. \tag{3.3.4}$$

由于 $t>s$，因此齐次线性方程组 $\begin{pmatrix} k_{11} & k_{12} & \cdots & k_{1t} \\ k_{21} & k_{22} & \cdots & k_{2t} \\ \vdots & \vdots & & \vdots \\ k_{s1} & k_{s2} & \cdots & k_{st} \end{pmatrix}\begin{pmatrix} k_1 \\ k_2 \\ \vdots \\ k_t \end{pmatrix}=\mathbf{0}$ 有非零解，即存在一组不全为零的数 k_1，k_2，…，k_t 使得式（3.3.3）成立，因此向量组 B 线性相关.

推论 3.3.4 如果向量组 B：$\boldsymbol{\beta}_1$，$\boldsymbol{\beta}_2$，…，$\boldsymbol{\beta}_t$ 可以由向量组 A：$\boldsymbol{\alpha}_1$，$\boldsymbol{\alpha}_2$，…，$\boldsymbol{\alpha}_s$ 线性表示，且向量组 B 线性无关，那么 $t\leqslant s$.

推论 3.3.5 如果向量组 A：$\boldsymbol{\alpha}_1$，$\boldsymbol{\alpha}_2$，…，$\boldsymbol{\alpha}_s$ 与 B：$\boldsymbol{\beta}_1$，$\boldsymbol{\beta}_2$，…，$\boldsymbol{\beta}_t$ 等价，且向量组 A 与 B 均线性无关，那么 $t=s$，即两个等价的线性无关的向量组必含有相同个数的向量.

证 向量组 B 可由 A 线性表示，且 B 线性无关，那么 $t\leqslant s$；向量组 A 可由 B 线性表示，且 A 线性无关，那么 $s\leqslant t$，故 $t=s$.

例 3.3.9 设向量组 $\boldsymbol{\alpha}_1$，$\boldsymbol{\alpha}_2$，$\boldsymbol{\alpha}_3$ 线性相关，向量组 $\boldsymbol{\alpha}_2$，$\boldsymbol{\alpha}_3$，$\boldsymbol{\alpha}_4$ 线性无关，证明：

（1）$\boldsymbol{\alpha}_1$ 可由 $\boldsymbol{\alpha}_2$，$\boldsymbol{\alpha}_3$ 线性表示；

（2）$\boldsymbol{\alpha}_4$ 不能由 $\boldsymbol{\alpha}_1$，$\boldsymbol{\alpha}_2$，$\boldsymbol{\alpha}_3$ 线性表示.

证 （1）因为向量组 $\boldsymbol{\alpha}_2$，$\boldsymbol{\alpha}_3$，$\boldsymbol{\alpha}_4$ 线性无关，故它的部分组 $\boldsymbol{\alpha}_2$，$\boldsymbol{\alpha}_3$ 线性无关，而向量组 $\boldsymbol{\alpha}_1$，$\boldsymbol{\alpha}_2$，$\boldsymbol{\alpha}_3$ 线性相关，因此 $\boldsymbol{\alpha}_1$ 可由 $\boldsymbol{\alpha}_2$，$\boldsymbol{\alpha}_3$ 线性表示.

（2）采用反证法. 假设 $\boldsymbol{\alpha}_4$ 能由 $\boldsymbol{\alpha}_1$，$\boldsymbol{\alpha}_2$，$\boldsymbol{\alpha}_3$ 线性表示，即存在 k_1，k_2，k_3 使得

$$\boldsymbol{\alpha}_4=k_1\boldsymbol{\alpha}_1+k_2\boldsymbol{\alpha}_2+k_3\boldsymbol{\alpha}_3,$$

因为 $\boldsymbol{\alpha}_1$ 可由 $\boldsymbol{\alpha}_2$，$\boldsymbol{\alpha}_3$ 线性表示，不妨设存在 x_1，x_2 使得

$$\boldsymbol{\alpha}_1=x_1\boldsymbol{\alpha}_2+x_2\boldsymbol{\alpha}_3,$$

将其代入前式得

$$\boldsymbol{\alpha}_4=(k_1x_1+k_2)\boldsymbol{\alpha}_2+(k_1x_2+k_3)\boldsymbol{\alpha}_3,$$

即 $\boldsymbol{\alpha}_4$ 能由 $\boldsymbol{\alpha}_2$，$\boldsymbol{\alpha}_3$ 线性表示，这与向量组 $\boldsymbol{\alpha}_2$，$\boldsymbol{\alpha}_3$，$\boldsymbol{\alpha}_4$ 线性无关矛盾，因此原命题成立.

微课

3.3节自测题

习题 3.3

1. 选择题.

(1) 若存在一组数 k_1，k_2，…，k_m 使得 $k_1\boldsymbol{\alpha}_1+k_2\boldsymbol{\alpha}_2+\cdots+k_m\boldsymbol{\alpha}_m=\mathbf{0}$ 成立，则向量组 $\boldsymbol{\alpha}_1$，$\boldsymbol{\alpha}_2$，…，$\boldsymbol{\alpha}_m$（　　）.

(A) 线性相关；　　(B) 线性无关；

(C) 可能线性相关，也可能线性无关；　　(D) 部分线性相关.

(2) 向量组 $\boldsymbol{\alpha}_1$，$\boldsymbol{\alpha}_2$，…，$\boldsymbol{\alpha}_m$（$m\geqslant 2$）线性无关的充分必要条件是（　　）.

(A) $\boldsymbol{\alpha}_1$，$\boldsymbol{\alpha}_2$，…，$\boldsymbol{\alpha}_m$ 都是非零向量；

(B) $\boldsymbol{\alpha}_1$，$\boldsymbol{\alpha}_2$，…，$\boldsymbol{\alpha}_m$ 中任意两个向量的对应分量不成比例；

(C) $\boldsymbol{\alpha}_1$，$\boldsymbol{\alpha}_2$，…，$\boldsymbol{\alpha}_m$ 中有一部分向量线性无关；

(D) 任意一个向量都不能由其余向量线性表示.

(3) 向量组（向量个数$\geqslant 2$）线性相关的充分必要条件是（　　）.

(A) 向量组中至少有一个零向量；

(B) 向量组中至少有一个向量可由其余向量线性表示；

(C) 向量组中至少有两个向量成比例；

(D) 向量组中至少有一个部分组线性相关.

(4) 设 $\boldsymbol{\alpha}_1$，$\boldsymbol{\alpha}_2$，…，$\boldsymbol{\alpha}_m$ 均为 n 维向量，那么下列结论正确的是（　　）.

(A) 若 $k_1\boldsymbol{\alpha}_1+k_2\boldsymbol{\alpha}_2+\cdots+k_m\boldsymbol{\alpha}_m=\mathbf{0}$，则向量组 $\boldsymbol{\alpha}_1$，$\boldsymbol{\alpha}_2$，…，$\boldsymbol{\alpha}_m$ 线性相关；

(B) 若对任何一组不全为零的数 k_1，k_2，…，k_m 都有 $k_1\boldsymbol{\alpha}_1+k_2\boldsymbol{\alpha}_2+\cdots+k_m\boldsymbol{\alpha}_m\neq\mathbf{0}$ 成立，则向量组 $\boldsymbol{\alpha}_1$，$\boldsymbol{\alpha}_2$，…，$\boldsymbol{\alpha}_m$ 线性无关；

(C) 若向量组 $\boldsymbol{\alpha}_1$，$\boldsymbol{\alpha}_2$，…，$\boldsymbol{\alpha}_m$ 线性相关，则对任何一组不全为零的数 k_1，k_2，…，k_m 都有 $k_1\boldsymbol{\alpha}_1+k_2\boldsymbol{\alpha}_2+\cdots+k_m\boldsymbol{\alpha}_m=\mathbf{0}$ 成立；

(D) 若 $0\boldsymbol{\alpha}_1+0\boldsymbol{\alpha}_2+\cdots+0\boldsymbol{\alpha}_m=\mathbf{0}$，则向量组 $\boldsymbol{\alpha}_1$，$\boldsymbol{\alpha}_2$，…，$\boldsymbol{\alpha}_m$ 线性无关.

2. 判断下列向量组的线性相关性：

(1) $\boldsymbol{\alpha}_1=(1,\ -2,\ 3)^{\mathrm{T}}$，$\boldsymbol{\alpha}_2=(0,\ 2,\ -5)^{\mathrm{T}}$，$\boldsymbol{\alpha}_3=(-1,\ 0,\ 2)^{\mathrm{T}}$；

(2) $\boldsymbol{\alpha}_1^{\mathrm{T}}=(1,\ 1,\ 3,\ 1)$，$\boldsymbol{\alpha}_2^{\mathrm{T}}=(3,\ -1,\ 2,\ 4)$，$\boldsymbol{\alpha}_3^{\mathrm{T}}=(2,\ 2,\ 7,\ -1)$；

(3) $\boldsymbol{\alpha}_1=(2,\ 1,\ 3,\ 4)^{\mathrm{T}}$，$\boldsymbol{\alpha}_2=(3,\ -2,\ 8,\ -1)^{\mathrm{T}}$，$\boldsymbol{\alpha}_3=(1,\ 4,\ -2,\ 9)^{\mathrm{T}}$，$\boldsymbol{\alpha}_4=$

$(4, -5, 13, -6)^T$.

3. 依据参数 t 的不同取值，讨论向量组 $\boldsymbol{\alpha}_1=(1, 2, 3, 2)^T$，$\boldsymbol{\alpha}_2=(1, 3, 5, t)^T$，$\boldsymbol{\alpha}_3=(0, 1, 2, 2)^T$ 的线性相关性.

4. 设向量组 $\boldsymbol{\alpha}_1$，$\boldsymbol{\alpha}_2$ 线性无关，而向量组 $\boldsymbol{\alpha}_1+\boldsymbol{\beta}$，$\boldsymbol{\alpha}_2+\boldsymbol{\beta}$ 线性相关. 证明 $\boldsymbol{\beta}$ 可由 $\boldsymbol{\alpha}_1$，$\boldsymbol{\alpha}_2$ 线性表示.

5. 设 $\boldsymbol{A}$ 为三阶方阵，试证：若三维非零向量 $\boldsymbol{\alpha}_1$，$\boldsymbol{\alpha}_2$，$\boldsymbol{\alpha}_3$ 满足 $\boldsymbol{A}\boldsymbol{\alpha}_1=\boldsymbol{0}$，$\boldsymbol{A}\boldsymbol{\alpha}_2=\boldsymbol{\alpha}_1$，$\boldsymbol{A}^2\boldsymbol{\alpha}_3=\boldsymbol{\alpha}_1$. 则向量组 $\boldsymbol{\alpha}_1$，$\boldsymbol{\alpha}_2$，$\boldsymbol{\alpha}_3$ 线性无关.

3.4 向量组的极大无关组与秩

3.4.1 向量组的极大无关组

定义 3.4.1 若向量组 $\boldsymbol{\alpha}_1$，$\boldsymbol{\alpha}_2$，…，$\boldsymbol{\alpha}_s$ 中可以选出 r 个向量 $\boldsymbol{\alpha}_{i_1}$，$\boldsymbol{\alpha}_{i_2}$，…，$\boldsymbol{\alpha}_{i_r}$，满足

(1) 向量组 $\boldsymbol{\alpha}_{i_1}$，$\boldsymbol{\alpha}_{i_2}$，…，$\boldsymbol{\alpha}_{i_r}$ 线性无关，

(2) 向量组 $\boldsymbol{\alpha}_1$，$\boldsymbol{\alpha}_2$，…，$\boldsymbol{\alpha}_s$ 中任意 $r+1$ 个向量（如果存在）线性相关，

则称向量组 $\boldsymbol{\alpha}_{i_1}$，$\boldsymbol{\alpha}_{i_2}$，…，$\boldsymbol{\alpha}_{i_r}$ 是向量组 $\boldsymbol{\alpha}_1$，$\boldsymbol{\alpha}_2$，…，$\boldsymbol{\alpha}_s$ 的一个极大线性无关向量组，简称极大无关组.

例 3.4.1 设有向量组

$$\boldsymbol{\alpha}_1=(1, 0, 0)^T,\quad \boldsymbol{\alpha}_2=(0, 1, 0)^T,\quad \boldsymbol{\alpha}_3=(0, 0, 1)^T,\quad \boldsymbol{\alpha}_4=(3, 4, 5)^T.$$

显然 $\boldsymbol{\alpha}_1$，$\boldsymbol{\alpha}_2$，$\boldsymbol{\alpha}_3$ 线性无关，且 $\boldsymbol{\alpha}_1$，$\boldsymbol{\alpha}_2$，$\boldsymbol{\alpha}_3$，$\boldsymbol{\alpha}_4$ 线性相关，因此 $\boldsymbol{\alpha}_1$，$\boldsymbol{\alpha}_2$，$\boldsymbol{\alpha}_3$ 就是 $\boldsymbol{\alpha}_1$，$\boldsymbol{\alpha}_2$，$\boldsymbol{\alpha}_3$，$\boldsymbol{\alpha}_4$ 的一个极大无关组；同样 $\boldsymbol{\alpha}_1$，$\boldsymbol{\alpha}_2$，$\boldsymbol{\alpha}_4$ 也是 $\boldsymbol{\alpha}_1$，$\boldsymbol{\alpha}_2$，$\boldsymbol{\alpha}_3$，$\boldsymbol{\alpha}_4$ 的一个极大无关组.

由例 3.4.1 可以看到，一个向量组的极大无关组不一定唯一，每个极大无关组中所含向量的个数是相同的.

定理 3.4.1 若 $\boldsymbol{\alpha}_{i_1}$，$\boldsymbol{\alpha}_{i_2}$，…，$\boldsymbol{\alpha}_{i_r}$ 是向量组 $\boldsymbol{\alpha}_1$，$\boldsymbol{\alpha}_2$，…，$\boldsymbol{\alpha}_s$ 的线性无关部分组，则它是极大无关组的充分必要条件是 $\boldsymbol{\alpha}_1$，$\boldsymbol{\alpha}_2$，…，$\boldsymbol{\alpha}_s$ 中任意一个向量都可由 $\boldsymbol{\alpha}_{i_1}$，$\boldsymbol{\alpha}_{i_2}$，…，$\boldsymbol{\alpha}_{i_r}$ 线性表示.

证 必要性 对任意的 $\boldsymbol{\alpha}_i$ $(i=1, 2, \cdots, s)$，当 $i\in\{i_1, i_2, \cdots, i_r\}$ 时，$\boldsymbol{\alpha}_i$ 是 $\boldsymbol{\alpha}_{i_1}$，$\boldsymbol{\alpha}_{i_2}$，…，$\boldsymbol{\alpha}_{i_r}$ 中的一个向量，显然 $\boldsymbol{\alpha}_i$ 可由 $\boldsymbol{\alpha}_{i_1}$，$\boldsymbol{\alpha}_{i_2}$，…，$\boldsymbol{\alpha}_{i_r}$ 线性表示.

当 $i\notin\{i_1, i_2, \cdots, i_r\}$ 时，由于 $\boldsymbol{\alpha}_{i_1}$，$\boldsymbol{\alpha}_{i_2}$，…，$\boldsymbol{\alpha}_{i_r}$ 是一个极大无关组，则 $\boldsymbol{\alpha}_i$，$\boldsymbol{\alpha}_{i_1}$，$\boldsymbol{\alpha}_{i_2}$，…，$\boldsymbol{\alpha}_{i_r}$ 线性相关，因此由定理 3.3.5 有，$\boldsymbol{\alpha}_i$ 可由 $\boldsymbol{\alpha}_{i_1}$，$\boldsymbol{\alpha}_{i_2}$，…，$\boldsymbol{\alpha}_{i_r}$ 线性表示，因此 $\boldsymbol{\alpha}_1$，$\boldsymbol{\alpha}_2$，…，$\boldsymbol{\alpha}_s$ 中任意一个向量都可由 $\boldsymbol{\alpha}_{i_1}$，$\boldsymbol{\alpha}_{i_2}$，…，$\boldsymbol{\alpha}_{i_r}$ 线性表示.

充分性 由于 $\boldsymbol{\alpha}_1$，$\boldsymbol{\alpha}_2$，…，$\boldsymbol{\alpha}_s$ 中任意一个向量都可由 $\boldsymbol{\alpha}_{i_1}$，$\boldsymbol{\alpha}_{i_2}$，…，$\boldsymbol{\alpha}_{i_r}$ 线性表示，因此 $\boldsymbol{\alpha}_1$，$\boldsymbol{\alpha}_2$，…，$\boldsymbol{\alpha}_s$ 中任意 $r+1$ $(s>r)$ 个向量均线性相关，故 $\boldsymbol{\alpha}_{i_1}$，$\boldsymbol{\alpha}_{i_2}$，…，$\boldsymbol{\alpha}_{i_r}$ 是一个极大无关组.

由定理 3.4.1 可得如下结论：

推论 3.4.1 向量组与它的极大无关组等价.

推论 3.4.2 向量组的任意两个极大无关组等价，且每个极大无关组中所含向量的个数相同.

3.4.2 向量组的秩

定义 3.4.2 向量组 $\boldsymbol{\alpha}_1$，$\boldsymbol{\alpha}_2$，…，$\boldsymbol{\alpha}_s$ 的极大无关组所含向量的个数称为该向量组的秩，记作 $R(\boldsymbol{\alpha}_1, \boldsymbol{\alpha}_2, \cdots, \boldsymbol{\alpha}_s)$.

规定：由零向量构成的向量组的秩为 0.

例如，在例 3.4.1 中，向量组 $\boldsymbol{\alpha}_1$，$\boldsymbol{\alpha}_2$，$\boldsymbol{\alpha}_3$，$\boldsymbol{\alpha}_4$ 的秩为 3，即 $R(\boldsymbol{\alpha}_1, \boldsymbol{\alpha}_2, \boldsymbol{\alpha}_3, \boldsymbol{\alpha}_4)=3$.

根据向量组的秩的定义有如下结论：

定理 3.4.2 向量组 $\boldsymbol{\alpha}_1$，$\boldsymbol{\alpha}_2$，…，$\boldsymbol{\alpha}_s$ 线性无关的充分必要条件是 $R(\boldsymbol{\alpha}_1, \boldsymbol{\alpha}_2, \cdots, \boldsymbol{\alpha}_s)=s$；向量组 $\boldsymbol{\alpha}_1$，$\boldsymbol{\alpha}_2$，…，$\boldsymbol{\alpha}_s$ 线性相关的充分必要条件是 $R(\boldsymbol{\alpha}_1, \boldsymbol{\alpha}_2, \cdots, \boldsymbol{\alpha}_s)<s$.

定理 3.4.3 若向量组 $\boldsymbol{\beta}_1$，$\boldsymbol{\beta}_2$，…，$\boldsymbol{\beta}_t$ 可由向量组 $\boldsymbol{\alpha}_1$，$\boldsymbol{\alpha}_2$，…，$\boldsymbol{\alpha}_s$ 线性表示，则 $R(\boldsymbol{\beta}_1, \boldsymbol{\beta}_2, \cdots, \boldsymbol{\beta}_t)\leqslant R(\boldsymbol{\alpha}_1, \boldsymbol{\alpha}_2, \cdots, \boldsymbol{\alpha}_s)$.

微课

定理 3.4.3
讲解视频

推论 3.4.3 若两个向量组等价，则它们的秩相等.

3.4.3 矩阵的秩与向量组的秩的关系

设矩阵

$$\boldsymbol{A}=\begin{pmatrix} a_{11} & a_{12} & \cdots & a_{1n} \\ a_{21} & a_{22} & \cdots & a_{2n} \\ \vdots & \vdots & & \vdots \\ a_{m1} & a_{m2} & \cdots & a_{mn} \end{pmatrix}.$$

记 $\boldsymbol{A}=(\boldsymbol{\alpha}_1, \boldsymbol{\alpha}_2, \cdots, \boldsymbol{\alpha}_n)$，其中 $\boldsymbol{\alpha}_j=\begin{pmatrix} a_{1j} \\ a_{2j} \\ \vdots \\ a_{mj} \end{pmatrix}$ $(j=1, 2, \cdots, n)$ 称为矩阵 $\boldsymbol{A}$ 的列向量；

记 $\boldsymbol{A}=\begin{pmatrix} \boldsymbol{\beta}_1^{\mathrm{T}} \\ \boldsymbol{\beta}_2^{\mathrm{T}} \\ \vdots \\ \boldsymbol{\beta}_m^{\mathrm{T}} \end{pmatrix}$，其中 $\boldsymbol{\beta}_i^{\mathrm{T}}=(a_{i1} \quad a_{i2} \quad \cdots \quad a_{in})(i=1, 2, \cdots, m)$ 称为矩阵 $\boldsymbol{A}$ 的行向量.

定义 3.4.3 矩阵 $\boldsymbol{A}$ 的行向量组的秩称为矩阵 $\boldsymbol{A}$ 的行秩；矩阵 $\boldsymbol{A}$ 的列向量组的秩称为矩阵 $\boldsymbol{A}$ 的列秩.

定理 3.4.4 设 $\boldsymbol{A}$ 为 $m\times n$ 阶矩阵，$R(\boldsymbol{A})=r$ 的充分必要条件是 $\boldsymbol{A}$ 的列（行）秩为 r.

证 **必要性** 设$\boldsymbol{A}=(a_{ij})_{m\times n}$，若$R(\boldsymbol{A})=r$，则$\boldsymbol{A}$中存在$r$阶子式不为零，不妨设

$$\begin{vmatrix} a_{11} & a_{12} & \cdots & a_{1r} \\ a_{21} & a_{22} & \cdots & a_{2r} \\ \vdots & \vdots & & \vdots \\ a_{r1} & a_{r2} & \cdots & a_{rr} \end{vmatrix} \neq 0.$$

记

$$\boldsymbol{A}_1=\begin{pmatrix} a_{11} & a_{12} & \cdots & a_{1r} \\ \vdots & \vdots & & \vdots \\ a_{r1} & a_{r2} & \cdots & a_{rr} \\ \vdots & \vdots & & \vdots \\ a_{m1} & a_{m2} & \cdots & a_{mr} \end{pmatrix},$$

则$R(\boldsymbol{A}_1)=r$，由定理3.3.2知，$\boldsymbol{A}_1$的r个列向量线性无关，即$\boldsymbol{A}$中存在r个列向量线性无关.

由于$\boldsymbol{A}$中任意$r+1$阶子式均为零，故$\boldsymbol{A}$中任意$r+1$个列向量均线性相关，因此$\boldsymbol{A}$的列秩为r.

充分性 $\boldsymbol{A}$的列秩为r，不妨设$\boldsymbol{A}$的前r个列向量构成$\boldsymbol{A}$的列向量组的极大无关组. 设

$$\boldsymbol{A}_1=\begin{pmatrix} a_{11} & a_{12} & \cdots & a_{1r} \\ \vdots & \vdots & & \vdots \\ a_{r1} & a_{r2} & \cdots & a_{rr} \\ \vdots & \vdots & & \vdots \\ a_{m1} & a_{m2} & \cdots & a_{mr} \end{pmatrix},$$

由定理3.3.2知，$R(\boldsymbol{A}_1)=r$，因此$\boldsymbol{A}_1$中存在r阶子式不为零，从而$\boldsymbol{A}$中存在r阶子式不为零. 另外，由于$\boldsymbol{A}$的列向量中任意$r+1$个列向量均线性相关，因此$\boldsymbol{A}$中任意$r+1$阶子式均为零，因此$R(\boldsymbol{A})=r$.

类似方法可以证明$R(\boldsymbol{A})=r$的充分必要条件是$\boldsymbol{A}$的行秩为r.

推论 3.4.4 矩阵$\boldsymbol{A}$的行秩与列秩相等.

定理 3.4.5 矩阵的行（列）初等变换不改变列（行）向量间的线性关系.

例 3.4.2 已知向量组$\boldsymbol{\alpha}_1=(1, -1, 2, 1, 0)^{\mathrm{T}}$，$\boldsymbol{\alpha}_2=(2, -2, 4, -2, 0)^{\mathrm{T}}$，$\boldsymbol{\alpha}_3=(3, 0, 6, -1, 1)^{\mathrm{T}}$，$\boldsymbol{\alpha}_4=(0, 3, 0, 0, 1)^{\mathrm{T}}$，试求该向量组的秩及它的一个极大无关组，并将其余向量用该极大无关组线性表示.

解 利用矩阵的初等行变换，有

$$(\boldsymbol{\alpha}_1\quad \boldsymbol{\alpha}_2\quad \boldsymbol{\alpha}_3\quad \boldsymbol{\alpha}_4)=\begin{pmatrix}1 & 2 & 3 & 0\\ -1 & -2 & 0 & 3\\ 2 & 4 & 6 & 0\\ 1 & -2 & -1 & 0\\ 0 & 0 & 1 & 1\end{pmatrix}\to\begin{pmatrix}1 & 2 & 3 & 0\\ 0 & 0 & 3 & 3\\ 0 & 0 & 0 & 0\\ 0 & -4 & -4 & 0\\ 0 & 0 & 1 & 1\end{pmatrix}$$

$$\to\begin{pmatrix}1 & 2 & 3 & 0\\ 0 & 1 & 1 & 0\\ 0 & 0 & 1 & 1\\ 0 & 0 & 0 & 0\\ 0 & 0 & 0 & 0\end{pmatrix}.$$

从而 $R(\boldsymbol{\alpha}_1\quad \boldsymbol{\alpha}_2\quad \boldsymbol{\alpha}_3\quad \boldsymbol{\alpha}_4)=3$，且 $\boldsymbol{\alpha}_1$，$\boldsymbol{\alpha}_2$，$\boldsymbol{\alpha}_4$ 是向量组 $\boldsymbol{\alpha}_1$，$\boldsymbol{\alpha}_2$，$\boldsymbol{\alpha}_3$，$\boldsymbol{\alpha}_4$ 的一个极大无关组. 进一步，有

$$(\boldsymbol{\alpha}_1\quad \boldsymbol{\alpha}_2\quad \boldsymbol{\alpha}_3\quad \boldsymbol{\alpha}_4)\to\begin{pmatrix}1 & 0 & 1 & 0\\ 0 & 1 & 1 & 0\\ 0 & 0 & 1 & 1\\ 0 & 0 & 0 & 0\\ 0 & 0 & 0 & 0\end{pmatrix},$$

即 $\boldsymbol{\alpha}_3=\boldsymbol{\alpha}_1+\boldsymbol{\alpha}_2+\boldsymbol{\alpha}_4$.

例 3.4.3 求矩阵 $\boldsymbol{A}=\begin{pmatrix}2 & -1 & -1 & 1 & 2\\ 1 & 1 & -2 & 1 & 4\\ 4 & -6 & 2 & -2 & 4\\ 3 & 6 & -9 & 7 & 9\end{pmatrix}$ 的列向量组的一个极大无关组，并将其余向量用该极大无关组线性表示.

解 设 $\boldsymbol{A}=(\boldsymbol{\alpha}_1\quad \boldsymbol{\alpha}_2\quad \boldsymbol{\alpha}_3\quad \boldsymbol{\alpha}_4\quad \boldsymbol{\alpha}_5)$，则根据矩阵的初等行变换，

$$\boldsymbol{A}\to\begin{pmatrix}1 & 1 & -2 & 1 & 4\\ 0 & -1 & 1 & -1 & 0\\ 0 & 0 & 0 & 1 & -3\\ 0 & 0 & 0 & 0 & 0\end{pmatrix},$$

有 $R(\boldsymbol{A})=3$，因此向量组 $\boldsymbol{\alpha}_1$，$\boldsymbol{\alpha}_3$，$\boldsymbol{\alpha}_4$ 为极大线性无关组. 进一步，有

$$\boldsymbol{A}\to\begin{pmatrix}1 & -1 & 0 & 0 & 1\\ 0 & -1 & 1 & 0 & -3\\ 0 & 0 & 0 & 1 & -3\\ 0 & 0 & 0 & 0 & 0\end{pmatrix},$$

因此

$$\boldsymbol{\alpha}_2=-\boldsymbol{\alpha}_1-\boldsymbol{\alpha}_3,\quad \boldsymbol{\alpha}_5=\boldsymbol{\alpha}_1-3\boldsymbol{\alpha}_3-3\boldsymbol{\alpha}_4.$$

例 3.4.4 设向量组$\boldsymbol{\alpha}_1=\begin{pmatrix}a\\3\\1\end{pmatrix}$，$\boldsymbol{\alpha}_2=\begin{pmatrix}2\\b\\3\end{pmatrix}$，$\boldsymbol{\alpha}_3=\begin{pmatrix}1\\2\\1\end{pmatrix}$，$\boldsymbol{\alpha}_4=\begin{pmatrix}2\\3\\1\end{pmatrix}$的秩为 2. 求 a，b 的值以及该向量组的一个极大无关组，并将其余向量用该极大无关组线性表示.

解 利用矩阵的初等行变换，有

$$(\boldsymbol{\alpha}_1\quad\boldsymbol{\alpha}_2\quad\boldsymbol{\alpha}_3\quad\boldsymbol{\alpha}_4)=\begin{pmatrix}a&2&1&2\\3&b&2&3\\1&3&1&1\end{pmatrix}\to\begin{pmatrix}1&3&1&1\\0&b-9&-1&0\\0&2-3a+(b-9)(1-a)&0&2-a\end{pmatrix},$$

由于向量组的秩为 2，因此$\begin{cases}a-2=0\\(2-3a)+(b-9)(1-a)=0\end{cases}$，解得 $a=2$，$b=5$. 此时

$$(\boldsymbol{\alpha}_1\quad\boldsymbol{\alpha}_2\quad\boldsymbol{\alpha}_3\quad\boldsymbol{\alpha}_4)\to\begin{pmatrix}1&3&1&1\\0&-4&-1&0\\0&0&0&0\end{pmatrix}\to\begin{pmatrix}1&-1&0&1\\0&4&1&0\\0&0&0&0\end{pmatrix},$$

因此，$\boldsymbol{\alpha}_3$，$\boldsymbol{\alpha}_4$ 为一个极大无关组，$\boldsymbol{\alpha}_1=\boldsymbol{\alpha}_4$，$\boldsymbol{\alpha}_2=4\boldsymbol{\alpha}_3-\boldsymbol{\alpha}_4$.

微课

例 3.4.5

讲解视频

例 3.4.5 设 $\boldsymbol{A}$ 为 $m\times n$ 阶矩阵，$\boldsymbol{B}$ 为 $n\times k$ 阶矩阵，证明：$R(\boldsymbol{AB})\leqslant\min\{R(\boldsymbol{A}),R(\boldsymbol{B})\}$.

证 设 $\boldsymbol{C}=\boldsymbol{AB}$，分别将 $\boldsymbol{A}$，$\boldsymbol{C}$ 按列分块，记 $\boldsymbol{A}=(\boldsymbol{\alpha}_1\quad\boldsymbol{\alpha}_2\quad\cdots\quad\boldsymbol{\alpha}_n)$，$\boldsymbol{C}=(\boldsymbol{\gamma}_1\quad\boldsymbol{\gamma}_2\quad\cdots\quad\boldsymbol{\gamma}_k)$，则

$$(\boldsymbol{\gamma}_1\quad\boldsymbol{\gamma}_2\quad\cdots\quad\boldsymbol{\gamma}_k)=(\boldsymbol{\alpha}_1\quad\boldsymbol{\alpha}_2\quad\cdots\quad\boldsymbol{\alpha}_n)\begin{pmatrix}b_{11}&b_{12}&\cdots&b_{1k}\\b_{21}&b_{22}&\cdots&b_{2k}\\\vdots&\vdots&&\vdots\\b_{n1}&b_{n2}&\cdots&b_{nk}\end{pmatrix},$$

所以

$$\begin{cases}\boldsymbol{\gamma}_1=b_{11}\boldsymbol{\alpha}_1+b_{21}\boldsymbol{\alpha}_2+\cdots+b_{n1}\boldsymbol{\alpha}_n\\\boldsymbol{\gamma}_2=b_{12}\boldsymbol{\alpha}_1+b_{22}\boldsymbol{\alpha}_2+\cdots+b_{n2}\boldsymbol{\alpha}_n\\\qquad\cdots\cdots\\\boldsymbol{\gamma}_k=b_{1k}\boldsymbol{\alpha}_1+b_{2k}\boldsymbol{\alpha}_2+\cdots+b_{nk}\boldsymbol{\alpha}_n\end{cases}.$$

向量组 $\boldsymbol{\gamma}_1$，$\boldsymbol{\gamma}_2$，…，$\boldsymbol{\gamma}_k$ 可由向量组 $\boldsymbol{\alpha}_1$，$\boldsymbol{\alpha}_2$，…，$\boldsymbol{\alpha}_n$ 线性表示，则$R(\boldsymbol{\gamma}_1,\boldsymbol{\gamma}_2,\cdots,\boldsymbol{\gamma}_k)\leqslant R(\boldsymbol{\alpha}_1,\boldsymbol{\alpha}_2,\cdots,\boldsymbol{\alpha}_n)$，即 $R(\boldsymbol{AB})\leqslant R(\boldsymbol{A})$. 同理可证 $R(\boldsymbol{AB})\leqslant R(\boldsymbol{B})$，从而结论得证.

习题 3.4

微课

3.4 节自测题

1. 选择题.

(1) 已知向量组的秩为 r，则下列结论正确的是（　　）.

(A) 向量组中至少有一个含有 r 个向量的部分组线性无关；

(B) 向量组中任意含有 r 个向量的部分组与向量组可互相线性表示；

(C) 向量组中含有 r 个向量的部分组均线性无关；

(D) 向量组中含有 $r+1$ 个（若存在）向量的部分组可能线性相关，也可能线性无关.

(2) 设 n 阶方阵 $\boldsymbol{A}$ 满足 $R(\boldsymbol{A})=r<n$，则在 $\boldsymbol{A}$ 的列向量中（　　）.

(A) 任意 r 个列向量线性无关；

(B) 必有某 r 个列向量线性无关；

(C) 任意 r 个列向量都构成一个极大无关组；

(D) 任意一个列向量都可由其余的 $n-1$ 个列向量线性表示.

(3) 若 $m\times n$ 阶矩阵 $\boldsymbol{A}$ 的 n 个列向量线性无关，则下列结论一定成立的是（　　）.

(A) $R(\boldsymbol{A})>m$；　(B) $R(\boldsymbol{A})<m$；　(C) $R(\boldsymbol{A})=m$；　(D) $R(\boldsymbol{A})=n$.

2. 求下列向量组的秩及一个极大无关组，并将其余向量用该极大无关组线性表示：

(1) $\boldsymbol{\alpha}_1=(1, 2, 3)^{\mathrm{T}}$，$\boldsymbol{\alpha}_2=(2, 6, 6)^{\mathrm{T}}$，$\boldsymbol{\alpha}_3=(1, 0, 3)^{\mathrm{T}}$，$\boldsymbol{\alpha}_4=(3, 2, 9)^{\mathrm{T}}$；

(2) $\boldsymbol{\alpha}_1^{\mathrm{T}}=(6, 4, 1, -1, 2)$，$\boldsymbol{\alpha}_2^{\mathrm{T}}=(1, 0, 2, 3, -4)$，$\boldsymbol{\alpha}_3^{\mathrm{T}}=(1, 4, -9, -16, 22)$，$\boldsymbol{\alpha}_4^{\mathrm{T}}=(7, 1, 0, -1, 3)$；

(3) $\boldsymbol{\alpha}_1^{\mathrm{T}}=(1, -1, 0, 0)$，$\boldsymbol{\alpha}_2^{\mathrm{T}}=(-1, 2, 1, -1)$，$\boldsymbol{\alpha}_3^{\mathrm{T}}=(0, 1, 1, -1)$，$\boldsymbol{\alpha}_4^{\mathrm{T}}=(-1, 3, 2, 1)$，$\boldsymbol{\alpha}_5^{\mathrm{T}}=(-2, 6, 4, 1)$.

3. 设 $\boldsymbol{A}=\begin{pmatrix}1&2&1\\0&t&1\\2&2&0\\1&3&2\end{pmatrix}$，且三维列向量 $\boldsymbol{\alpha}_1$，$\boldsymbol{\alpha}_2$，$\boldsymbol{\alpha}_3$ 线性无关. 若 $R(\boldsymbol{A\alpha}_1, \boldsymbol{A\alpha}_2, \boldsymbol{A\alpha}_3)<3$，则 t 满足什么条件?

4. 设向量组 $\boldsymbol{\alpha}_1$，$\boldsymbol{\alpha}_2$，$\boldsymbol{\alpha}_3$ 线性无关，$\boldsymbol{\beta}_1=\boldsymbol{\alpha}_1+\boldsymbol{\alpha}_2+\boldsymbol{\alpha}_3$，$\boldsymbol{\beta}_2=\boldsymbol{\alpha}_1-\boldsymbol{\alpha}_2+\boldsymbol{\alpha}_3$，$\boldsymbol{\beta}_3=2\boldsymbol{\alpha}_1+\boldsymbol{\alpha}_2+\boldsymbol{\alpha}_3$. 求向量组 $\boldsymbol{\beta}_1$，$\boldsymbol{\beta}_2$，$\boldsymbol{\beta}_3$ 的秩.

5. 设 $\boldsymbol{\alpha}_1=\begin{pmatrix}1\\2\\-3\end{pmatrix}$，$\boldsymbol{\alpha}_2=\begin{pmatrix}3\\0\\1\end{pmatrix}$，$\boldsymbol{\alpha}_3=\begin{pmatrix}9\\6\\-7\end{pmatrix}$，$\boldsymbol{\beta}_1=\begin{pmatrix}0\\1\\-1\end{pmatrix}$，$\boldsymbol{\beta}_2=\begin{pmatrix}a\\2\\1\end{pmatrix}$，$\boldsymbol{\beta}_3=\begin{pmatrix}b\\1\\0\end{pmatrix}$，其中 a，b 为未知参数. 若 $\boldsymbol{\beta}_3$ 可由向量组 $\boldsymbol{\alpha}_1$，$\boldsymbol{\alpha}_2$，$\boldsymbol{\alpha}_3$ 线性表示，且向量组 $\boldsymbol{\alpha}_1$，$\boldsymbol{\alpha}_2$，$\boldsymbol{\alpha}_3$ 与向量组 $\boldsymbol{\beta}_1$，$\boldsymbol{\beta}_2$，$\boldsymbol{\beta}_3$ 有相同的秩。求：

(1) a，b 的值；

(2) 向量组 $\boldsymbol{\alpha}_1$，$\boldsymbol{\alpha}_2$，$\boldsymbol{\alpha}_3$ 的一个极大无关组，并将其余向量用该极大无关组线性表示.

3.5 线性方程组解的结构

本节首先讨论齐次线性方程组解的结构，然后讨论非齐次线性方程组解的结构.

定义 3.5.1 称线性方程组 $\boldsymbol{Ax}=\boldsymbol{b}$ 的解 $\boldsymbol{x}=\begin{pmatrix}x_1\\x_2\\\vdots\\x_n\end{pmatrix}$ 为方程组的解向量，简称方程组

的解.

3.5.1 齐次线性方程组解的结构

齐次线性方程组 $\boldsymbol{A}\boldsymbol{x}=\boldsymbol{0}$ 的解向量具有下列性质：

(1) 设 $\boldsymbol{\xi}_1$，$\boldsymbol{\xi}_2$ 为齐次线性方程组 $\boldsymbol{A}\boldsymbol{x}=\boldsymbol{0}$ 的解向量，则 $\boldsymbol{\xi}_1+\boldsymbol{\xi}_2$ 也是它的解向量.

(2) 设 $\boldsymbol{\xi}$ 为齐次线性方程组 $\boldsymbol{A}\boldsymbol{x}=\boldsymbol{0}$ 的解向量，则 $c\boldsymbol{\xi}$ 也是它的解向量（其中 c 是任意常数).

(3) 设 $\boldsymbol{\xi}_1$，$\boldsymbol{\xi}_2$，…，$\boldsymbol{\xi}_s$ 为齐次线性方程组 $\boldsymbol{A}\boldsymbol{x}=\boldsymbol{0}$ 的解向量，则 $c_1\boldsymbol{\xi}_1+c_2\boldsymbol{\xi}_2+\cdots+c_s\boldsymbol{\xi}_s$ 也是它的解向量（其中 c_1，c_2，…，c_s 是任意常数).

由以上性质可知，若齐次线性方程组有非零解，则它一定有无穷多解.

定义 3.5.2 若齐次线性方程组 $\boldsymbol{A}\boldsymbol{x}=\boldsymbol{0}$ 的解向量组 $\boldsymbol{\xi}_1$，$\boldsymbol{\xi}_2$，…，$\boldsymbol{\xi}_s$ 满足

(1) $\boldsymbol{\xi}_1$，$\boldsymbol{\xi}_2$，…，$\boldsymbol{\xi}_s$ 线性无关，

(2) $\boldsymbol{A}\boldsymbol{x}=\boldsymbol{0}$ 的任意解向量均可由 $\boldsymbol{\xi}_1$，$\boldsymbol{\xi}_2$，…，$\boldsymbol{\xi}_s$ 线性表示，

则称 $\boldsymbol{\xi}_1$，$\boldsymbol{\xi}_2$，…，$\boldsymbol{\xi}_s$ 为 $\boldsymbol{A}\boldsymbol{x}=\boldsymbol{0}$ 的一个基础解系.

定理 3.5.1 设有齐次线性方程组 $\boldsymbol{A}\boldsymbol{x}=\boldsymbol{0}$，其中 $\boldsymbol{A}$ 为 $m\times n$ 阶矩阵，若 $R(\boldsymbol{A})=r<n$，则该方程组的基础解系一定存在，且每个基础解系含有 $n-r$ 个解向量.

证 由于 $R(\boldsymbol{A})=r<n$，因此 $\boldsymbol{A}\boldsymbol{x}=\boldsymbol{0}$ 的系数矩阵 $\boldsymbol{A}$ 经过若干次初等行变换后化为

$$\begin{pmatrix} 1 & 0 & \cdots & 0 & k_{1,r+1} & k_{1,r+2} & \cdots & k_{1n} \\ 0 & 1 & \cdots & 0 & k_{2,r+1} & k_{2,r+2} & \cdots & k_{2n} \\ \vdots & \vdots & & \vdots & \vdots & \vdots & & \vdots \\ 0 & 0 & \cdots & 1 & k_{r,r+1} & k_{r,r+2} & \cdots & k_{rn} \\ 0 & 0 & \cdots & 0 & 0 & 0 & \cdots & 0 \\ \vdots & \vdots & & \vdots & \vdots & \vdots & & \vdots \\ 0 & 0 & \cdots & 0 & 0 & 0 & \cdots & 0 \end{pmatrix},$$

上述矩阵对应的方程组为

$$\begin{cases} x_1=-k_{1,r+1}x_{r+1}-\cdots-k_{1n}x_n \\ x_2=-k_{2,r+1}x_{r+1}-\cdots-k_{2n}x_n \\ \quad\cdots\cdots \\ x_r=-k_{r,r+1}x_{r+1}-\cdots-k_{rn}x_n \end{cases}, \tag{3.5.1}$$

其中 x_{r+1}，x_{r+2}，…，x_n 为自由未知量.

令 $\begin{pmatrix} x_{r+1} \\ x_{r+2} \\ \vdots \\ x_n \end{pmatrix}$ 分别为 $\begin{pmatrix} 1 \\ 0 \\ \vdots \\ 0 \end{pmatrix}$，$\begin{pmatrix} 0 \\ 1 \\ \vdots \\ 0 \end{pmatrix}$，…，$\begin{pmatrix} 0 \\ 0 \\ \vdots \\ 1 \end{pmatrix}$，并代入方程组（3.5.1)，得到方程组 $\boldsymbol{A}\boldsymbol{x}=\boldsymbol{0}$ 的$n-r$ 个解向量，

$$\boldsymbol{\xi}_1=\begin{pmatrix}-k_{1,r+1}\\-k_{2,r+1}\\\vdots\\-k_{r,r+1}\\1\\0\\\vdots\\0\end{pmatrix},\ \boldsymbol{\xi}_2=\begin{pmatrix}-k_{1,r+2}\\-k_{2,r+2}\\\vdots\\-k_{r,r+2}\\0\\1\\\vdots\\0\end{pmatrix},\ \cdots,\ \boldsymbol{\xi}_{n-r}=\begin{pmatrix}-k_{1n}\\-k_{2n}\\\vdots\\-k_{rn}\\0\\0\\\vdots\\1\end{pmatrix}.\tag{3.5.2}$$

现在证明$\boldsymbol{\xi}_1$，$\boldsymbol{\xi}_2$，…，$\boldsymbol{\xi}_{n-r}$就是齐次线性方程组$\boldsymbol{Ax}=\boldsymbol{0}$的一个基础解系.

首先，证明$\boldsymbol{\xi}_1$，$\boldsymbol{\xi}_2$，…，$\boldsymbol{\xi}_{n-r}$线性无关. 设

$$\boldsymbol{K}=\begin{pmatrix}-k_{1,r+1}&-k_{1,r+2}&\cdots&-k_{1n}\\-k_{2,r+1}&-k_{2,r+2}&\cdots&-k_{2n}\\\vdots&\vdots&&\vdots\\-k_{r,r+1}&-k_{r,r+2}&\cdots&-k_{rn}\\1&0&\cdots&0\\0&1&\cdots&0\\\vdots&\vdots&\ddots&\vdots\\0&0&\cdots&1\end{pmatrix}_{n\times(n-r)},$$

由于矩阵$\boldsymbol{K}$中存在一个$n-r$阶子式$\begin{vmatrix}1&0&\cdots&0\\0&1&\cdots&0\\\vdots&\vdots&\ddots&\vdots\\0&0&\cdots&1\end{vmatrix}=1\neq0$，因此$R(\boldsymbol{K})=n-r$，即$\boldsymbol{\xi}_1$，$\boldsymbol{\xi}_2$，…，$\boldsymbol{\xi}_{n-r}$线性无关.

其次，证明$\boldsymbol{Ax}=\boldsymbol{0}$的任意解向量$\boldsymbol{\xi}=\begin{pmatrix}d_1\\d_2\\\vdots\\d_n\end{pmatrix}$均可由$\boldsymbol{\xi}_1$，$\boldsymbol{\xi}_2$，…，$\boldsymbol{\xi}_{n-r}$线性表示. 由方程组（3.5.1）有

$$\begin{cases}d_1=-k_{1,r+1}d_{r+1}-\cdots-k_{1n}d_n\\d_2=-k_{2,r+1}d_{r+1}-\cdots-k_{2n}d_n\\\quad\cdots\cdots\\d_r=-k_{r,r+1}d_{r+1}-\cdots-k_{rn}d_n\end{cases},$$

因此，

$$\boldsymbol{\xi}=\begin{pmatrix}-k_{1,r+1}d_{r+1}-\cdots-k_{1n}d_n\\-k_{2,r+1}d_{r+1}-\cdots-k_{2n}d_n\\\vdots\\-k_{r,r+1}d_{r+1}-\cdots-k_{rn}d_n\\d_{r+1}\\\vdots\\d_n\end{pmatrix}=d_{r+1}\begin{pmatrix}-k_{1,r+1}\\-k_{2,r+1}\\\vdots\\-k_{r,r+1}\\1\\0\\\vdots\\0\end{pmatrix}+d_{r+2}\begin{pmatrix}-k_{1,r+2}\\-k_{2,r+2}\\\vdots\\-k_{r,r+2}\\0\\1\\\vdots\\0\end{pmatrix}+\cdots+d_n\begin{pmatrix}-k_{1n}\\-k_{2n}\\\vdots\\-k_{rn}\\0\\0\\\vdots\\1\end{pmatrix}$$

$$=d_{r+1}\boldsymbol{\xi}_1+d_{r+2}\boldsymbol{\xi}_2+\cdots+d_n\boldsymbol{\xi}_{n-r},$$

即 $\boldsymbol{\xi}$ 可由 $\boldsymbol{\xi}_1$，$\boldsymbol{\xi}_2$，…，$\boldsymbol{\xi}_{n-r}$ 线性表示.

所以 $\boldsymbol{\xi}_1$，$\boldsymbol{\xi}_2$，…，$\boldsymbol{\xi}_{n-r}$ 是齐次线性方程组 $\boldsymbol{Ax}=\boldsymbol{0}$ 的一个基础解系，齐次线性方程组 $\boldsymbol{Ax}=\boldsymbol{0}$ 的全部解（通解）可表示为

$$\boldsymbol{x}=c_1\boldsymbol{\xi}_1+c_2\boldsymbol{\xi}_2+\cdots+c_{n-r}\boldsymbol{\xi}_{n-r},$$

其中 c_1，c_2，…，c_{n-r} 是任意常数.

例 3.5.1 求解齐次线性方程组 $\begin{cases}x_1-2x_2+3x_3-4x_4=0\\x_2-x_3+x_4=0\\x_1+3x_2+x_4=0\end{cases}$.

解 利用矩阵的初等行变换，有

$$\boldsymbol{A}=\begin{pmatrix}1&-2&3&-4\\0&1&-1&1\\1&3&0&1\end{pmatrix}\to\begin{pmatrix}1&-2&3&-4\\0&1&-1&1\\0&0&1&0\end{pmatrix}\to\begin{pmatrix}1&0&0&-2\\0&1&0&1\\0&0&1&0\end{pmatrix},$$

上述矩阵对应的方程组为 $\begin{cases}x_1=2x_4\\x_2=-x_4\\x_3=0\end{cases}$，取方程组的基础解系为 $\boldsymbol{\xi}=\begin{pmatrix}2\\-1\\0\\1\end{pmatrix}$，因此齐次线性方程组的通解为 $\boldsymbol{x}=c\boldsymbol{\xi}$，其中 c 为任意常数.

例 3.5.2 求解齐次线性方程组 $\begin{cases}x_1+2x_2+2x_3+x_4=0\\2x_1+x_2-2x_3-2x_4=0\\x_1-x_2-4x_3-3x_4=0\end{cases}$ 的通解.

解 利用矩阵的初等行变换，有

$$\boldsymbol{A}=\begin{pmatrix}1&2&2&1\\2&1&-2&-2\\1&-1&-4&-3\end{pmatrix}\to\begin{pmatrix}1&2&2&1\\0&1&2&\frac{4}{3}\\0&0&0&0\end{pmatrix}\to\begin{pmatrix}1&0&-2&-\frac{5}{3}\\0&1&2&\frac{4}{3}\\0&0&0&0\end{pmatrix},$$

上述矩阵对应的方程组为

$$\begin{cases} x_1 = 2x_3 + \dfrac{5}{3}x_4 \\ x_2 = -2x_3 - \dfrac{4}{3}x_4 \end{cases},$$

取方程组的基础解系为

$$\boldsymbol{\xi}_1 = \begin{pmatrix} 2 \\ -2 \\ 1 \\ 0 \end{pmatrix}, \quad \boldsymbol{\xi}_2 = \begin{pmatrix} \dfrac{5}{3} \\ -\dfrac{4}{3} \\ 0 \\ 1 \end{pmatrix},$$

因此齐次线性方程组的通解为 $\boldsymbol{x} = c_1\boldsymbol{\xi}_1 + c_2\boldsymbol{\xi}_2$，其中 c_1，c_2 为任意常数.

例 3.5.3 设 $\boldsymbol{A}$ 为 $m \times n$ 阶矩阵，$\boldsymbol{B}$ 为 $n \times k$ 阶矩阵，且 $\boldsymbol{AB} = \boldsymbol{O}$，求证 $R(\boldsymbol{A}) + R(\boldsymbol{B}) \leqslant n$.

证 将矩阵 $\boldsymbol{B}$ 按列分块，记 $\boldsymbol{B} = (\boldsymbol{\beta}_1 \quad \boldsymbol{\beta}_2 \quad \cdots \quad \boldsymbol{\beta}_k)$，因为

$$\boldsymbol{AB} = \boldsymbol{A}(\boldsymbol{\beta}_1 \quad \boldsymbol{\beta}_2 \quad \cdots \quad \boldsymbol{\beta}_k) = (\boldsymbol{A\beta}_1 \quad \boldsymbol{A\beta}_2 \quad \cdots \quad \boldsymbol{A\beta}_k) = \boldsymbol{O} = (\boldsymbol{0} \quad \boldsymbol{0} \quad \cdots \quad \boldsymbol{0}),$$

所以 $\boldsymbol{A\beta}_j = \boldsymbol{0}$ $(j = 1, 2, \cdots, k)$，即 $\boldsymbol{\beta}_1, \boldsymbol{\beta}_2, \cdots, \boldsymbol{\beta}_k$ 是齐次线性方程组 $\boldsymbol{Ax} = \boldsymbol{0}$ 的解. 不妨设 $R(\boldsymbol{A}) = r$，则 $\boldsymbol{\beta}_1, \boldsymbol{\beta}_2, \cdots, \boldsymbol{\beta}_k$ 可由 $\boldsymbol{Ax} = \boldsymbol{0}$ 的基础解系线性表示，所以

$$R(\boldsymbol{\beta}_1, \boldsymbol{\beta}_2, \cdots, \boldsymbol{\beta}_k) \leqslant n - r = n - R(\boldsymbol{A}),$$

故有 $R(\boldsymbol{A}) + R(\boldsymbol{B}) \leqslant n$.

例 3.5.4 求一个齐次线性方程组，使它的通解为 $\boldsymbol{x} = c_1\begin{pmatrix} 1 \\ 2 \\ 3 \\ 4 \end{pmatrix} + c_2\begin{pmatrix} 5 \\ 6 \\ 7 \\ 8 \end{pmatrix}$，其中 c_1，c_2 为任意常数.

解 设所求齐次线性方程组为 $\boldsymbol{Ax} = \boldsymbol{0}$，$\boldsymbol{A}$ 的一个行向量为 (a_1, a_2, a_3, a_4)，因此

$$\begin{cases} a_1 + 2a_2 + 3a_3 + 4a_4 = 0 \\ 5a_1 + 6a_2 + 7a_3 + 8a_4 = 0 \end{cases},$$

对此方程组的系数矩阵施以初等行变换

$$\begin{pmatrix} 1 & 2 & 3 & 4 \\ 5 & 6 & 7 & 8 \end{pmatrix} \to \begin{pmatrix} 1 & 0 & -1 & -2 \\ 0 & 1 & 2 & 3 \end{pmatrix},$$

上述矩阵对应的方程组为 $\begin{cases} a_1 = a_3 + 2a_4 \\ a_2 = -2a_3 - 3a_4 \end{cases}$，基础解系为

$$\begin{pmatrix}1\\-2\\1\\0\end{pmatrix},\quad\begin{pmatrix}2\\-3\\0\\1\end{pmatrix}.$$

因此可取 $\boldsymbol{A}$ 为 $\begin{pmatrix}1&-2&1&0\\2&-3&0&1\end{pmatrix}$，所求齐次线性方程组为 $\begin{cases}x_1-2x_2+x_3=0\\2x_1-3x_2+x_4=0\end{cases}$.

3.5.2 非齐次线性方程组解的结构

定义 3.5.3 称 $\boldsymbol{Ax}=\boldsymbol{0}$ 为非齐次线性方程组 $\boldsymbol{Ax}=\boldsymbol{b}$ 的导出组.

非齐次线性方程组 $\boldsymbol{Ax}=\boldsymbol{b}$ 的解具有如下性质：

(1) 设 $\boldsymbol{\eta}_1$，$\boldsymbol{\eta}_2$ 是非齐次线性方程组 $\boldsymbol{Ax}=\boldsymbol{b}$ 的解，则 $\boldsymbol{\eta}_1-\boldsymbol{\eta}_2$ 是导出组 $\boldsymbol{Ax}=\boldsymbol{0}$ 的解；

(2) 设 $\boldsymbol{\eta}$ 是非齐次线性方程组 $\boldsymbol{Ax}=\boldsymbol{b}$ 的解，$\boldsymbol{\xi}$ 是其导出组 $\boldsymbol{Ax}=\boldsymbol{0}$ 的解，则 $\boldsymbol{\eta}+\boldsymbol{\xi}$ 是非齐次线性方程组 $\boldsymbol{Ax}=\boldsymbol{b}$ 的解.

证 (1) 由已知有 $\boldsymbol{A\eta}_1=\boldsymbol{b}$，$\boldsymbol{A\eta}_2=\boldsymbol{b}$，因此 $\boldsymbol{A}(\boldsymbol{\eta}_1-\boldsymbol{\eta}_2)=\boldsymbol{b}-\boldsymbol{b}=\boldsymbol{0}$，即 $\boldsymbol{\eta}_1-\boldsymbol{\eta}_2$ 是导出组 $\boldsymbol{Ax}=\boldsymbol{0}$ 的解.

(2) 由已知有 $\boldsymbol{A\eta}=\boldsymbol{b}$，$\boldsymbol{A\xi}=\boldsymbol{0}$，因此 $\boldsymbol{A}(\boldsymbol{\eta}+\boldsymbol{\xi})=\boldsymbol{b}+\boldsymbol{0}=\boldsymbol{b}$，即 $\boldsymbol{\eta}+\boldsymbol{\xi}$ 是 $\boldsymbol{Ax}=\boldsymbol{b}$ 的解.

定理 3.5.2 设 $\boldsymbol{\eta}$ 是非齐次线性方程组 $\boldsymbol{Ax}=\boldsymbol{b}$ 的解，$\boldsymbol{\xi}$ 是对应的导出组 $\boldsymbol{Ax}=\boldsymbol{0}$ 的全部解，则 $\boldsymbol{\eta}+\boldsymbol{\xi}$ 是非齐次线性方程组 $\boldsymbol{Ax}=\boldsymbol{b}$ 的全部解.

证 由性质 (2) 知 $\boldsymbol{\eta}+\boldsymbol{\xi}$ 是非齐次线性方程组 $\boldsymbol{Ax}=\boldsymbol{b}$ 的解.

设 $\boldsymbol{\eta}^*$ 是非齐次线性方程组 $\boldsymbol{Ax}=\boldsymbol{b}$ 的任意一个解，取

$$\boldsymbol{\eta}_1=\boldsymbol{\eta}^*-\boldsymbol{\eta},$$

由性质 (1) 可知 $\boldsymbol{\eta}_1$ 是导出组 $\boldsymbol{Ax}=\boldsymbol{0}$ 的解，而

$$\boldsymbol{\eta}^*=\boldsymbol{\eta}_1+\boldsymbol{\eta}.$$

故非齐次线性方程组的任意一个解都是解 $\boldsymbol{\eta}$ 与其导出组的某个解的和. 因此 $\boldsymbol{\eta}+\boldsymbol{\xi}$ 是非齐次线性方程组 $\boldsymbol{Ax}=\boldsymbol{b}$ 的全部解.

由定理 3.5.2 可知，如果非齐次线性方程组有无穷多解，只需求出它的一个解（称为特解）$\boldsymbol{\eta}$，并求出其对应的导出组的基础解系 $\boldsymbol{\xi}_1$，$\boldsymbol{\xi}_2$，…，$\boldsymbol{\xi}_{n-r}$，则非齐次线性方程组的全部解（或通解）就可表示为

$$\boldsymbol{x}=\boldsymbol{\eta}+c_1\boldsymbol{\xi}_1+c_2\boldsymbol{\xi}_2+\cdots+c_{n-r}\boldsymbol{\xi}_{n-r},$$

其中 c_1，c_2，…，c_{n-r} 为任意常数.

例 3.5.5 求解线性方程组 $\begin{cases}x_1+x_2-2x_3+4x_4=0\\2x_1+5x_2-4x_3+11x_4=-3\\x_1+2x_2-2x_3+5x_4=-1\end{cases}$.

解 利用矩阵的初等行变换，有

$$\bar{\boldsymbol{A}}=(\boldsymbol{A}\ \boldsymbol{b})=\begin{pmatrix}1&1&-2&4&0\\2&5&-4&11&-3\\1&2&-2&5&-1\end{pmatrix}\to\begin{pmatrix}1&1&-2&4&0\\0&1&0&1&-1\\0&0&0&0&0\end{pmatrix}\to\begin{pmatrix}1&0&-2&3&1\\0&1&0&1&-1\\0&0&0&0&0\end{pmatrix},$$

上述矩阵对应的方程组为$\begin{cases}x_1=1+2x_3-3x_4\\x_2=-1-x_4\end{cases}$，取方程组的一个特解为$\boldsymbol{\eta}=\begin{pmatrix}1\\-1\\0\\0\end{pmatrix}$. 对应的导出组为$\begin{cases}x_1=2x_3-3x_4\\x_2=-x_4\end{cases}$，取导出组的基础解系为

$$\boldsymbol{\xi}_1=\begin{pmatrix}2\\0\\1\\0\end{pmatrix},\quad \boldsymbol{\xi}_2=\begin{pmatrix}-3\\-1\\0\\1\end{pmatrix},$$

因此非齐次线性方程组的通解为$\boldsymbol{x}=\boldsymbol{\eta}+c_1\boldsymbol{\xi}_1+c_2\boldsymbol{\xi}_2$，其中$c_1$，$c_2$为任意常数.

例 3.5.6 设有线性方程组$\begin{cases}kx_1+x_2+x_3=k-3\\x_1+kx_2+x_3=-2\\x_1+x_2+kx_3=-2\end{cases}$，问常数$k$为何值时方程组无解？有唯一解？有无穷多解？当方程组有无穷多解时，求出其通解.

解 利用矩阵的初等行变换，有

$$\bar{\boldsymbol{A}}=(\boldsymbol{A}\quad \boldsymbol{b})=\begin{pmatrix}k&1&1&k-3\\1&k&1&-2\\1&1&k&-2\end{pmatrix}\to\begin{pmatrix}1&1&k&-2\\0&k-1&1-k&0\\0&1-k&1-k^2&3k-3\end{pmatrix}$$
$$\to\begin{pmatrix}1&1&k&-2\\0&k-1&1-k&0\\0&0&-(k+2)(k-1)&3(k-1)\end{pmatrix}.$$

当$k=-2$时，$R(\boldsymbol{A})=2$，$R(\bar{\boldsymbol{A}})=3$，因此方程组无解；

当$k\neq-2$且$k\neq1$时，$R(\boldsymbol{A})=R(\bar{\boldsymbol{A}})=3$，方程组有唯一解；

当$k=1$时，$R(\boldsymbol{A})=R(\bar{\boldsymbol{A}})=1$，方程组有无穷多解，此时

$$\bar{\boldsymbol{A}}\to\begin{pmatrix}1&1&1&-2\\0&0&0&0\\0&0&0&0\end{pmatrix},$$

上述矩阵对应的方程为$x_1=-2-x_2-x_3$，因此取方程组的一个特解为$\boldsymbol{\eta}=\begin{pmatrix}-2\\0\\0\end{pmatrix}$. 其导出组为$x_1=-x_2-x_3$，取导出组的基础解系为

$$\boldsymbol{\xi}_1=\begin{pmatrix}-1\\1\\0\end{pmatrix},\quad \boldsymbol{\xi}_2=\begin{pmatrix}-1\\0\\1\end{pmatrix}.$$

因此非齐次线性方程组的通解为 $\boldsymbol{x}=\boldsymbol{\eta}+c_1\boldsymbol{\xi}_1+c_2\boldsymbol{\xi}_2$，其中 c_1，c_2 为任意常数.

例 3.5.7 当 a，b 为何值时，方程组 $\begin{cases}x_1+bx_2+x_3=3\\ax_1+x_2+x_3=4\\x_1+2bx_2+x_3=4\end{cases}$ 无解？有唯一解？有无穷多解？在有无穷多解的情况下，求其通解.

解 利用矩阵的初等行变换，有

$$\overline{\boldsymbol{A}}=\begin{pmatrix}1&b&1&3\\a&1&1&4\\1&2b&1&4\end{pmatrix}\rightarrow\begin{pmatrix}1&b&1&3\\0&1-ab&1-a&4-3a\\0&b&0&1\end{pmatrix}\rightarrow\begin{pmatrix}1&0&1&2\\0&1-ab&1-a&4-3a\\0&b&0&1\end{pmatrix}.$$

因此，当 $a\neq1$ 且 $b\neq0$ 时，$R(\boldsymbol{A})=R(\overline{\boldsymbol{A}})=3$，方程组有唯一解.

当 $a=1$ 时，由于

$$\overline{\boldsymbol{A}}\rightarrow\begin{pmatrix}1&0&1&2\\0&1-b&0&1\\0&b&0&1\end{pmatrix}\rightarrow\begin{pmatrix}1&0&1&2\\0&1&0&2\\0&b&0&1\end{pmatrix}\rightarrow\begin{pmatrix}1&0&1&2\\0&1&0&2\\0&0&0&1-2b\end{pmatrix},$$

因此当 $b=\dfrac{1}{2}$ 时，$R(\boldsymbol{A})=R(\overline{\boldsymbol{A}})=2<3$，方程组有无穷多解. 这时

$$\overline{\boldsymbol{A}}\rightarrow\begin{pmatrix}1&0&1&2\\0&1&0&2\\0&0&0&0\end{pmatrix},$$

上述矩阵对应的方程组为 $\begin{cases}x_1=2-x_3\\x_2=2\end{cases}$，取方程组的一个特解为 $\boldsymbol{\eta}=\begin{pmatrix}2\\2\\0\end{pmatrix}$. 对应的导出组为 $\begin{cases}x_1=-x_3\\x_2=0\end{cases}$，取导出组的基础解系为 $\boldsymbol{\xi}=\begin{pmatrix}-1\\0\\1\end{pmatrix}$，因此方程组的通解为 $\boldsymbol{x}=\boldsymbol{\eta}+c\boldsymbol{\xi}$，其中 c 为任意常数.

综上，当 $a\neq1$ 且 $b\neq0$ 时，方程组有唯一解；当 $a=1$ 且 $b=\dfrac{1}{2}$ 时，方程组有无穷多解；其余情况下，方程组无解.

例 3.5.8 设四元非齐次线性方程组 $\boldsymbol{Ax}=\boldsymbol{b}$ 的系数矩阵的秩为 3. 已

微课

例 3.5.8
讲解视频

知它的 3 个解向量为$\boldsymbol{\eta}_1$，$\boldsymbol{\eta}_2$，$\boldsymbol{\eta}_3$，其中$\boldsymbol{\eta}_1+\boldsymbol{\eta}_2=\begin{pmatrix}2\\4\\6\\8\end{pmatrix}$，$2\boldsymbol{\eta}_2+\boldsymbol{\eta}_3=\begin{pmatrix}6\\9\\12\\15\end{pmatrix}$，求该方程组的通解.

解 由已知有，方程组$\boldsymbol{Ax}=\boldsymbol{b}$的导出组$\boldsymbol{Ax}=\boldsymbol{0}$的基础解系中含有 $4-3=1$ 个解向量，而

$$\boldsymbol{A}\left(\frac{\boldsymbol{\eta}_1+\boldsymbol{\eta}_2}{2}-\frac{2\boldsymbol{\eta}_2+\boldsymbol{\eta}_3}{3}\right)=\boldsymbol{0},$$

因此取$\dfrac{\boldsymbol{\eta}_1+\boldsymbol{\eta}_2}{2}-\dfrac{2\boldsymbol{\eta}_2+\boldsymbol{\eta}_3}{3}=\begin{pmatrix}-1\\-1\\-1\\-1\end{pmatrix}$为导出组$\boldsymbol{Ax}=\boldsymbol{0}$的基础解系，而$\boldsymbol{A}\left(\dfrac{\boldsymbol{\eta}_1+\boldsymbol{\eta}_2}{2}\right)=\boldsymbol{b}$，因此，取$\dfrac{\boldsymbol{\eta}_1+\boldsymbol{\eta}_2}{2}=\begin{pmatrix}1\\2\\3\\4\end{pmatrix}$为$\boldsymbol{Ax}=\boldsymbol{b}$的一个特解，故方程组的通解为$\boldsymbol{x}=\begin{pmatrix}1\\2\\3\\4\end{pmatrix}+c\begin{pmatrix}-1\\-1\\-1\\-1\end{pmatrix}$，其中 c 为任意常数.

例 3.5.9 设 n 元非齐次线性方程组$\boldsymbol{Ax}=\boldsymbol{b}$有解，且系数矩阵的秩为 $r<n$，$\boldsymbol{\eta}_1$，$\boldsymbol{\eta}_2$，…，$\boldsymbol{\eta}_{n-r+1}$是$\boldsymbol{Ax}=\boldsymbol{b}$的线性无关的解，证明：$\boldsymbol{Ax}=\boldsymbol{b}$的任意一个解可以表示为

$$\boldsymbol{x}=k_1\boldsymbol{\eta}_1+k_2\boldsymbol{\eta}_2+\cdots+k_{n-r+1}\boldsymbol{\eta}_{n-r+1},$$

其中 $k_1+k_2+\cdots+k_{n-r+1}=1$.

证 因为$\boldsymbol{\eta}_1$，$\boldsymbol{\eta}_2$，…，$\boldsymbol{\eta}_{n-r+1}$是$\boldsymbol{Ax}=\boldsymbol{b}$的解，则$\boldsymbol{\eta}_1-\boldsymbol{\eta}_{n-r+1}$，$\boldsymbol{\eta}_2-\boldsymbol{\eta}_{n-r+1}$，…，$\boldsymbol{\eta}_{n-r}-\boldsymbol{\eta}_{n-r+1}$是导出组$\boldsymbol{Ax}=\boldsymbol{0}$的解.

设存在 l_1，l_2，…，l_{n-r}使得

$$l_1(\boldsymbol{\eta}_1-\boldsymbol{\eta}_{n-r+1})+l_2(\boldsymbol{\eta}_2-\boldsymbol{\eta}_{n-r+1})+\cdots+l_{n-r}(\boldsymbol{\eta}_{n-r}-\boldsymbol{\eta}_{n-r+1})=\boldsymbol{0},$$

整理得

$$l_1\boldsymbol{\eta}_1+l_2\boldsymbol{\eta}_2+\cdots+l_{n-r}\boldsymbol{\eta}_{n-r}-(l_1+l_2+\cdots+l_{n-r})\boldsymbol{\eta}_{n-r+1}=\boldsymbol{0}.$$

因为$\boldsymbol{\eta}_1$，$\boldsymbol{\eta}_2$，…，$\boldsymbol{\eta}_{n-r+1}$线性无关，所以

$$l_1=l_2=\cdots=l_{n-r}=0,$$

从而$\boldsymbol{\eta}_1-\boldsymbol{\eta}_{n-r+1}$，$\boldsymbol{\eta}_2-\boldsymbol{\eta}_{n-r+1}$，…，$\boldsymbol{\eta}_{n-r}-\boldsymbol{\eta}_{n-r+1}$线性无关，即它是导出组$\boldsymbol{Ax}=\boldsymbol{0}$的基础解系，则$\boldsymbol{Ax}=\boldsymbol{b}$的通解为

$$\boldsymbol{x}=\boldsymbol{\eta}_{n-r+1}+c_1(\boldsymbol{\eta}_1-\boldsymbol{\eta}_{n-r+1})+c_2(\boldsymbol{\eta}_2-\boldsymbol{\eta}_{n-r+1})+\cdots+c_{n-r}(\boldsymbol{\eta}_{n-r}-\boldsymbol{\eta}_{n-r+1}),$$

其中 c_1，c_2，…，c_{n-r}是任意常数.

整理上式得

$$\boldsymbol{x}=c_1\boldsymbol{\eta}_1+c_2\boldsymbol{\eta}_2+\cdots+c_{n-r}\boldsymbol{\eta}_{n-r}+[1-(c_1+c_2+\cdots+c_{n-r})]\boldsymbol{\eta}_{n-r+1},$$

令

$$k_1=c_1,\ k_2=c_2,\ \cdots,\ k_{n-r}=c_{n-r},\ k_{n-r+1}=1-(c_1+c_2+\cdots+c_{n-r}),$$

则 $\boldsymbol{Ax}=\boldsymbol{b}$ 的任意一个解可以表示为

$$\boldsymbol{x}=k_1\boldsymbol{\eta}_1+k_2\boldsymbol{\eta}_2+\cdots+k_{n-r+1}\boldsymbol{\eta}_{n-r+1},$$

其中 $k_1+k_2+\cdots+k_{n-r+1}=1$.

微课

3.5节自测题

习题 3.5

1. 填空题.

(1) 设 $\boldsymbol{A}$ 为 $m\times n$ 阶矩阵，$R(\boldsymbol{A})=r<n$，则下列叙述中正确的结论是__________.

①$\boldsymbol{Ax}=\boldsymbol{0}$ 的任何一个基础解系中都含有 $n-r$ 个线性无关的解向量；

②若 $\boldsymbol{AX}=\boldsymbol{O}$，其中 $\boldsymbol{X}$ 为 $n\times(n-r)$ 阶矩阵，则 $R(\boldsymbol{X})\leqslant n-r$；

③若线性方程组 $\boldsymbol{Ax}=\boldsymbol{b}$ 有解，则 $R(\boldsymbol{A}\ \ \boldsymbol{b})=r$；

④设 $\boldsymbol{\beta}$ 为一个 m 维向量，$R(\boldsymbol{A}\ \ \boldsymbol{\beta})=r$，则 $\boldsymbol{\beta}$ 可由 $\boldsymbol{A}$ 的列向量组线性表示.

(2) 方程组 $x_1+x_2+x_3+x_4=0$ 的基础解系可取为__________.

(3) 设 $\boldsymbol{A}$ 是 3×4 阶矩阵，其秩为 3，若 $\boldsymbol{\eta}_1$，$\boldsymbol{\eta}_2$ 为非齐次线性方程组 $\boldsymbol{Ax}=\boldsymbol{b}$ 的两个不同的解，则此方程组的通解是__________.

(4) 设齐次线性方程组 $\boldsymbol{Ax}=\boldsymbol{0}$ 有非零解，则 $\boldsymbol{A}$ 的列向量组线性__________（填“相关”或“无关”）.

2. 选择题.

(1) 设 $\boldsymbol{A}$ 是 $m\times n$ 阶矩阵，下列命题正确的是（　　）.

(A) 若 $R(\boldsymbol{A})=m$，则齐次线性方程组 $\boldsymbol{Ax}=\boldsymbol{0}$ 只有零解；

(B) 若 $m<n$，则 $\boldsymbol{Ax}=\boldsymbol{b}$ 必有无穷多解；

(C) 若 $m\geqslant n$，则非齐次线性方程组 $\boldsymbol{Ax}=\boldsymbol{b}$ 必有解；

(D) 以上命题都不对.

(2) 设 $\boldsymbol{A}$ 为 $m\times n$ 阶矩阵，方程组 $\boldsymbol{Ax}=\boldsymbol{0}$ 是非齐次线性方程组 $\boldsymbol{Ax}=\boldsymbol{b}$ 的导出组. 如果 $m<n$，则下列结论成立的是（　　）.

(A) $\boldsymbol{Ax}=\boldsymbol{b}$ 必有无穷多解；　　(B) $\boldsymbol{Ax}=\boldsymbol{b}$ 必有唯一解；

(C) $\boldsymbol{Ax}=\boldsymbol{0}$ 必有非零解；　　(D) $\boldsymbol{Ax}=\boldsymbol{0}$ 只有零解.

(3) 设 $\boldsymbol{Ax}=\boldsymbol{0}$ 是 $\boldsymbol{Ax}=\boldsymbol{b}$ 的导出组，如果 $\boldsymbol{Ax}=\boldsymbol{0}$ 只有零解，则 $\boldsymbol{Ax}=\boldsymbol{b}$（　　）.

(A) 必有无穷多解；　　(B) 必有唯一解；

(C) 必定无解；　　(D) 选项 (A) (B) (C) 都不对.

(4) 非齐次线性方程组 $\boldsymbol{Ax}=\boldsymbol{b}$ 有解的一个充分条件是（　　）.

(A) 向量 $\boldsymbol{b}$ 可由 $\boldsymbol{A}$ 的行向量组线性表示；

(B) 向量 $\boldsymbol{b}$ 可由 $\boldsymbol{A}$ 的列向量组线性表示；

(C) $\boldsymbol{A}$ 的行向量组线性无关；

(D) $\boldsymbol{A}$ 的列向量组线性无关.

(5) 已知 $\boldsymbol{Ax}=\boldsymbol{0}$ 是 $\boldsymbol{Ax}=\boldsymbol{b}$ 的导出组，则下列结论正确的是（　　）.

(A) 当 $\boldsymbol{Ax}=\boldsymbol{0}$ 只有零解时，$\boldsymbol{Ax}=\boldsymbol{b}$ 有唯一解；

(B) 当 $\boldsymbol{Ax}=\boldsymbol{0}$ 有非零解时，$\boldsymbol{Ax}=\boldsymbol{b}$ 有无穷多解；

(C) 若 $\boldsymbol{u}$ 是 $\boldsymbol{Ax}=\boldsymbol{0}$ 的通解，$\boldsymbol{v}$ 是 $\boldsymbol{Ax}=\boldsymbol{b}$ 的特解，则 $\boldsymbol{u}+\boldsymbol{v}$ 是 $\boldsymbol{Ax}=\boldsymbol{b}$ 的通解；

(D) 若 $\boldsymbol{u}$ 和 $\boldsymbol{v}$ 是 $\boldsymbol{Ax}=\boldsymbol{b}$ 的解，则 $\boldsymbol{u}+\boldsymbol{v}$ 也是 $\boldsymbol{Ax}=\boldsymbol{b}$ 的解.

3. 求下列齐次线性方程组的通解：

(1) $\begin{cases} x_1+x_2-7x_3-7x_4=0 \\ 2x_1-5x_2+21x_3+14x_4=0 \\ x_1-x_2+3x_3+x_4=0 \end{cases}$；
(2) $\begin{cases} x_1+x_2+x_3+4x_4-3x_5=0 \\ x_1+x_2+3x_3-2x_4-x_5=0 \\ 2x_1+2x_2+3x_3+5x_4-5x_5=0 \\ 3x_1+3x_2+5x_3+6x_4-7x_5=0 \end{cases}$.

4. 求下列非齐次线性方程组的通解：

(1) $\begin{cases} x_1+x_2+x_3=1 \\ 3x_1+x_2+2x_3=1 \\ 2x_2+x_3=2. \end{cases}$；
(2) $\begin{cases} x_1+2x_2+3x_3+x_4-3x_5=5 \\ 2x_1+x_2+2x_4-6x_5=1 \\ 3x_1+4x_2+5x_3+6x_4-3x_5=12 \\ x_1+x_2+x_3+3x_4+x_5=4 \end{cases}$.

5. 当 λ 为何值时，线性方程组 $\begin{cases} x_1+(1+\lambda)x_2+x_3=3 \\ (1+\lambda)x_1+x_2+x_3=0 \\ x_1+x_2+(1+\lambda)x_3=\lambda \end{cases}$ 有唯一解？无解？有无穷多解？在有无穷多解时，求其通解.

6. 已知非齐次线性方程组

$$\begin{cases} x_1+x_2-2x_3+3x_4=0 \\ 2x_1+x_2-6x_3+4x_4=-1 \\ 3x_1+2x_2+ax_3+7x_4=-1 \\ x_1-x_2-6x_3-x_4=b \end{cases}.$$

当 a，b 取何值时方程组无解？有解？当有解时求其解.

7. 写出一个以 $\boldsymbol{x}=c_1\begin{pmatrix} 2 \\ -3 \\ 1 \\ 0 \end{pmatrix}+c_2\begin{pmatrix} -2 \\ 4 \\ 0 \\ 1 \end{pmatrix}$ 为通解的齐次线性方程组.

因此 $\boldsymbol{\alpha}$ 关于基 $\boldsymbol{\alpha}_1$，$\boldsymbol{\alpha}_2$，$\boldsymbol{\alpha}_3$ 的坐标为 1，$\frac{1}{2}$，$-\frac{1}{2}$.

微课

3.6 节自测题

习题 3.6

1. 下列 n 维向量组成的集合是否构成实数域 $\mathbf{R}$ 上的一个向量空间？若是，求出其维数.

(1) $V_1=\{(a, b, \cdots, a, b)\mid a, b\in\mathbf{R}\}$；

(2) 若非齐次线性方程组 $\boldsymbol{Ax}=\boldsymbol{b}$ 有解，它的所有解向量组成的集合 $V_2=\{\boldsymbol{x}\mid\boldsymbol{Ax}=\boldsymbol{b}\}$.

2. 设 $\boldsymbol{\beta}_1$，$\boldsymbol{\beta}_2$，$\boldsymbol{\beta}_3$ 为 $\mathbf{R}^3$ 的一个基，已知 $\boldsymbol{\alpha}_1=\boldsymbol{\beta}_1+\boldsymbol{\beta}_2-2\boldsymbol{\beta}_3$，$\boldsymbol{\alpha}_2=\boldsymbol{\beta}_1-\boldsymbol{\beta}_2-\boldsymbol{\beta}_3$，$\boldsymbol{\alpha}_3=\boldsymbol{\beta}_1+\boldsymbol{\beta}_3$. 证明 $\boldsymbol{\alpha}_1$，$\boldsymbol{\alpha}_2$，$\boldsymbol{\alpha}_3$ 为 $\mathbf{R}^3$ 的一个基，并求出向量 $\boldsymbol{\eta}=6\boldsymbol{\beta}_1-\boldsymbol{\beta}_2-\boldsymbol{\beta}_3$ 在基 $\boldsymbol{\alpha}_1$，$\boldsymbol{\alpha}_2$，$\boldsymbol{\alpha}_3$ 下的坐标.

3. 设 $\boldsymbol{e}_1$，$\boldsymbol{e}_2$，$\boldsymbol{e}_3$ 为向量空间 V 的一个基，求从基 $\boldsymbol{e}_2$，$\boldsymbol{e}_3$，$\boldsymbol{e}_1$ 到基 $\boldsymbol{e}_3$，$\boldsymbol{e}_1$，$\boldsymbol{e}_2$ 的过渡矩阵.

4. 设 $\mathbf{R}^3$ 的两个基为

$$\boldsymbol{\alpha}_1=\begin{pmatrix}1\\1\\0\end{pmatrix},\quad \boldsymbol{\alpha}_2=\begin{pmatrix}2\\1\\0\end{pmatrix},\quad \boldsymbol{\alpha}_3=\begin{pmatrix}2\\2\\2\end{pmatrix};$$

$$\boldsymbol{\beta}_1=\begin{pmatrix}1\\0\\0\end{pmatrix},\quad \boldsymbol{\beta}_2=\begin{pmatrix}1\\1\\0\end{pmatrix},\quad \boldsymbol{\beta}_3=\begin{pmatrix}1\\1\\1\end{pmatrix}.$$

(1) 求由基 $\boldsymbol{\alpha}_1$，$\boldsymbol{\alpha}_2$，$\boldsymbol{\alpha}_3$ 到 $\boldsymbol{\beta}_1$，$\boldsymbol{\beta}_2$，$\boldsymbol{\beta}_3$ 的过渡矩阵 $\boldsymbol{P}$；

(2) 已知向量 $\boldsymbol{\alpha}=\boldsymbol{\alpha}_1+\boldsymbol{\alpha}_2+\boldsymbol{\alpha}_3$，求此向量 $\boldsymbol{\alpha}$ 在基 $\boldsymbol{\beta}_1$，$\boldsymbol{\beta}_2$，$\boldsymbol{\beta}_3$ 下的坐标.

5. 设 $\boldsymbol{\alpha}_1=\begin{pmatrix}1\\-2\\1\end{pmatrix}$，$\boldsymbol{\alpha}_2=\begin{pmatrix}0\\1\\1\end{pmatrix}$，$\boldsymbol{\alpha}_3=\begin{pmatrix}3\\2\\1\end{pmatrix}$ 为 $\mathbf{R}^3$ 的一个基，向量 $\boldsymbol{\alpha}$ 在基 $\boldsymbol{\alpha}_1$，$\boldsymbol{\alpha}_2$，$\boldsymbol{\alpha}_3$ 下的坐标为 x_1，x_2，x_3，在另一个基 $\boldsymbol{\beta}_1$，$\boldsymbol{\beta}_2$，$\boldsymbol{\beta}_3$ 下的坐标为 y_1，y_2，y_3，且有 $y_1=x_1-x_2-x_3$，$y_2=-x_1+x_2$，$y_3=x_1+x_3$. 求：

(1) 基 $\boldsymbol{\beta}_1$，$\boldsymbol{\beta}_2$，$\boldsymbol{\beta}_3$ 到基 $\boldsymbol{\alpha}_1$，$\boldsymbol{\alpha}_2$，$\boldsymbol{\alpha}_3$ 的过渡矩阵 $\boldsymbol{P}$；

(2) 基 $\boldsymbol{\beta}_1$，$\boldsymbol{\beta}_2$，$\boldsymbol{\beta}_3$.

3.7 向量的内积

3.7.1 向量的内积

定义 3.7.1 设有 n 维实向量

$$\boldsymbol{x}=\begin{pmatrix}x_1\\x_2\\\vdots\\x_n\end{pmatrix},\quad \boldsymbol{y}=\begin{pmatrix}y_1\\y_2\\\vdots\\y_n\end{pmatrix}.$$

记

$$[\boldsymbol{x},\boldsymbol{y}]=x_1y_1+x_2y_2+\cdots+x_ny_n,$$

称 $[\boldsymbol{x},\boldsymbol{y}]$ 为向量 $\boldsymbol{x}$ 与 $\boldsymbol{y}$ 的内积.

内积是两个向量之间的一种运算，其结果是一个实数，按矩阵的记法可表示为

$$[\boldsymbol{x},\boldsymbol{y}]=\boldsymbol{x}^{\mathrm{T}}\boldsymbol{y}=(x_1,x_2,\cdots,x_n)\begin{pmatrix}y_1\\y_2\\\vdots\\y_n\end{pmatrix}.$$

例 3.7.1 在 $\mathbf{R}^3$ 中，设向量 $\boldsymbol{\alpha}=(1,2,3)^{\mathrm{T}}$，$\boldsymbol{\beta}=(4,5,6)^{\mathrm{T}}$. 则 $\boldsymbol{\alpha}$ 与 $\boldsymbol{\beta}$ 的内积为

$$[\boldsymbol{\alpha},\boldsymbol{\beta}]=1\times4+2\times5+3\times6=32.$$

向量的内积具有如下运算性质（其中 $\boldsymbol{x}$，$\boldsymbol{y}$，$\boldsymbol{z}$ 为 n 维向量，$\lambda\in\mathbf{R}$）：

(1) $[\boldsymbol{x},\boldsymbol{y}]=[\boldsymbol{y},\boldsymbol{x}]$；

(2) $[\lambda\boldsymbol{x},\boldsymbol{y}]=\lambda[\boldsymbol{x},\boldsymbol{y}]$；

(3) $[\boldsymbol{x}+\boldsymbol{y},\boldsymbol{z}]=[\boldsymbol{x},\boldsymbol{z}]+[\boldsymbol{y},\boldsymbol{z}]$；

(4) $[\boldsymbol{x},\boldsymbol{x}]\geqslant0$；当且仅当 $\boldsymbol{x}=\boldsymbol{0}$ 时，$[\boldsymbol{x},\boldsymbol{x}]=0$.

定义 3.7.2 称 $\|\boldsymbol{x}\|=\sqrt{[\boldsymbol{x},\boldsymbol{x}]}=\sqrt{x_1^2+x_2^2+\cdots+x_n^2}$ 为 n 维向量 $\boldsymbol{x}$ 的长度（或范数）.

例 3.7.2 在 $\mathbf{R}^3$ 中，向量 $\boldsymbol{\alpha}=(1,2,3)^{\mathrm{T}}$ 的长度为 $\|\boldsymbol{\alpha}\|=\sqrt{[\boldsymbol{\alpha},\boldsymbol{\alpha}]}=\sqrt{1^2+2^2+3^2}=\sqrt{14}$.

向量的长度具有下述性质：

(1) 非负性：$\|\boldsymbol{x}\|\geqslant0$；当且仅当 $\boldsymbol{x}=\boldsymbol{0}$ 时，$\|\boldsymbol{x}\|=0$.

(2) 齐次性：$\|\lambda\boldsymbol{x}\|=|\lambda|\,\|\boldsymbol{x}\|$.

(3) 对任意 n 维向量 $\boldsymbol{x}$，$\boldsymbol{y}$，有 $|[\boldsymbol{x},\boldsymbol{y}]|\leqslant\|\boldsymbol{x}\|\cdot\|\boldsymbol{y}\|$. 当且仅当 $\boldsymbol{x}$ 与 $\boldsymbol{y}$ 线性相关时，等号成立.

(4) 三角不等式：$\|\boldsymbol{x}+\boldsymbol{y}\|\leqslant\|\boldsymbol{x}\|+\|\boldsymbol{y}\|$.

微课

向量长度性质 (3)

性质 (3) 也可表示为

$$\left|\sum_{i=1}^{n}x_iy_i\right|\leqslant\sqrt{\sum_{i=1}^{n}x_i^2}\cdot\sqrt{\sum_{i=1}^{n}y_i^2},$$

上述不等式称为柯西-布涅可夫斯基不等式，它给出了 $\mathbf{R}^n$ 中任意两个向量的内积与它们的长度之间的关系.

定义 3.7.3 长度为 1 的向量称为单位向量.

例 3.7.3 在 $\mathbf{R}^3$ 中，向量 $\boldsymbol{\alpha}=\left(\frac{1}{\sqrt{3}}, \frac{1}{\sqrt{3}}, \frac{1}{\sqrt{3}}\right)^{\mathrm{T}}$ 的长度为 1，因此 $\boldsymbol{\alpha}$ 为单位向量.

例 3.7.4 初始单位向量组 $\boldsymbol{\varepsilon}_1=(1, 0, \cdots, 0)^{\mathrm{T}}$，$\boldsymbol{\varepsilon}_2=(0, 1, \cdots, 0)^{\mathrm{T}}$，…，$\boldsymbol{\varepsilon}_n=(0, 0, \cdots, 1)^{\mathrm{T}}$ 中每个向量均为单位向量.

对 $\mathbf{R}^n$ 中的任一非零向量 $\boldsymbol{\alpha}$，显然 $\frac{\boldsymbol{\alpha}}{\|\boldsymbol{\alpha}\|}$ 是一个单位向量，这一过程通常称为将向量 $\boldsymbol{\alpha}$ 单位化.

例 3.7.5 在 $\mathbf{R}^3$ 中，设向量 $\boldsymbol{\alpha}=(1, 2, 3)^{\mathrm{T}}$，则 $\frac{\boldsymbol{\alpha}}{\sqrt{14}}=\left(\frac{1}{\sqrt{14}}, \frac{2}{\sqrt{14}}, \frac{3}{\sqrt{14}}\right)^{\mathrm{T}}$ 是一个单位向量.

定义 3.7.4 当 $\|\boldsymbol{\alpha}\| \neq 0$，$\|\boldsymbol{\beta}\| \neq 0$ 时，称

$$\theta=\arccos \frac{[\boldsymbol{\alpha}, \boldsymbol{\beta}]}{\|\boldsymbol{\alpha}\| \cdot\|\boldsymbol{\beta}\|} \quad (0 \leqslant \theta \leqslant \pi)$$

为 n 维向量 $\boldsymbol{\alpha}$ 与 $\boldsymbol{\beta}$ 的夹角.

例 3.7.6 求 $\mathbf{R}^3$ 中向量 $\boldsymbol{\alpha}=(1, 0, 1)^{\mathrm{T}}$，$\boldsymbol{\beta}=(-1, 1, 0)^{\mathrm{T}}$ 的夹角 θ.

解 由题意

$$\|\boldsymbol{\alpha}\|=\sqrt{2}, \quad \|\boldsymbol{\beta}\|=\sqrt{2}, \quad [\boldsymbol{\alpha}, \boldsymbol{\beta}]=-1,$$

所以

$$\cos \theta=\frac{[\boldsymbol{\alpha}, \boldsymbol{\beta}]}{\|\boldsymbol{\alpha}\| \cdot\|\boldsymbol{\beta}\|}=-\frac{1}{2},$$

因此 $\theta=\frac{2}{3} \pi$.

3.7.2 正交向量组

定义 3.7.5 若向量 $\boldsymbol{\alpha}$ 与 $\boldsymbol{\beta}$ 的内积等于零，即

$$[\boldsymbol{\alpha}, \boldsymbol{\beta}]=0,$$

则称向量 $\boldsymbol{\alpha}$ 与 $\boldsymbol{\beta}$ 相互正交，记作 $\boldsymbol{\alpha} \perp \boldsymbol{\beta}$.

例 3.7.7 零向量与任何向量都正交.

例 3.7.8 在 $\mathbf{R}^2$ 中，$\boldsymbol{\alpha}=(1, 1)^{\mathrm{T}}$，$\boldsymbol{\beta}=(1, -1)^{\mathrm{T}}$，由于 $[\boldsymbol{\alpha}, \boldsymbol{\beta}]=1 \times 1+1 \times(-1)=0$，因此 $\boldsymbol{\alpha}$ 与 $\boldsymbol{\beta}$ 相互正交.

定义 3.7.6 若 n 维向量 $\boldsymbol{\alpha}_1, \boldsymbol{\alpha}_2, \cdots, \boldsymbol{\alpha}_s$ 是一个非零向量组，且 $\boldsymbol{\alpha}_1, \boldsymbol{\alpha}_2, \cdots, \boldsymbol{\alpha}_s$ 中的向量两两正交，则称该向量组为正交向量组.

定义 3.7.7 若 n 维向量 $\boldsymbol{\alpha}_1, \boldsymbol{\alpha}_2, \cdots, \boldsymbol{\alpha}_s$ 为正交向量组，且其中每个向量都是单位向量，则称该向量组为单位正交向量组（或规范正交向量组、标准正交向量组）.

例 3.7.9 初始单位向量组

$$\boldsymbol{\varepsilon}_1=(1,0,\cdots,0)^{\mathrm{T}},\ \boldsymbol{\varepsilon}_2=(0,1,\cdots,0)^{\mathrm{T}},\ \cdots,\ \boldsymbol{\varepsilon}_n=(0,0,\cdots,1)^{\mathrm{T}}$$

中的向量两两正交且均为单位向量，因此 $\boldsymbol{\varepsilon}_1$，$\boldsymbol{\varepsilon}_2$，…，$\boldsymbol{\varepsilon}_n$ 为单位正交向量组.

定理 3.7.1 正交向量组 $\boldsymbol{\alpha}_1$，$\boldsymbol{\alpha}_2$，…，$\boldsymbol{\alpha}_s$ 线性无关.

证 设存在一组数 k_1，k_2，…，k_s，使得

$$k_1\boldsymbol{\alpha}_1+k_2\boldsymbol{\alpha}_2+\cdots+k_s\boldsymbol{\alpha}_s=\mathbf{0},$$

则有

$$\begin{aligned}0&=[\boldsymbol{\alpha}_i,\mathbf{0}]=[\boldsymbol{\alpha}_i,k_1\boldsymbol{\alpha}_1+k_2\boldsymbol{\alpha}_2+\cdots+k_s\boldsymbol{\alpha}_s]\\&=k_1[\boldsymbol{\alpha}_i,\boldsymbol{\alpha}_1]+k_2[\boldsymbol{\alpha}_i,\boldsymbol{\alpha}_2]+\cdots+k_s[\boldsymbol{\alpha}_i,\boldsymbol{\alpha}_s]\\&=k_i[\boldsymbol{\alpha}_i,\boldsymbol{\alpha}_i]\quad(\text{因为 }\boldsymbol{\alpha}_1,\boldsymbol{\alpha}_2,\cdots,\boldsymbol{\alpha}_s\text{ 是一个正交向量组}),\end{aligned}$$

因此 $k_i=0$，$i=1$，2，…，s，所以 $\boldsymbol{\alpha}_1$，$\boldsymbol{\alpha}_2$，…，$\boldsymbol{\alpha}_s$ 线性无关.

给定 $\mathbf{R}^n$ 中线性无关的向量组 $\boldsymbol{\alpha}_1$，$\boldsymbol{\alpha}_2$，…，$\boldsymbol{\alpha}_s$，则可以生成正交向量组 $\boldsymbol{\beta}_1$，$\boldsymbol{\beta}_2$，…，$\boldsymbol{\beta}_s$，并使得这两个向量组等价.

由一个线性无关的向量组生成等价的正交向量组的过程，称为将该向量组**正交化**. 可以应用**施密特正交化方法**将一个线性无关的向量组化为等价的正交向量组. 施密特正交化方法如下：令

$$\boldsymbol{\beta}_1=\boldsymbol{\alpha}_1;$$

$$\boldsymbol{\beta}_2=\boldsymbol{\alpha}_2-\frac{[\boldsymbol{\beta}_1,\boldsymbol{\alpha}_2]}{[\boldsymbol{\beta}_1,\boldsymbol{\beta}_1]}\boldsymbol{\beta}_1;$$

……

$$\boldsymbol{\beta}_s=\boldsymbol{\alpha}_s-\frac{[\boldsymbol{\beta}_1,\boldsymbol{\alpha}_s]}{[\boldsymbol{\beta}_1,\boldsymbol{\beta}_1]}\boldsymbol{\beta}_1-\frac{[\boldsymbol{\beta}_2,\boldsymbol{\alpha}_s]}{[\boldsymbol{\beta}_2,\boldsymbol{\beta}_2]}\boldsymbol{\beta}_2-\cdots-\frac{[\boldsymbol{\beta}_{s-1},\boldsymbol{\alpha}_s]}{[\boldsymbol{\beta}_{s-1},\boldsymbol{\beta}_{s-1}]}\boldsymbol{\beta}_{s-1}.$$

可以验证 $\boldsymbol{\beta}_1$，$\boldsymbol{\beta}_2$，…，$\boldsymbol{\beta}_s$ 是正交向量组，且 $\boldsymbol{\beta}_1$，$\boldsymbol{\beta}_2$，…，$\boldsymbol{\beta}_s$ 与 $\boldsymbol{\alpha}_1$，$\boldsymbol{\alpha}_2$，…，$\boldsymbol{\alpha}_s$ 等价.

进一步，将 $\boldsymbol{\beta}_1$，$\boldsymbol{\beta}_2$，…，$\boldsymbol{\beta}_s$ 单位化，即取

$$\boldsymbol{e}_1=\frac{\boldsymbol{\beta}_1}{\|\boldsymbol{\beta}_1\|},\ \boldsymbol{e}_2=\frac{\boldsymbol{\beta}_2}{\|\boldsymbol{\beta}_2\|},\ \cdots,\ \boldsymbol{e}_s=\frac{\boldsymbol{\beta}_s}{\|\boldsymbol{\beta}_s\|},$$

则 $\boldsymbol{e}_1$，$\boldsymbol{e}_2$，…，$\boldsymbol{e}_s$ 是一个单位正交向量组.

例 3.7.10 设 $\boldsymbol{\alpha}_1=\begin{pmatrix}1\\2\\-1\end{pmatrix}$，$\boldsymbol{\alpha}_2=\begin{pmatrix}-1\\3\\1\end{pmatrix}$，$\boldsymbol{\alpha}_3=\begin{pmatrix}4\\-1\\0\end{pmatrix}$. 已知向量组 $\boldsymbol{\alpha}_1$，$\boldsymbol{\alpha}_2$，$\boldsymbol{\alpha}_3$ 是线性无关的，试将该向量组化为单位正交向量组.

解 正交化，取

$\boldsymbol{\beta}_1=\boldsymbol{\alpha}_1$；

$$\boldsymbol{\beta}_2=\boldsymbol{\alpha}_2-\frac{[\boldsymbol{\beta}_1,\boldsymbol{\alpha}_2]}{[\boldsymbol{\beta}_1,\boldsymbol{\beta}_1]}\boldsymbol{\beta}_1=\begin{pmatrix}-1\\3\\1\end{pmatrix}-\frac{2}{3}\begin{pmatrix}1\\2\\-1\end{pmatrix}=\frac{5}{3}\begin{pmatrix}-1\\1\\1\end{pmatrix};$$

$$\boldsymbol{\beta}_3=\boldsymbol{\alpha}_3-\frac{[\boldsymbol{\beta}_1,\boldsymbol{\alpha}_3]}{[\boldsymbol{\beta}_1,\boldsymbol{\beta}_1]}\boldsymbol{\beta}_1-\frac{[\boldsymbol{\beta}_2,\boldsymbol{\alpha}_3]}{[\boldsymbol{\beta}_2,\boldsymbol{\beta}_2]}\boldsymbol{\beta}_2=\begin{pmatrix}4\\-1\\0\end{pmatrix}-\frac{1}{3}\begin{pmatrix}1\\2\\-1\end{pmatrix}+\frac{5}{3}\begin{pmatrix}-1\\1\\1\end{pmatrix}=\begin{pmatrix}2\\0\\2\end{pmatrix};$$

单位化，得

$$\boldsymbol{e}_1=\frac{\boldsymbol{\beta}_1}{\|\boldsymbol{\beta}_1\|}=\frac{1}{\sqrt{6}}\begin{pmatrix}1\\2\\-1\end{pmatrix},\quad \boldsymbol{e}_2=\frac{\boldsymbol{\beta}_2}{\|\boldsymbol{\beta}_2\|}=\frac{1}{\sqrt{3}}\begin{pmatrix}-1\\1\\1\end{pmatrix},\quad \boldsymbol{e}_3=\frac{\boldsymbol{\beta}_3}{\|\boldsymbol{\beta}_3\|}=\frac{1}{\sqrt{2}}\begin{pmatrix}1\\0\\1\end{pmatrix},$$

故 $\boldsymbol{e}_1$，$\boldsymbol{e}_2$，$\boldsymbol{e}_3$ 即为所求.

3.7.3 标准正交基（规范正交基）

定义 3.7.8 设 $V\subset\mathbf{R}^n$ 是一个向量空间.

（1）若 $\boldsymbol{\alpha}_1$，$\boldsymbol{\alpha}_2$，…，$\boldsymbol{\alpha}_r$ 是向量空间 V 的一个基，且两两正交，则称 $\boldsymbol{\alpha}_1$，$\boldsymbol{\alpha}_2$，…，$\boldsymbol{\alpha}_r$ 是向量空间 V 的正交基.

（2）若 $\boldsymbol{e}_1$，$\boldsymbol{e}_2$，…，$\boldsymbol{e}_r$ 是向量空间 V 的一个基，两两正交，且都是单位向量，则称 $\boldsymbol{e}_1$，$\boldsymbol{e}_2$，…，$\boldsymbol{e}_r$ 是向量空间 V 的一个标准正交基（规范正交基）.

设 $\boldsymbol{\alpha}_1$，$\boldsymbol{\alpha}_2$，…，$\boldsymbol{\alpha}_r$ 是向量空间 V 的一个基，则通过对 $\boldsymbol{\alpha}_1$，$\boldsymbol{\alpha}_2$，…，$\boldsymbol{\alpha}_r$ 应用施密特正交化方法，再单位化，就可以得到向量空间 V 的一个标准正交基（规范正交基）.

3.7.4 正交矩阵

定义 3.7.9 若 n 阶方阵 $\boldsymbol{A}$ 满足

$$\boldsymbol{A}^{\mathrm{T}}\boldsymbol{A}=\boldsymbol{E},$$

则称 $\boldsymbol{A}$ 为正交矩阵，简称正交阵.

正交矩阵的性质：

（1）若 $\boldsymbol{A}$ 为正交矩阵，则 $\boldsymbol{A}$ 的行列式为 1 或 -1；

（2）若 $\boldsymbol{A}$ 为正交矩阵，则 $\boldsymbol{A}$ 可逆，且 $\boldsymbol{A}^{-1}=\boldsymbol{A}^{\mathrm{T}}$；

（3）若 $\boldsymbol{A}$，$\boldsymbol{B}$ 均为正交矩阵，则 $\boldsymbol{AB}$ 为正交矩阵.

证 （1）由于 $\boldsymbol{A}^{\mathrm{T}}\boldsymbol{A}=\boldsymbol{E}$，因此 $|\boldsymbol{A}^{\mathrm{T}}\boldsymbol{A}|=|\boldsymbol{E}|$，即 $|\boldsymbol{A}|^2=1$，因此 $|\boldsymbol{A}|=1$ 或 -1.

（2）由于 $\boldsymbol{A}^{\mathrm{T}}\boldsymbol{A}=\boldsymbol{E}$，因此 $\boldsymbol{A}$ 可逆；由于 $\boldsymbol{A}^{\mathrm{T}}\boldsymbol{A}=\boldsymbol{E}$，故 $\boldsymbol{A}^{-1}=\boldsymbol{A}^{\mathrm{T}}$.

（3）由已知有 $\boldsymbol{A}^{\mathrm{T}}\boldsymbol{A}=\boldsymbol{E}$，$\boldsymbol{B}^{\mathrm{T}}\boldsymbol{B}=\boldsymbol{E}$，从而

$$(\boldsymbol{AB})^{\mathrm{T}}(\boldsymbol{AB})=\boldsymbol{B}^{\mathrm{T}}\boldsymbol{A}^{\mathrm{T}}\boldsymbol{AB}=\boldsymbol{B}^{\mathrm{T}}\boldsymbol{B}=\boldsymbol{E},$$

故 $\boldsymbol{AB}$ 为正交矩阵.

定理 3.7.2 n 阶方阵 $\boldsymbol{A}$ 为正交矩阵的充分必要条件是 $\boldsymbol{A}$ 的列（行）向量组是单位正交向量组.

证 设 $\boldsymbol{A}=(\boldsymbol{\alpha}_1\quad\boldsymbol{\alpha}_2\quad\cdots\quad\boldsymbol{\alpha}_n)$，其中 $\boldsymbol{\alpha}_1,\boldsymbol{\alpha}_2,\cdots,\boldsymbol{\alpha}_n$ 为 $\boldsymbol{A}$ 的列向量组，$\boldsymbol{A}$ 为正交矩阵等价于 $\boldsymbol{A}^{\mathrm{T}}\boldsymbol{A}=\boldsymbol{E}$，而

$$\boldsymbol{A}^{\mathrm{T}}\boldsymbol{A}=\begin{pmatrix}\boldsymbol{\alpha}_1^{\mathrm{T}}\\\boldsymbol{\alpha}_2^{\mathrm{T}}\\\vdots\\\boldsymbol{\alpha}_n^{\mathrm{T}}\end{pmatrix}(\boldsymbol{\alpha}_1\quad\boldsymbol{\alpha}_2\quad\cdots\quad\boldsymbol{\alpha}_n)=\begin{pmatrix}\boldsymbol{\alpha}_1^{\mathrm{T}}\boldsymbol{\alpha}_1&\boldsymbol{\alpha}_1^{\mathrm{T}}\boldsymbol{\alpha}_2&\cdots&\boldsymbol{\alpha}_1^{\mathrm{T}}\boldsymbol{\alpha}_n\\\boldsymbol{\alpha}_2^{\mathrm{T}}\boldsymbol{\alpha}_1&\boldsymbol{\alpha}_2^{\mathrm{T}}\boldsymbol{\alpha}_2&\cdots&\boldsymbol{\alpha}_2^{\mathrm{T}}\boldsymbol{\alpha}_n\\\vdots&\vdots&&\vdots\\\boldsymbol{\alpha}_n^{\mathrm{T}}\boldsymbol{\alpha}_1&\boldsymbol{\alpha}_n^{\mathrm{T}}\boldsymbol{\alpha}_2&\cdots&\boldsymbol{\alpha}_n^{\mathrm{T}}\boldsymbol{\alpha}_n\end{pmatrix},$$

因此 $\boldsymbol{A}^{\mathrm{T}}\boldsymbol{A}=\boldsymbol{E}$ 等价于

$$\begin{cases}\boldsymbol{\alpha}_i^{\mathrm{T}}\boldsymbol{\alpha}_i=1, & i=1,2,\cdots,n\\\boldsymbol{\alpha}_i^{\mathrm{T}}\boldsymbol{\alpha}_j=0, & i\neq j,\ i,j=1,2,\cdots,n\end{cases},$$

即 $\boldsymbol{A}$ 为正交矩阵的充分必要条件是 $\boldsymbol{A}$ 的列向量组是单位正交向量组.

同理可得，$\boldsymbol{A}$ 为正交矩阵的充分必要条件是 $\boldsymbol{A}$ 的行向量组是单位正交向量组.

例 3.7.11 判别下列矩阵是否为正交矩阵：

(1) $\begin{pmatrix}1&-\dfrac{1}{2}&\dfrac{1}{3}\\-\dfrac{1}{2}&1&\dfrac{1}{2}\\\dfrac{1}{3}&\dfrac{1}{2}&-1\end{pmatrix}$；　　(2) $\begin{pmatrix}0&1&0\\\dfrac{1}{\sqrt{2}}&0&\dfrac{1}{\sqrt{2}}\\-\dfrac{1}{\sqrt{2}}&0&\dfrac{1}{\sqrt{2}}\end{pmatrix}$.

解 (1) 考察矩阵的第 1 列和第 2 列，由于

$$1\times\left(-\frac{1}{2}\right)+\left(-\frac{1}{2}\right)\times1+\frac{1}{3}\times\frac{1}{2}\neq0,$$

故它不是正交矩阵.

(2) 由正交矩阵的定义，有

$$\begin{pmatrix}0&1&0\\\dfrac{1}{\sqrt{2}}&0&\dfrac{1}{\sqrt{2}}\\-\dfrac{1}{\sqrt{2}}&0&\dfrac{1}{\sqrt{2}}\end{pmatrix}^{\mathrm{T}}\begin{pmatrix}0&1&0\\\dfrac{1}{\sqrt{2}}&0&\dfrac{1}{\sqrt{2}}\\-\dfrac{1}{\sqrt{2}}&0&\dfrac{1}{\sqrt{2}}\end{pmatrix}=\begin{pmatrix}1&0&0\\0&1&0\\0&0&1\end{pmatrix},$$

故它是正交矩阵.

习题 3.7

微课

3.7 节自测题

1. 求向量 $\boldsymbol{\alpha}$ 与 $\boldsymbol{\beta}$ 的内积：

(1) $\boldsymbol{\alpha}=(1,\ -2,\ 2)^{\mathrm{T}}$，$\boldsymbol{\beta}=(2,\ 2,\ -1)^{\mathrm{T}}$；

(2) $\boldsymbol{\alpha}=\left(\dfrac{2}{\sqrt{2}},\ -\dfrac{1}{2},\ 2,\ \dfrac{\sqrt{2}}{4}\right)^{\mathrm{T}}$，$\boldsymbol{\beta}=\left(-\dfrac{\sqrt{2}}{2},\ -2,\ \dfrac{1}{2},\ \sqrt{2}\right)^{\mathrm{T}}$.

2. 设 $\boldsymbol{\alpha}_1$，$\boldsymbol{\alpha}_2$，$\boldsymbol{\alpha}_3$ 是一个单位正交向量组，求 $\|\boldsymbol{\alpha}_1-3\boldsymbol{\alpha}_2+4\boldsymbol{\alpha}_3\|$.

3. 将下列线性无关的向量组正交化、单位化：

(1) $\boldsymbol{\alpha}_1=\begin{pmatrix}1\\1\\0\end{pmatrix}$，$\boldsymbol{\alpha}_2=\begin{pmatrix}0\\1\\1\end{pmatrix}$，$\boldsymbol{\alpha}_3=\begin{pmatrix}1\\0\\1\end{pmatrix}$；

(2) $\boldsymbol{\alpha}_1=(1,\ 1,\ 1,\ 1)^{\mathrm{T}}$，$\boldsymbol{\alpha}_2=(1,\ -1,\ 0,\ 4)^{\mathrm{T}}$，$\boldsymbol{\alpha}_3=(3,\ 5,\ 1,\ -1)^{\mathrm{T}}$.

4. 已知 $\boldsymbol{\alpha}_1=\begin{pmatrix}1\\1\\1\end{pmatrix}$，求一组非零向量 $\boldsymbol{\alpha}_2$，$\boldsymbol{\alpha}_3$，使 $\boldsymbol{\alpha}_1$，$\boldsymbol{\alpha}_2$，$\boldsymbol{\alpha}_3$ 两两正交.

5. 判断下列矩阵是否为正交矩阵：

(1) $\begin{pmatrix}\dfrac{\sqrt{2}}{2} & -\dfrac{1}{2}\\ \dfrac{1}{2} & \dfrac{\sqrt{2}}{2}\end{pmatrix}$；　　(2) $\begin{pmatrix}3 & 1 & 1\\ -2 & 3 & 3\\ 1 & 4 & -3\end{pmatrix}$.

6. 设 $\boldsymbol{\alpha}_1$，$\boldsymbol{\alpha}_2$ 为 n 维向量，$\boldsymbol{A}$ 为正交矩阵. 证明：

(1) $[\boldsymbol{A}\boldsymbol{\alpha}_1,\ \boldsymbol{A}\boldsymbol{\alpha}_2]=[\boldsymbol{\alpha}_1,\ \boldsymbol{\alpha}_2]$；　　(2) $\|\boldsymbol{A}\boldsymbol{\alpha}_1\|=\|\boldsymbol{\alpha}_1\|$.

本章小结

n 元齐次线性方程组 $\boldsymbol{Ax}=\boldsymbol{0}$ 有非零解的充分必要条件是系数矩阵的秩 $R(\boldsymbol{A})$ 小于未知数的个数 n. 并且当 $\boldsymbol{Ax}=\boldsymbol{0}$ 有非零解时其基础解系一定存在，每个基础解系中含有 $n-R(\boldsymbol{A})$ 个解向量，齐次线性方程组的全部解就是这 $n-R(\boldsymbol{A})$ 个解向量的线性组合.

n 元非齐次线性方程组 $\boldsymbol{Ax}=\boldsymbol{b}$ 有解的充分必要条件是系数矩阵的秩 $R(\boldsymbol{A})$ 与增广矩阵的秩 $R(\bar{\boldsymbol{A}})$ 相等. 当且仅当 $R(\boldsymbol{A})$、$R(\bar{\boldsymbol{A}})$、未知数的个数 n 三者相等时，方程组有唯一解；当且仅当 $R(\boldsymbol{A})=R(\bar{\boldsymbol{A}})<n$ 时，方程组有无穷多解，这时，只要找到一个特解，再求出导出组的全部解，方程组的全部解就是特解加导出组的全部解.

由 n 个数组成的一个有序数组称为一个 n 维向量，本章定义了 n 维向量间的加法与数乘运算、向量空间、基与维数等概念.

向量组的线性表示等价于对应的非齐次线性方程组有解；向量组的线性相关等价于对应的齐次线性方程组有非零解，向量组的线性无关等价于对应的齐次线性方程组只有零解；通过求矩阵的秩可以求出对应的向量组的秩，通过求矩阵的最高阶非零子式可以得到对应的向量组的极大无关组.

为方便后续章节的学习，本章还介绍了向量的内积、向量的长度、正交向量以及正交向量组. 通过施密特正交化方法可以将线性无关的向量组化为正交向量组，继续进行单位化就可以得到一个单位正交向量组. 由 n 个 n 维单位正交向量构成的矩阵是一个正交矩阵.

微课

第 3 章小结

讲解视频（1）

微课

第 3 章小结

讲解视频（2）

总复习题 3

1. 设 $\boldsymbol{A}$ 为 $m\times n$ 阶矩阵，证明：方程 $\boldsymbol{AX}=\boldsymbol{E}$ 有解的充分必要条件是 $R(\boldsymbol{A})=m$.

2. 设有向量组

$$\boldsymbol{\alpha}_1=\begin{pmatrix}1\\1\\0\end{pmatrix},\quad \boldsymbol{\alpha}_2=\begin{pmatrix}3\\1\\1\end{pmatrix},\quad \boldsymbol{\alpha}_3=\begin{pmatrix}2\\3\\-1\end{pmatrix},\quad \boldsymbol{\alpha}_4=\begin{pmatrix}-2\\2\\3\end{pmatrix},$$

$\boldsymbol{A}$ 为三阶方阵，且有 $\boldsymbol{A\alpha}_1=\boldsymbol{\alpha}_2$，$\boldsymbol{A\alpha}_2=\boldsymbol{\alpha}_3$，$\boldsymbol{A\alpha}_3=\boldsymbol{\alpha}_4$. 求：(1) $|\boldsymbol{A}|$；(2) $\boldsymbol{A\alpha}_4$.

3. 已知三阶方阵 $\boldsymbol{A}$ 与三维向量 $\boldsymbol{x}$ 满足 $\boldsymbol{A}^3\boldsymbol{x}=3\boldsymbol{Ax}-2\boldsymbol{A}^2\boldsymbol{x}$，且向量组 $\boldsymbol{x}$，$\boldsymbol{Ax}$，$\boldsymbol{A}^2\boldsymbol{x}$ 线性无关.

(1) 记矩阵 $\boldsymbol{P}=(\boldsymbol{x}\quad \boldsymbol{Ax}\quad \boldsymbol{A}^2\boldsymbol{x})$，求矩阵 $\boldsymbol{B}$，使得 $\boldsymbol{AP}=\boldsymbol{PB}$；

(2) 求 $|\boldsymbol{A}|$.

4. 已知四阶矩阵 $\boldsymbol{A}=(\boldsymbol{\alpha}_1\quad \boldsymbol{\alpha}_2\quad \boldsymbol{\alpha}_3\quad \boldsymbol{\alpha}_4)$，$\boldsymbol{\alpha}_1$，$\boldsymbol{\alpha}_2$，$\boldsymbol{\alpha}_3$，$\boldsymbol{\alpha}_4$ 均为四维列向量，其中 $\boldsymbol{\alpha}_2$，$\boldsymbol{\alpha}_3$，$\boldsymbol{\alpha}_4$ 线性无关，$\boldsymbol{\alpha}_1=2\boldsymbol{\alpha}_2-\boldsymbol{\alpha}_3$，若 $\boldsymbol{\beta}=\boldsymbol{\alpha}_1+\boldsymbol{\alpha}_2+\boldsymbol{\alpha}_3+\boldsymbol{\alpha}_4$，求 $\boldsymbol{Ax}=\boldsymbol{\beta}$ 的通解.

5. 设向量组 $\boldsymbol{\alpha}_1$，$\boldsymbol{\alpha}_2$，…，$\boldsymbol{\alpha}_s$ 是齐次线性方程组 $\boldsymbol{Ax}=\boldsymbol{0}$ 的一个基础解系，向量 $\boldsymbol{\beta}$ 不是 $\boldsymbol{Ax}=\boldsymbol{0}$ 的解. 证明：$\boldsymbol{\beta}$，$\boldsymbol{\beta}+\boldsymbol{\alpha}_1$，$\boldsymbol{\beta}+\boldsymbol{\alpha}_2$，…，$\boldsymbol{\beta}+\boldsymbol{\alpha}_s$ 线性无关.

6. 设 $\boldsymbol{A}$ 为 n 阶方阵，

(1) 若 $\boldsymbol{A}$ 的每行元素之和为零，且 $R(\boldsymbol{A})=n-1$，求 $\boldsymbol{Ax}=\boldsymbol{0}$ 的通解；

(2) 若每个 n 维向量都是 $\boldsymbol{Ax}=\boldsymbol{0}$ 的解，求 $R(\boldsymbol{A})$.

7. 设 $\boldsymbol{\alpha}_1$，$\boldsymbol{\alpha}_2$，…，$\boldsymbol{\alpha}_n$ 是 $\mathbf{R}^n$ 的一组标准正交基，$\boldsymbol{A}$ 为 n 阶正交矩阵. 证明：$\boldsymbol{A\alpha}_1$，$\boldsymbol{A\alpha}_2$，…，$\boldsymbol{A\alpha}_n$ 是 $\mathbf{R}^n$ 的一组标准正交基.

8. 设 $\boldsymbol{\alpha}_1$，$\boldsymbol{\alpha}_2$，$\boldsymbol{\alpha}_3$ 与 $\boldsymbol{\beta}_1$，$\boldsymbol{\beta}_2$ 是两个线性无关的向量组，且 $[\boldsymbol{\alpha}_i,\boldsymbol{\beta}_j]=0$（$i=1$，2，

3；$j=1, 2$）. 证明：$\boldsymbol{\alpha}_1$，$\boldsymbol{\alpha}_2$，$\boldsymbol{\alpha}_3$，$\boldsymbol{\beta}_1$，$\boldsymbol{\beta}_2$ 线性无关.

9. 设 $\boldsymbol{\alpha}_1=\begin{pmatrix}1\\3\\5\\-1\end{pmatrix}$，$\boldsymbol{\alpha}_2=\begin{pmatrix}2\\7\\a\\4\end{pmatrix}$，$\boldsymbol{\alpha}_3=\begin{pmatrix}5\\17\\-1\\7\end{pmatrix}$.

（1）若向量组 $\boldsymbol{\alpha}_1$，$\boldsymbol{\alpha}_2$，$\boldsymbol{\alpha}_3$ 线性相关，求 a 的值；

（2）当 $a=3$ 时，求与 $\boldsymbol{\alpha}_1$，$\boldsymbol{\alpha}_2$，$\boldsymbol{\alpha}_3$ 都正交的非零向量 $\boldsymbol{\alpha}_4$；

（3）当 $a=3$ 时，证明：任一四维向量均可由向量组 $\boldsymbol{\alpha}_1$，$\boldsymbol{\alpha}_2$，$\boldsymbol{\alpha}_3$，$\boldsymbol{\alpha}_4$ 线性表示.

10. 已知线性方程组Ⅰ：$\begin{cases}x_1+x_2+x_3+x_4=0\\2x_3+x_4=b\end{cases}$，Ⅱ：$\begin{cases}x_1+ax_2+3x_3+2x_4=-1\\2x_1+2x_2+x_4=1\end{cases}$.

（1）当 a，b 为何值时，方程组Ⅰ与Ⅱ有公共解？求其公共解.

（2）当 a，b 为何值时，方程组Ⅰ与Ⅱ有相同解？求其解.

第 4 章 矩阵的特征值与特征向量

矩阵的特征值和特征向量是矩阵理论的重要组成部分，在生物医药、科学技术、经济社会等众多领域有着广泛的应用. 本章主要探讨矩阵的特征值与特征向量、方阵的相似及对角化、实对称矩阵的对角化等问题.

4.1 特征值与特征向量的概念和性质

4.1.1 矩阵的特征值与特征向量的概念

定义 4.1.1 设 $\boldsymbol{A}$ 为 n 阶方阵，若存在数 λ 和 n 维非零列向量 $\boldsymbol{\alpha}$，使得

$$\boldsymbol{A\alpha}=\lambda\boldsymbol{\alpha}$$

成立，则称数 λ 为矩阵 $\boldsymbol{A}$ 的特征值，称非零列向量 $\boldsymbol{\alpha}$ 为 $\boldsymbol{A}$ 的对应于特征值 λ 的特征向量（或称为 $\boldsymbol{A}$ 的属于特征值 λ 的特征向量）.

微课

定义 4.1.1 讲解视频

例如，对方阵 $\boldsymbol{A}=\begin{pmatrix}1 & 1\\ 4 & 1\end{pmatrix}$ 与非零列向量 $\boldsymbol{\alpha}=\begin{pmatrix}1\\ 2\end{pmatrix}$，因为

$$\boldsymbol{A\alpha}=\begin{pmatrix}3\\ 6\end{pmatrix}=3\boldsymbol{\alpha},$$

由定义 4.1.1 知，实数 3 为矩阵 $\boldsymbol{A}$ 的特征值，而非零列向量 $\boldsymbol{\alpha}$ 为 $\boldsymbol{A}$ 的对应于特征值 3 的特征向量.

微课

特征值与特征向量求法讲解视频

下面探讨矩阵 $\boldsymbol{A}$ 的特征值与特征向量的求法.

若 λ 是 $\boldsymbol{A}$ 的特征值，由定义 4.1.1 知，必存在 n 维非零列向量 $\boldsymbol{\alpha}$，使得 $\boldsymbol{A\alpha}=\lambda\boldsymbol{\alpha}$ 成立，即有 $(\lambda\boldsymbol{E}-\boldsymbol{A})\boldsymbol{\alpha}=\boldsymbol{0}$，这意味着，$n$ 元齐次线性方程组 $(\lambda\boldsymbol{E}-\boldsymbol{A})\boldsymbol{x}=\boldsymbol{0}$ 有非零解，从而 $|\lambda\boldsymbol{E}-\boldsymbol{A}|=0$；反过来，当数 λ 满足 $|\lambda\boldsymbol{E}-\boldsymbol{A}|=0$ 时，齐次线性方程组 $(\lambda\boldsymbol{E}-\boldsymbol{A})\boldsymbol{x}=\boldsymbol{0}$ 有非零解，即存在非零列向量 $\boldsymbol{\alpha}$，满足 $(\lambda\boldsymbol{E}-\boldsymbol{A})\boldsymbol{\alpha}=\boldsymbol{0}$，亦即 $\boldsymbol{A\alpha}=\lambda\boldsymbol{\alpha}$ 成立，从而 λ 是 $\boldsymbol{A}$ 的特征值. 以上分析表明，λ 是 $\boldsymbol{A}$ 的特征值的充分必要条件是数 λ 应满足 $|\lambda\boldsymbol{E}-\boldsymbol{A}|=0$，同时，对应于特征值 λ 的特征向量 $\boldsymbol{\alpha}$ 为齐次线性方程组 $(\lambda\boldsymbol{E}-\boldsymbol{A})\boldsymbol{x}=\boldsymbol{0}$ 的非零解.

定义 4.1.2 设 $\boldsymbol{A}$ 为 n 阶方阵，记

$$f(\lambda)=|\lambda\boldsymbol{E}-\boldsymbol{A}|=\begin{vmatrix}\lambda-a_{11} & -a_{12} & \cdots & -a_{1n}\\ -a_{21} & \lambda-a_{22} & \cdots & -a_{2n}\\ \vdots & \vdots & & \vdots\\ -a_{n1} & -a_{n2} & \cdots & \lambda-a_{nn}\end{vmatrix},$$

称 $f(\lambda)=|\lambda\boldsymbol{E}-\boldsymbol{A}|$ 为矩阵 $\boldsymbol{A}$ 的特征多项式，$|\lambda\boldsymbol{E}-\boldsymbol{A}|=0$ 为矩阵 $\boldsymbol{A}$ 的特征方程.

不难发现，特征多项式 $f(\lambda)=|\lambda\boldsymbol{E}-\boldsymbol{A}|$ 为关于 λ 的 n 次多项式，特征方程 $|\lambda\boldsymbol{E}-\boldsymbol{A}|=0$ 是以 λ 为未知数的一元 n 次方程. 因此，n 阶方阵 $\boldsymbol{A}$ 有 n 个特征值. 特征方程 $|\lambda\boldsymbol{E}-\boldsymbol{A}|=0$ 的 k 重根就称为方阵 $\boldsymbol{A}$ 的 k 重特征值.

例 4.1.1 求矩阵 $\boldsymbol{A}=\begin{pmatrix}1 & 1\\ 4 & 1\end{pmatrix}$ 的特征值与特征向量.

解 $\boldsymbol{A}$ 的特征方程为

$$|\lambda\boldsymbol{E}-\boldsymbol{A}|=\begin{vmatrix}\lambda-1 & -1\\ -4 & \lambda-1\end{vmatrix}=(\lambda-3)(\lambda+1)=0,$$

解得 $\boldsymbol{A}$ 的特征值为 $\lambda_1=3$，$\lambda_2=-1$.

当 $\lambda_1=3$ 时，解齐次线性方程组 $(3\boldsymbol{E}-\boldsymbol{A})\boldsymbol{x}=\boldsymbol{0}$，由

$$3\boldsymbol{E}-\boldsymbol{A}=\begin{pmatrix}2 & -1\\ -4 & 2\end{pmatrix}\xrightarrow{r}\begin{pmatrix}1 & -\dfrac{1}{2}\\ 0 & 0\end{pmatrix}$$

可知，原方程组化简为

$$x_1-\frac{1}{2}x_2=0,$$

取基础解系为 $\boldsymbol{\xi}_1=\begin{pmatrix}1\\ 2\end{pmatrix}$，则 $\boldsymbol{A}$ 的对应于 $\lambda_1=3$ 的全部特征向量为 $k_1\boldsymbol{\xi}_1$，其中 k_1 为任意非零常数.

当 $\lambda_2=-1$ 时，解齐次线性方程组 $(-\boldsymbol{E}-\boldsymbol{A})\boldsymbol{x}=\boldsymbol{0}$，由

$$-\boldsymbol{E}-\boldsymbol{A}=\begin{pmatrix}-2 & -1\\ -4 & -2\end{pmatrix}\xrightarrow{r}\begin{pmatrix}1 & \dfrac{1}{2}\\ 0 & 0\end{pmatrix}$$

可知，原方程组化简为

$$x_1+\frac{1}{2}x_2=0,$$

取基础解系为 $\boldsymbol{\xi}_2=\begin{pmatrix}1\\ -2\end{pmatrix}$，则 $\boldsymbol{A}$ 的对应于 $\lambda_2=-1$ 的全部特征向量为 $k_2\boldsymbol{\xi}_2$，其中 k_2 为任

意非零常数.

例 4.1.2 求矩阵 $\boldsymbol{A}=\begin{pmatrix}-1 & 1 & 0\\ -4 & 3 & 0\\ 2 & 0 & -1\end{pmatrix}$ 的特征值与特征向量.

解 $\boldsymbol{A}$ 的特征方程为

$$|\lambda\boldsymbol{E}-\boldsymbol{A}|=\begin{vmatrix}\lambda+1 & -1 & 0\\ 4 & \lambda-3 & 0\\ -2 & 0 & \lambda+1\end{vmatrix}=(\lambda+1)(\lambda-1)^2=0,$$

解得 $\boldsymbol{A}$ 的特征值为 $\lambda_1=-1$，$\lambda_2=\lambda_3=1$.

当 $\lambda_1=-1$ 时，解齐次线性方程组 $(-\boldsymbol{E}-\boldsymbol{A})\boldsymbol{x}=\boldsymbol{0}$，由

$$-\boldsymbol{E}-\boldsymbol{A}=\begin{pmatrix}0 & -1 & 0\\ 4 & -4 & 0\\ -2 & 0 & 0\end{pmatrix}\xrightarrow{r}\begin{pmatrix}1 & 0 & 0\\ 0 & 1 & 0\\ 0 & 0 & 0\end{pmatrix}$$

可知，原方程组化简为

$$\begin{cases}x_1=0\\ x_2=0\end{cases},$$

取基础解系为 $\boldsymbol{\xi}_1=\begin{pmatrix}0\\0\\1\end{pmatrix}$，则 $\boldsymbol{A}$ 的对应于 $\lambda_1=-1$ 的全部特征向量为 $k_1\boldsymbol{\xi}_1$，其中 k_1 为任意非零常数.

当 $\lambda_2=\lambda_3=1$ 时，解齐次线性方程组 $(\boldsymbol{E}-\boldsymbol{A})\boldsymbol{x}=\boldsymbol{0}$，由

$$\boldsymbol{E}-\boldsymbol{A}=\begin{pmatrix}2 & -1 & 0\\ 4 & -2 & 0\\ -2 & 0 & 2\end{pmatrix}\xrightarrow{r}\begin{pmatrix}1 & 0 & -1\\ 0 & 1 & -2\\ 0 & 0 & 0\end{pmatrix}$$

可知，原方程组化简为

$$\begin{cases}x_1=x_3\\ x_2=2x_3\end{cases},$$

取基础解系为 $\boldsymbol{\xi}_2=\begin{pmatrix}1\\2\\1\end{pmatrix}$，则 $\boldsymbol{A}$ 的对应于 $\lambda_2=\lambda_3=1$ 的全部特征向量为 $k_2\boldsymbol{\xi}_2$，其中 k_2 为任意非零常数.

例 4.1.3 求矩阵 $\boldsymbol{A}=\begin{pmatrix}-1 & 2 & 4\\ 0 & 3 & 8\\ 0 & 0 & -1\end{pmatrix}$ 的特征值与特征向量.

微课

例 4.1.3
讲解视频

解 $\boldsymbol{A}$ 的特征方程为

$$|\lambda E-A|=\begin{vmatrix}\lambda+1 & -2 & -4\\ 0 & \lambda-3 & -8\\ 0 & 0 & \lambda+1\end{vmatrix}=(\lambda-3)(\lambda+1)^2=0,$$

解得 A 的特征值为 $\lambda_1=3$，$\lambda_2=\lambda_3=-1$.

当 $\lambda_1=3$ 时，解线性方程组 $(3E-A)x=0$，对 $3E-A$ 作初等行变换，由于

$$3E-A=\begin{pmatrix}4 & -2 & -4\\ 0 & 0 & -8\\ 0 & 0 & 4\end{pmatrix}\xrightarrow{r}\begin{pmatrix}1 & -\frac{1}{2} & 0\\ 0 & 0 & 1\\ 0 & 0 & 0\end{pmatrix},$$

取基础解系为 $\xi_1=\begin{pmatrix}1\\2\\0\end{pmatrix}$，则 A 的对应于 $\lambda_1=3$ 的全部特征向量为 $k_1\xi_1$，其中 k_1 为任意非零常数.

当 $\lambda_2=\lambda_3=-1$ 时，解线性方程组 $(-E-A)x=0$，对 $-E-A$ 作初等行变换，由于

$$-E-A=\begin{pmatrix}0 & -2 & -4\\ 0 & -4 & -8\\ 0 & 0 & 0\end{pmatrix}\xrightarrow{r}\begin{pmatrix}0 & 1 & 2\\ 0 & 0 & 0\\ 0 & 0 & 0\end{pmatrix},$$

取基础解系为 $\xi_2=\begin{pmatrix}1\\0\\0\end{pmatrix}$，$\xi_3=\begin{pmatrix}0\\-2\\1\end{pmatrix}$，因此 A 的对应于 $\lambda_2=\lambda_3=-1$ 的全部特征向量为 $k_2\xi_2+k_3\xi_3$（其中，k_2，k_3 不同时为 0）.

注 在例 4.1.3 中，矩阵 A 的特征值恰好等于 A 的对角线上的元素. 事实上，上三角形矩阵、下三角形矩阵以及对角矩阵的特征值就是相应矩阵主对角线上的元素. 特别地，n 阶单位矩阵 E 的 n 个特征值全为 1，n 阶零矩阵的特征值全为 0.

矩阵 A 的对应于某一个特征值的特征向量是不唯一的. 事实上，若 α 为对应于特征值 λ 的特征向量，对于任意的非零数 k，显然

$$A(k\alpha)=k(A\alpha)=k(\lambda\alpha)=\lambda(k\alpha),$$

则非零向量 $k\alpha$ 也为矩阵 A 的对应于特征值 λ 的特征向量. 更一般地，若 α_1，α_2，…，α_s 为 A 的对应于同一特征值 λ 的特征向量，则由

$$\begin{aligned}A(k_1\alpha_1+k_2\alpha_2+\cdots+k_s\alpha_s)&=k_1A\alpha_1+k_2A\alpha_2+\cdots+k_sA\alpha_s\\ &=k_1\lambda\alpha_1+k_2\lambda\alpha_2+\cdots+k_s\lambda\alpha_s\\ &=\lambda(k_1\alpha_1+k_2\alpha_2+\cdots+k_s\alpha_s)\end{aligned}$$

可知，若 $k_1\alpha_1+k_2\alpha_2+\cdots+k_s\alpha_s$ 为非零向量，则它仍为 A 的对应于特征值 λ 的特征向量. 但是，矩阵 A 的一个特征向量只能对应一个特征值. 这是因为，假定 A 的特征向量 α 满足

$\boldsymbol{A\alpha}=\lambda\boldsymbol{\alpha}$，$\boldsymbol{A\alpha}=\lambda'\boldsymbol{\alpha}$，则有 $(\lambda-\lambda')\boldsymbol{\alpha}=\boldsymbol{0}$，由于特征向量 $\boldsymbol{\alpha}$ 为非零向量，因此必有 $\lambda-\lambda'=0$ 成立，即 $\lambda=\lambda'$，故特征值唯一.

例 4.1.4 设 n 阶方阵 $\boldsymbol{A}$ 满足 $\boldsymbol{A}^2-2\boldsymbol{A}-3\boldsymbol{E}=\boldsymbol{O}$，证明 $\boldsymbol{A}$ 的特征值只能为 3 或 -1.

证 设 λ 为矩阵 $\boldsymbol{A}$ 的特征值，则存在 n 维列向量 $\boldsymbol{\xi}\neq\boldsymbol{0}$，使得 $\boldsymbol{A\xi}=\lambda\boldsymbol{\xi}$，因此

$$\begin{aligned}(\boldsymbol{A}^2-2\boldsymbol{A}-3\boldsymbol{E})\boldsymbol{\xi}&=\boldsymbol{A}^2\boldsymbol{\xi}-2\boldsymbol{A\xi}-3\boldsymbol{E\xi}=\boldsymbol{A}(\boldsymbol{A\xi})-2\lambda\boldsymbol{\xi}-3\boldsymbol{\xi}\\&=\boldsymbol{A}(\lambda\boldsymbol{\xi})-2\lambda\boldsymbol{\xi}-3\boldsymbol{\xi}=\lambda\boldsymbol{A\xi}-2\lambda\boldsymbol{\xi}-3\boldsymbol{\xi}\\&=\lambda^2\boldsymbol{\xi}-2\lambda\boldsymbol{\xi}-3\boldsymbol{\xi}=(\lambda^2-2\lambda-3)\boldsymbol{\xi}.\end{aligned}$$

又因为 $\boldsymbol{A}^2-2\boldsymbol{A}-3\boldsymbol{E}=\boldsymbol{O}$，故 $(\boldsymbol{A}^2-2\boldsymbol{A}-3\boldsymbol{E})\boldsymbol{\xi}=\boldsymbol{0}$，即 $(\lambda^2-2\lambda-3)\boldsymbol{\xi}=\boldsymbol{0}$. 而 $\boldsymbol{\xi}\neq\boldsymbol{0}$，所以 $\lambda^2-2\lambda-3=0$，解得 $\lambda=3$ 或 $\lambda=-1$.

4.1.2 特征值的性质

性质 4.1.1 $\boldsymbol{A}^{\mathrm{T}}$ 与 $\boldsymbol{A}$ 具有相同的特征值.

证 根据行列式的性质，有

$$|\lambda\boldsymbol{E}-\boldsymbol{A}^{\mathrm{T}}|=|(\lambda\boldsymbol{E}-\boldsymbol{A})^{\mathrm{T}}|=|\lambda\boldsymbol{E}-\boldsymbol{A}|,$$

即 $\boldsymbol{A}^{\mathrm{T}}$ 与 $\boldsymbol{A}$ 具有相同的特征多项式，因此 $\boldsymbol{A}^{\mathrm{T}}$ 与 $\boldsymbol{A}$ 具有相同的特征值.

性质 4.1.2 设 n 阶方阵 $\boldsymbol{A}=(a_{ij})_{n\times n}$，记 λ_1，λ_2，…，λ_n 为 $\boldsymbol{A}$ 的 n 个特征值，则有

(1) $\lambda_1+\lambda_2+\cdots+\lambda_n=a_{11}+a_{22}+\cdots+a_{nn}$，

(2) $\lambda_1\lambda_2\cdots\lambda_n=|\boldsymbol{A}|$，

其中，$a_{11}+a_{22}+\cdots+a_{nn}$ 称为方阵 $\boldsymbol{A}$ 的迹，记为 $\mathrm{tr}(\boldsymbol{A})$.

证 因为 λ_1，λ_2，…，λ_n 为 $\boldsymbol{A}$ 的 n 个特征值，所以

$$f(\lambda)=|\lambda\boldsymbol{E}-\boldsymbol{A}|=\begin{vmatrix}\lambda-a_{11}&-a_{12}&\cdots&-a_{1n}\\-a_{21}&\lambda-a_{22}&\cdots&-a_{2n}\\\vdots&\vdots&&\vdots\\-a_{n1}&-a_{n2}&\cdots&\lambda-a_{nn}\end{vmatrix}=(\lambda-\lambda_1)(\lambda-\lambda_2)\cdots(\lambda-\lambda_n).\tag{4.1.1}$$

(1) 一方面，在式 (4.1.1) 的右侧，λ^{n-1} 的系数为 $-\lambda_1-\lambda_2-\cdots-\lambda_n$.

另一方面，$|\lambda\boldsymbol{E}-\boldsymbol{A}|$ 的展开式中 λ^{n-1} 仅在一般项

$$(-1)^{N(12\cdots n)}(\lambda-a_{11})(\lambda-a_{22})\cdots(\lambda-a_{nn})=(\lambda-a_{11})(\lambda-a_{22})\cdots(\lambda-a_{nn})$$

中出现，因此 λ^{n-1} 的系数为 $-a_{11}-a_{22}-\cdots-a_{nn}$.

比较 λ^{n-1} 的系数，有

$$-\lambda_1-\lambda_2-\cdots-\lambda_n=-a_{11}-a_{22}-\cdots-a_{nn},$$

即

$$\lambda_1+\lambda_2+\cdots+\lambda_n=a_{11}+a_{22}+\cdots+a_{nn}.$$

（2）在式（4.1.1）中，取 $\lambda=0$，则有

$$|-\boldsymbol{A}|=(-\lambda_1)(-\lambda_2)\cdots(-\lambda_n),$$

即 $(-1)^n\ |\boldsymbol{A}|=(-1)^n\lambda_1\lambda_2\cdots\lambda_n$，从而 $|\boldsymbol{A}|=\lambda_1\lambda_2\cdots\lambda_n$.

由性质 4.1.2 可以得出如下推论.

推论 4.1.1 n 阶方阵 $\boldsymbol{A}$ 可逆的充分必要条件是 $\boldsymbol{A}$ 的特征值均不为 0.

性质 4.1.3 设 λ_0 为 n 阶方阵 $\boldsymbol{A}$ 的特征值，则

（1）λ_0^2 为 $\boldsymbol{A}^2$ 的特征值；

（2）当 $\boldsymbol{A}$ 可逆时，$\dfrac{1}{\lambda_0}$ 为 $\boldsymbol{A}^{-1}$ 的特征值.

证 因为 λ_0 为 $\boldsymbol{A}$ 的特征值，故存在 n 维列向量 $\boldsymbol{\xi}\neq\boldsymbol{0}$，使得 $\boldsymbol{A\xi}=\lambda_0\boldsymbol{\xi}$. 于是，

（1）$\boldsymbol{A}^2\boldsymbol{\xi}=\boldsymbol{A}(\boldsymbol{A\xi})=\boldsymbol{A}(\lambda_0\boldsymbol{\xi})=\lambda_0(\boldsymbol{A\xi})=\lambda_0(\lambda_0\boldsymbol{\xi})=\lambda_0^2\boldsymbol{\xi}$，所以 λ_0^2 为 $\boldsymbol{A}^2$ 的特征值.

（2）当 $\boldsymbol{A}$ 可逆时，由于 $\boldsymbol{A\xi}=\lambda_0\boldsymbol{\xi}$，在等式两边同时左乘 $\boldsymbol{A}^{-1}$，有 $\boldsymbol{\xi}=\lambda_0\boldsymbol{A}^{-1}\boldsymbol{\xi}$，由推论 4.1.1 知，$\lambda_0\neq 0$，故

$$\boldsymbol{A}^{-1}\boldsymbol{\xi}=\frac{1}{\lambda_0}\boldsymbol{\xi},$$

所以 $\dfrac{1}{\lambda_0}$ 为 $\boldsymbol{A}^{-1}$ 的特征值.

例 4.1.5 设 λ_0 为 n 阶方阵 $\boldsymbol{A}$ 的特征值，证明：当 $\boldsymbol{A}$ 可逆时，$2\lambda_0{}^2+1-\dfrac{3}{\lambda_0}$ 为 $2\boldsymbol{A}^2+\boldsymbol{E}-3\boldsymbol{A}^{-1}$ 的特征值.

证 因为 λ_0 为 $\boldsymbol{A}$ 的特征值，故存在 n 维列向量 $\boldsymbol{\xi}\neq\boldsymbol{0}$，使得 $\boldsymbol{A\xi}=\lambda_0\boldsymbol{\xi}$. 由性质 4.1.3 有

$$\begin{aligned}(2\boldsymbol{A}^2+\boldsymbol{E}-3\boldsymbol{A}^{-1})\boldsymbol{\xi}&=2\boldsymbol{A}^2\boldsymbol{\xi}+\boldsymbol{E\xi}-3\boldsymbol{A}^{-1}\boldsymbol{\xi}\\&=2\lambda_0^2\boldsymbol{\xi}+\boldsymbol{\xi}-\frac{3}{\lambda_0}\boldsymbol{\xi}=(2\lambda_0^2+1-\frac{3}{\lambda_0})\boldsymbol{\xi},\end{aligned}$$

所以 $2\lambda_0^2+1-\dfrac{3}{\lambda_0}$ 为 $2\boldsymbol{A}^2+\boldsymbol{E}-3\boldsymbol{A}^{-1}$ 的特征值.

注 依此类推，不难证明：若 λ_0 为 $\boldsymbol{A}$ 的特征值，则当 m 为正整数时，λ_0^m 为 $\boldsymbol{A}^m$ 的特征值；记

$$\varphi(x)=a_0x^m+a_1x^{m-1}+\cdots+a_{m-1}x+a_m,$$

则 $\varphi(\lambda_0)$ 为方阵 $\varphi(\boldsymbol{A})=a_0\boldsymbol{A}^m+a_1\boldsymbol{A}^{m-1}+\cdots+a_{m-1}\boldsymbol{A}+a_m\boldsymbol{E}$ 的特征值. 若 $\boldsymbol{A}$ 可逆，则上述结论对任意整数 m 均成立.

例 4.1.6 设三阶方阵 $\boldsymbol{A}$ 的特征值为 -1，2，2，试求：

（1）$|2\boldsymbol{A}^2-3\boldsymbol{A}+\boldsymbol{E}|$；

(2) $|3\boldsymbol{A}^*+2\boldsymbol{A}+\boldsymbol{E}|$.

解 (1) 设 $\varphi(\lambda)=2\lambda^2-3\lambda+1$，则

$$\varphi(-1)=6,\quad \varphi(2)=3,\quad \varphi(2)=3$$

为方阵 $\varphi(\boldsymbol{A})=2\boldsymbol{A}^2-3\boldsymbol{A}+\boldsymbol{E}$ 的特征值，由性质 4.1.2 有

$$|2\boldsymbol{A}^2-3\boldsymbol{A}+\boldsymbol{E}|=6\times3\times3=54.$$

(2) 由性质 4.1.2 有 $|\boldsymbol{A}|=(-1)\times2\times2=-4$，则 $\boldsymbol{A}$ 可逆，从而 $\boldsymbol{A}^*=|\boldsymbol{A}|\boldsymbol{A}^{-1}=-4\boldsymbol{A}^{-1}$. 因此

$$3\boldsymbol{A}^*+2\boldsymbol{A}+\boldsymbol{E}=-12\boldsymbol{A}^{-1}+2\boldsymbol{A}+\boldsymbol{E}.$$

设 $\varphi(\lambda)=-\dfrac{12}{\lambda}+2\lambda+1$，则 $\varphi(-1)=11$，$\varphi(2)=-1$，$\varphi(2)=-1$ 为方阵

$$\varphi(\boldsymbol{A})=-12\boldsymbol{A}^{-1}+2\boldsymbol{A}+\boldsymbol{E}$$

的特征值，所以

$$|3\boldsymbol{A}^*+2\boldsymbol{A}+\boldsymbol{E}|=11\times(-1)\times(-1)=11.$$

4.1.3 特征向量的性质

定理 4.1.1 设 $\boldsymbol{\xi}_1$，$\boldsymbol{\xi}_2$，…，$\boldsymbol{\xi}_m$ 分别为方阵 $\boldsymbol{A}$ 的对应于特征值 λ_1，λ_2，…，λ_m 的特征向量，若 λ_1，λ_2，…，λ_m 互不相同，则 $\boldsymbol{\xi}_1$，$\boldsymbol{\xi}_2$，…，$\boldsymbol{\xi}_m$ 线性无关.

证 对数 m 使用数学归纳法.

当 $m=1$ 时，由于特征向量 $\boldsymbol{\xi}_1$ 为非零向量，故 $\boldsymbol{\xi}_1$ 线性无关.

假设当 $m=k$ 时，结论正确，即 $\boldsymbol{\xi}_1$，$\boldsymbol{\xi}_2$，…，$\boldsymbol{\xi}_k$ 线性无关，下面证明 $m=k+1$ 时结论也正确. 设存在数 l_1，l_2，…，l_{k+1}，使得

$$l_1\boldsymbol{\xi}_1+l_2\boldsymbol{\xi}_2\cdots+l_k\boldsymbol{\xi}_k+l_{k+1}\boldsymbol{\xi}_{k+1}=\boldsymbol{0}. \tag{4.1.2}$$

用方阵 $\boldsymbol{A}$ 左乘式 (4.1.2)，得

$$l_1\boldsymbol{A}\boldsymbol{\xi}_1+l_2\boldsymbol{A}\boldsymbol{\xi}_2\cdots+l_k\boldsymbol{A}\boldsymbol{\xi}_k+l_{k+1}\boldsymbol{A}\boldsymbol{\xi}_{k+1}=\boldsymbol{0}. \tag{4.1.3}$$

由假设知，$\boldsymbol{A}\boldsymbol{\xi}_i=\lambda_i\boldsymbol{\xi}_i$ ($i=1, 2, \cdots, k+1$)，将其代入式 (4.1.3)，有

$$l_1\lambda_1\boldsymbol{\xi}_1+l_2\lambda_2\boldsymbol{\xi}_2\cdots+l_k\lambda_k\boldsymbol{\xi}_k+l_{k+1}\lambda_{k+1}\boldsymbol{\xi}_{k+1}=\boldsymbol{0}. \tag{4.1.4}$$

另一方面，用 λ_{k+1} 乘以式 (4.1.2)，得

$$l_1\lambda_{k+1}\boldsymbol{\xi}_1+l_2\lambda_{k+1}\boldsymbol{\xi}_2\cdots+l_k\lambda_{k+1}\boldsymbol{\xi}_k+l_{k+1}\lambda_{k+1}\boldsymbol{\xi}_{k+1}=\boldsymbol{0}. \tag{4.1.5}$$

式 (4.1.4)$-$式 (4.1.5) 得

$$l_1(\lambda_1-\lambda_{k+1})\boldsymbol{\xi}_1+l_2(\lambda_2-\lambda_{k+1})\boldsymbol{\xi}_2+\cdots+l_k(\lambda_k-\lambda_{k+1})\boldsymbol{\xi}_k=\boldsymbol{0}.$$

由归纳假设知，$\boldsymbol{\xi}_1$，$\boldsymbol{\xi}_2$，…，$\boldsymbol{\xi}_k$ 线性无关，因此，

$$\begin{cases} l_1(\lambda_1-\lambda_{k+1})=0 \\ l_2(\lambda_2-\lambda_{k+1})=0 \\ \quad\cdots\cdots \\ l_k(\lambda_k-\lambda_{k+1})=0 \end{cases}.$$

而特征值 λ_1，λ_2，…，λ_k，λ_{k+1} 互不相同，因此，$l_1=l_2=\cdots=l_k=0$，将其代入式(4.1.2)，得 $l_{k+1}\boldsymbol{\xi}_{k+1}=\mathbf{0}$，由 $\boldsymbol{\xi}_{k+1}\neq\mathbf{0}$ 可知 $l_{k+1}=0$，这意味着 $\boldsymbol{\xi}_1$，$\boldsymbol{\xi}_2$，…，$\boldsymbol{\xi}_k$，$\boldsymbol{\xi}_{k+1}$ 线性无关.

更一般地，有下面的定理.

定理 4.1.2 设 λ_1，λ_2，…，λ_m 为方阵 $\boldsymbol{A}$ 的互不相同的特征值，$\boldsymbol{\xi}_{i1}$，$\boldsymbol{\xi}_{i2}$，…，$\boldsymbol{\xi}_{is_i}$ 是对应于 λ_i 的线性无关的特征向量（$i=1, 2, \cdots, m$），则 $\boldsymbol{\xi}_{11}$，$\boldsymbol{\xi}_{12}$，…，$\boldsymbol{\xi}_{1s_1}$，…，$\boldsymbol{\xi}_{m1}$，$\boldsymbol{\xi}_{m2}$，…，$\boldsymbol{\xi}_{ms_m}$ 线性无关.

例 4.1.7 设 $\boldsymbol{\xi}_1$，$\boldsymbol{\xi}_2$ 分别为方阵 $\boldsymbol{A}$ 的对应于特征值 λ_1，λ_2 的特征向量，若 $\lambda_1\neq\lambda_2$，证明 $\boldsymbol{\xi}_1+\boldsymbol{\xi}_2$ 不是 $\boldsymbol{A}$ 的特征向量.

证 由题意，有 $\boldsymbol{A}\boldsymbol{\xi}_1=\lambda_1\boldsymbol{\xi}_1$，$\boldsymbol{A}\boldsymbol{\xi}_2=\lambda_2\boldsymbol{\xi}_2$，故

$$\boldsymbol{A}(\boldsymbol{\xi}_1+\boldsymbol{\xi}_2)=\lambda_1\boldsymbol{\xi}_1+\lambda_2\boldsymbol{\xi}_2.$$

假设 $\boldsymbol{\xi}_1+\boldsymbol{\xi}_2$ 是 $\boldsymbol{A}$ 的特征向量，则应存在数 λ，使得 $\boldsymbol{A}(\boldsymbol{\xi}_1+\boldsymbol{\xi}_2)=\lambda(\boldsymbol{\xi}_1+\boldsymbol{\xi}_2)$，于是，

$$\lambda_1\boldsymbol{\xi}_1+\lambda_2\boldsymbol{\xi}_2=\lambda(\boldsymbol{\xi}_1+\boldsymbol{\xi}_2),$$

即

$$(\lambda_1-\lambda)\boldsymbol{\xi}_1+(\lambda_2-\lambda)\boldsymbol{\xi}_2=\mathbf{0}.$$

由于 $\lambda_1\neq\lambda_2$，由定理 4.1.1 可知，$\boldsymbol{\xi}_1$，$\boldsymbol{\xi}_2$ 线性无关，故有 $\lambda_1-\lambda=\lambda_2-\lambda=0$，即 $\lambda_1=\lambda_2=\lambda$，与题设矛盾. 因此，$\boldsymbol{\xi}_1+\boldsymbol{\xi}_2$ 不是 $\boldsymbol{A}$ 的特征向量.

定理 4.1.3 若 λ 是方阵 $\boldsymbol{A}$ 的 s 重特征值，则 $\boldsymbol{A}$ 的对应于特征值 λ 的线性无关的特征向量的个数不超过 s 个.

注 尽管 n 阶方阵 $\boldsymbol{A}$ 的特征向量有无穷多个，但 n 阶方阵 $\boldsymbol{A}$ 的线性无关的特征向量的个数不超过 n 个. 事实上，设 λ_1，λ_2，…，λ_m 为 n 阶方阵 $\boldsymbol{A}$ 的互不相同的特征值，其重数分别为 n_1，n_2，…，n_m 且满足 $n_1+n_2+\cdots+n_m=n$. 假定 $\boldsymbol{\xi}_{i1}$，$\boldsymbol{\xi}_{i2}$，…，$\boldsymbol{\xi}_{is_i}$（$i=1, 2, \cdots, m$）为齐次线性方程组 $(\lambda_i\boldsymbol{E}-\boldsymbol{A})\boldsymbol{x}=\mathbf{0}$ 的基础解系，则由定理 4.1.3，有 $s_i\leqslant n_i$. 又由定理 4.1.2 可知，$\boldsymbol{\xi}_{11}$，$\boldsymbol{\xi}_{12}$，…，$\boldsymbol{\xi}_{1s_1}$，…，$\boldsymbol{\xi}_{m1}$，$\boldsymbol{\xi}_{m2}$，…，$\boldsymbol{\xi}_{ms_m}$ 线性无关，故 n 阶方阵 $\boldsymbol{A}$ 的线性无关的特征向量的个数最多为

$$s_1+s_2+\cdots+s_m\leqslant n_1+n_2+\cdots+n_m=n.$$

微课

4.1 节自测题

习题 4.1

1. 填空题.

(1) 已知 n 阶方阵 $\boldsymbol{A}$ 满足 $|2\boldsymbol{A}-\boldsymbol{E}|=0$，则 $\boldsymbol{A}$ 有一个特征值

为__________.

(2) 若三阶方阵 $\boldsymbol{A}$ 的特征多项式为 $f(\lambda)=(\lambda-1)(\lambda+2)^2$，则 $|\boldsymbol{A}|=$__________，$|2\boldsymbol{A}-\boldsymbol{E}|=$__________.

2. 求下列方阵的特征值与特征向量.

(1) $\boldsymbol{A}=\begin{pmatrix}1&-2\\-1&0\end{pmatrix}$；　(2) $\boldsymbol{A}=\begin{pmatrix}2&3&1\\0&3&0\\1&2&2\end{pmatrix}$；　(3) $\boldsymbol{A}=\begin{pmatrix}0&-1&1\\-1&0&1\\1&1&0\end{pmatrix}$.

3. 证明：幂等矩阵 $\boldsymbol{A}$ （$\boldsymbol{A}^2=\boldsymbol{A}$）的特征值只能是 0 或 1.

4. 证明：幂零矩阵 $\boldsymbol{A}$ （$\boldsymbol{A}^k=\boldsymbol{O}$，$k$ 为正整数）的特征值只能是 0.

5. 已知三阶方阵 $\boldsymbol{A}$ 的特征值为 -3，1，2，求：

(1) $3\boldsymbol{A}$ 的特征值；　(2) $\boldsymbol{A}^{-1}$ 的特征值；

(3) $|\boldsymbol{A}^3-3\boldsymbol{A}^2+\boldsymbol{A}|$；　(4) $|\boldsymbol{A}^*-3\boldsymbol{A}+2\boldsymbol{E}|$.

6. 已知 $\boldsymbol{\xi}=\begin{pmatrix}1\\1\\-1\end{pmatrix}$ 是矩阵 $\boldsymbol{A}=\begin{pmatrix}2&-1&2\\5&a&3\\-1&b&-2\end{pmatrix}$ 的一个特征向量，求：

(1) a，b 的值以及 $\boldsymbol{\xi}$ 所对应的特征值；

(2) $\boldsymbol{A}$ 的特征值与特征向量.

7. 证明：正交矩阵的实特征值只能为 ± 1.

8. 已知矩阵 $\boldsymbol{A}=\begin{pmatrix}-1&-1&2\\-2&x&2\\-2&-1&y\end{pmatrix}$ 的 3 个特征值为 $\lambda_1=0$，$\lambda_2=1$，λ_3，求 x，y，λ_3 的值.

4.2 相似矩阵

4.2.1 相似矩阵的概念及性质

定义 4.2.1 设 $\boldsymbol{A}$，$\boldsymbol{B}$ 均为 n 阶方阵，若存在可逆矩阵 $\boldsymbol{P}$，使得

$$\boldsymbol{P}^{-1}\boldsymbol{A}\boldsymbol{P}=\boldsymbol{B}$$

成立，则称 $\boldsymbol{A}$ 与 $\boldsymbol{B}$ 相似，记为 $\boldsymbol{A}\sim\boldsymbol{B}$，矩阵 $\boldsymbol{P}$ 称为相似变换矩阵.

显然，单位矩阵 $\boldsymbol{E}$ 只与自身相似，这是因为 $\boldsymbol{P}^{-1}\boldsymbol{E}\boldsymbol{P}=\boldsymbol{E}$.

相似作为矩阵之间的关系，具有以下基本性质：

(1) 自反性：$\boldsymbol{A}$ 与 $\boldsymbol{A}$ 相似；

(2) 对称性：若 $\boldsymbol{A}$ 与 $\boldsymbol{B}$ 相似，则 $\boldsymbol{B}$ 与 $\boldsymbol{A}$ 相似；

(3) 传递性：若 $\boldsymbol{A}$ 与 $\boldsymbol{B}$ 相似，$\boldsymbol{B}$ 与 $\boldsymbol{C}$ 相似，则 $\boldsymbol{A}$ 与 $\boldsymbol{C}$ 相似.

相似矩阵具有以下性质.

性质 4.2.1 若 $\boldsymbol{A}$ 与 $\boldsymbol{B}$ 相似，则 $|\boldsymbol{A}|=|\boldsymbol{B}|$.

证 由于 $\boldsymbol{A}$ 与 $\boldsymbol{B}$ 相似，故存在可逆矩阵 $\boldsymbol{P}$，使得 $\boldsymbol{P}^{-1}\boldsymbol{AP}=\boldsymbol{B}$. 故

$$|\boldsymbol{B}|=|\boldsymbol{P}^{-1}\boldsymbol{AP}|=|\boldsymbol{P}^{-1}|\cdot|\boldsymbol{A}|\cdot|\boldsymbol{P}|=|\boldsymbol{A}|.$$

性质 4.2.2 若 $\boldsymbol{A}$ 与 $\boldsymbol{B}$ 相似，则 $\boldsymbol{A}$ 与 $\boldsymbol{B}$ 的特征多项式相等，从而 $\boldsymbol{A}$ 与 $\boldsymbol{B}$ 的特征值相同.

微课

性质 4.2.2 讲解视频

证 由于 $\boldsymbol{A}$ 与 $\boldsymbol{B}$ 相似，故存在可逆矩阵 $\boldsymbol{P}$，使得 $\boldsymbol{P}^{-1}\boldsymbol{AP}=\boldsymbol{B}$. 故

$$\begin{aligned}|\lambda\boldsymbol{E}-\boldsymbol{B}|&=|\lambda\boldsymbol{E}-\boldsymbol{P}^{-1}\boldsymbol{AP}|=|\boldsymbol{P}^{-1}(\lambda\boldsymbol{E}-\boldsymbol{A})\boldsymbol{P}|\\&=|\boldsymbol{P}^{-1}|\cdot|\lambda\boldsymbol{E}-\boldsymbol{A}|\cdot|\boldsymbol{P}|=|\lambda\boldsymbol{E}-\boldsymbol{A}|.\end{aligned}$$

注 性质 4.2.2 的逆命题不正确，即若两个矩阵的特征值相同，则它们不一定相似. 例如，

$$\boldsymbol{A}=\begin{pmatrix}1&0\\-4&1\end{pmatrix},\quad \boldsymbol{B}=\begin{pmatrix}1&0\\0&1\end{pmatrix},$$

易知，

$$|\lambda\boldsymbol{E}-\boldsymbol{A}|=|\lambda\boldsymbol{E}-\boldsymbol{B}|=(\lambda-1)^2,$$

因此，$\boldsymbol{A}$ 与 $\boldsymbol{B}$ 有相同的特征值，但 $\boldsymbol{A}$ 与 $\boldsymbol{B}$ 不相似，因为 $\boldsymbol{B}=\boldsymbol{E}$，而 $\boldsymbol{E}$ 只能与 $\boldsymbol{E}$ 相似.

例 4.2.1 已知矩阵 $\boldsymbol{A}=\begin{pmatrix}1&1&1\\1&a&1\\1&1&1\end{pmatrix}$ 与 $\boldsymbol{B}=\begin{pmatrix}b&&\\&1&\\&&4\end{pmatrix}$ 相似，试求 a 和 b 的值.

解 由于矩阵 $\boldsymbol{A}$ 与 $\boldsymbol{B}$ 相似，由性质 4.2.2 可知，$\boldsymbol{A}$ 与 $\boldsymbol{B}$ 具有相同的特征值，因此，由性质 4.1.2 可得，

$$\mathrm{tr}(\boldsymbol{A})=\mathrm{tr}(\boldsymbol{B}),\quad |\boldsymbol{A}|=|\boldsymbol{B}|.$$

而 $|\boldsymbol{A}|=0$，$|\boldsymbol{B}|=4b$，故有

$$\begin{cases}1+a+1=b+1+4\\0=4b\end{cases},$$

解得 $a=3$，$b=0$.

4.2.2 矩阵的对角化

定义 4.2.2 若 n 阶方阵 $\boldsymbol{A}$ 与对角矩阵 $\boldsymbol{\Lambda}=\mathrm{diag}(\lambda_1,\lambda_2,\cdots,\lambda_n)$ 相似，则称 $\boldsymbol{A}$ 可对角化.

下面讨论方阵 $\boldsymbol{A}$ 可对角化的条件.

设 n 阶方阵 $\boldsymbol{A}$ 可对角化，则存在可逆矩阵 $\boldsymbol{P}$ 及对角矩阵 $\boldsymbol{\Lambda}=\mathrm{diag}(\lambda_1,\lambda_2,\cdots,\lambda_n)$，使得 $\boldsymbol{P}^{-1}\boldsymbol{AP}=\boldsymbol{\Lambda}$，即 $\boldsymbol{AP}=\boldsymbol{P\Lambda}$. 对 $\boldsymbol{P}$ 作列分块，令 $\boldsymbol{P}=(\boldsymbol{\xi}_1,\boldsymbol{\xi}_2,\cdots,\boldsymbol{\xi}_n)$，其中 $\boldsymbol{\xi}_i$ 为第 i 个

列向量（$i=1, 2, \cdots, n$），则有

$$\boldsymbol{AP}=\boldsymbol{A}(\boldsymbol{\xi}_1,\boldsymbol{\xi}_2,\cdots,\boldsymbol{\xi}_n)=\boldsymbol{P\Lambda}=(\boldsymbol{\xi}_1,\boldsymbol{\xi}_2,\cdots,\boldsymbol{\xi}_n)\begin{pmatrix}\lambda_1 & 0 & \cdots & 0\\ 0 & \lambda_2 & \cdots & 0\\ \vdots & \vdots & & \vdots\\ 0 & 0 & \cdots & \lambda_n\end{pmatrix},$$

即

$$(\boldsymbol{A\xi}_1, \boldsymbol{A\xi}_2, \cdots, \boldsymbol{A\xi}_n)=(\lambda_1\boldsymbol{\xi}_1, \lambda_2\boldsymbol{\xi}_2, \cdots, \lambda_n\boldsymbol{\xi}_n).$$

因此，

$$\boldsymbol{A\xi}_i=\lambda_i\boldsymbol{\xi}_i(i=1, 2, \cdots, n).$$

由于矩阵 $\boldsymbol{P}$ 可逆，所以 $\boldsymbol{\xi}_1$，$\boldsymbol{\xi}_2$，…，$\boldsymbol{\xi}_n$ 线性无关，特别地，每个列向量 $\boldsymbol{\xi}_i$ 都为非零向量，因此 $\boldsymbol{\xi}_i$ 为 $\boldsymbol{A}$ 的对应于特征值 λ_i 的特征向量，即 $\boldsymbol{A}$ 有 n 个线性无关的特征向量.

反过来，设 $\boldsymbol{A}$ 有 n 个线性无关的特征向量，记为 $\boldsymbol{\xi}_1$，$\boldsymbol{\xi}_2$，…，$\boldsymbol{\xi}_n$，对应的特征值分别为 λ_1，λ_2，…，λ_n，则有 $\boldsymbol{A\xi}_i=\lambda_i\boldsymbol{\xi}_i$（$i=1, 2, \cdots, n$）. 以 $\boldsymbol{\xi}_1$，$\boldsymbol{\xi}_2$，…，$\boldsymbol{\xi}_n$ 为列向量构造 n 阶方阵 $\boldsymbol{P}$，则

$$\begin{aligned}\boldsymbol{AP}&=\boldsymbol{A}(\boldsymbol{\xi}_1, \boldsymbol{\xi}_2, \cdots, \boldsymbol{\xi}_n)=(\boldsymbol{A\xi}_1, \boldsymbol{A\xi}_2, \cdots, \boldsymbol{A\xi}_n)\\ &=(\lambda_1\boldsymbol{\xi}_1, \lambda_2\boldsymbol{\xi}_2, \cdots, \lambda_n\boldsymbol{\xi}_n)\\ &=(\boldsymbol{\xi}_1, \boldsymbol{\xi}_2, \cdots, \boldsymbol{\xi}_n)\begin{pmatrix}\lambda_1 & 0 & \cdots & 0\\ 0 & \lambda_2 & \cdots & 0\\ \vdots & \vdots & \ddots & \vdots\\ 0 & 0 & \cdots & \lambda_n\end{pmatrix}=\boldsymbol{P\Lambda},\end{aligned}$$

由于 $\boldsymbol{\xi}_1$，$\boldsymbol{\xi}_2$，…，$\boldsymbol{\xi}_n$ 线性无关，故方阵 $\boldsymbol{P}$ 可逆，从而

$$\boldsymbol{P}^{-1}\boldsymbol{AP}=\boldsymbol{\Lambda},$$

而 $\boldsymbol{\Lambda}=\mathrm{diag}(\lambda_1, \lambda_2, \cdots, \lambda_n)$ 为对角矩阵，所以 $\boldsymbol{A}$ 可对角化.

综合上述分析，可得到关于方阵 $\boldsymbol{A}$ 可对角化的一个充分必要条件.

定理 4.2.1 n 阶方阵 $\boldsymbol{A}$ 可对角化的充分必要条件是 $\boldsymbol{A}$ 有 n 个线性无关的特征向量.

注 若 n 阶方阵 $\boldsymbol{A}$ 有 n 个线性无关的特征向量，以这 n 个线性无关的特征向量为列构成可逆矩阵 $\boldsymbol{P}$，则必有 $\boldsymbol{P}^{-1}\boldsymbol{AP}=\boldsymbol{\Lambda}=\mathrm{diag}(\lambda_1, \lambda_2, \cdots, \lambda_n)$，其中对角矩阵 $\boldsymbol{\Lambda}$ 的对角线上的元素 λ_1，λ_2，…，λ_n 为 $\boldsymbol{A}$ 的 n 个特征值. 注意到，对应于特征值 λ_i 的特征向量不唯一，因此，可逆矩阵 $\boldsymbol{P}$ 不唯一，同时，对角矩阵 $\boldsymbol{\Lambda}$ 的主对角线上的元素（即特征值）的排列顺序应与 $\boldsymbol{P}$ 中特征向量的排列顺序保持一致.

微课

定理 4.2.1 讲解视频

例 4.2.2 已知 $\boldsymbol{A}=\begin{pmatrix}1 & 1\\ 4 & 1\end{pmatrix}$，求可逆矩阵 $\boldsymbol{P}$，使得 $\boldsymbol{P}^{-1}\boldsymbol{AP}$ 为对角

矩阵.

解 A 的特征方程为

$$|\lambda E - A| = \begin{vmatrix} \lambda - 1 & -1 \\ -4 & \lambda - 1 \end{vmatrix} = (\lambda - 3)(\lambda + 1) = 0,$$

解得 A 的特征值为 $\lambda_1 = 3$，$\lambda_2 = -1$.

当 $\lambda_1 = 3$ 时，解齐次线性方程组 $(3E - A)x = 0$，取基础解系为 $\xi_1 = \begin{pmatrix} 1 \\ 2 \end{pmatrix}$.

当 $\lambda_2 = -1$ 时，解齐次线性方程组 $(-E - A)x = 0$，取基础解系为 $\xi_2 = \begin{pmatrix} 1 \\ -2 \end{pmatrix}$.

易知，ξ_1，ξ_2 线性无关，即方阵 A 有 2 个线性无关的特征向量，故 A 可对角化，且令 $P = (\xi_1, \xi_2) = \begin{pmatrix} 1 & 1 \\ 2 & -2 \end{pmatrix}$，则 $P^{-1}AP = \begin{pmatrix} 3 & 0 \\ 0 & -1 \end{pmatrix}$.

例 4.2.3 判断矩阵 $A = \begin{pmatrix} -1 & 2 & 4 \\ 0 & 3 & 8 \\ 0 & 0 & -1 \end{pmatrix}$ 是否可对角化. 如果可以，写出与 A 相似的对角矩阵以及相应的相似变换矩阵 P.

微课

例 4.2.3 讲解视频

解 由例 4.1.3 可知，矩阵 A 的特征值为 $\lambda_1 = 3$，$\lambda_2 = \lambda_3 = -1$，且 $\xi_1 = \begin{pmatrix} 1 \\ 2 \\ 0 \end{pmatrix}$ 为齐次线性方程组 $(3E - A)x = 0$ 的基础解系，$\xi_2 = \begin{pmatrix} 1 \\ 0 \\ 0 \end{pmatrix}$，$\xi_3 = \begin{pmatrix} 0 \\ -2 \\ 1 \end{pmatrix}$ 为齐次线性方程组 $(-E - A)x = 0$ 的基础解系.

由定理 4.1.2 可知，ξ_1，ξ_2，ξ_3 线性无关，所以三阶方阵 A 有 3 个线性无关的特征向量，从而矩阵 A 可对角化. 相似变换矩阵为

$$P = (\xi_1, \xi_2, \xi_3) = \begin{pmatrix} 1 & 1 & 0 \\ 2 & 0 & -2 \\ 0 & 0 & 1 \end{pmatrix},$$

且

$$P^{-1}AP = \begin{pmatrix} 3 & & \\ & -1 & \\ & & -1 \end{pmatrix}.$$

例 4.2.4 设 $A = \begin{pmatrix} -1 & 1 & 0 \\ -4 & 3 & 0 \\ 2 & 0 & -1 \end{pmatrix}$，判断 A 是否可对角化.

解 A 的特征多项式为

$$|\lambda E - A| = \begin{vmatrix} \lambda+1 & -1 & 0 \\ 4 & \lambda-3 & 0 \\ -2 & 0 & \lambda+1 \end{vmatrix} = (\lambda+1)(\lambda-1)^2,$$

所以 A 的特征值为 $\lambda_1=-1$，$\lambda_2=\lambda_3=1$.

当 $\lambda_1=-1$ 时，解方程组 $(-E-A)x=0$，由

$$-E-A=\begin{pmatrix} 0 & -1 & 0 \\ 4 & -4 & 0 \\ -2 & 0 & 0 \end{pmatrix} \xrightarrow{r} \begin{pmatrix} 1 & 0 & 0 \\ 0 & 1 & 0 \\ 0 & 0 & 0 \end{pmatrix},$$

取基础解系为 $\xi_1=\begin{pmatrix} 0 \\ 0 \\ 1 \end{pmatrix}$.

当 $\lambda_2=\lambda_3=1$ 时，解方程组 $(E-A)x=0$，由

$$E-A=\begin{pmatrix} 2 & -1 & 0 \\ 4 & -2 & 0 \\ -2 & 0 & 2 \end{pmatrix} \xrightarrow{r} \begin{pmatrix} 1 & 0 & -1 \\ 0 & 1 & -2 \\ 0 & 0 & 0 \end{pmatrix},$$

取基础解系为 $\xi_2=\begin{pmatrix} 1 \\ 2 \\ 1 \end{pmatrix}$.

易知，ξ_1，ξ_2 线性无关，则三阶方阵 A 没有 3 个线性无关的特征向量，因此 A 不可对角化.

若 n 阶方阵 A 的 n 个特征值互不相等，记 ξ_1，ξ_2，…，ξ_n 分别为对应于这 n 个特征值的特征向量，由定理 4.1.1 知，ξ_1，ξ_2，…，ξ_n 线性无关，即 A 有 n 个线性无关的特征向量，因此 A 可对角化. 所以可得如下推论.

推论 4.2.1 若 n 阶方阵 A 的 n 个特征值互不相同，则 A 可对角化.

推论 4.2.1 给出了 n 阶方阵 A 可对角化的一个充分条件，即 A 的 n 个特征值互不相同，但它并不是必要条件. 当 A 有重特征值时，A 仍然有可能可对角化. 例如，在例 4.2.3 中，尽管 A 有 2 重特征值 $\lambda_2=\lambda_3=-1$，但仍存在 3 个线性无关的特征向量，因此 A 可对角化；而在例 4.2.4 中，方阵 A 有 2 重特征值 $\lambda_2=\lambda_3=1$，但对应于此 2 重特征值的线性无关的特征向量却仅有 1 个，这导致 A 的线性无关的特征向量的个数不足 3 个，故 A 不可对角化. 因此，方阵 A 是否可对角化的关键不在于其特征值是否互不相同，而在于对应于重特征值的线性无关的特征向量的个数是否“足够多”，即其个数是否恰好等于所对应的特征值的重数. 结合定理 4.1.3，可以得到方阵 A 可对角化的另一个充分必要条件.

定理 4.2.2 设 λ_1，λ_2，…，λ_m 为 n 阶方阵 A 的互不相同的特征值，记 n_i 为 λ_i ($i=1$，2，…，m) 的重数，满足 $n_1+n_2+\cdots+n_m=n$，则 n 阶方阵 A 可对角化的充分必要条

件是，对每个特征值 λ_i，对应于 λ_i 的线性无关的特征向量的个数等于 n_i，亦即齐次线性方程组 $(\lambda_i\boldsymbol{E}-\boldsymbol{A})\boldsymbol{x}=\boldsymbol{0}$ 的系数矩阵满足 $R(\lambda_i\boldsymbol{E}-\boldsymbol{A})=n-n_i$（$\forall i=1, 2, \cdots, m$）.

例 4.2.5 设 $\boldsymbol{A}=\begin{pmatrix}2&2&0\\8&2&a\\0&0&6\end{pmatrix}$，求 a 为何值时，矩阵 $\boldsymbol{A}$ 可对角化？

解 由

$$|\lambda\boldsymbol{E}-\boldsymbol{A}|=\begin{vmatrix}\lambda-2&-2&0\\-8&\lambda-2&-a\\0&0&\lambda-6\end{vmatrix}=(\lambda-6)\begin{vmatrix}\lambda-2&-2\\-8&\lambda-2\end{vmatrix}=(\lambda-6)^2(\lambda+2)$$

可得，$\lambda_1=-2$，$\lambda_2=\lambda_3=6$ 为 $\boldsymbol{A}$ 的特征值.

由定理 4.2.2 知，方阵 $\boldsymbol{A}$ 可对角化的充分必要条件是，对 2 重特征值 $\lambda_2=\lambda_3=6$，齐次线性方程组 $(6\boldsymbol{E}-\boldsymbol{A})\boldsymbol{x}=\boldsymbol{0}$ 的基础解系含有 2 个解，即 $R(6\boldsymbol{E}-\boldsymbol{A})=3-2=1$. 又

$$6\boldsymbol{E}-\boldsymbol{A}=\begin{pmatrix}4&-2&0\\-8&4&-a\\0&0&0\end{pmatrix}\xrightarrow{r}\begin{pmatrix}4&-2&0\\0&0&-a\\0&0&0\end{pmatrix},$$

因此，$R(6\boldsymbol{E}-\boldsymbol{A})=1$ 的充分必要条件是 $a=0$.

故当 $a=0$ 时，矩阵 $\boldsymbol{A}$ 可对角化.

例 4.2.6 设 $\boldsymbol{A}=\begin{pmatrix}-5&4\\-6&5\end{pmatrix}$，试计算 $\boldsymbol{A}^{2017}$.

解 首先将方阵 $\boldsymbol{A}$ 对角化. $\boldsymbol{A}$ 的特征多项式为

$$|\lambda\boldsymbol{E}-\boldsymbol{A}|=\begin{vmatrix}\lambda+5&-4\\6&\lambda-5\end{vmatrix}=\lambda^2-1,$$

所以 $\boldsymbol{A}$ 的特征值为 $\lambda_1=-1$，$\lambda_2=1$.

当 $\lambda_1=-1$ 时，求解齐次线性方程组 $(-\boldsymbol{E}-\boldsymbol{A})\boldsymbol{x}=\boldsymbol{0}$，取基础解系为 $\boldsymbol{\xi}_1=\begin{pmatrix}1\\1\end{pmatrix}$；

当 $\lambda_2=1$ 时，求解齐次线性方程组 $(\boldsymbol{E}-\boldsymbol{A})\boldsymbol{x}=\boldsymbol{0}$，取基础解系为 $\boldsymbol{\xi}_2=\begin{pmatrix}2\\3\end{pmatrix}$.

取 $\boldsymbol{P}=\begin{pmatrix}1&2\\1&3\end{pmatrix}$，则有

$$\boldsymbol{P}^{-1}\boldsymbol{A}\boldsymbol{P}=\boldsymbol{\Lambda}=\begin{pmatrix}-1&0\\0&1\end{pmatrix},$$

即 $\boldsymbol{A}=\boldsymbol{P}\boldsymbol{\Lambda}\boldsymbol{P}^{-1}$，从而

$$\boldsymbol{A}^{2017}=\boldsymbol{P}\boldsymbol{\Lambda}^{2017}\boldsymbol{P}^{-1}=\boldsymbol{P}\begin{pmatrix}(-1)^{2017}&0\\0&1^{2017}\end{pmatrix}\boldsymbol{P}^{-1}=\boldsymbol{P}\begin{pmatrix}-1&0\\0&1\end{pmatrix}\boldsymbol{P}^{-1}=\boldsymbol{A}.$$

习题 4.2

微课

4.2 节自测题

1. 设三阶方阵 $\boldsymbol{A}$ 的特征值分别为 $\lambda_1=-1$，$\lambda_2=\lambda_3=2$，若方阵 $\boldsymbol{B}$ 与 $\boldsymbol{A}$ 相似，则 $|\boldsymbol{B}|=$__________，$|2\boldsymbol{B}+\boldsymbol{E}|=$__________.

2. 设三阶方阵 $\boldsymbol{A}$ 的特征值分别为 $\lambda_1=1$，$\lambda_2=3$，$\lambda_3=-2$，$\boldsymbol{p}_1$，$\boldsymbol{p}_2$，$\boldsymbol{p}_3$ 分别为对应于上述 3 个特征值的特征向量，若 $\boldsymbol{P}=(\boldsymbol{p}_3，\boldsymbol{p}_1，\boldsymbol{p}_2)$，则 $\boldsymbol{P}^{-1}\boldsymbol{AP}=($　　$)$.

(A) $\begin{pmatrix}1&0&0\\0&3&0\\0&0&-2\end{pmatrix}$；　(B) $\begin{pmatrix}3&0&0\\0&1&0\\0&0&-2\end{pmatrix}$；　(C) $\begin{pmatrix}-2&0&0\\0&1&0\\0&0&3\end{pmatrix}$；　(D) $\begin{pmatrix}-2&0&0\\0&3&0\\0&0&1\end{pmatrix}$.

3. 设 n 阶方阵 $\boldsymbol{A}$ 与 $\boldsymbol{B}$ 相似，证明：

(1) $\boldsymbol{A}^{\mathrm{T}}$ 与 $\boldsymbol{B}^{\mathrm{T}}$ 相似；

(2) 当 $\boldsymbol{A}$ 可逆时，$\boldsymbol{B}$ 也可逆，且 $\boldsymbol{A}^{-1}$ 与 $\boldsymbol{B}^{-1}$ 相似；

(3) $\boldsymbol{A}^k$ 与 $\boldsymbol{B}^k$ 相似（k 为正整数）.

4. 设 $\boldsymbol{A}$ 为二阶方阵，且 $|\boldsymbol{A}|<0$，判断 $\boldsymbol{A}$ 是否可对角化，试说明理由.

5. 判断矩阵 $\boldsymbol{A}=\begin{pmatrix}4&6&0\\-3&-5&0\\-3&-6&1\end{pmatrix}$ 是否可对角化. 若 $\boldsymbol{A}$ 可对角化，求出相似变换矩阵以及对角矩阵.

6. 判断下列矩阵是否可对角化.

(1) $\boldsymbol{A}=\begin{pmatrix}1&0&-2\\0&2&1\\0&0&3\end{pmatrix}$；　(2) $\boldsymbol{A}=\begin{pmatrix}1&1&-2\\0&2&0\\0&0&1\end{pmatrix}$.

7. 设 $\boldsymbol{A}=\begin{pmatrix}0&0&1\\x&1&y\\1&0&0\end{pmatrix}$ 可对角化，则 x，y 应满足什么关系？

8. 已知 $\boldsymbol{A}=\begin{pmatrix}1&-1&1\\2&4&-2\\-3&-3&a\end{pmatrix}$，$\boldsymbol{B}=\begin{pmatrix}2&0&0\\0&2&0\\0&0&k\end{pmatrix}$，若 $\boldsymbol{A}$ 与 $\boldsymbol{B}$ 相似，试求：

(1) a 与 k 的值；　(2) 可逆矩阵 $\boldsymbol{P}$，使得 $\boldsymbol{P}^{-1}\boldsymbol{AP}=\boldsymbol{B}$.

9. 已知 $\boldsymbol{A}=\begin{pmatrix}3&1\\5&-1\end{pmatrix}$，试计算 $\boldsymbol{A}^k$，其中 k 为正整数.

10. 设三阶方阵 $\boldsymbol{A}$ 的特征值为 1，0，-1，$\boldsymbol{\alpha}_1=\begin{pmatrix}1\\1\\0\end{pmatrix}$，$\boldsymbol{\alpha}_2=\begin{pmatrix}1\\0\\1\end{pmatrix}$，$\boldsymbol{\alpha}_3=\begin{pmatrix}0\\1\\1\end{pmatrix}$ 分别为对应于上述 3 个特征值的特征向量，求 $\boldsymbol{A}$.

4.3 实对称矩阵的对角化

本节将讨论实对称矩阵的对角化问题. 首先给出实对称矩阵的性质.

4.3.1 实对称矩阵的性质

定理 4.3.1 实对称矩阵的特征值都为实数.

*证 设复数 λ 为实对称矩阵 $\boldsymbol{A}$ 的特征值，复向量 ξ 为对应的特征向量，即 $\boldsymbol{A}\xi=\lambda\xi$ 且 $\xi\neq\boldsymbol{0}$.

用 $\bar{\lambda}$ 表示 λ 的共轭复数，$\bar{\xi}$ 表示 ξ 的共轭复向量（即 $\bar{\xi}$ 与 ξ 的对应分量互为共轭复数），类似地，$\bar{\boldsymbol{A}}$ 表示 $\boldsymbol{A}$ 的共轭复矩阵. 由 $\boldsymbol{A}$ 为实矩阵可知 $\boldsymbol{A}=\bar{\boldsymbol{A}}$，故

$$\boldsymbol{A}\,\bar{\xi}=\bar{\boldsymbol{A}}\,\bar{\xi}=\overline{\boldsymbol{A}\xi}=\overline{\lambda\xi}=\bar{\lambda}\,\bar{\xi}.$$

一方面，

$$\bar{\xi}^{\mathrm{T}}\boldsymbol{A}\xi=\bar{\xi}^{\mathrm{T}}(\boldsymbol{A}\xi)=\bar{\xi}^{\mathrm{T}}(\lambda\xi)=\lambda\,\bar{\xi}^{\mathrm{T}}\xi. \tag{4.3.1}$$

另一方面，由于 $\boldsymbol{A}$ 为实对称矩阵，故 $\boldsymbol{A}=\boldsymbol{A}^{\mathrm{T}}$，因此，

$$\bar{\xi}^{\mathrm{T}}\boldsymbol{A}\xi=\bar{\xi}^{\mathrm{T}}\boldsymbol{A}^{\mathrm{T}}\xi=(\bar{\xi}^{\mathrm{T}}\boldsymbol{A}^{\mathrm{T}})\xi=(\boldsymbol{A}\bar{\xi})^{\mathrm{T}}\xi=(\bar{\lambda}\,\bar{\xi})^{\mathrm{T}}\xi=\bar{\lambda}\,\bar{\xi}^{\mathrm{T}}\xi. \tag{4.3.2}$$

式 (4.3.1)−式 (4.3.2) 得

$$(\lambda-\bar{\lambda})\bar{\xi}^{\mathrm{T}}\xi=\boldsymbol{0}.$$

而 $\xi=(c_1,\ c_2,\ \cdots,\ c_n)^{\mathrm{T}}\neq\boldsymbol{0}$，所以

$$\bar{\xi}^{\mathrm{T}}\xi=\sum_{i=1}^{n}\bar{c}_i c_i=\sum_{i=1}^{n}|c_i|^2\neq 0,$$

因此 $\lambda-\bar{\lambda}=0$，即 $\lambda=\bar{\lambda}$，这意味着 λ 是实数.

微课

定理 4.3.2 讲解视频

定理 4.3.2 设 ξ_1，ξ_2 分别为对应于实对称矩阵 $\boldsymbol{A}$ 的特征值 λ_1，λ_2 的特征向量，若 $\lambda_1\neq\lambda_2$，则 ξ_1 与 ξ_2 正交.

证 由于 $\boldsymbol{A}$ 是实对称矩阵，因此

$$[\boldsymbol{A}\xi_1,\xi_2]=(\boldsymbol{A}\xi_1)^{\mathrm{T}}\xi_2=(\xi_1^{\mathrm{T}}\boldsymbol{A}^{\mathrm{T}})\xi_2=(\xi_1^{\mathrm{T}}\boldsymbol{A})\xi_2=\xi_1^{\mathrm{T}}(\boldsymbol{A}\xi_2)=[\xi_1,\boldsymbol{A}\xi_2].$$

将 $\boldsymbol{A}\xi_1=\lambda_1\xi_1$，$\boldsymbol{A}\xi_2=\lambda_1\xi_2$ 代入上式，得

$$[\lambda_1\xi_1,\xi_2]=[\xi_1,\lambda_2\xi_2],$$

即 $\lambda_1[\xi_1,\ \xi_2]=\lambda_2[\xi_1,\ \xi_2]$，移项整理后有

$$(\lambda_1-\lambda_2)[\xi_1,\xi_2]=0.$$

由于$\lambda_1 \neq \lambda_2$，所以$[\boldsymbol{\xi}_1, \boldsymbol{\xi}_2]=0$，即$\boldsymbol{\xi}_1$与$\boldsymbol{\xi}_2$正交.

定理 4.3.3 设n阶方阵$\boldsymbol{A}$为实对称矩阵，则必定存在正交矩阵$\boldsymbol{P}$，使得

$$\boldsymbol{P}^{-1}\boldsymbol{A}\boldsymbol{P}=\boldsymbol{P}^{\mathrm{T}}\boldsymbol{A}\boldsymbol{P}=\boldsymbol{\Lambda}=\mathrm{diag}(\lambda_1,\lambda_2,\cdots,\lambda_n),$$

其中λ_1，λ_2，$\cdots$，λ_n是$\boldsymbol{A}$的特征值.

定理 4.3.3 表明，实对称矩阵一定可对角化，并且相似变换矩阵$\boldsymbol{P}$可取为正交矩阵. 一方面，由定理 4.2.1 可知，使矩阵$\boldsymbol{A}$对角化的相似变换矩阵$\boldsymbol{P}$应以$\boldsymbol{A}$的特征向量作为列向量；另一方面，由定理 3.7.2 可知，正交矩阵的列向量组为单位正交向量组. 因此，找正交的相似变换矩阵的一个很自然的想法是，将特征向量作单位正交化处理.

4.3.2 实对称矩阵的对角化

微课

例 4.3.1 讲解视频

例 4.3.1 设$\boldsymbol{A}=\begin{pmatrix}1&2&2\\2&1&2\\2&2&1\end{pmatrix}$，求正交矩阵$\boldsymbol{P}$，使得$\boldsymbol{P}^{-1}\boldsymbol{A}\boldsymbol{P}$为对角矩阵.

解 由于

$$|\lambda\boldsymbol{E}-\boldsymbol{A}|=\begin{vmatrix}\lambda-1&-2&-2\\-2&\lambda-1&-2\\-2&-2&\lambda-1\end{vmatrix}=\begin{vmatrix}\lambda-5&-2&-2\\\lambda-5&\lambda-1&-2\\\lambda-5&-2&\lambda-1\end{vmatrix}=\begin{vmatrix}\lambda-5&-2&-2\\0&\lambda+1&0\\0&0&\lambda+1\end{vmatrix}$$
$$=(\lambda-5)(\lambda+1)^2,$$

因此，$\lambda_1=5$，$\lambda_2=\lambda_3=-1$为$\boldsymbol{A}$的特征值.

当$\lambda_1=5$时，解$(5\boldsymbol{E}-\boldsymbol{A})\boldsymbol{x}=\boldsymbol{0}$，由

$$5\boldsymbol{E}-\boldsymbol{A}=\begin{pmatrix}4&-2&-2\\-2&4&-2\\-2&-2&4\end{pmatrix}\xrightarrow{\mathrm{r}}\begin{pmatrix}1&0&-1\\0&1&-1\\0&0&0\end{pmatrix}$$

得$\boldsymbol{\xi}_1=\begin{pmatrix}1\\1\\1\end{pmatrix}$为基础解系.

当$\lambda_2=\lambda_3=-1$时，解$(-\boldsymbol{E}-\boldsymbol{A})\boldsymbol{x}=\boldsymbol{0}$，由

$$-\boldsymbol{E}-\boldsymbol{A}=\begin{pmatrix}-2&-2&-2\\-2&-2&-2\\-2&-2&-2\end{pmatrix}\xrightarrow{\mathrm{r}}\begin{pmatrix}1&1&1\\0&0&0\\0&0&0\end{pmatrix}$$

得$\boldsymbol{\xi}_2=\begin{pmatrix}-1\\1\\0\end{pmatrix}$，$\boldsymbol{\xi}_3=\begin{pmatrix}-1\\0\\1\end{pmatrix}$为基础解系.

将 ξ_1，ξ_2，ξ_3 正交化，得

$$\eta_1=\xi_1=\begin{pmatrix}1\\1\\1\end{pmatrix},\quad \eta_2=\xi_2-\frac{[\xi_2,\eta_1]}{[\eta_1,\eta_1]}\eta_1=\xi_2=\begin{pmatrix}-1\\1\\0\end{pmatrix},$$

$$\eta_3=\xi_3-\frac{[\xi_3,\eta_1]}{[\eta_1,\eta_1]}\eta_1-\frac{[\xi_3,\eta_2]}{[\eta_2,\eta_2]}\eta_2=\frac{1}{2}\begin{pmatrix}-1\\-1\\2\end{pmatrix}.$$

再将 η_1，η_2，η_3 单位化，有

$$\varepsilon_1=\frac{1}{\sqrt{3}}\begin{pmatrix}1\\1\\1\end{pmatrix},\quad \varepsilon_2=\frac{1}{\sqrt{2}}\begin{pmatrix}-1\\1\\0\end{pmatrix},\quad \varepsilon_3=\frac{1}{\sqrt{6}}\begin{pmatrix}-1\\-1\\2\end{pmatrix}.$$

易知，ε_1，ε_2，ε_3 分别为 A 的对应于特征值 $\lambda_1=5$，$\lambda_2=\lambda_3=-1$ 的特征向量. 因此，令 $P=(\varepsilon_1,\varepsilon_2,\varepsilon_3)$，则 P 为正交矩阵，且满足 $P^{-1}AP=\begin{pmatrix}5&&\\&-1&\\&&-1\end{pmatrix}$.

注 在例 4.3.1 中，由定理 4.3.2 可知，$\xi_1\perp\xi_2$，$\xi_1\perp\xi_3$，因此，将 ξ_1，ξ_2，ξ_3 正交化，实质只是将 ξ_2，ξ_3 正交化（如图 4.1 所示）. 于是，正交化后得到的向量 $\eta_2=\xi_2$ 与 $\eta_3=\xi_3-\frac{1}{2}\xi_2$ 依旧为 A 的对应于特征值 -1 的特征向量. 相应地，单位化后所得到的向量 ε_2，ε_3 是 A 的对应于特征值 -1 的特征向量.

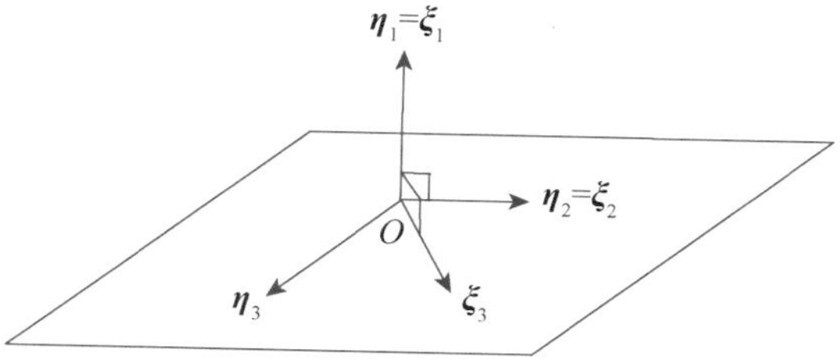

图 4.1

对 n 阶实对称矩阵 A，求正交矩阵 P，使得 $P^{-1}AP$ 为对角阵，具体步骤如下：

第一步：求 A 的互不相同的特征值 λ_1，λ_2，…，λ_m，其中，特征值 λ_i（$i=1,2,\cdots,m$）的重数记为 n_i，满足 $n_1+n_2+\cdots+n_m=n$.

第二步：对每个特征值 λ_i，求解齐次线性方程组 $(\lambda_i E-A)x=0$，取其基础解系为 ξ_{i1}，ξ_{i2}，…，ξ_{in_i}，将其正交化、单位化得 ε_{i1}，ε_{i2}，…，ε_{in_i}，则 ε_{i1}，ε_{i2}，…，ε_{in_i} 为矩阵 A 的对应于特征值 λ_i 的一组特征向量，且单位正交.

第三步：由于 λ_1，λ_2，…，λ_m 互不相同，由定理 4.3.2 可知，

$$\varepsilon_{11},\varepsilon_{12},\cdots,\varepsilon_{1n_1},\varepsilon_{21},\varepsilon_{22},\cdots,\varepsilon_{2n_2},\cdots,\varepsilon_{m1},\varepsilon_{m2},\cdots,\varepsilon_{mn_m}$$

为矩阵 $\boldsymbol{A}$ 的 n 个单位正交的特征向量. 令

$$\boldsymbol{P}=(\boldsymbol{\varepsilon}_{11},\boldsymbol{\varepsilon}_{12},\cdots,\boldsymbol{\varepsilon}_{1n_1},\boldsymbol{\varepsilon}_{21},\boldsymbol{\varepsilon}_{22},\cdots,\boldsymbol{\varepsilon}_{2n_2},\cdots,\boldsymbol{\varepsilon}_{m1},\boldsymbol{\varepsilon}_{m2},\cdots,\boldsymbol{\varepsilon}_{mn_m}),$$

则有 $\boldsymbol{P}^{-1}\boldsymbol{A}\boldsymbol{P}=\mathrm{diag}(\lambda_1,\lambda_1,\cdots,\lambda_1,\lambda_2,\lambda_2,\cdots,\lambda_2,\cdots,\lambda_m,\lambda_m,\cdots,\lambda_m)$.

例 4.3.2 设矩阵 $\boldsymbol{A}=\begin{pmatrix}5&0&0\\0&3&2\\0&2&3\end{pmatrix}$，求正交矩阵 $\boldsymbol{P}$，使得 $\boldsymbol{P}^{-1}\boldsymbol{A}\boldsymbol{P}$ 为对角矩阵.

解 由

$$|\lambda\boldsymbol{E}-\boldsymbol{A}|=\begin{vmatrix}\lambda-5&0&0\\0&\lambda-3&-2\\0&-2&\lambda-3\end{vmatrix}=(\lambda-5)\begin{vmatrix}\lambda-3&-2\\-2&\lambda-3\end{vmatrix}$$
$$=(\lambda-1)(\lambda-5)^2$$

可得，$\lambda_1=1$，$\lambda_2=\lambda_3=5$ 为 $\boldsymbol{A}$ 的特征值.

当 $\lambda_1=1$ 时，解 $(\boldsymbol{E}-\boldsymbol{A})\boldsymbol{x}=\boldsymbol{0}$，由

$$\boldsymbol{E}-\boldsymbol{A}=\begin{pmatrix}-4&0&0\\0&-2&-2\\0&-2&-2\end{pmatrix}\xrightarrow{r}\begin{pmatrix}1&0&0\\0&1&1\\0&0&0\end{pmatrix},$$

得 $\boldsymbol{\xi}_1=\begin{pmatrix}0\\-1\\1\end{pmatrix}$ 为基础解系.

当 $\lambda_2=\lambda_3=5$ 时，解 $(5\boldsymbol{E}-\boldsymbol{A})\boldsymbol{x}=\boldsymbol{0}$，由

$$5\boldsymbol{E}-\boldsymbol{A}=\begin{pmatrix}0&0&0\\0&2&-2\\0&-2&2\end{pmatrix}\xrightarrow{r}\begin{pmatrix}0&1&-1\\0&0&0\\0&0&0\end{pmatrix},$$

得 $\boldsymbol{\xi}_2=\begin{pmatrix}1\\0\\0\end{pmatrix}$，$\boldsymbol{\xi}_3=\begin{pmatrix}0\\1\\1\end{pmatrix}$ 为基础解系.

此时，$\boldsymbol{\xi}_1$，$\boldsymbol{\xi}_2$，$\boldsymbol{\xi}_3$ 已正交化，再单位化，有

$$\boldsymbol{\varepsilon}_1=\frac{1}{\sqrt{2}}\begin{pmatrix}0\\-1\\1\end{pmatrix},\quad \boldsymbol{\varepsilon}_2=\begin{pmatrix}1\\0\\0\end{pmatrix},\quad \boldsymbol{\varepsilon}_3=\frac{1}{\sqrt{2}}\begin{pmatrix}0\\1\\1\end{pmatrix}.$$

令 $P=(\varepsilon_1, \varepsilon_2, \varepsilon_3)=\begin{pmatrix} 0 & 1 & 0 \\ -\frac{1}{\sqrt{2}} & 0 & \frac{1}{\sqrt{2}} \\ \frac{1}{\sqrt{2}} & 0 & \frac{1}{\sqrt{2}} \end{pmatrix}$，则 P 为正交矩阵，且满足 $P^{-1}AP=\begin{pmatrix} 1 & & \\ & 5 & \\ & & 5 \end{pmatrix}$.

习题 4.3

微课

4.3 节自测题

1. 设三阶实对称矩阵 A 的特征值为 1，2，3，$\alpha_1=(-1, -1, 1)^T$，$\alpha_2=(1, -2, -1)^T$，α_3 分别为 A 的对应于特征值 1，2，3 的特征向量，则 α_3 可取为__________.

2. 对下列实对称矩阵 A，求正交矩阵 P，使得 $P^{-1}AP$ 为对角矩阵，并写出该对角矩阵.

(1) $A=\begin{pmatrix} -2 & 0 & 1 \\ 0 & -2 & 0 \\ 1 & 0 & -2 \end{pmatrix}$； (2) $A=\begin{pmatrix} 5 & 1 & 1 \\ 1 & 5 & 1 \\ 1 & 1 & 5 \end{pmatrix}$.

3. 已知 $\lambda=1$ 是矩阵 $A=\begin{pmatrix} 3 & 2 & 2 \\ 2 & 3 & a+1 \\ 2 & a+1 & a+2 \end{pmatrix}$ 的二重特征值，求 a 的值，并求正交矩阵 P，使得 $P^{-1}AP$ 为对角矩阵.

4. 设三阶实对称矩阵 A 的 3 个特征值分别为 $\lambda_1=1$，$\lambda_2=\lambda_3=-2$，已知 $\alpha_1=(1, 0, -1)^T$ 为对应于特征值 $\lambda_1=1$ 的特征向量，求 A.

5. 设 n 阶实对称矩阵 A 满足 $A^2=O$，证明 $A=O$.

6. 设 A 为 n 阶实对称矩阵，已知 $A^2=A$，证明：

(1) A 相似于对角矩阵 $\Lambda=\begin{pmatrix} E_r & O \\ O & O_{n-r} \end{pmatrix}$，这里，$r=R(A)$；

(2) $|A+E|=2^r$.

本章小结

微课

第 4 章小结讲解视频

方阵 A 的特征值 λ 是特征方程 $|\lambda E-A|=0$ 的解，反过来，特征方程 $|\lambda E-A|=0$ 的解也是方阵 A 的特征值. n 阶方阵 A 共有 n 个特征值（重根按重数计算），且其特征值 $\lambda_1, \lambda_2, \cdots, \lambda_n$ 满足 (1) $\lambda_1+\lambda_2+\cdots+\lambda_n=\mathrm{tr}(A)$；(2) $\lambda_1\lambda_2\cdots\lambda_n=|A|$.

方阵 A 的对应于特征值 λ_0 的特征向量是齐次线性方程组 $(\lambda_0 E-A)x=0$ 的全部非零解. n 阶方阵 A 有无穷多个特征向量，但线性无关的特征向量的个数不超过 n 个.

两个相似的方阵具有相同的特征值，但其逆命题不正确，即若 n 阶方阵 $\boldsymbol{A}$，$\boldsymbol{B}$ 的特征值相同，$\boldsymbol{A}$，$\boldsymbol{B}$ 不一定相似.

当方阵 $\boldsymbol{A}$ 与对角矩阵相似时，称 $\boldsymbol{A}$ 可对角化. n 阶方阵 $\boldsymbol{A}$ 可对角化的充分必要条件是 $\boldsymbol{A}$ 有 n 个线性无关的特征向量. 若 $\boldsymbol{A}$ 可对角化，则以 $\boldsymbol{A}$ 的 n 个线性无关的特征向量为列可得到相似变换矩阵 $\boldsymbol{P}$，以 $\boldsymbol{A}$ 的特征值作为主对角线上的元素可得到对角矩阵 $\boldsymbol{\Lambda}$（特征值的排列顺序与特征向量的次序相对应）. 当 n 阶方阵 $\boldsymbol{A}$ 的特征值均为单根时，$\boldsymbol{A}$ 可对角化，但这仅是 $\boldsymbol{A}$ 可对角化的充分条件. 当 n 阶方阵 $\boldsymbol{A}$ 有重特征值时，$\boldsymbol{A}$ 可对角化的充分必要条件是，对每个重特征值 λ_i，都有 $R(\lambda_i\boldsymbol{E}-\boldsymbol{A})=n-n_i$，这里 n_i 是 λ_i 的重数.

本章还探讨了实对称矩阵对角化的问题，任意一个实对称矩阵均可对角化，且其相似变换的矩阵可取为正交矩阵，从而对两个同阶实对称矩阵 $\boldsymbol{A}$，$\boldsymbol{B}$ 而言，$\boldsymbol{A}$，$\boldsymbol{B}$ 相似的充分必要条件是它们具有相同的特征值.

总复习题4

1. 填空题.

(1) 设 $\boldsymbol{A}$ 为 n 阶方阵，若 $\boldsymbol{Ax}=\boldsymbol{0}$ 有非零解，则 $\boldsymbol{A}$ 必有一个特征值为__________.

(2) 设三阶方阵 $\boldsymbol{A}$ 的特征值分别为 1，-1，2，则 $\boldsymbol{A}^*$ 的特征值分别为__________；记 A_{ij} 为 $|\boldsymbol{A}|$ 中元素 a_{ij} 的代数余子式，则 $A_{11}+A_{22}+A_{33}=$__________.

(3) 若 n 阶方阵 $\boldsymbol{A}$，$\boldsymbol{B}$ 相似，$\boldsymbol{B}$ 为正交矩阵，则 $|\boldsymbol{A}^2|=$__________.

(4) 若三阶方阵 $\boldsymbol{A}$，$\boldsymbol{B}$ 相似，已知 $\boldsymbol{A}$ 的特征值分别为 1，3，-2，则 $|3\boldsymbol{B}-2\boldsymbol{E}|=$__________，$R(\boldsymbol{E}-\boldsymbol{B})=$__________.

(5) 已知矩阵 $\boldsymbol{A}=\begin{pmatrix}2&1&1\\1&2&1\\1&1&2\end{pmatrix}$，向量 $\boldsymbol{\alpha}=(1,k,1)^{\mathrm{T}}$ 是 $\boldsymbol{A}^{-1}$ 的特征向量，则 $k=$__________.

(6) 设 $\boldsymbol{A}$ 为三阶方阵，且 $\boldsymbol{A}$ 的各行元素之和均为 2，则 $\boldsymbol{A}$ 必有一个特征向量为__________.

(7) 设三阶实对称矩阵 $\boldsymbol{A}$ 满足 $\boldsymbol{A}^2=3\boldsymbol{A}$，且 $R(\boldsymbol{A})=2$，则 $\boldsymbol{A}$ 的特征值分别为__________.

(8) 设三阶方阵 $\boldsymbol{A}$，$\boldsymbol{P}$ 满足 $\boldsymbol{P}^{-1}\boldsymbol{AP}=\begin{pmatrix}1&&\\&1&\\&&-2\end{pmatrix}$，记矩阵 $\boldsymbol{P}=(\boldsymbol{\alpha}_1,\boldsymbol{\alpha}_2,\boldsymbol{\alpha}_3)$，其中，$\boldsymbol{\alpha}_i$（$i=1,2,3$）为矩阵 $\boldsymbol{P}$ 的第 i 列，令 $\boldsymbol{Q}=(\boldsymbol{\alpha}_1+2\boldsymbol{\alpha}_2,\boldsymbol{\alpha}_2,\boldsymbol{\alpha}_3)$，则 $\boldsymbol{Q}^{-1}\boldsymbol{AQ}=$__________.

2. 选择题.

(1) 设三阶方阵 $\boldsymbol{A}$ 不可逆，$\boldsymbol{\alpha}_1$ 是 $\boldsymbol{Ax}=\boldsymbol{0}$ 的基础解系，$\boldsymbol{\alpha}_2$，$\boldsymbol{\alpha}_3$ 是 $(3\boldsymbol{E}-\boldsymbol{A})\boldsymbol{x}=\boldsymbol{0}$ 的基

础解系，则下列不是 $\boldsymbol{A}$ 的特征向量的是（　　）.

(A) $3\boldsymbol{\alpha}_1$；　(B) $2\boldsymbol{\alpha}_2-\boldsymbol{\alpha}_3$；　(C) $\boldsymbol{\alpha}_1-\boldsymbol{\alpha}_2$；　(D) $\boldsymbol{\alpha}_2+\boldsymbol{\alpha}_3$.

(2) 若矩阵 $\boldsymbol{A}$，$\boldsymbol{B}$ 相似，且 $\boldsymbol{P}^{-1}\boldsymbol{AP}=\boldsymbol{B}$，设 λ_0 是 $\boldsymbol{A}$，$\boldsymbol{B}$ 的一个特征值，$\boldsymbol{\alpha}$ 是 $\boldsymbol{A}$ 的对应于特征值 λ_0 的特征向量，则下列向量中（　　）是 $\boldsymbol{B}$ 的对应于特征值 λ_0 的特征向量.

(A) $\boldsymbol{\alpha}$；　(B) $\boldsymbol{P\alpha}$；　(C) $\boldsymbol{P}^{\mathrm{T}}\boldsymbol{\alpha}$；　(D) $\boldsymbol{P}^{-1}\boldsymbol{\alpha}$.

(3) 设 $\boldsymbol{A}$ 为 n 阶方阵，λ_1，λ_2 是 $\boldsymbol{A}$ 的两个不同的特征值，$\boldsymbol{\xi}_1$，$\boldsymbol{\xi}_2$ 分别是 $\boldsymbol{A}$ 的对应于特征值 λ_1，λ_2 的特征向量. 若 $k_1\boldsymbol{\xi}_1+k_2\boldsymbol{\xi}_2$ 为 $\boldsymbol{A}$ 的特征向量，则（　　）.

(A) $k_1+k_2=0$；　(B) $k_1\cdot k_2\neq 0$；

(C) $k_1+k_2\neq 0$ 且 $k_1\cdot k_2\neq 0$；　(D) $k_1+k_2\neq 0$ 且 $k_1\cdot k_2=0$.

3. 若 n 阶方阵 $\boldsymbol{A}$ 满足 $\boldsymbol{A}^2-4\boldsymbol{A}-5\boldsymbol{E}=\boldsymbol{O}$，证明 $\boldsymbol{A}$ 的特征值只能为 5 或 -1.

4. 设 $\boldsymbol{A}$ 为三阶方阵，已知非齐次线性方程组 $\boldsymbol{Ax}=\boldsymbol{b}$ 的通解为 $4\boldsymbol{b}+k_1\boldsymbol{\eta}_1+k_2\boldsymbol{\eta}_2$，求 $\boldsymbol{A}$ 的特征值与特征向量.

5. 判断下列矩阵是否可对角化.

(1) $\boldsymbol{A}=\begin{pmatrix}1&-3&-2\\-3&2&1\\-2&1&3\end{pmatrix}$；　(2) $\boldsymbol{B}=\begin{pmatrix}1&3&-1\\0&-1&0\\-2&-4&2\end{pmatrix}$；

(3) $\boldsymbol{C}=\begin{pmatrix}2&0&0\\0&2&1\\0&0&1\end{pmatrix}$；　(4) $\boldsymbol{D}=\begin{pmatrix}2&1&0\\0&2&0\\0&0&1\end{pmatrix}$.

6. 设 n 阶方阵 $\boldsymbol{A}$ 为幂等矩阵，即 $\boldsymbol{A}$ 满足 $\boldsymbol{A}^2=\boldsymbol{A}$，证明：存在可逆矩阵 $\boldsymbol{P}$，使得 $\boldsymbol{P}^{-1}\boldsymbol{AP}=\begin{pmatrix}\boldsymbol{E}_r&\boldsymbol{O}\\\boldsymbol{O}&\boldsymbol{O}_{n-r}\end{pmatrix}$，其中 $r=R(\boldsymbol{A})$.

7. 设 $\boldsymbol{A}$ 为三阶方阵，$\boldsymbol{\alpha}_1$，$\boldsymbol{\alpha}_2$，$\boldsymbol{\alpha}_3$ 是线性无关的三维列向量，且满足

$$\boldsymbol{A\alpha}_1=2\boldsymbol{\alpha}_1+\boldsymbol{\alpha}_2+3\boldsymbol{\alpha}_3,\quad \boldsymbol{A\alpha}_2=2\boldsymbol{\alpha}_2-3\boldsymbol{\alpha}_3,\quad \boldsymbol{A\alpha}_3=3\boldsymbol{\alpha}_2-4\boldsymbol{\alpha}_3.$$

求：(1) $|\boldsymbol{A}+2\boldsymbol{E}|$；(2) 矩阵 $\boldsymbol{A}$ 的特征值与特征向量.

8. 设矩阵 $\boldsymbol{A}=\begin{pmatrix}a&-1&c\\5&b&3\\1-c&0&-a\end{pmatrix}$ 满足 $|\boldsymbol{A}|=-1$，又 $\boldsymbol{A}$ 的伴随矩阵 $\boldsymbol{A}^*$ 有一个特征值为 λ_0，且 $\boldsymbol{\alpha}=(-1,-1,1)^{\mathrm{T}}$ 为 $\boldsymbol{A}^*$ 的对应于特征值 λ_0 的特征向量，求 a，b，c 及 λ_0 的值.

9. 设 $\boldsymbol{A}$ 为 n 阶实矩阵，证明：必存在可逆矩阵 $\boldsymbol{P}$，使得 $(\boldsymbol{AP})^{\mathrm{T}}\boldsymbol{AP}$ 为对角矩阵.

10. 设矩阵 $\boldsymbol{A}=\begin{pmatrix}0&1&0&0\\1&0&0&0\\0&0&y&1\\0&0&1&2\end{pmatrix}$，已知 $\boldsymbol{A}$ 的一个特征值为 3，试求：

(1) y 的值；

(2) 正交矩阵 $\boldsymbol{P}$，使得 $(\boldsymbol{AP})^{\mathrm{T}}(\boldsymbol{AP})$ 为对角矩阵.

11. 设 $\boldsymbol{\alpha}$ 为 n 维非零列向量，令 $\boldsymbol{A}=\boldsymbol{\alpha}\boldsymbol{\alpha}^{\mathrm{T}}$，证明 0 为 $\boldsymbol{A}$ 的 $n-1$ 重特征值.

*12. 设 $\boldsymbol{A}=\begin{pmatrix}0 & 2 & -3\\ -1 & 3 & -3\\ 1 & -2 & a\end{pmatrix}$ 与 $\boldsymbol{B}=\begin{pmatrix}1 & -2 & 0\\ 0 & b & 0\\ 0 & 3 & 1\end{pmatrix}$ 相似，求：

(1) a，b 的值；

(2) 可逆矩阵 $\boldsymbol{P}$，使得 $\boldsymbol{P}^{-1}\boldsymbol{A}\boldsymbol{P}$ 为对角矩阵；

(3) 可逆矩阵 $\boldsymbol{Q}$，使得 $\boldsymbol{Q}^{-1}\boldsymbol{A}\boldsymbol{Q}=\boldsymbol{B}$.

第 5 章 二次型

5.1 二次型及其矩阵

5.1.1 二次型及其矩阵表示

定义 5.1.1 含有 n 个变量 $x_1, x_2, \cdots, x_n$ 的二次齐次多项式

微课

定义 5.1.1
讲解视频

$$\begin{aligned} f(x_1, x_2, \cdots, x_n) = a_{11}x_1^2 + a_{22}x_2^2 + \cdots + a_{nn}x_n^2 & \\ + 2a_{12}x_1x_2 + 2a_{13}x_1x_3 + \cdots + 2a_{1n}x_1x_n & \\ + 2a_{23}x_2x_3 + \cdots + 2a_{2n}x_2x_n & \\ + \cdots & \\ + 2a_{n-1,n}x_{n-1}x_n & \end{aligned}$$

称为**二次型**. 二次型 $f(x_1, x_2, \cdots, x_n)$ 也可简记为 f. 当系数 a_{ij} $(i, j = 1, 2, \cdots, n)$ 为实数时，称 f 为**实二次型**；当系数 a_{ij} $(i, j = 1, 2, \cdots, n)$ 为复数时，称 f 为**复二次型**.

如果没有特殊说明，本章的内容仅限于在实数范围内讨论，即仅讨论实二次型的情形.

若令 $a_{ji} = a_{ij}(i < j)$，则 $2a_{ij}x_ix_j = a_{ij}x_ix_j + a_{ji}x_jx_i$，从而二次型可写为

$$\begin{aligned} f(x_1,x_2,\cdots,x_n) &= a_{11}x_1^2 + a_{12}x_1x_2 + \cdots + a_{1n}x_1x_n \\ &\quad + a_{21}x_2x_1 + a_{22}x_2^2 + \cdots + a_{2n}x_2x_n \\ &\quad + \cdots \\ &\quad + a_{n1}x_nx_1 + a_{n2}x_nx_2 + \cdots + a_{nn}x_n^2 \\ &= \sum_{i=1}^{n}\sum_{j=1}^{n} a_{ij}x_ix_j . \end{aligned}$$

进一步地，二次型可表示为

$$f=(x_1, x_2, \cdots, x_n)\begin{pmatrix} a_{11} & a_{12} & \cdots & a_{1n} \\ a_{21} & a_{22} & \cdots & a_{2n} \\ \vdots & \vdots & & \vdots \\ a_{n1} & a_{n2} & \cdots & a_{nn} \end{pmatrix}\begin{pmatrix} x_1 \\ x_2 \\ \vdots \\ x_n \end{pmatrix}=\boldsymbol{x}^{\mathrm{T}}\boldsymbol{A}\boldsymbol{x},$$

其中

$$\boldsymbol{A}=\begin{pmatrix} a_{11} & a_{12} & \cdots & a_{1n} \\ a_{21} & a_{22} & \cdots & a_{2n} \\ \vdots & \vdots & & \vdots \\ a_{n1} & a_{n2} & \cdots & a_{nn} \end{pmatrix}, \quad \boldsymbol{x}=\begin{pmatrix} x_1 \\ x_2 \\ \vdots \\ x_n \end{pmatrix}.$$

由于 $a_{ij}=a_{ji}$，因此 $\boldsymbol{A}=(a_{ij})_{n\times n}$ 为对称矩阵，且其主对角线上的元素 a_{ii}（$i=1, 2, \cdots, n$）等于平方项 x_i^2 的系数，其他元素 a_{ij}（$i\neq j$）等于交叉项 x_ix_j 系数的一半. 称 $f=\boldsymbol{x}^{\mathrm{T}}\boldsymbol{A}\boldsymbol{x}$（其中 $\boldsymbol{A}^{\mathrm{T}}=\boldsymbol{A}$）为二次型的矩阵形式，对称矩阵 $\boldsymbol{A}$ 称为**二次型 f 的矩阵**，并且定义**二次型 f 的秩为矩阵 $\boldsymbol{A}$ 的秩 $R(\boldsymbol{A})$**.

二次型 f 与对称矩阵 $\boldsymbol{A}$ 存在一一对应关系，任给一个二次型 f，可唯一地确定对称矩阵 $\boldsymbol{A}$；反之，任给一个对称矩阵 $\boldsymbol{A}$，也唯一地确定二次型 f.

例 5.1.1 将二次型 $f(x_1, x_2, x_3)=x_1^2-7x_2^2+4x_3^2+2x_1x_2-5x_1x_3+6x_2x_3$ 表示为矩阵形式.

解 取

$$\boldsymbol{x}=\begin{pmatrix} x_1 \\ x_2 \\ x_3 \end{pmatrix}, \quad \boldsymbol{A}=\begin{pmatrix} 1 & 1 & -5/2 \\ 1 & -7 & 3 \\ -5/2 & 3 & 4 \end{pmatrix},$$

则二次型 f 的矩阵形式为 $f=\boldsymbol{x}^{\mathrm{T}}\boldsymbol{A}\boldsymbol{x}$.

例 5.1.2 已知 $\boldsymbol{x}=(x_1, x_2, x_3)^{\mathrm{T}}$，试求二次型 $f=\boldsymbol{x}^{\mathrm{T}}\begin{pmatrix} 1 & 0 & 2 \\ 2 & 3 & -1 \\ 0 & 3 & 1 \end{pmatrix}\boldsymbol{x}$ 的秩.

解 由于

$$f(x_1, x_2, x_3)=x_1^2+3x_2^2+x_3^2+2x_1x_2+2x_1x_3+2x_2x_3,$$

因此二次型的矩阵为

$$\boldsymbol{A}=\begin{pmatrix} 1 & 1 & 1 \\ 1 & 3 & 1 \\ 1 & 1 & 1 \end{pmatrix}.$$

对 $\boldsymbol{A}$ 作初等变换，得

所得到的二次型的矩阵为对角矩阵 $\boldsymbol{\Lambda}=\begin{pmatrix} d_1 & & & \\ & d_2 & & \\ & & \ddots & \\ & & & d_n \end{pmatrix}$，即可逆矩阵 $\boldsymbol{C}$ 满足 $\boldsymbol{C}^{\mathrm{T}}\boldsymbol{A}\boldsymbol{C}=\boldsymbol{\Lambda}$. 因此，化二次型为标准形的关键是求可逆矩阵 $\boldsymbol{C}$，使得 $\boldsymbol{C}^{\mathrm{T}}\boldsymbol{A}\boldsymbol{C}$ 成为对角矩阵.

下面讨论用可逆线性变换将二次型化为标准形的方法.

5.2.2 化二次型为标准形

1. 正交线性变换法

由定理 4.3.3 可知，对任意一个 n 阶实对称矩阵 $\boldsymbol{A}$，都存在正交矩阵 $\boldsymbol{P}$，使得

微课

正交线性变换法讲解视频

$$\boldsymbol{P}^{-1}\boldsymbol{A}\boldsymbol{P}=\boldsymbol{P}^{\mathrm{T}}\boldsymbol{A}\boldsymbol{P}=\boldsymbol{\Lambda}=\begin{pmatrix} \lambda_1 & & & \\ & \lambda_2 & & \\ & & \ddots & \\ & & & \lambda_n \end{pmatrix},$$

其中 λ_1，λ_2，…，λ_n 为 $\boldsymbol{A}$ 的 n 个特征值. 因此令 $\boldsymbol{x}=\boldsymbol{P}\boldsymbol{y}$，则二次型 f 可化为标准形

$$\boldsymbol{y}^{\mathrm{T}}\boldsymbol{\Lambda}\boldsymbol{y}=\lambda_1 y_1^2+\lambda_2 y_2^2+\cdots+\lambda_n y_n^2.$$

例 5.2.1 已知二次型 $f(x_1, x_2, x_3)=x_1^2-2x_2^2-2x_3^2-4x_1x_2+4x_1x_3+8x_2x_3$，求正交线性变换 $\boldsymbol{x}=\boldsymbol{P}\boldsymbol{y}$，将二次型 f 化为标准形.

微课

例 5.2.1 讲解视频

解 二次型 f 对应的矩阵为 $\boldsymbol{A}=\begin{pmatrix} 1 & -2 & 2 \\ -2 & -2 & 4 \\ 2 & 4 & -2 \end{pmatrix}$. 由于

$$|\lambda\boldsymbol{E}-\boldsymbol{A}|=\begin{vmatrix} \lambda-1 & 2 & -2 \\ 2 & \lambda+2 & -4 \\ -2 & -4 & \lambda+2 \end{vmatrix}=\begin{vmatrix} \lambda-1 & 2 & -2 \\ 2 & \lambda+2 & -4 \\ 0 & \lambda-2 & \lambda-2 \end{vmatrix}$$

$$=\begin{vmatrix} \lambda-1 & 4 & -2 \\ 2 & \lambda+6 & -4 \\ 0 & 0 & \lambda-2 \end{vmatrix}=(\lambda-2)^2(\lambda+7),$$

因此矩阵 $\boldsymbol{A}$ 的特征值为 $\lambda_1=\lambda_2=2$，$\lambda_3=-7$.

当 $\lambda_1=\lambda_2=2$ 时，解齐次线性方程组 $(2\boldsymbol{E}-\boldsymbol{A})\boldsymbol{x}=\boldsymbol{0}$，取基础解系为

$$\boldsymbol{\xi}_1=\begin{pmatrix} -2 \\ 1 \\ 0 \end{pmatrix}, \quad \boldsymbol{\xi}_2=\begin{pmatrix} 2 \\ 0 \\ 1 \end{pmatrix};$$

当 $\lambda_3=-7$ 时，解齐次线性方程组 $(-7\boldsymbol{E}-\boldsymbol{A})\boldsymbol{x}=\boldsymbol{0}$，取基础解系为$\boldsymbol{\xi}_3=\begin{pmatrix}-1\\-2\\2\end{pmatrix}$.

将$\boldsymbol{\xi}_1$，$\boldsymbol{\xi}_2$，$\boldsymbol{\xi}_3$ 正交化，得

$$\boldsymbol{\eta}_1=\boldsymbol{\xi}_1=\begin{pmatrix}-2\\1\\0\end{pmatrix},\quad \boldsymbol{\eta}_2=\boldsymbol{\xi}_2-\frac{[\boldsymbol{\xi}_2,\boldsymbol{\eta}_1]}{[\boldsymbol{\eta}_1,\boldsymbol{\eta}_1]}\boldsymbol{\eta}_1=\frac{1}{5}\begin{pmatrix}2\\4\\5\end{pmatrix},\quad \boldsymbol{\eta}_3=\boldsymbol{\xi}_3=\begin{pmatrix}-1\\-2\\2\end{pmatrix}.$$

将$\boldsymbol{\eta}_1$，$\boldsymbol{\eta}_2$，$\boldsymbol{\eta}_3$ 单位化，得

$$\boldsymbol{\varepsilon}_1=\begin{pmatrix}-2/\sqrt{5}\\1/\sqrt{5}\\0\end{pmatrix},\quad \boldsymbol{\varepsilon}_2=\begin{pmatrix}2/\sqrt{45}\\4/\sqrt{45}\\5/\sqrt{45}\end{pmatrix},\quad \boldsymbol{\varepsilon}_3=\begin{pmatrix}-1/3\\-2/3\\2/3\end{pmatrix}.$$

因此

$$\boldsymbol{P}=(\boldsymbol{\varepsilon}_1,\boldsymbol{\varepsilon}_2,\boldsymbol{\varepsilon}_3)=\begin{pmatrix}-2/\sqrt{5} & 2/\sqrt{45} & -1/3\\ 1/\sqrt{5} & 4/\sqrt{45} & -2/3\\ 0 & 5/\sqrt{45} & 2/3\end{pmatrix}$$

为正交矩阵，且满足$\boldsymbol{P}^{\mathrm{T}}\boldsymbol{A}\boldsymbol{P}=\mathrm{diag}(2,\ 2,\ -7)$. 作正交线性变换 $\boldsymbol{x}=\boldsymbol{P}\boldsymbol{y}$，则二次型 f 化为标准形

$$2y_1^2+2y_2^2-7y_3^2.$$

利用正交线性变换法化二次型为标准形，计算比较烦琐，且有时矩阵 $\boldsymbol{A}$ 的特征值并不容易求出. 事实上，一般的可逆线性变换也可将二次型化为标准形，下面介绍配方法.

2. 配方法

例 5.2.2 将二次型

$$f(x_1,\ x_2,\ x_3)=x_1^2+3x_2^2+4x_3^2+4x_1x_2-2x_1x_3+6x_2x_3$$

化为标准形，并求相应的可逆线性变换.

微课

配方法讲解视频

解 由于二次型 f 含有平方项 x_1^2，将含有 x_1 的项先集中在一起，再配方，得

$$\begin{aligned}f&=[x_1^2+2x_1(2x_2-x_3)]+3x_2^2+4x_3^2+6x_2x_3\\&=(x_1+2x_2-x_3)^2-x_2^2+3x_3^2+10x_2x_3.\end{aligned}$$

然后将含 x_2 的项集中在一起，配方，得

$$\begin{aligned}f&=(x_1+2x_2-x_3)^2-(x_2^2-10x_2x_3)+3x_3^2\\&=(x_1+2x_2-x_3)^2-(x_2-5x_3)^2+28x_3^2.\end{aligned}$$

令

$$\begin{cases} y_1=x_1+2x_2-x_3 \\ y_2=x_2-5x_3 \\ y_3=x_3 \end{cases}，\quad 即 \begin{cases} x_1=y_1-2y_2-9y_3 \\ x_2=y_2+5y_3 \\ x_3=y_3 \end{cases}，$$

则二次型 f 化为标准形

$$y_1^2-y_2^2+28y_3^2,$$

所作的可逆线性变换为 $\boldsymbol{x}=\boldsymbol{C}\boldsymbol{y}$，其中

$$\boldsymbol{C}=\begin{pmatrix} 1 & -2 & -9 \\ 0 & 1 & 5 \\ 0 & 0 & 1 \end{pmatrix} \ (|\boldsymbol{C}|=1\neq 0).$$

注 f 的标准形中的系数随可逆线性变换的不同而不同. 例如，在例 5.2.2 中，若进行如下可逆线性变换

$$\begin{cases} y_1=x_1+2x_2-x_3 \\ y_2=x_2-5x_3 \\ y_3=\sqrt{7}x_3 \end{cases}，\quad 即 \begin{cases} x_1=y_1-2y_2-\dfrac{9}{\sqrt{7}}y_3 \\ x_2=y_2+\dfrac{5}{\sqrt{7}}y_3 \\ x_3=\dfrac{1}{\sqrt{7}}y_3 \end{cases}，$$

则二次型化为标准形 $y_1^2-y_2^2+4y_3^2$，此时可逆线性变换为 $\boldsymbol{x}=\boldsymbol{C}_1\boldsymbol{y}$，其中

$$\boldsymbol{C}_1=\begin{pmatrix} 1 & -2 & -9/\sqrt{7} \\ 0 & 1 & 5/\sqrt{7} \\ 0 & 0 & 1/\sqrt{7} \end{pmatrix} \ \left(|\boldsymbol{C}_1|=\frac{1}{\sqrt{7}}\neq 0\right).$$

例 5.2.3 将二次型

$$f(x_1, x_2, x_3)=x_1x_2-2x_1x_3+3x_2x_3$$

化为标准形，并求相应的可逆线性变换.

微课

例 5.2.3 讲解视频

解 由于二次型 f 不含平方项，因此需要先构造出平方项. 令

$$\begin{cases} x_1=y_1+y_2 \\ x_2=y_1-y_2, \\ x_3=y_3 \end{cases}$$

即此线性变换的矩阵为

$$\boldsymbol{C}_1=\begin{pmatrix}1 & 1 & 0\\ 1 & -1 & 0\\ 0 & 0 & 1\end{pmatrix}\ (|\boldsymbol{C}_1|=-2\neq 0),$$

此时，二次型 f 化为

$$(y_1+y_2)(y_1-y_2)-2(y_1+y_2)y_3+3(y_1-y_2)y_3=y_1^2-y_2^2+y_1y_3-5y_2y_3.$$

将含有 y_1 的项集中在一起，配方，得

$$\left(y_1+\frac{1}{2}y_3\right)^2-y_2^2-\frac{1}{4}y_3^2-5y_2y_3,$$

再对含有 y_2 的项配方，得

$$\left(y_1+\frac{1}{2}y_3\right)^2-\left(y_2+\frac{5}{2}y_3\right)^2+6y_3^2.$$

令

$$\begin{cases}z_1=y_1+\dfrac{1}{2}y_3\\ z_2=y_2+\dfrac{5}{2}y_3\\ z_3=y_3\end{cases},\quad \text{即}\begin{cases}y_1=z_1-\dfrac{1}{2}z_3\\ y_2=z_2-\dfrac{5}{2}z_3\\ y_3=z_3\end{cases},$$

此时，取 $\boldsymbol{y}=\boldsymbol{C}_2\boldsymbol{z}$，其中

$$\boldsymbol{C}_2=\begin{pmatrix}1 & 0 & -1/2\\ 0 & 1 & -5/2\\ 0 & 0 & 1\end{pmatrix}\ (|\boldsymbol{C}_2|=1\neq 0),$$

则二次型 f 化为标准形

$$z_1^2-z_2^2+6z_3^2,$$

可逆线性变换为 $\boldsymbol{x}=\boldsymbol{C}\boldsymbol{z}$，其中

$$\boldsymbol{C}=\boldsymbol{C}_1\boldsymbol{C}_2=\begin{pmatrix}1 & 1 & 0\\ 1 & -1 & 0\\ 0 & 0 & 1\end{pmatrix}\begin{pmatrix}1 & 0 & -1/2\\ 0 & 1 & -5/2\\ 0 & 0 & 1\end{pmatrix}=\begin{pmatrix}1 & 1 & -3\\ 1 & -1 & 2\\ 0 & 0 & 1\end{pmatrix}\ (|\boldsymbol{C}|=-2\neq 0).$$

3. 初等变换法（合同变换法）

将二次型 $f=\boldsymbol{x}^{\mathrm{T}}\boldsymbol{A}\boldsymbol{x}$ 化为标准形的实质是，找到一个可逆矩阵 $\boldsymbol{C}$，使得 $\boldsymbol{C}^{\mathrm{T}}\boldsymbol{A}\boldsymbol{C}=\boldsymbol{\Lambda}$，其中 $\boldsymbol{\Lambda}$ 为对角矩阵. 由推论 2.5.3 知，可逆矩阵可以表示成若干个初等矩阵的乘积. 设可逆矩阵 $\boldsymbol{C}=\boldsymbol{P}_1\boldsymbol{P}_2\cdots\boldsymbol{P}_s$，其中 $\boldsymbol{P}_1$，$\boldsymbol{P}_2$，…，$\boldsymbol{P}_s$ 为初等矩阵，从而有

$$\boldsymbol{C}^{\mathrm{T}}\boldsymbol{A}\boldsymbol{C}=\boldsymbol{P}_s^{\mathrm{T}}\cdots\boldsymbol{P}_2^{\mathrm{T}}\boldsymbol{P}_1^{\mathrm{T}}\boldsymbol{A}\boldsymbol{P}_1\boldsymbol{P}_2\cdots\boldsymbol{P}_s=\boldsymbol{\Lambda},\tag{5.2.1}$$

这里，$P_1^{\mathrm{T}}AP_1$ 可看成是对矩阵 A 作一次初等列变换后，再对其作一次同种初等行变换. 另外，

$$EP_1P_2\cdots P_s=EC=C. \tag{5.2.2}$$

比较式（5.2.1）与式（5.2.2）可知，若对 A 作 s 对初等列、行变换将 A 化为对角矩阵，则单位矩阵 E 在同样的 s 次初等列变换下化为可逆矩阵 C. 因此，可用初等变换法将二次型化为标准形，即对 $2n\times n$ 阶矩阵 $\begin{pmatrix}A\\ \cdots\\ E\end{pmatrix}$ 作一次初等列变换，再仅对矩阵 A 作一次同种初等行变换，依次进行下去，当矩阵 A 化成对角矩阵 Λ 时，单位矩阵 E 即化为合同变换矩阵 C. 这种将二次型化为标准形的方法称为初等变换法，也称为合同变换法.

例 5.2.4 用初等变换法将二次型 $f(x_1, x_2, x_3)=x_1^2+3x_2^2+2x_3^2+2x_1x_2-4x_1x_3+4x_2x_3$ 化为标准形，并写出相应的可逆线性变换.

解 二次型的矩阵为

$$A=\begin{pmatrix}1&1&-2\\1&3&2\\-2&2&2\end{pmatrix}.$$

对 $\begin{pmatrix}A\\ \cdots\\ E\end{pmatrix}$ 作初等变换有

$$\begin{pmatrix}A\\ \cdots\\ E\end{pmatrix}=\begin{pmatrix}1&1&-2\\1&3&2\\-2&2&2\\ \hdashline 1&0&0\\0&1&0\\0&0&1\end{pmatrix}\xrightarrow[c_2-c_1]{c_3+2c_1}\begin{pmatrix}1&0&0\\1&2&4\\-2&4&-2\\ \hdashline 1&-1&2\\0&1&0\\0&0&1\end{pmatrix}\xrightarrow[r_2-r_1]{r_3+2r_1}\begin{pmatrix}1&0&0\\0&2&4\\0&4&-2\\ \hdashline 1&-1&2\\0&1&0\\0&0&1\end{pmatrix}$$

$$\xrightarrow{c_3-2c_2}\begin{pmatrix}1&0&0\\0&2&0\\0&4&-10\\ \hdashline 1&-1&4\\0&1&-2\\0&0&1\end{pmatrix}\xrightarrow{r_3-2r_2}\begin{pmatrix}1&0&0\\0&2&0\\0&0&-10\\ \hdashline 1&-1&4\\0&1&-2\\0&0&1\end{pmatrix}.$$

因此，$C=\begin{pmatrix}1&-1&4\\0&1&-2\\0&0&1\end{pmatrix}$（$|C|=1\neq 0$），且 $C^{\mathrm{T}}AC=\begin{pmatrix}1&0&0\\0&2&0\\0&0&-10\end{pmatrix}$. 令 $x=Cy$，即

$$\begin{cases}x_1=y_1-y_2+4y_3\\x_2=y_2-2y_3\\x_3=y_3\end{cases},$$

则得 f 的标准形为

$$y_1^2+2y_2^2-10y_3^2.$$

5.2.3 二次型的规范形

若二次型 $f(x_1, x_2, \cdots, x_n)=\boldsymbol{x}^{\mathrm{T}}\boldsymbol{A}\boldsymbol{x}$ 的秩为 r，则其标准形的秩也为 r，此时，标准形所对应的对角矩阵 $\boldsymbol{\Lambda}$ 的对角线上只有 r 个非零元，即标准形中只有 r 个平方项的系数非零.

假设二次型 $f=\boldsymbol{x}^{\mathrm{T}}\boldsymbol{A}\boldsymbol{x}$ 经过可逆线性变换 $\boldsymbol{x}=\boldsymbol{C}\boldsymbol{y}$ 化为标准形

$$d_1y_1^2+\cdots+d_py_p^2-d_{p+1}y_{p+1}^2-\cdots-d_ry_r^2,$$

其中 $d_i>0\ (i=1, 2, \cdots, r)$，$r$ 为二次型的秩. 再作可逆线性变换

$$\begin{cases}z_1=\sqrt{d_1}\,y_1\\ \vdots\\ z_r=\sqrt{d_r}\,y_r\\ z_{r+1}=y_{r+1}\\ \vdots\\ z_n=y_n\end{cases}，即\begin{cases}y_1=\dfrac{1}{\sqrt{d_1}}z_1\\ \vdots\\ y_r=\dfrac{1}{\sqrt{d_r}}z_r\\ y_{r+1}=z_{r+1}\\ \vdots\\ y_n=z_n\end{cases},$$

则标准形可进一步化为

$$f=z_1^2+\cdots+z_p^2-z_{p+1}^2-\cdots-z_r^2.$$

此时，二次型的平方项的系数只在 1，-1，0 这三个数中取值，称这样的标准形为二次型 f 的规范形.

定理 5.2.2 设二次型 $f(x_1, x_2, \cdots, x_n)=\boldsymbol{x}^{\mathrm{T}}\boldsymbol{A}\boldsymbol{x}$ 的秩为 r，若有两个可逆线性变换 $\boldsymbol{x}=\boldsymbol{C}\boldsymbol{y}$ 与 $\boldsymbol{x}=\boldsymbol{P}\boldsymbol{z}$，分别使 f 化为规范形

$$y_1^2+\cdots+y_p^2-y_{p+1}^2-\cdots-y_r^2,$$

与

$$z_1^2+\cdots+z_q^2-z_{q+1}^2-\cdots-z_r^2,$$

则 $p=q$，即规范形中正平方项的个数唯一，从而负平方项的个数也唯一.

定理 5.2.2 称为**惯性定理**. 在二次型 f 的规范形中，正平方项的个数 p 称为二次型 f 的**正惯性指数**，负平方项的个数 $r-p$ 称为二次型 f 的**负惯性指数**.

例 5.2.5 将二次型

$$f(x_1, x_2, x_3)=x_1^2+3x_2^2+4x_3^2+4x_1x_2-2x_1x_3+6x_2x_3$$

化为规范形，并求其正、负惯性指数.

解 由例 5.2.2 知，用配方法可得到 f 的标准形为

$$y_1^2-y_2^2+28y_3^2.$$

令

$$\begin{cases} z_1=y_1 \\ z_2=\sqrt{28}\,y_3, \\ z_3=y_2 \end{cases} \quad \text{即} \begin{cases} y_1=z_1 \\ y_2=z_3 \\ y_3=\dfrac{1}{\sqrt{28}}z_2 \end{cases},$$

可得 f 的规范形为

$$z_1^2+z_2^2-z_3^2,$$

则 f 的正惯性指数为 2，负惯性指数为 1.

定理 5.2.3 任意一个实二次型都可经过适当的可逆线性变换化为规范形，且规范形唯一.

注 尽管二次型的标准形不唯一，但其规范形唯一，且由标准形化规范形的过程可以看出，二次型 f 的正惯性指数等于其标准形中正平方项的个数，负惯性指数等于其标准形中负平方项的个数. 另外，给定二次型 $f(x_1, x_2, \cdots, x_n)=\boldsymbol{x}^{\mathrm{T}}\boldsymbol{A}\boldsymbol{x}$（$\boldsymbol{A}$ 对称），若对其作正交线性变换，得到的标准形 $\lambda_1y_1^2+\lambda_2y_2^2+\cdots+\lambda_ny_n^2$ 以 $\boldsymbol{A}$ 的特征值作为平方项的系数，因此，f 的正惯性指数 p 实际上是矩阵 $\boldsymbol{A}$ 的正特征值的个数，而负惯性指数 $r-p$ 是矩阵 $\boldsymbol{A}$ 的负特征值的个数，这里，特征值的个数按重数计算.

对任意 n 阶实对称矩阵 $\boldsymbol{A}$，其对应于一个二次型 $f(x_1, x_2, \cdots, x_n)=\boldsymbol{x}^{\mathrm{T}}\boldsymbol{A}\boldsymbol{x}$，由于 f 可经过可逆线性变换化为规范形

$$z_1^2+\cdots+z_p^2-z_{p+1}^2-\cdots-z_r^2,$$

因而实对称矩阵 $\boldsymbol{A}$ 与对角矩阵 $\boldsymbol{\Lambda}=\mathrm{diag}(1, \cdots, 1, -1, \cdots, -1, 0, \cdots, 0)$ 合同，其中 1，-1 的个数分别为 p，$r-p$ 个，即有下面的定理.

定理 5.2.4 任一个实对称矩阵 $\boldsymbol{A}$ 都合同于一个形如

$$\boldsymbol{\Lambda}=\begin{pmatrix} 1 & & & & & & & & \\ & \ddots & & & & & & & \\ & & 1 & & & & & & \\ & & & -1 & & & & & \\ & & & & \ddots & & & & \\ & & & & & -1 & & & \\ & & & & & & 0 & & \\ & & & & & & & \ddots & \\ & & & & & & & & 0 \end{pmatrix}$$

的对角矩阵，其中，对角矩阵 $\boldsymbol{\Lambda}$ 的主对角线上元素 1 的个数 p 及元素 -1 的个数 $r-p$ 是唯一的，分别称为 $\boldsymbol{A}$ 的正、负惯性指数，这里，r 为 $\boldsymbol{A}$ 的秩.

例如，$\boldsymbol{A}=\begin{pmatrix}1&2&2\\2&1&2\\2&2&1\end{pmatrix}$，易知，$\boldsymbol{A}$ 为实对称矩阵且 $\boldsymbol{A}$ 的特征值为 $\lambda_1=\lambda_2=-1$，$\lambda_3=5$，因此，$\boldsymbol{A}$ 的正惯性指数为 1，负惯性指数为 2，从而 $\boldsymbol{A}$ 与对角矩阵 $\boldsymbol{\Lambda}=\begin{pmatrix}1&&\\&-1&\\&&-1\end{pmatrix}$ 合同.

***例 5.2.6** 判断矩阵 $\boldsymbol{A}=\begin{pmatrix}1&2\\2&1\end{pmatrix}$ 与矩阵 $\boldsymbol{B}=\begin{pmatrix}-2&-2\\-2&1\end{pmatrix}$ 是否合同.

解 易知，矩阵 $\boldsymbol{A}$，$\boldsymbol{B}$ 都是实对称矩阵，且 $\boldsymbol{A}$ 的特征值为 $\lambda_1=-1$，$\lambda_2=3$，故 $\boldsymbol{A}$ 合同于对角矩阵 $\boldsymbol{\Lambda}=\begin{pmatrix}1&\\&-1\end{pmatrix}$. 又 $\boldsymbol{B}$ 的特征值为 $\lambda_1=2$，$\lambda_2=-3$，故 $\boldsymbol{B}$ 合同于对角矩阵 $\boldsymbol{\Lambda}=\begin{pmatrix}1&\\&-1\end{pmatrix}$. 由于合同关系具有传递性，因此 $\boldsymbol{A}$，$\boldsymbol{B}$ 合同.

注 (1) 两个同阶实对称矩阵 $\boldsymbol{A}$，$\boldsymbol{B}$ 合同的充分必要条件是 $R(\boldsymbol{A})=R(\boldsymbol{B})$ 且 $\boldsymbol{A}$，$\boldsymbol{B}$ 的正惯性指数相同.

(2) 若两个同阶实对称矩阵 $\boldsymbol{A}$，$\boldsymbol{B}$ 相似，则 $\boldsymbol{A}$，$\boldsymbol{B}$ 合同.

习题 5.2

微课

5.2 节自测题

1. 用正交线性变换将下列二次型化为标准形，并写出相应的正交线性变换：

(1) $f(x_1, x_2, x_3)=x_1^2+5x_2^2+5x_3^2+2x_1x_2-4x_1x_3$；

(2) $f(x_1, x_2, x_3)=3x_1^2+3x_3^2+4x_1x_2+8x_1x_3+4x_2x_3$.

2. 用配方法将下列二次型化为标准形，并写出所作的可逆线性变换以及二次型的正惯性指数和负惯性指数：

(1) $f(x_1, x_2, x_3)=x_1^2+5x_2^2+5x_3^2+2x_1x_2-4x_1x_3$；

(2) $f(x_1, x_2, x_3)=x_1x_2-4x_1x_3-2x_2x_3$.

3. 将三元二次型 $f=(x_1-x_2)^2+(x_2-x_3)^2+(x_1-x_3)^2$ 化为标准形，并写出相应的可逆线性变换.

4. 若二次型 $f(x_1, x_2, x_3)=x_1^2+ax_2^2+x_3^2+2x_1x_2+2ax_1x_3+2x_2x_3$ 的秩为 2，求 a 的值，并将 f 化为规范形.

5. 若二次型 $f(x_1, x_2, x_3)=2x_1^2+ax_2^2-x_3^2-4x_1x_3$ 经过正交线性变换 $\boldsymbol{x}=\boldsymbol{P}\boldsymbol{y}$ 化为标准形 $3y_1^2+3y_2^2-2y_3^2$，求 a 的值及正交矩阵 $\boldsymbol{P}$.

5.3 正定二次型

5.3.1 正定二次型与正定矩阵

定义 5.3.1 设 n 元二次型 $f=\boldsymbol{x}^{\mathrm{T}}\boldsymbol{A}\boldsymbol{x}$（$\boldsymbol{A}$ 为对称矩阵）. 若对任意的 $\boldsymbol{x}\neq\boldsymbol{0}$ 都有

(1) $\boldsymbol{x}^{\mathrm{T}}\boldsymbol{A}\boldsymbol{x}>0$，则称 f 为正定二次型，并称 $\boldsymbol{A}$ 为正定矩阵；

(2) $\boldsymbol{x}^{\mathrm{T}}\boldsymbol{A}\boldsymbol{x}<0$，则称 f 为负定二次型，并称 $\boldsymbol{A}$ 为负定矩阵；

(3) $\boldsymbol{x}^{\mathrm{T}}\boldsymbol{A}\boldsymbol{x}\geqslant 0$，且存在 $\boldsymbol{x}_1\neq\boldsymbol{0}$ 使得 $\boldsymbol{x}_1^{\mathrm{T}}\boldsymbol{A}\boldsymbol{x}_1=0$，则称 f 为半正定二次型，并称 $\boldsymbol{A}$ 为半正定矩阵；

(4) $\boldsymbol{x}^{\mathrm{T}}\boldsymbol{A}\boldsymbol{x}\leqslant 0$，且存在 $\boldsymbol{x}_1\neq\boldsymbol{0}$ 使得 $\boldsymbol{x}_1^{\mathrm{T}}\boldsymbol{A}\boldsymbol{x}_1=0$，则称 f 为半负定二次型，并称 $\boldsymbol{A}$ 为半负定矩阵.

除上述情形之外的二次型称为不定二次型.

微课

定义 5.3.1
讲解视频

例 5.3.1 判断下列二次型的定性：

(1) $f(x_1, x_2, \cdots, x_n)=x_1^2+x_2^2+\cdots+x_n^2$；

(2) $f(x_1, x_2, x_3)=x_1^2+2x_2^2$；

(3) $f(x_1, x_2, x_3)=x_1^2+2x_2^2-x_3^2$；

(4) $f(x_1, x_2, x_3)=-2x_1^2-x_2^2$.

解 (1) 对任意的 n 维向量 $\boldsymbol{x}=(a_1, a_2, \cdots, a_n)^{\mathrm{T}}\neq\boldsymbol{0}$，有

$$f(a_1, a_2, \cdots, a_n)=a_1^2+a_2^2+\cdots+a_n^2,$$

而 $\boldsymbol{x}\neq\boldsymbol{0}$ 意味着其中某个分量 $a_k\neq 0$，从而

$$f(a_1, a_2, \cdots, a_n)\geqslant a_k^2>0,$$

因此，f 为正定二次型.

(2) 对任意的 $\boldsymbol{x}=(a_1, a_2, a_3)^{\mathrm{T}}\neq\boldsymbol{0}$，有

$$f(a_1, a_2, a_3)=a_1^2+2a_2^2\geqslant 0,$$

又存在 $\boldsymbol{x}_1=(0, 0, 1)^{\mathrm{T}}\neq\boldsymbol{0}$，使得 $f(0, 0, 1)=0$，因此 f 为半正定二次型.

(3) 取 $\boldsymbol{x}_1=(1, 0, 0)^{\mathrm{T}}\neq\boldsymbol{0}$，则 $f(1, 0, 0)=1>0$，取 $\boldsymbol{x}_2=(0, 0, 1)^{\mathrm{T}}\neq\boldsymbol{0}$，则 $f(0, 0, 1)=-1<0$，因此 f 为不定二次型.

(4) 对任意的 $\boldsymbol{x}=(a_1, a_2, a_3)^{\mathrm{T}}\neq\boldsymbol{0}$，有

$$f(a_1, a_2, a_3)=-2a_1^2-a_2^2\leqslant 0,$$

又存在 $\boldsymbol{x}_1=(0, 0, 1)^{\mathrm{T}}\neq\boldsymbol{0}$，使得 $f(0, 0, 1)=0$，因此 f 为半负定二次型.

注 f 为负定二次型的充分必要条件是 $-f$ 为正定二次型，f 为半负定二次型的充分必要条件是 $-f$ 为半正定二次型.

本节主要讨论正定二次型以及正定矩阵的判别方法. 如无特殊说明，本节中矩阵 $\boldsymbol{A}$ 均

为对称矩阵.

5.3.2 正定二次型（正定矩阵）的判定

定理 5.3.1 二次型 $f(x_1, x_2, \cdots, x_n)=d_1x_1^2+d_2x_2^2+\cdots+d_nx_n^2$ 正定的充分必要条件是 d_i $(i=1, 2, \cdots, n)$ 全为正数.

证 **充分性** 设 $d_i>0\,(i=1, 2, \cdots, n)$，对任意 n 维向量 $\boldsymbol{x}=(a_1, a_2, \cdots, a_n)^{\mathrm{T}}\neq\boldsymbol{0}$，有

$$f(a_1, a_2, \cdots, a_n)=d_1a_1^2+d_2a_2^2+\cdots+d_na_n^2.$$

由 $\boldsymbol{x}\neq\boldsymbol{0}$ 可知，$\boldsymbol{x}$ 中至少有一个分量 $a_k\neq 0$，又系数 $d_i>0\,(i=1, 2, \cdots, n)$，因此，

$$f(a_1, a_2, \cdots, a_n)\geqslant d_ka_k^2>0.$$

所以，f 为正定二次型.

必要性 由于二次型 f 正定，则对任意的 n 维向量 $\boldsymbol{x}=(a_1, a_2, \cdots, a_n)^{\mathrm{T}}\neq\boldsymbol{0}$，都有 $f(a_1, a_2, \cdots, a_n)>0$. 特别地，取 $\boldsymbol{\varepsilon}_i=(0, \cdots, 0, 1, 0, \cdots, 0)^{\mathrm{T}}$，有

$$f(0, \cdots, 0, 1, 0, \cdots, 0)=d_i>0.$$

由定理 5.3.1 可知，仅含有平方项的二次型可以直接通过平方项的系数的符号判定二次型是否正定. 对于具有一般形式的二次型，要研究其正定性，一个很自然的想法是，能否借助其标准形来辅助判断？这就需要讨论可逆线性变换是否保持二次型的正定性.

定理 5.3.2 设二次型 $f=\boldsymbol{x}^{\mathrm{T}}\boldsymbol{A}\boldsymbol{x}$ 经过可逆线性变换 $\boldsymbol{x}=\boldsymbol{C}\boldsymbol{y}$ 化为二次型 $g=\boldsymbol{y}^{\mathrm{T}}\boldsymbol{B}\boldsymbol{y}$，则 f 为正定二次型的充分必要条件是 g 为正定二次型.

证 只证必要性. 设 f 为正定二次型. 由已知，$\boldsymbol{B}=\boldsymbol{C}^{\mathrm{T}}\boldsymbol{A}\boldsymbol{C}$，对于任意的 n 维列向量 $\boldsymbol{y}\neq\boldsymbol{0}$，有

$$\boldsymbol{y}^{\mathrm{T}}\boldsymbol{B}\boldsymbol{y}=\boldsymbol{y}^{\mathrm{T}}(\boldsymbol{C}^{\mathrm{T}}\boldsymbol{A}\boldsymbol{C})\boldsymbol{y}=(\boldsymbol{y}^{\mathrm{T}}\boldsymbol{C}^{\mathrm{T}})\boldsymbol{A}(\boldsymbol{C}\boldsymbol{y})=(\boldsymbol{C}\boldsymbol{y})^{\mathrm{T}}\boldsymbol{A}(\boldsymbol{C}\boldsymbol{y}).$$

记 $\boldsymbol{x}=\boldsymbol{C}\boldsymbol{y}$，则由矩阵 $\boldsymbol{C}$ 可逆及 $\boldsymbol{y}\neq\boldsymbol{0}$ 可知，$\boldsymbol{x}\neq\boldsymbol{0}$，且 $\boldsymbol{y}^{\mathrm{T}}\boldsymbol{B}\boldsymbol{y}=\boldsymbol{x}^{\mathrm{T}}\boldsymbol{A}\boldsymbol{x}$. 由于 f 为正定二次型，故有 $\boldsymbol{x}^{\mathrm{T}}\boldsymbol{A}\boldsymbol{x}>0$，即 $\boldsymbol{y}^{\mathrm{T}}\boldsymbol{B}\boldsymbol{y}>0$，因此 g 为正定二次型.

注 事实上，若二次型 $f=\boldsymbol{x}^{\mathrm{T}}\boldsymbol{A}\boldsymbol{x}$ 经过可逆线性变换 $\boldsymbol{x}=\boldsymbol{C}\boldsymbol{y}$ 化为二次型 $g=\boldsymbol{y}^{\mathrm{T}}\boldsymbol{B}\boldsymbol{y}$，则 f 与 g 具有相同的定性.

由定理 5.3.2 可知，要判断一个二次型 f 是否正定，只需要判定 f 的标准形是否正定即可. 结合定理 5.3.1，易得到如下推论.

推论 5.3.1 设 $g=d_1y_1^2+d_2y_2^2+\cdots+d_ny_n^2$ 为二次型 $f(x_1, x_2, \cdots, x_n)=\boldsymbol{x}^{\mathrm{T}}\boldsymbol{A}\boldsymbol{x}$ 的标准形，则 f 为正定二次型的充分必要条件是 $d_i>0$ $(i=1, 2, \cdots, n)$.

例 5.3.2 判断二次型 $f(x_1, x_2, x_3)=5x_1^2+x_2^2+5x_3^2+4x_1x_2-8x_1x_3-4x_2x_3$ 是否为正定二次型.

解 用配方法将二次型 f 化为标准形. 将含有 x_2 的项集中在一起，再配方，有

$$\begin{aligned} f &= [x_2^2+4x_1x_2-4x_2x_3]+5x_1^2+5x_3^2-8x_1x_3 \\ &= [x_2+2(x_1-x_3)]^2-4(x_1-x_3)^2+5x_1^2+5x_3^2-8x_1x_3 \\ &= [x_2+2(x_1-x_3)]^2+x_1^2+x_3^2. \end{aligned}$$

令

$$\begin{cases} y_1=x_1 \\ y_2=x_2+2(x_1-x_3), \\ y_3=x_3 \end{cases} \quad 即 \begin{cases} x_1=y_1 \\ x_2=-2y_1+y_2+2y_3, \\ x_3=y_3 \end{cases}$$

可得 f 的标准形为 $y_1^2+y_2^2+y_3^2$. 由推论 5.3.1 知，f 为正定二次型.

由于二次型 f 的标准形中正平方项的个数即为 f 的正惯性指数，因此有如下推论.

推论 5.3.2 n 元实二次型 f 正定的充分必要条件是二次型 f 的正惯性指数为 n.

注意到二次型 $f=\boldsymbol{x}^{\mathrm{T}}\boldsymbol{A}\boldsymbol{x}$ 的正惯性指数等于矩阵 $\boldsymbol{A}$ 的正特征值的个数，从而可得如下推论.

推论 5.3.3 n 元实二次型 $f=\boldsymbol{x}^{\mathrm{T}}\boldsymbol{A}\boldsymbol{x}$ 正定的充分必要条件是 $\boldsymbol{A}$ 的 n 个特征值全大于零.

下面利用推论 5.3.3，给出例 5.3.2 的另一种判定方法.

判定二次型的矩阵 $\boldsymbol{A}$ 的特征值的符号. 二次型 f 的矩阵为

$$\boldsymbol{A}=\begin{pmatrix} 5 & 2 & -4 \\ 2 & 1 & -2 \\ -4 & -2 & 5 \end{pmatrix},$$

其特征多项式为

$$|\lambda\boldsymbol{E}-\boldsymbol{A}|=\begin{vmatrix} \lambda-5 & -2 & 4 \\ -2 & \lambda-1 & 2 \\ 4 & 2 & \lambda-5 \end{vmatrix}=(\lambda-1)(\lambda^2-10\lambda+1),$$

故实对称矩阵 $\boldsymbol{A}$ 的特征值分别为 $\lambda_1=1$，$\lambda_2=5+2\sqrt{6}$，$\lambda_3=5-2\sqrt{6}$. 显然，$\boldsymbol{A}$ 的特征值均大于零，由推论 5.3.3 知，f 为正定二次型.

推论 5.3.4 n 元实二次型 $f=\boldsymbol{x}^{\mathrm{T}}\boldsymbol{A}\boldsymbol{x}$ 正定的充分必要条件是其规范形为 $y_1^2+y_2^2+\cdots+y_n^2$.

推论 5.3.5 n 元实二次型 $f=\boldsymbol{x}^{\mathrm{T}}\boldsymbol{A}\boldsymbol{x}$ 正定的充分必要条件是 $\boldsymbol{A}$ 与 n 阶单位矩阵 $\boldsymbol{E}$ 合同.

推论 5.3.6 n 元实二次型 $f=\boldsymbol{x}^{\mathrm{T}}\boldsymbol{A}\boldsymbol{x}$ 正定的充分必要条件是存在 n 阶可逆矩阵 $\boldsymbol{C}$，使得 $\boldsymbol{A}=\boldsymbol{C}^{\mathrm{T}}\boldsymbol{C}$.

当二次型 $f=\boldsymbol{x}^{\mathrm{T}}\boldsymbol{A}\boldsymbol{x}$ 正定时，矩阵 $\boldsymbol{A}$ 的特征值全大于 0，因此，正定二次型具有如下性质.

推论 5.3.7 若 n 元实二次型 $f=\boldsymbol{x}^{\mathrm{T}}\boldsymbol{A}\boldsymbol{x}$ 正定，则 $|\boldsymbol{A}|>0$.

从上述推论可知，判断实二次型 $f=\boldsymbol{x}^{\mathrm{T}}\boldsymbol{A}\boldsymbol{x}$ 是否为正定二次型的方法有很多，但在实际计算中，往往比较烦琐. 下面介绍一种简洁直观的判别方法. 为此，先引入顺序主子式的概念.

定义 5.3.2 设 $\boldsymbol{A}=(a_{ij})$ 为 n 阶方阵，$\boldsymbol{A}$ 的子式

$$|\boldsymbol{A}_k|=\begin{vmatrix} a_{11} & a_{12} & \cdots & a_{1k} \\ a_{21} & a_{22} & \cdots & a_{2k} \\ \vdots & \vdots & & \vdots \\ a_{k1} & a_{k2} & \cdots & a_{kk} \end{vmatrix} \quad (k=1,2,\cdots,n)$$

称为方阵 $\boldsymbol{A}$ 的 k 阶顺序主子式.

显然，n 阶方阵 $\boldsymbol{A}$ 的顺序主子式有 n 个，其中，$|\boldsymbol{A}|$ 为 $\boldsymbol{A}$ 的 n 阶顺序主子式.

定理 5.3.3 n 元实二次型 $f=\boldsymbol{x}^{\mathrm{T}}\boldsymbol{A}\boldsymbol{x}$ 正定的充分必要条件是 $\boldsymbol{A}$ 的 n 个顺序主子式都大于零.

定理 5.3.3 的证明见本节附录.

利用定理 5.3.3 的结论，可给出例 5.3.2 的一种新的判定方法.

判定二次型的矩阵 $\boldsymbol{A}$ 的顺序主子式的符号. 由于

$$|\boldsymbol{A}_1|=5>0,\ |\boldsymbol{A}_2|=\begin{vmatrix} 5 & 2 \\ 2 & 1 \end{vmatrix}=1>0,\ |\boldsymbol{A}_3|=\begin{vmatrix} 5 & 2 & -4 \\ 2 & 1 & -2 \\ -4 & -2 & 5 \end{vmatrix}=1>0,$$

由定理 5.3.3 可知，f 为正定二次型.

例 5.3.3 当 t 取何值时，二次型

$$f(x_1,x_2,x_3)=x_1^2+x_2^2+5x_3^2+2tx_1x_2-2x_1x_3+4x_2x_3$$

是正定二次型?

解 二次型 f 的矩阵为

$$\boldsymbol{A}=\begin{pmatrix} 1 & t & -1 \\ t & 1 & 2 \\ -1 & 2 & 5 \end{pmatrix}.$$

由定理 5.3.3 可知，二次型 f 正定的充分必要条件是 $\boldsymbol{A}$ 的顺序主子式全大于零，即

$$|\boldsymbol{A}_1|=1>0,$$

$$|\boldsymbol{A}_2|=\begin{vmatrix} 1 & t \\ t & 1 \end{vmatrix}=1-t^2>0,$$

$$|\boldsymbol{A}_3|=\begin{vmatrix} 1 & t & -1 \\ t & 1 & 2 \\ -1 & 2 & 5 \end{vmatrix}=\begin{vmatrix} 1 & t & -1 \\ 0 & 1-t^2 & 2+t \\ 0 & 2+t & 4 \end{vmatrix}=-5t^2-4t>0,$$

解得$-\frac{4}{5}<t<0$. 故当$-\frac{4}{5}<t<0$时，f为正定二次型.

例 5.3.4 设n阶方阵$\boldsymbol{A}$，$\boldsymbol{B}$均为正定矩阵，证明$\boldsymbol{A}+\boldsymbol{B}$为正定矩阵.

证 由于$\boldsymbol{A}$，$\boldsymbol{B}$均为正定矩阵，因此$\boldsymbol{A}$，$\boldsymbol{B}$均为对称矩阵，从而

$$(\boldsymbol{A}+\boldsymbol{B})^{\mathrm{T}}=\boldsymbol{A}^{\mathrm{T}}+\boldsymbol{B}^{\mathrm{T}}=\boldsymbol{A}+\boldsymbol{B},$$

故$\boldsymbol{A}+\boldsymbol{B}$为对称矩阵.

对任意的n维列向量$\boldsymbol{x}\neq\boldsymbol{0}$，均有$\boldsymbol{x}^{\mathrm{T}}\boldsymbol{A}\boldsymbol{x}>0$，$\boldsymbol{x}^{\mathrm{T}}\boldsymbol{B}\boldsymbol{x}>0$. 因此对任意的$\boldsymbol{x}\neq\boldsymbol{0}$，有

$$\boldsymbol{x}^{\mathrm{T}}(\boldsymbol{A}+\boldsymbol{B})\boldsymbol{x}=\boldsymbol{x}^{\mathrm{T}}\boldsymbol{A}\boldsymbol{x}+\boldsymbol{x}^{\mathrm{T}}\boldsymbol{B}\boldsymbol{x}>0,$$

故$\boldsymbol{A}+\boldsymbol{B}$为正定矩阵.

注 一般地，对于任意的正数k_1，k_2，若n阶方阵$\boldsymbol{A}$，$\boldsymbol{B}$均为正定矩阵，则$k_1\boldsymbol{A}+k_2\boldsymbol{B}$也为正定矩阵.

例 5.3.5 若$\boldsymbol{A}$为正定矩阵，证明$\boldsymbol{A}^{-1}$为正定矩阵.

证 由于$\boldsymbol{A}$正定，因此$|\boldsymbol{A}|>0$，故逆矩阵$\boldsymbol{A}^{-1}$存在. 由$\boldsymbol{A}$对称，有$(\boldsymbol{A}^{-1})^{\mathrm{T}}=(\boldsymbol{A}^{\mathrm{T}})^{-1}=\boldsymbol{A}^{-1}$，即$\boldsymbol{A}^{-1}$为对称矩阵.

设n阶方阵$\boldsymbol{A}$的特征值分别为λ_1，λ_2，…，λ_n，则$\boldsymbol{A}^{-1}$的全部特征值为λ_1^{-1}，λ_2^{-1}，…，λ_n^{-1}. 由$\boldsymbol{A}$正定可知，λ_1，λ_2，…，λ_n全大于零，故λ_1^{-1}，λ_2^{-1}，…，λ_n^{-1}全大于零，由推论 5.3.3 可知，$\boldsymbol{A}^{-1}$为正定矩阵.

*附录（定理 5.3.3 的证明）

必要性 设二次型

$$f(x_1,x_2,\cdots,x_n)=\sum_{i=1}^{n}\sum_{j=1}^{n}a_{ij}x_ix_j$$

正定. 令

$$f_k(x_1,x_2,\cdots,x_k)=\sum_{i=1}^{k}\sum_{j=1}^{k}a_{ij}x_ix_j\ (k=1,2,\cdots,n).$$

对任意k个不全为零的实数c_1，c_2，…，c_k，有

$$f_k(c_1,c_2,\cdots,c_k)=\sum_{i=1}^{k}\sum_{j=1}^{k}a_{ij}c_ic_j=f(c_1,c_2,\cdots,c_k,0,\cdots,0)>0,$$

所以k元二次型$f_k(x_1,x_2,\cdots,x_k)$正定，从而二次型$f_k(x_1,x_2,\cdots,x_k)$的矩阵

$$\boldsymbol{A}_k=\begin{pmatrix}a_{11}&a_{12}&\cdots&a_{1k}\\a_{21}&a_{22}&\cdots&a_{2k}\\\vdots&\vdots&&\vdots\\a_{k1}&a_{k2}&\cdots&a_{kk}\end{pmatrix}$$

正定，由推论 5.3.7 知，$|\boldsymbol{A}_k|>0\ (k=1,2,\cdots,n)$.

充分性 设 n 阶方阵 $\boldsymbol{A}$ 的顺序主子式都大于零，特别地，$|\boldsymbol{A}|>0$. 对 n 应用数学归纳法. 当 $n=1$ 时，有

$$f(x_1)=a_{11}x_1^2,$$

则由题设，$a_{11}=|\boldsymbol{A}|>0$，显然，$f(x_1)=a_{11}x_1^2$ 正定.

假设充分性论断对 $n-1$ 元二次型成立，现在证明 n 元二次型的情形. 令

$$f_{n-1}(x_1, x_2, \cdots, x_{n-1})=\sum_{i=1}^{n-1}\sum_{j=1}^{n-1}a_{ij}x_ix_j,$$

此 $n-1$ 元二次型的矩阵为

$$\boldsymbol{A}_{n-1}=\begin{pmatrix} a_{11} & a_{12} & \cdots & a_{1,n-1} \\ a_{21} & a_{22} & \cdots & a_{2,n-1} \\ \vdots & \vdots & & \vdots \\ a_{n-1,1} & a_{n-1,2} & \cdots & a_{n-1,n-1} \end{pmatrix}.$$

显然，$\boldsymbol{A}_{n-1}$ 的 $n-1$ 个顺序主子式是矩阵 $\boldsymbol{A}$ 的前 $n-1$ 个顺序主子式. 由题设，$\boldsymbol{A}$ 的顺序主子式全大于零，所以 $\boldsymbol{A}_{n-1}$ 的顺序主子式全大于零. 于是，由归纳假设可知，$n-1$ 元二次型 $f_{n-1}(x_1, x_2, \cdots, x_{n-1})$ 正定. 因此，存在可逆线性变换

$$\begin{cases} x_1=c_{11}y_1+c_{12}y_2+\cdots+c_{1,n-1}y_{n-1} \\ x_2=c_{21}y_1+c_{22}y_2+\cdots+c_{2,n-1}y_{n-1} \\ \cdots\cdots \\ x_{n-1}=c_{n-1,1}y_1+c_{n-1,2}y_2+\cdots+c_{n-1,n-1}y_{n-1} \end{cases},$$

使得

$$f_{n-1}(x_1, x_2, \cdots, x_{n-1})=y_1^2+y_2^2+\cdots+y_{n-1}^2.$$

作线性变换

$$\begin{cases} x_1=c_{11}y_1+c_{12}y_2+\cdots+c_{1,n-1}y_{n-1} \\ x_2=c_{21}y_1+c_{22}y_2+\cdots+c_{2,n-1}y_{n-1} \\ \cdots\cdots \\ x_{n-1}=c_{n-1,1}y_1+c_{n-1,2}y_2+\cdots+c_{n-1,n-1}y_{n-1} \\ x_n=y_n \end{cases},$$

不难证明，这是一个可逆线性变换，且 $f(x_1, x_2, \cdots, x_n)$ 在此线性变换下化为

$$\begin{aligned} & f(x_1, x_2, \cdots, x_n) \\ =& \sum_{i=1}^{n-1}\sum_{j=1}^{n-1}a_{ij}x_ix_j+2\sum_{i=1}^{n-1}a_{in}x_ix_n+a_{nn}x_n^2 \\ =& y_1^2+y_2^2+\cdots+y_{n-1}^2+2\sum_{i=1}^{n-1}b_{in}y_iy_n+a_{nn}y_n^2 \\ =& (y_1+b_{1n}y_n)^2+(y_2+b_{2n}y_n)^2+\cdots+(y_{n-1}+b_{n-1,n}y_n)^2+b_{nn}y_n^2. \end{aligned}$$

再令

$$\begin{cases} z_1 = y_1 + b_{1n} y_n \\ z_2 = y_2 + b_{2n} y_n \\ \qquad \cdots\cdots \\ z_{n-1} = y_{n-1} + b_{n-1,n} y_n \\ z_n = y_n \end{cases},$$

则二次型 $f = \boldsymbol{x}^{\mathrm{T}} \boldsymbol{A} \boldsymbol{x}$ 可化为标准形

$$z_1^2 + z_2^2 + \cdots + z_{n-1}^2 + b_{nn} z_n^2, \tag{5.3.1}$$

即矩阵 $\boldsymbol{A}$ 与对角矩阵 $\begin{pmatrix} 1 & & & \\ & \ddots & & \\ & & 1 & \\ & & & b_{nn} \end{pmatrix}$ 合同. 因此，存在可逆矩阵 $\boldsymbol{P}$，使得

$$\boldsymbol{P}^{\mathrm{T}} \boldsymbol{A} \boldsymbol{P} = \begin{pmatrix} 1 & & & \\ & \ddots & & \\ & & 1 & \\ & & & b_{nn} \end{pmatrix}. \tag{5.3.2}$$

将式（5.3.2）两边分别取行列式，得

$$b_{nn} = |\boldsymbol{P}^{\mathrm{T}}| \cdot |\boldsymbol{A}| \cdot |\boldsymbol{P}| = |\boldsymbol{P}|^2 \; |\boldsymbol{A}| > 0,$$

即在式（5.3.1）中，f 的标准形的系数全为正数. 由推论 5.3.1 可知，$f(x_1, x_2, \cdots, x_n) = \boldsymbol{x}^{\mathrm{T}} \boldsymbol{A} \boldsymbol{x}$ 正定，即充分性对 n 元二次型成立.

习题 5.3

1. 判断下列二次型是否正定：

(1) $f(x_1, x_2, x_3) = 2x_1^2 + 2x_2 x_3$；

(2) $f(x_1, x_2, x_3) = x_1^2 + 2x_2^2 + 11x_3^2 + 2x_1 x_2 - 2x_1 x_3 + 4x_2 x_3$.

2. 若三元二次型 $f = (2k-1)x_1^2 + (4k+2)x_2^2 + (3-2k)x_3^2$ 正定，则 k 满足什么条件？

3. 当 k 取何值时，二次型 $f(x_1, x_2, x_3) = x_1^2 + 4x_2^2 + 4x_3^2 + 2kx_1 x_2 - 2x_1 x_3 + 4x_2 x_3$ 为正定二次型？

4. 已知 $\boldsymbol{A} = \begin{pmatrix} 1 & 1 & 2 \\ 1 & 1 & 2 \\ 2 & 2 & 4 \end{pmatrix}$，若 $k\boldsymbol{E} + \boldsymbol{A}$ 是正定矩阵，则 k 满足什么条件？

5. 若 n 阶方阵 $\boldsymbol{A}$ 正定，证明 $|\boldsymbol{E} + \boldsymbol{A}| > 1$.

微课

5.3 节自测题

6. 若 $\boldsymbol{A}$ 为正定矩阵，证明其伴随矩阵 $\boldsymbol{A}^*$ 为正定矩阵.

7. 若 n 阶实对称矩阵 $\boldsymbol{A}$ 满足 $\boldsymbol{A}^2-3\boldsymbol{A}+2\boldsymbol{E}=\boldsymbol{0}$，证明 $\boldsymbol{A}$ 为正定矩阵.

本章小结

微课

第 5 章小结讲解视频

二次型 $f(x_1, x_2, \cdots, x_n)=\boldsymbol{x}^{\mathrm{T}}\boldsymbol{A}\boldsymbol{x}$ 与它的矩阵 $\boldsymbol{A}=(a_{ij})_{n\times n}$ 相互唯一确定，其中元素 a_{ii} 等于 x_i^2 的系数，元素 a_{ij} $(i\neq j)$ 等于 x_ix_j 的系数的一半. 若对二次型 $f=\boldsymbol{x}^{\mathrm{T}}\boldsymbol{A}\boldsymbol{x}$ 作可逆线性变换 $\boldsymbol{x}=\boldsymbol{C}\boldsymbol{y}$，得到二次型 $g=\boldsymbol{y}^{\mathrm{T}}\boldsymbol{B}\boldsymbol{y}$，则矩阵 $\boldsymbol{A}$，$\boldsymbol{B}$ 满足 $\boldsymbol{C}^{\mathrm{T}}\boldsymbol{A}\boldsymbol{C}=\boldsymbol{B}$.

本章介绍了三种将二次型化为标准形的方法，即正交线性变换法、配方法和初等变换法（合同变换法）. 若对 f 作正交线性变换将其化为标准形，则标准形以 $\boldsymbol{A}$ 的特征值作为平方项的系数. 二次型 $f=\boldsymbol{x}^{\mathrm{T}}\boldsymbol{A}\boldsymbol{x}$ 的标准形中正平方项的个数称为正惯性指数，其等于方阵 $\boldsymbol{A}$ 的正特征值的个数（重特征值的个数按重数计算）. 二次型 $f=\boldsymbol{x}^{\mathrm{T}}\boldsymbol{A}\boldsymbol{x}$ 的标准形不唯一，但规范形唯一.

n 阶实对称矩阵 $\boldsymbol{A}$ 合同于一个形如

$$\boldsymbol{\Lambda}=\begin{pmatrix}1&&&&&&&&\\&\ddots&&&&&&&\\&&1&&&&&&\\&&&-1&&&&&\\&&&&\ddots&&&&\\&&&&&-1&&&\\&&&&&&0&&\\&&&&&&&\ddots&\\&&&&&&&&0\end{pmatrix}=\begin{pmatrix}\boldsymbol{E}_p&&\\&-\boldsymbol{E}_{r-p}&\\&&\boldsymbol{O}_{n-r}\end{pmatrix}$$

的对角矩阵，其中，$r=r(\boldsymbol{A})$，p 等于 $\boldsymbol{A}$ 的正特征值的个数（重特征值的个数按重数计算）.

本章从二次型 $f=\boldsymbol{x}^{\mathrm{T}}\boldsymbol{A}\boldsymbol{x}$（$\boldsymbol{A}$ 对称）的标准形、规范形、正惯性指数、$\boldsymbol{A}$ 的特征值等多个角度刻画了二次型（矩阵）正定的充分必要条件. 实际计算中，$f=\boldsymbol{x}^{\mathrm{T}}\boldsymbol{A}\boldsymbol{x}$ 的正定性可通过标准形的系数是否全为正数、$\boldsymbol{A}$ 的特征值是否全为正数或 $\boldsymbol{A}$ 的顺序主子式是否全大于零加以判定.

总复习题 5

1. 设二次型 $f=\boldsymbol{x}^{\mathrm{T}}\begin{pmatrix}1&2&-4\\0&3&-1\\2&-5&3\end{pmatrix}\boldsymbol{x}$，其中 $\boldsymbol{x}=(x_1, x_2, x_3)^{\mathrm{T}}$.

(1) 求二次型的秩；

(2) 用配方法将 f 化为标准形；

(3) 判断 f 是否为正定二次型.

2. 求二次型 $f(x_1, x_2, x_3)=(x_1+2x_2)^2+(x_2-x_3)^2+(x_1+x_2+x_3)^2$ 的正、负惯性指数.

3. 设二次型

$$f(x_1, x_2, x_3)=\boldsymbol{x}^{\mathrm{T}}\boldsymbol{A}\boldsymbol{x}=ax_1^2+ax_2^2+(a-1)x_3^2+2x_1x_3-2x_2x_3,$$

其中 $\boldsymbol{A}$ 为对称矩阵.

(1) 求 $\boldsymbol{A}$ 的所有特征值；

(2) 若 f 的规范形为 $y_1^2+y_2^2$，求 a 的值及正交线性变换 $\boldsymbol{x}=\boldsymbol{P}\boldsymbol{z}$，将二次型 f 化为标准形.

4. 设二次型 $f(x_1, x_2, x_3)=\boldsymbol{x}^{\mathrm{T}}\boldsymbol{A}\boldsymbol{x}$（$\boldsymbol{A}$ 为实对称矩阵）在正交线性变换 $\boldsymbol{x}=\boldsymbol{Q}\boldsymbol{y}$ 下化为标准形 $y_1^2+y_2^2$，且 $\boldsymbol{Q}$ 的第 3 列为 $\left(\frac{\sqrt{2}}{2}, 0, \frac{\sqrt{2}}{2}\right)^{\mathrm{T}}$.

(1) 求矩阵 $\boldsymbol{A}$；

(2) 证明 $\boldsymbol{A}+\boldsymbol{E}$ 为正定矩阵.

5. 设二次型 $f(x_1, x_2, x_3)=2x_1^2-x_2^2+ax_3^2+2x_1x_2-8x_1x_3+2x_2x_3$ 在正交线性变换 $\boldsymbol{x}=\boldsymbol{Q}\boldsymbol{y}$ 下的标准形为 $\lambda_1y_1^2+\lambda_2y_2^2$，求 a 的值及一个正交矩阵 $\boldsymbol{Q}$.

6. 判断下列矩阵是否与 $\boldsymbol{A}=\begin{pmatrix}1&2&2\\2&1&2\\2&2&1\end{pmatrix}$ 合同.

(1) $\begin{pmatrix}-5&0&0\\0&1&0\\0&0&1\end{pmatrix}$； (2) $\begin{pmatrix}1&0&0\\0&1&0\\0&0&1\end{pmatrix}$； (3) $\begin{pmatrix}1&0&0\\0&-2&0\\0&0&-3\end{pmatrix}$； (4) $\begin{pmatrix}1&0&0\\0&2&0\\0&0&-3\end{pmatrix}$.

7. 设 $\boldsymbol{A}=\begin{pmatrix}2&-1&-1\\-1&2&-1\\-1&-1&2\end{pmatrix}$，$\boldsymbol{B}=\begin{pmatrix}1&0&0\\0&3&0\\0&0&0\end{pmatrix}$，证明 $\boldsymbol{A}$ 与 $\boldsymbol{B}$ 合同，但 $\boldsymbol{A}$ 与 $\boldsymbol{B}$ 不相似.

8. 判断二次型 $f(x_1, x_2, x_3)=x_1^2+2x_2^2+4x_3^2-2x_1x_2-2x_1x_3$ 的正定性.

9. 当 a 取何值时，实二次型 $f(x_1, x_2, x_3)=x_1^2+4x_2^2+3x_3^2+2ax_1x_2+2(2-a)x_2x_3$ 正定？

10. 设 $\boldsymbol{A}$ 为三阶实对称矩阵，$\boldsymbol{A}\neq\boldsymbol{O}$ 且满足 $\boldsymbol{A}^2+3\boldsymbol{A}=\boldsymbol{O}$. 若 $k\boldsymbol{A}+\boldsymbol{E}$ 正定，则 k 满足什么条件？

11. 设 $\boldsymbol{A}$ 为 $m\times n$ 阶实矩阵，$\boldsymbol{E}$ 为 n 阶单位矩阵，令 $\boldsymbol{B}=k\boldsymbol{E}+\boldsymbol{A}^{\mathrm{T}}\boldsymbol{A}$. 试证：当 $k>0$ 时，矩阵 $\boldsymbol{B}$ 为正定矩阵.

12. 已知 $\boldsymbol{A}$ 为 n 阶正定矩阵，n 维非零列向量 $\boldsymbol{\alpha}_1, \boldsymbol{\alpha}_2, \cdots, \boldsymbol{\alpha}_r$ 满足 $\boldsymbol{\alpha}_i^{\mathrm{T}}\boldsymbol{A}\boldsymbol{\alpha}_j=0$（$i\neq j$，$i, j=1, 2, \cdots, r$），证明：$\boldsymbol{\alpha}_1, \boldsymbol{\alpha}_2, \cdots, \boldsymbol{\alpha}_r$ 线性无关.

13. 设 $\boldsymbol{A}$ 为 n 阶实对称矩阵，证明：存在实数 k，使得 $k\boldsymbol{E}+\boldsymbol{A}$ 为正定矩阵.

14. 设 $\boldsymbol{A}$ 为 n 阶反对称矩阵（即 $\boldsymbol{A}^{\mathrm{T}}=-\boldsymbol{A}$），试证明 $\boldsymbol{E}-\boldsymbol{A}^2$ 为正定矩阵.

*15. 判断二次型 $f(x_1, x_2, \cdots, x_n)=\sum\limits_{i=1}^{n}x_i^2+\sum\limits_{1\leqslant i<j\leqslant n}x_ix_j$ 的正定性.

第6章 R语言及其在线性代数中的应用

R 语言是最初由奥克兰大学的 Robert Gentleman 和 Ross Ihaka 及其他志愿者在 1997 年前后开发的一个统计分析系统. R 语言现在由 R 开发核心小组（R Development Core Team）维护，他们的开发维护完全是自愿的，将全球优秀的统计软件打包供大家共享. R 语言免费下载网址：http://www.r-project.org/ 或 http://cran.r-project.org.

R 语言不仅具有强大的统计分析功能，也是一个强有力的数学计算平台. 本章将简单介绍 R 语言的使用以及 R 语言在线性代数中的应用.

6.1 R 语言简介

自诞生以来，在不到 30 年的时间里，R 语言已经成为全球众多统计学者和统计工作者首选的统计分析软件. R 语言最大的特点或优势在于：它是一个免费的统计计算软件，并有着强大的软件维护和扩展团队. R 语言的主要特点还包括：

（1）不受操作系统的限制. R 可以在 Windows，UNIX，Macintosh 操作系统上运行，这就意味着 R 几乎可以在任何一台计算机上运行. 本书主要基于 Windows 操作系统介绍 R 语言的使用.

（2）拥有完善的帮助系统. R 内嵌一个非常实用的帮助系统：包括随软件所附的 PDF 帮助文件（An Introduction to R）和 Html 帮助文件. 另外，通过 help 命令可以随时了解 R 所提供的各类函数的使用方法.

（3）具有强大的绘图系统. R 支持的主要图形系统有：基础图形（base）、网格图形（grid）、lattice 图形和 ggplot2. 这些系统使数据可视化更为便捷. 此外，R 生成的图形文件可以保存为各种形式（jpg，png，bmp，ps，pdf，emf，xfig，pictex 等），便于进一步分析与使用.

6.1.1 R 语言运行平台

R 语言的运行平台为 RGui（R graphic user's interface）. 启动 R，可以看到 RGui，即图形用户界面的主窗口，如图 6－1 所示.

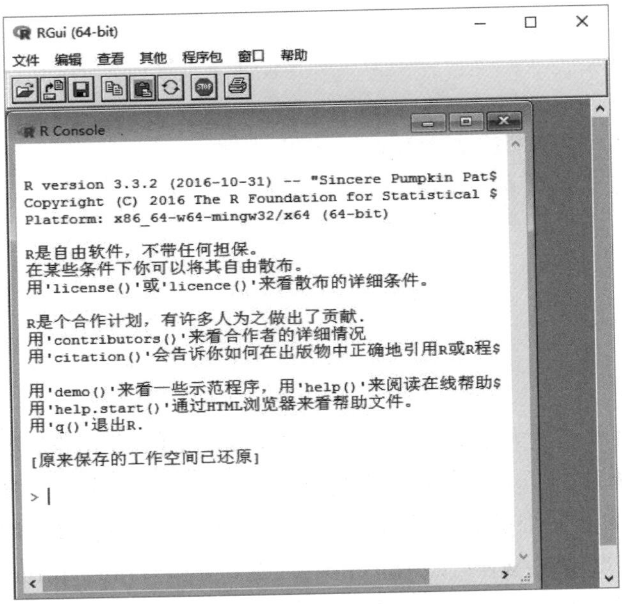

图 6-1　R 的运行平台：RGui

R 的运行平台 RGui 由三部分组成：主菜单、工具条、R Console（R 语言运行窗口）.

R Console 的绝大部分工作都是通过在这里发布命令来完成的，包括数据集的建立、数据的读取、作图等，在这里也可以得到在线帮助.

6.1.2　工作目录

工作目录是 R 语言数据输入输出的默认位置，在默认状态下是软件安装时的目录. R 的很多操作（包括读写数据，打开、保存脚本文件，读取、保存工作空间的镜像等）都是在工作目录中进行的. 为方便管理，在首次运行 R 之前，可以建立一个自己的目录，启动 R 后将工作目录改变为自己的目录. 在 Windows 版本中，更改工作目录可以利用菜单方式，点击"文件"菜单中的"改变工作目录..."选项，选择自己的目录，如图 6-2 所示.

另外，也可以利用 getwd( ) 命令获得当前工作目录，并直接利用 setwd( ) 命令改变当前工作目录. 例如，

```
>getwd()
[1] "C:/Users/tongji/Documents"
>setwd("C:/Users")
>getwd()
[1] "C:/Users"
```

需要说明的是，在 Windows 操作系统中，以不同的方式打开 R，例如通过桌面快捷方式或双击文档中的.RData 文件运行 R，其工作目录可能会不同. 因此，每次运行 R 时，需要注意工作目录问题.

命令 list.files( ) 或者 dir( ) 可以用来显示当前工作目录中的所有文件和文件夹.

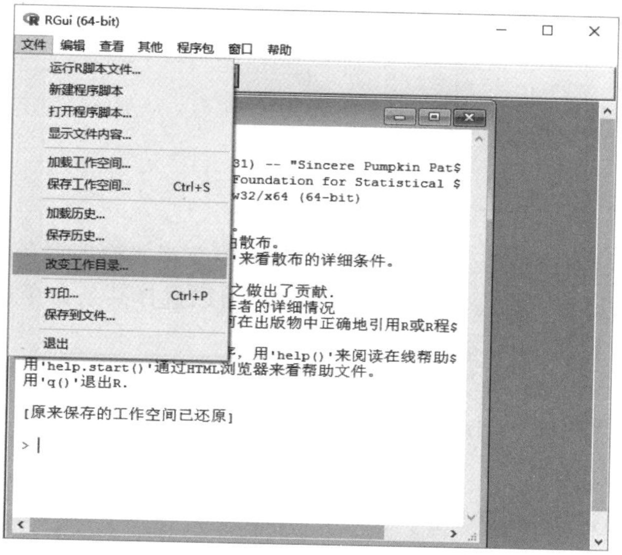

图 6－2 主窗口文件菜单

例如：

```
>list.files()
[1] "360js Files"     "Adobe"           "desktop.ini"     "Downloads"
[5] "My eBooks"       "My Music"        "My Pictures"     "My Videos"
[9] "save_data.Rdata" "SPSS_data.sav"
```

可以看到，在当前工作目录下共有 10 个文件或文件夹.

6.1.3 工作空间

对于初学者而言，工作空间（workspace）可以理解为 R 当前的工作环境或工作场所，它存储着运行 R 时所定义的变量、向量、矩阵等所有对象与函数. 很多时候我们希望在下次运行 R 时能够继续以前的工作，这时只需将工作空间保存到一个镜像中，下次运行 R 时载入工作空间镜像即可.

工作空间存放在当前工作目录下的一个后缀名为.RData 的文件中，启动 R 时工作空间将自动创建. 当直接单击运行窗口 R Console 中的“关闭”按钮或利用命令

```
>q()
```

退出 R 时，系统将提示是否需要保存工作空间.

如果我们想在不退出 R 时保存工作空间，可以点击“文件”菜单中的“保存工作空间...”（见图 6－2）或利用命令

```
>save.image()
```

来保存. 以后运行 R 时可以通过点击“文件”菜单中的“加载工作空间...”选项（见

图 6－2）或利用命令

```
>load()
```

加载，进而可以继续前一次的工作.

6.1.4 历史命令

在运行 R 时，我们往往在运行窗口 R Console 中交互式输入多条命令. 使用上行箭头或下行箭头可以查看已输入命令的历史记录，这样可以选择某条命令进行适当修改后再次运行，而不必烦琐地重复录入.

点击“文件”菜单中的“保存历史…”选项可以将运行窗口中的所有记录保存到后缀名为 . RHistory 的文件中；点击“文件”菜单中的“加载历史…”选项（见图 6－2），可以载入历史命令. 利用函数

```
>history()
```

也可以显示最近使用过的命令，默认值为最近的 25 条. 也可以自由定制显示更多条，例如

```
>history(50)
```

可以显示最近使用过的 50 条命令. 利用命令

```
>savehistory("myhistory")
```

可以将命令保存在文件名为 myhistory. RHistory 的文件中. 命令

```
>loadhistory("myhistory")
```

将载入文件名为 myhistory. RHistory 的命令历史.

6.1.5 帮助系统

学习并较好地掌握一门语言或软件，快捷方便的帮助系统是其关键. R 提供了十分强大的帮助系统.

（1）在 R 用户界面中，“帮助”菜单中的“R FAQ”（见图 6－3）给出了 R 中的一些常见问题，FAQ 是 Frequently Asked Questions 的缩写，点击该选项，则以网页的形式给出 R 中的一些常见问题；选项“Windows 下的 R FAQ”也是以网页的形式给出 Windows 操作系统下 R 使用的一些常见问题. FAQ 随着 R 版本的更新而更新.

（2）R 自带 8 本 PDF 格式的帮助手册，分别是 An Introduction to R，R Reference，R Data Import/Export，R Language Definition，Writing R Extensions，R Internals，R Installation and Administration 和 Sweave User. 这些手册为 R 的学习与使用提供了极大的便利，初学者可以着重看第一本，即 An Introduction to R.

（3）利用“帮助”菜单中的“Html 帮助”选项或者通过命令

```
>help.start()
```

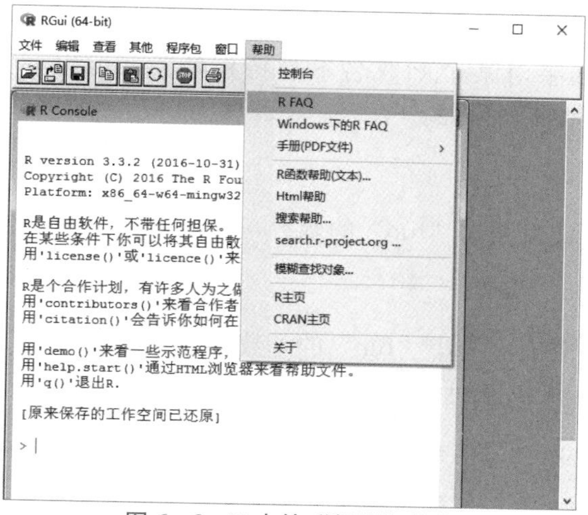

图 6-3 R 中的“帮助”菜单

打开 Html 帮助系统（见图 6-4）. 在该帮助系统中可以很方便地找到你需要的文档.

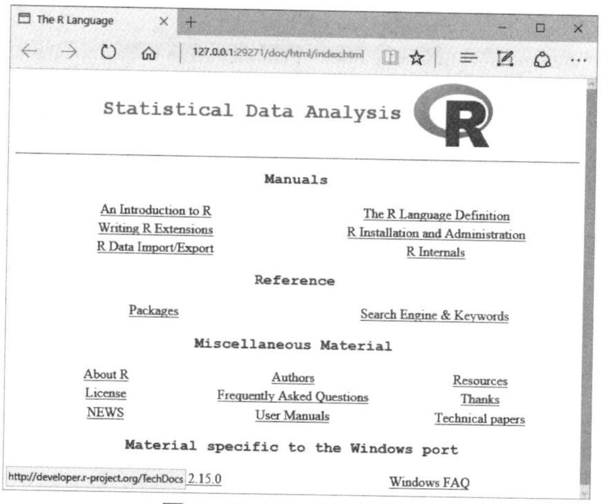

图 6-4 Html 帮助系统

(4) 可以通过函数 help( ) 得到相应函数的帮助，例如命令

```
>help(plot)
```

或者通过

```
>?plot
```

可以得到函数 plot 的说明. help( ) 在默认状态下只会在被载入内存的程序包中搜索，即选项 try. all. packages 的默认值为 FALSE. 可以通过选项设置改变搜索范围，例如

```
>help("bs",try.all.packages=TRUE)
>help("bs",package="splines")
```

上述两条命令分别表示在所有程序包及只在“splines”包中搜索函数“bs”的说明文件，

我们可以利用该方法学习程序包的使用方法和注意事项.

需要说明的是，如果对某个函数名不是特别熟悉，可以利用函数 apropos( ) 或 help. search( ) 等进行查找，例如：

```
>apropos("fun")
```

用于找出名字中含有指定字符串“fun”的函数，但只会在被载入内存的程序包中搜索. 而

```
>help.search("fun")
```

则列出所有帮助页面中含有字符串“fun”的函数.

利用函数 demo( ) 可以得到 R 提供的几个示例，例如

```
>demo(package = "stats")
```

将给出程序包"stats"包含的程序的示例（见图 6－5）. 命令

```
>demo(smooth)
```

将给出函数 smooth( ) 的演示示例.

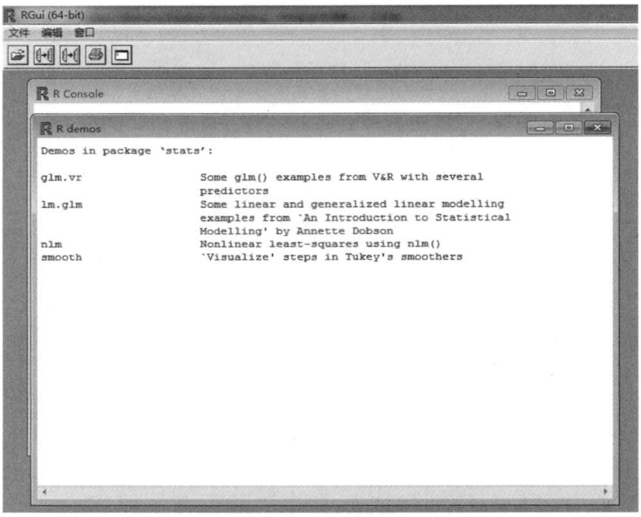

图 6－5 程序包 stats 的演示示例

6.2 R 软件的安装使用

6.2.1 R 软件的下载与安装

前面曾经提及过，R 软件的安装程序包（base installation）可以从网站 http://www.r-project.org/上免费下载. 该网站列出了中国、美国、加拿大等全球主要国家和地区的一些镜像点，用户可以选择最近的一个镜像点（需要说明的是，CRAN 的官方服务器位于奥

地利的维也纳经济大学，全球的 R 软件使用者都可以从官方服务器下载，但下载速度相对较慢，因此尽量避免从官方服务器下载），例如选择 https://mirrors.tuna.tsinghua.edu.cn/CRAN/，点击“Download R for Windows”，在新打开的页面（见图 6－6）中，选择“base”即可下载. R 开发核心小组每过一段时间就会推出更新版本.

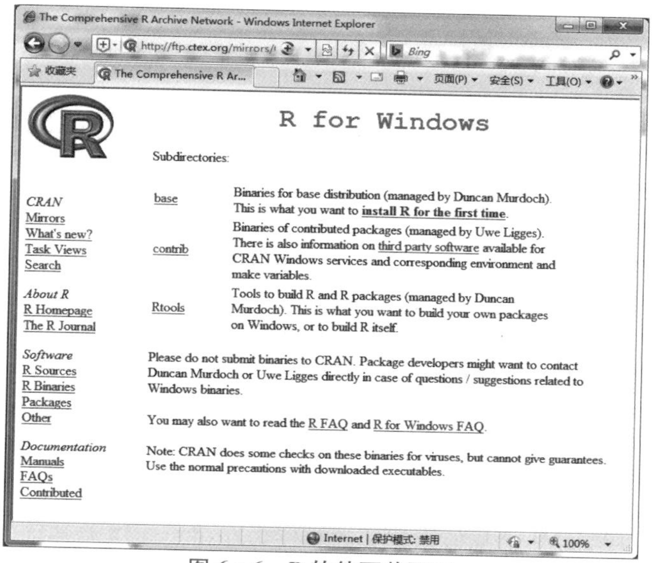

图 6－6　R 软件下载页面

6.2.2　程序包的安装与加载

程序包（package）可以理解为由函数、数据、预编译代码构成的集合，而存储程序包的文档称为库（library）. R 自带了一些基本的程序包，例如 stats、datasets、graphics 等程序包，这些程序包可以直接使用. 除了基本的程序包外，CRAN 还提供了大量其他程序包供我们下载使用. 截至 2023 年 9 月 26 日，CRAN 上有 19 902 个程序包可供下载. 当然也可以建立自己的程序包. 用户下载并安装这些程序包以后，需要载入激活后才能使用.

在联网条件下，点击“程序包”菜单中的“安装程序包...”选项（见图 6－7）或者利用函数 install.packages( ) 可以完成程序包的安装. 与下载 R 安装程序类似，也需要选择最近的镜像点（如果想提高下载速度），在出现的程序包列表中选择需要的程序包即可下载并安装. 假若已经知道自己需要安装的程序包的名字，例如程序包 bayesGARCH，也可以直接利用命令

```
>install.packages("bayesGARCH")
```

完成程序包“bayesGARCH”的下载和安装.

程序包仅需安装一次即可一直使用. 与 R 的版本经常更新一样，程序包也经常被其发布者更新，点击“程序包”菜单中的“更新程序包...”或利用函数 updata.packages( ) 可以完成程序包的更新.

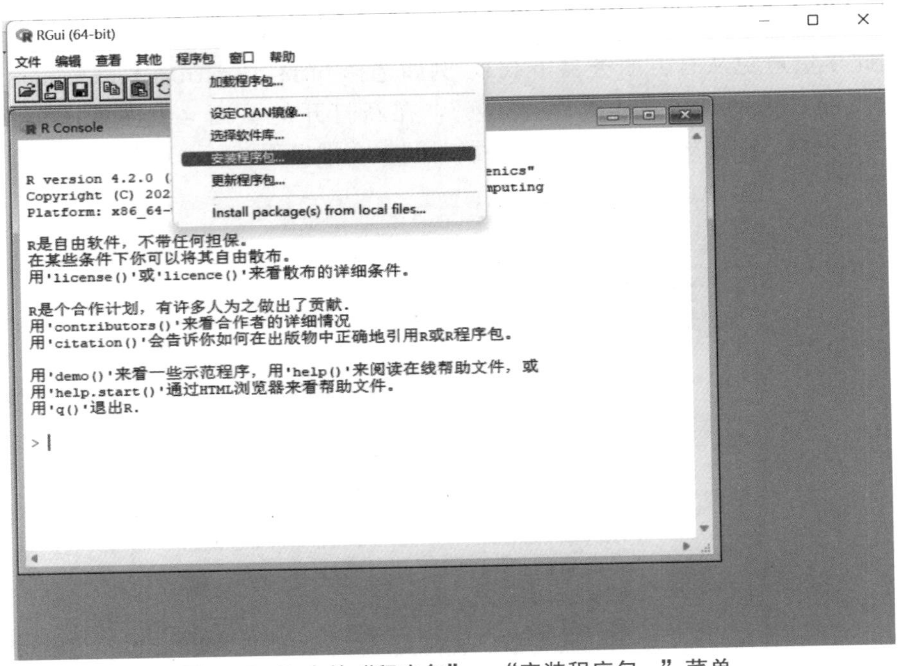

图 6-7　R 中的“程序包”→“安装程序包...”菜单

除了 R 自带的程序包外，其他新安装的程序包在每次使用前必须先载入. 单击“程序包”菜单中的“加载程序包...”选项（见图 6-8）或者利用函数 library() 可以完成程序包的载入. 例如命令

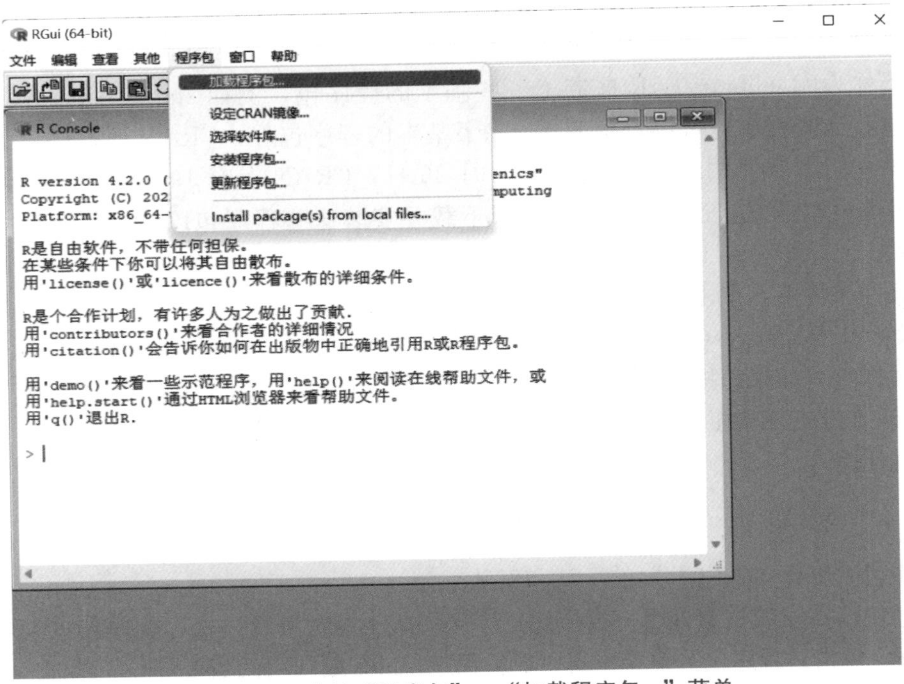

图 6-8　R 中的“程序包”→“加载程序包...”菜单

```
> library(bayesGARCH)
```

即可完成程序包“bayesGARCH”的载入.

6.2.3 与程序包有关的一些函数

library( )：显示已经安装的程序包列表；
.libPaths( )：显示库所在的目录；
search( )：显示已经加载且可以使用的程序包列表；
data( )：返回 R 的内置数据集，例如

```
> data()                              # 返回 datasets 程序包中的数据集
> data(package = "bayesGARCH")       # 返回程序包中的数据集
```

6.2.4 初识 R 语言

R 的默认命令提示符为“>”，它表示正在等待输入命令. 如果一个语句在一行输不完，按回车键，系统就会自动在续行中产生一个续行符“+”. 在同一行中输入多个命令语句时，需要用分号将其隔开. 例如

```
> n<—1      # 给变量 n 赋值 1
> n         # 显示变量 n 的内容，同 print(n)
[1] 1
```

其中方括号 [1] 表示从 n 的第一个元素显示.

R 中的函数总是带有圆括号，即使括号中没有内容（例如 ls( )）. 如果直接输入函数名而不输入圆括号，则 R 会自动显示该函数的一些具体内容. 例如

```
>ls()    # 列出当前工作空间中的对象（Object）
[1] "n"
>ls     # 显示函数 ls( ) 的内容
```

限于篇幅，这里函数 ls( ) 的内容没有给出. R 中进行的所有操作都是针对存储的活动内存（即当前工作空间）中的对象的. 所有能够使用的 R 函数都包含在一个库中，该库存放在 R 安装文件的 library 目录下.

6.2.5 对象的命名与赋值

R 中的对象是一个抽象的概念，可以理解成以不同形式存储的数据，如向量、矩阵、数据框等. R 中对象的命名必须以字母开头，其余可以是数字、字母、点号“.”以及下划线. 以点号开头的变量名比较特殊，应该尽量避免. 在 R 中，字母大小写有区别，因此 Height 和 height 代表两个不同的对象.

在 R 中，有些变量名具有特定含义，例如 T 或 TRUE、F 或 FALSE 分别表示逻辑取值为“真”和“假”. 若重新定义这些变量，则容易引起歧义，命名过程中应尽量避免.

一个对象可以直接由赋值来定义，也可以先定义对象，再进行赋值. 可以用“=”或“<-”来赋值，也可以用命令 assign( ) 实现赋值，例如

```
> m1<- 10                    #定义对象 m1，并赋值 10
> m1
[1] 10
> m2 = 20                     #定义对象 m2，并赋值 20
> m2
[1] 20
> assign("m3",100)            #定义对象 m3，并赋值 100
> m3
[1] 100
```

其中，“#”号及其后的内容为注释语句，不进行运算. 在编写程序时，为增加程序的可读性，可添加必要的注释语句. 例如

```
> math<- c(90,85,68,88,92)    #定义一个对象，即包含 5 个元素的向量
>math
[1] 90  85  68  88  92
```

6.3 向量及其运算

6.3.1 向量的建立与赋值

在 R 语言中，向量的建立与赋值比较灵活，方法比较多，最简单的方法是利用函数 c( ) 建立向量. 例如，

```
>weight<- c(62,78,56,67,89,92,89)
>weight
[1] 62  78  56  67  89  92  89
> y<- c(78,84,weight)
>y
[1] 78  84  62  78  56  67  89  92  89
```

此外，字符“:”和函数 seq( ) 及 rep( ) 可以用于产生规则的序列. 例如

```
> x1<- 1 : 9; x1              #多个命令在同一行中需要用符号“;”分开
[1] 1  2  3  4  5  6  7  8  9
>x2<- 9 : 1; x2
[1] 9  8  7  6  5  4  3  2  1
```

```
>x3<-1:9-1; x3
[1] 0  1  2  3  4  5  6  7  8
>x4<-1:(9-1); x4
[1] 1  2  3  4  5  6  7  8
>x5<-1:9^(1/2); x5
[1] 1  2  3
```

可见，“:”运算的优先级高于四则运算，但低于乘方运算．在计算过程中，如果不能确定优先级，注意正确加括号．

函数 seq( ) 常用的格式为

seq(from,to)、seq(from,to,by=) 或 seq(from,to,length.out=)

其中，by 为步长；length.out 为总的输出长度．例如

```
>seq(1,10)
[1]   1  2  3  4  5  6  7  8  9  10
>seq(0,1)
[1] 0  1
>seq(-3,1)
[1] -3  -2  -1  0  1
>seq(0,1,by=0.2)
[1] 0.0  0.2  0.4  0.6  0.8  1.0
>seq(0,1,length.out=11)
[1] 0.0  0.1  0.2  0.3  0.4  0.5  0.6  0.7  0.8  0.9  1.0
```

函数 rep( ) 的常用格式为

rep(x,times,length.out,each)

其中，times 表示向量 x 重复的次数；length.out 表示总的输出长度；each 表示向量 x 中每个变量重复的次数．例如

```
>rep(1:4,2)          # rep (1:4,times=2)
[1] 1  2  3  4  1  2  3  4
>rep(2:7,times=3,each=2)
[1] 2  2  3  3  4  4  5  5  6  6  7  7  2  2  3  3  4  4  5  5  6  6
7  7  2  2  3  3  4  4  5  5  6  6  7  7
>rep(c(3,4),c(2,6))
[1] 3  3  4  4  4  4  4  4
>rep(2:5,each=3)
[1] 2  2  2  3  3  3  4  4  4  5  5  5
>rep(1:10,length.out=6)
```

```
[1] 1  2  3  4  5  6
>rep(1 : 10,length.out = 12)
[1] 1  2  3  4  5  6  7  8  9  10  1  2
```

在某些软件中，只含有一个元素的变量（称为“标量”）与向量是两个不同的概念，但在R语言中，标量也是向量，是取值仅仅为一个元素的向量，这一点需要初学者注意. 例如

```
> n<—1
>mode(n)
[1] "numeric"
>is.vector(n)
[1] TRUE
```

6.3.2 向量的运算

向量之间可以作加“+”、减“—”、乘“*”、除“/”四则运算，向量自身也可以作乘方“^”运算，其运算规则是对向量中的每个分量进行运算. 例如

```
> x<- rep(1 : 5);x
[1] 1  2  3  4  5
> x+1
[1] 2  3  4  5  6
> y<-1 : 10;y
[1] 1  2  3  4  5  6  7  8  9  10
>x+y
[1] 2  4  6  8  10  7  9  11  13  15
```

R向量的运算非常灵活，即使长度不等的两个向量之间也可以进行运算，其运算规律是循环使用短向量的元素参与运算. 虽然当长向量的长度不是短向量长度的整数倍时，系统会出现警告信息，但该运算仍然能够按照上述规则进行. 例如

```
> z<-1:7;z
[1] 1  2  3  4  5  6  7
>x+z
[1] 2  4  6  8  10  7  9
```

会出现警告信息：

In x + z : 长的对象长度不是短的对象长度的整倍数

下面是乘方运算举例：

```
>x1<- x^2;x1
[1] 1  4  9  16  25
> (1 : 4)^c(2,3)
```

```
[1] 1  8  9  64
>c(2,3)^(1:4)
[1] 2  9  8  81
```

另外，“%/%”表示整除运算，“%%”表示求余运算，例如

```
> 10%/%3
[1] 3
> 10%%3
[1] 1
> 10.12%%3
[1] 1.12
```

平时一些常用的函数，例如取指数 exp( )，取对数 log( )，三角函数 sin( )、cos( )、tan( )，开根号 sqrt( ) 等都可以直接作用于向量，其运算规律与四则运算相似，即对向量中的每个分量进行运算．例如

```
> x<-1:9
>sqrt(x)
[1] 1.000000  1.414214  1.732051  2.000000  2.236068  2.449490
2.645751  2.828427
[9] 3.000000
```

6.3.3 向量的下标运算

类似于其他编程语言，访问向量的某一个分量可以采用下标访问模式，即可用 $x[i]$ 访问向量 x 的第 i 个分量，其中 i 可以理解为下标．例如，

```
> x<-c(20,33,50,67)
>x[2]
[1] 33
```

还可以利用下标对向量的某个分量重新赋值，例如，

```
>x[2]<-90
>x
[1] 20  90  50  67
```

类似地，还可以利用下标访问向量的某些分量．例如，

```
>x[c(2,3)]
[1] 90  50
```

若下标取负整数，则表示去掉向量相应位置的分量．需要注意的是，原来的向量本身的取值没有发生变化．例如，

```
> z<- x[-c(2,3)]
>z
[1] 20  67
>x
[1] 20  90  50  67
```

还可以采用逻辑型的下标访问向量的某些分量. 例如,

```
>y<- x[x>20];y
[1] 90  50  67
```

6.3.4 与向量有关的一些函数

表 6.1 列出了一些与向量有关的常用函数.

表 6.1 常用的向量函数

函数	含义
length(x)	计算向量 x 的长度
min(x)	返回向量 x 中的最小分量
max(x)	返回向量 x 中的最大分量
which. min(x)	返回向量 x 中最小分量的下标
which. max(x)	返回向量 x 中最大分量的下标
range(x)	返回向量 x 的取值范围
sum(x)	计算 x 中所有分量的和
prod(x)	计算 x 中所有分量的乘积
median(x)	计算 x 中所有分量的中位数
mean(x)	计算 x 中所有分量的平均值
var(x)	计算 x 中分量的方差
sd(x)	计算 x 中分量的标准差
mad(x)	返回 x 的中位绝对离差
IQR(x)	计算 x 的四分位数极差
quantile(x)	计算 x 的五数概括值
quantile(x, probs)	计算 x 的概率为 probs 的分位数

例如,

```
>x<- 1 : 10;x
[1] 1  2  3  4  5  6  7  8  9  10
>quantile(x)
0%    25%   50%   75%   100%
1.00  3.25  5.50  7.75  10.00
```

```
>quantile(x,0.3)
30%
3.7
```

6.4 矩阵及其运算

6.4.1 矩阵的建立

在 R 中，可以利用函数 matrix( ) 建立矩阵，利用函数 diag( ) 建立对角矩阵. 函数 matrix( ) 的调用格式为

```
matrix(data = NA,nrow = 1,ncol = 1,byrow = FALSE,dimnames = NULL)
```

其中，data 为给定的数据向量；nrow 为矩阵的行数；ncol 为矩阵的列数；byrow 为逻辑参数，缺省状态为 FALSE，即按列填充数据；dimnames 为矩阵维数的名称，缺省时为空. 例如，

```
>mat<-matrix(1:12,nrow = 3,ncol = 4,byrow = F);mat
     [,1] [,2] [,3] [,4]
[1,]    1    4    7   10
[2,]    2    5    8   11
[3,]    3    6    9   12
>matt<-matrix(1:12,nr = 3,byrow = T);matt
     [,1] [,2] [,3] [,4]
[1,]    1    2    3    4
[2,]    5    6    7    8
[3,]    9   10   11   12
>diag(3)  #产生 3 阶单位矩阵
     [,1] [,2] [,3]
[1,]    1    0    0
[2,]    0    1    0
[3,]    0    0    1
>aa<-c(1,2,3)
>diag(aa)
     [,1] [,2] [,3]
[1,]    1    0    0
[2,]    0    2    0
[3,]    0    0    3
```

6.4.2 矩阵的下标运算

与向量的下标运算类似，矩阵也可以通过下标对矩阵的某个或某些元素进行访问或运算. 例如，

```
>mat<- matrix(1:12,nr = 3,nc = 4)
>mat
     [,1] [,2] [,3]  [,4]
[1,]    1    4    7    10
[2,]    2    5    8    11
[3,]    3    6    9    12
> mat[2,3]                          #访问第 2 行第 3 列元素
[1] 8
> mat[,2]                           #访问第 2 列元素
[1] 4 5 6
> mat[3,]                           #访问第 3 行元素
[1]   3  6  9  12
> mat[, -1]                         #去掉第 1 列元素
     [,1] [,2] [,3]
[1,]    4    7   10
[2,]    5    8   11
[3,]    6    9   12
> mat[1,1] <- 0                     #修改元素的取值
>mat
     [,1] [,2] [,3] [,4]
[1,]    0    4    7    10
[2,]    2    5    8    11
[3,]    3    6    9    12
```

6.4.3 矩阵的运算

与数值型向量的运算类似，矩阵可以进行加“+”、减“−”、乘“*”、除“/”四则运算，其运算规则是对矩阵的每个对应元素进行相应运算. 例如

```
> mat<- matrix(1:12,nr = 3,nc = 4)
>mat
     [,1] [,2] [,3] [,4]
[1,]    1    4    7    10
[2,]    2    5    8    11
```

```
[3,]    3    6    9    12
> mat1<-matrix(1,nr=3,nc=4)
> mat1
     [,1] [,2] [,3] [,4]
[1,]    1    1    1    1
[2,]    1    1    1    1
[3,]    1    1    1    1
>mat+mat1
     [,1] [,2] [,3] [,4]
[1,]    2    5    8   11
[2,]    3    6    9   12
[3,]    4    7   10   13
>mat-12*mat1
     [,1] [,2] [,3] [,4]
[1,]  -11   -8   -5   -2
[2,]  -10   -7   -4   -1
[3,]   -9   -6   -3    0
```

6.4.4 矩阵的代数运算

(1) 求矩阵的转置.

```
> mat2<-matrix (1:6,nr=2,nc=3)
> mat2
     [,1] [,2] [,3]
[1,]    1    3    5
[2,]    2    4    6
> t(mat2)                          #矩阵的转置函数 t( )
     [,1] [,2]
[1,]    1    2
[2,]    3    4
[3,]    5    6
```

(2) 合并矩阵.

```
> mat3<-cbind(mat,t(mat2))      #按列合并
> mat3
     [,1] [,2] [,3] [,4] [,5] [,6]
[1,]    1    4    7   10    1    2
[2,]    2    5    8   11    3    4
```

```
[3,]    3    6    9    12    5    6
> mat4<- rbind(mat,mat1[1,])  #按行合并
> mat4
     [,1] [,2] [,3] [,4]
[1,]    1    4    7   10
[2,]    2    5    8   11
[3,]    3    6    9   12
[4,]    1    1    1    1
```

(3) 提取对角线元素.

```
>mat<- matrix(1 : 12,nr = 3,nc = 4)
>mat
     [,1] [,2] [,3] [,4]
[1,]    1    4    7   10
[2,]    2    5    8   11
[3,]    3    6    9   12
>diag(mat)
[1] 1  5  9
```

注 即使 mat 矩阵不是方阵，也可以提取对角线元素.

(4) 求方阵的行列式.

```
> mat5<- matrix(c(1,3,6,7),nr = 2);mat5
     [,1] [,2]
[1,]    1    6
[2,]    3    7
>det(mat5)
[1] - 11
```

(5) 求矩阵的代数乘积.

矩阵 $\boldsymbol{A}$ 和 $\boldsymbol{B}$ 的代数乘积 A%＊%B 只有在 $\boldsymbol{A}$ 的列数与矩阵 $\boldsymbol{B}$ 的行数相同的条件下才能进行运算. 例如，mat2 为 2 行 3 列矩阵，mat 为 3 行 4 列矩阵，mat2%＊%mat 得到的是一个 2 行 4 列矩阵，即

```
> mat2 % * % mat
     [,1] [,2] [,3] [,4]
[1,]   22   49   76  103
[2,]   28   64  100  136
```

(6) 求矩阵（向量）的交叉乘积（内积）.

矩阵 $\boldsymbol{A}$ 和 $\boldsymbol{B}$ 的交叉乘积 crossprod(A,B)＝t(A)%＊%B，即表示 $\boldsymbol{A}^{\mathrm{T}}\boldsymbol{B}$. 通常情况下，

前者的运算速度比后者快，这里要求 $\boldsymbol{A}$ 的行数与 $\boldsymbol{B}$ 的行数相同. 例如，

```
>crossprod(t(mat2),mat)
     [,1] [,2] [,3] [,4]
[1,]   22   49   76  103
[2,]   28   64  100  136
```

交叉乘积也适用于向量，一个 n 维向量可视为 n 行 1 列的矩阵进行运算. 例如，

```
> a<-1:5
> b<-2:6
>crossprod(a,b)
     [,1]
[1,]   70
```

注意，函数 tcrossprod(A，B)=A%*%t(B)，即表示 $\boldsymbol{AB}^{\mathrm{T}}$.

(7) 求矩阵（向量）的外积.

设数组 $\boldsymbol{C}$ 为矩阵（向量）$\boldsymbol{A}$ 和矩阵（向量）$\boldsymbol{B}$ 的外积，则数组 $\boldsymbol{C}$ 的维数为 c(dim(A), dim(B))，数组 $\boldsymbol{C}$ 的元素 C[c(arrayindex. A，arrayindex. B)]=FUN(A[arrayindex. A], B[arrayindex. B])，这里 FUN 为给定的四则运算函数. 外积运算函数 outer( ) 的调用格式为

```
outer(A,B,FUN="*")
```

其中，A 和 B 分别为函数 FUN 的第一个和第二个参数，可以为向量、矩阵或数组；函数 FUN 可以取加法“+”、减法“−”、乘法“*”、除法“/”，缺省时为乘法，此时运算 outer(A,B) 与运算 A%*%B 等价. 例如，

```
> x<-1:4
> y<-1:3
>outer(x,y,"+")
     [,1] [,2] [,3]
[1,]    2    3    4
[2,]    3    4    5
[3,]    4    5    6
[4,]    5    6    7
>outer(x,y)
     [,1] [,2] [,3]
[1,]    1    2    3
[2,]    2    4    6
[3,]    3    6    9
[4,]    4    8   12
```

```
> mat5<- matrix(c(1,3,6,7),nr = 2);mat5
      [,1]  [,2]
[1,]    1     6
[2,]    3     7
>outer(x,mat5,"+")
,,1
      [,1]  [,2]
[1,]    2     4
[2,]    3     5
[3,]    4     6
[4,]    5     7
,,2
      [,1]  [,2]
[1,]    7     8
[2,]    8     9
[3,]    9    10
[4,]   10    11
```

(8) 求解线性方程组.

函数 solve( ) 可以用来给出线性方程组 $\boldsymbol{AX}=\boldsymbol{b}$ 的解，其调用格式为 solve(A，b)，其中，A 为数值型或复数型方阵，若是逻辑型矩阵，则强制转化为数值型；b 为数值型或复数型向量或矩阵. 例如

```
> mat5<- matrix(c(1,3,6,7),nr = 2); mat5
      [,1]  [,2]
[1,]    1    6
[2,]    3    7
> z<- c (1, 1)
> X<- solve(mat5,z); X
```

[1] −0.090 909 09   0.181 818 18

另外，若矩阵 $\boldsymbol{A}$ 可逆，则命令 solve(A) 返回矩阵 $\boldsymbol{A}$ 的逆矩阵. 例如，

```
>solve(mat5)
              [,1]           [,2]
[1,]    - 0.636 363 6     0.545 454 55
[2,]    0.272 727 3      - 0.090 909 09
> mat5 %*% solve(mat5)
              [,1]           [,2]
[1,]    1.000 000e + 00       0
```

```
[2,]    -2.220446e-16        1
```

(9) 求矩阵的特征值与特征向量.

矩阵的特征值与特征向量是统计应用的一个重要工具，利用函数 eigen( ) 可以对矩阵进行特征值分解，其调用格式为

```
eigen(x,symmetric,only.values=FALSE)
```

其中，x 为数值型或复数型矩阵，若 x 为逻辑型，则强制转换为数值型；symmetric 为逻辑型参数，若取值为 TRUE，则假定矩阵是对称的（若为复数型，则为 Hermitian 矩阵），此时只有下三角元素参与运算，若缺省，则命令 eigen( ) 需对矩阵 x 的对称性进行检验；only.values 为逻辑型参数，若取值为 TRUE，则仅返回特征值，否则返回特征值和特征向量. 例如

```
>sv<-eigen(mat5)
>sv
$values
[1]   9.196152   -1.196152
$vectors
           [,1]        [,2]
[1,]   -0.5906905   -0.9390708
[2,]   -0.8068982    0.3437238
```

需要说明的是，上例中的 sv 是以列表（list）形式给出的，sv 的第一个分量 $values 给出了矩阵 mat5 的特征值，sv 的第二个分量 $vectors 给出的是特征向量组成的矩阵，关于列表的概念可以参见 R 的帮助文件或参见刘强等（2016）.①

(10) 求矩阵的奇异值分解.

矩阵的奇异值分解（singular value decomposition）是线性代数中一种重要的矩阵分解形式，在信号处理、统计分析等领域中有着重要作用. 矩阵的奇异值分解指的是矩阵 $\boldsymbol{A}$（n 行 p 列）可以表示为 $\boldsymbol{A}=\boldsymbol{U}\boldsymbol{D}\boldsymbol{V}^{\mathrm{T}}$ 的形式，其中，$\boldsymbol{U}$ 的每一列为 $\boldsymbol{A}$ 的左特征向量，$\boldsymbol{U}$ 的维数为 c(n，nu)，其中 nu 为左特征向量的个数；$\boldsymbol{V}$ 的每一列为 $\boldsymbol{A}$ 的右特征向量，$\boldsymbol{V}$ 的维数为 c(n，nv)，其中 nv 为右特征向量的个数；$\boldsymbol{D}$ 是维数为 c(nu，nv) 的对角矩阵，对角线上的元素即为 $\boldsymbol{A}$ 的奇异值.

在 R 语言中，可以利用函数 svd( ) 给出矩阵的奇异值分解，其调用格式为

```
svd(x,nu=min(n,p),nv=min(n,p))
```

其中，x 为 n 行 p 列矩阵；nu 为左特征向量的个数，nu 一定介于 0 和 n 之间；nv 为右特征向量的个数，nv 一定介于 0 和 p 之间. 命令 svd( ) 的返回值也以列表的形式给出. 例如

① 刘强，裴艳波，张贝贝. R 语言与现代统计方法. 北京：清华大学出版社，2016.

```
>mat<- matrix(1 : 12,nr = 3,nc = 4)
>mat
     [,1] [,2] [,3] [,4]
[1,]    1    4    7   10
[2,]    2    5    8   11
[3,]    3    6    9   12
>svd(mat)
$d
[1]  2.546 241e+01  1.290 662e+00  1.716 561e-15
$u
             [,1]          [,2]          [,3]
[1,]   -0.504 533 1  -0.760 775 68   0.408 248 3
[2,]   -0.574 515 7  -0.057 140 52  -0.816 496 6
[3,]   -0.644 498 3   0.646 494 64   0.408 248 3
$v
             [,1]          [,2]          [,3]
[1,]   -0.140 876 7   0.824 714 35  -0.499 155 8
[2,]   -0.343 946 3   0.426 263 94   0.497 474 4
[3,]   -0.547 015 9   0.027 813 53   0.502 518 6
[4,]   -0.750 085 5  -0.370 636 88  -0.500 837 2
```

（11）求矩阵的 QR 分解.

矩阵的 QR 分解是将矩阵分解成一个半正交矩阵与一个上三角形矩阵的乘积，即 $\boldsymbol{A}=\boldsymbol{QR}$，这里 $\boldsymbol{A}$ 为实数矩阵，$\boldsymbol{Q}$ 为正交矩阵，$\boldsymbol{R}$ 为上三角形矩阵. 该分解在求解线性最小二乘问题时具有重要作用. 在 R 语言中，可以利用函数 qr( ) 给出矩阵的 QR 分解，例如，

```
>matqr<- qr(mat)
>qr.R(matqr)        #获取 R 矩阵
          [,1]       [,2]           [,3]            [,4]
[1,]  -3.741 657  -8.552 360  -1.336 306e+01  -1.817 376e+01
[2,]   0.000 000   1.963 961   3.927 922e+00   5.891 883e+00
[3,]   0.000 000   0.000 000   1.776 357e-15   1.776 357e-15
>qr.Q(matqr)        #获取 Q 矩阵
            [,1]         [,2]         [,3]
[1,]  -0.267 261 2   0.872 871 6   0.408 248 3
[2,]  -0.534 522 5   0.218 217 9  -0.816 496 6
[3,]  -0.801 783 7  -0.436 435 8   0.408 248 3
```

从输出结果可以看到，矩阵 $\boldsymbol{R}$ 为上三角形矩阵，下面再来验证矩阵 $\boldsymbol{Q}$ 的正交性，即

验证 $\boldsymbol{Q}\boldsymbol{Q}^{\mathrm{T}} = \boldsymbol{E}$.

```
＞(qr.Q(matqr))％＊％t(qr.Q(matqr))
            [,1]                [,2]              [,3]
[1,]    1.000 000e + 00    − 1.110 223e − 16   2.775 558e − 17
[2,]   − 1.110 223e − 16   1.000 000e + 00   − 5.551 115e − 17
[3,]    2.775 558e − 17   − 5.551 115e − 17   1.000 000e + 00
```

可以看出，对角线元素均为 1，非对角线元素非常小，约为 10^{-16}，近似为 0，说明 QR 分解计算非常准确.

（12）矩阵的拉直.

函数 as.vector( ) 可以将一个矩阵按列拉直，转化为一个向量，例如

```
＞mat＜- matrix(1：12,nr = 3,nc = 4);mat
     [,1]  [,2]  [,3]  [,4]
[1,]   1     4     7    10
[2,]   2     5     8    11
[3,]   3     6     9    12
＞as.vector(mat)
[1] 1  2  3  4  5  6  7  8  9  10  11  12
```

6.4.5 与矩阵运算有关的一些函数

函数 max( )、min( )、median( )、sum( )、mean( )、sd( ) 分别返回矩阵所有元素的最大值、最小值、中位数、和、均值以及标准差；var(A) 返回矩阵 $\boldsymbol{A}$ 的各列的协方差矩阵；cov(A，B) 和 cor(A，B) 分别返回矩阵 $\boldsymbol{A}$ 和矩阵 $\boldsymbol{B}$ 的各列的协方差矩阵及相关系数矩阵，由定义，cov(a，a)＝var(a). 看如下几个例子：

```
＞ x＜- rnorm(10)                    ＃生成 10 个标准正态随机数
＞ y＜- rnorm(10)
＞ a＜- matrix(x,nc = 2,nr = 5)
＞ b＜- matrix(y,nc = 2,nr = 5)
＞var(a)
           [,1]              [,2]
[1,]    0.441 640 3     − 0.498 980 2
[2,]   − 0.498 980 2    0.933 538 4
＞cov(a,a)
           [,1]              [,2]
[1,]    0.441 640 3     − 0.498 980 2
[2,]   − 0.498 980 2    0.933 538 4
＞cov(a,b)
```

```
            [,1]          [,2]
[1,]   -0.037 855 09   0.034 861 21
[2,]    0.018 431 73   0.179 088 89
>cor(a,b)
            [,1]          [,2]
[1,]   -0.095 014 26   0.052 956 82
[2,]    0.031 819 91   0.187 118 33
```

函数 cumsum( )、cumprod( )、cummax( )、cummin( ) 分别返回矩阵的（按列）累积求和、累积乘积、累积最大值以及累积最小值向量. 例如,

```
>cumsum(mat)
[1]  1  3  6  10  15  21  28  36  45  55  66  78
>cumprod(mat)
[1]  1  2  6  24  120  720  5040
[8]  40 320  362 880  3 628 800  39 916 800  479 001 600
```

函数 max( )、min( )、median( )、sum( )、mean( )、sd( ) 只针对矩阵所有元素计算，若针对每一行或每一列进行上述计算，可以利用命令 apply( )，其调用格式为

```
apply(X,MARGIN,FUN)
```

其中，X 为矩阵或数组；FUN 为上述函数. 当 X 为矩阵时，参数 MARGIN=1，表示按行计算，MARGIN=2，表示按列计算；当 X 为三维数组时，MARGIN=c(1,2)，表示按行列进行；等等. 例如

```
> apply(mat,MARGIN = 2,sum)    #求矩阵 mat 的各列的和
[1]  6  15  24  33
```

另外，函数 dim( )、nrow( ) 以及 ncol( ) 分别返回矩阵的维数、行数和列数；rownames( )、colnames( ) 分别为矩阵添加行名和列名；dimnames( ) 返回矩阵的行名和列名.

参考文献

[1] Larry Smith. Linear Algebra. Springer-Verlag：New York，1978.

[2] 王萼芳，石生明. 高等代数. 3版. 北京：高等教育出版社，2003.

[3] Gilbert Strang. Introduction to Linear Algebra. 4th Edition. Wellesley-Cambridge Press，2009.

[4] 吴传生. 经济数学——线性代数. 2版. 北京：高等教育出版社，2009.

[5] 吴赣昌. 线性代数（第四版・理工类）. 北京：中国人民大学出版社，2011.

[6] 吴赣昌. 线性代数（第四版・经管类）. 北京：中国人民大学出版社，2011.

[7] 胡显佑. 线性代数. 2版. 北京：高等教育出版社，2012.

[8] 赵树嫄. 线性代数. 4版. 北京：中国人民大学出版社，2013.

[9] 上海交通大学数学系. 线性代数. 3版. 北京：科学出版社，2014.

[10] 同济大学数学系. 工程数学线性代数. 6版. 北京：高等教育出版社，2014.

[11] Nicholas Loehr. Advanced Linear Algebra. CRC Press：Boca Raton，2014.

[12] Sheldon Axler. Linear Algebra Done Right. 3rd Edition. Springer：San Francisco，2014.

[13] 刘强，孙阳，孙激流. 线性代数同步练习与模拟试题. 北京：清华大学出版社，2015.

[14] 刘强，裴艳波，张贝贝. R语言与现代统计方法. 北京：清华大学出版社，2016.

[15] 孙阳，郭文英，刘强，孙激流. 线性代数深化训练与考研指导. 北京：电子工业出版社，2017.